AF398569

# SANJA KELLATH

# DESIRE
## FOR
# *Revenge*

EINE SECOND CHANCE DARK ROMANCE

Erstausgabe Oktober 2024

Copyright © 2024 dp Verlag, ein Imprint der
dp DIGITAL PUBLISHERS GmbH
Made in Stuttgart with ♥
Alle Rechte vorbehalten

# Desire for Revenge

ISBN 978-3-98998-607-7
E-Book-ISBN 978-3-98998-426-4

Covergestaltung: Anne Gebhardt
Umschlaggestaltung: ARTC.ore Design
Unter Verwendung von Abbildungen von
stock.adobe.com: ©SynchR
© Adobe Firefly
Lektorat: Astrid Rahlfs
Satz: dp DIGITAL PUBLISHERS GmbH
Druck und Bindung: Books on Demand GmbH, Norderstedt

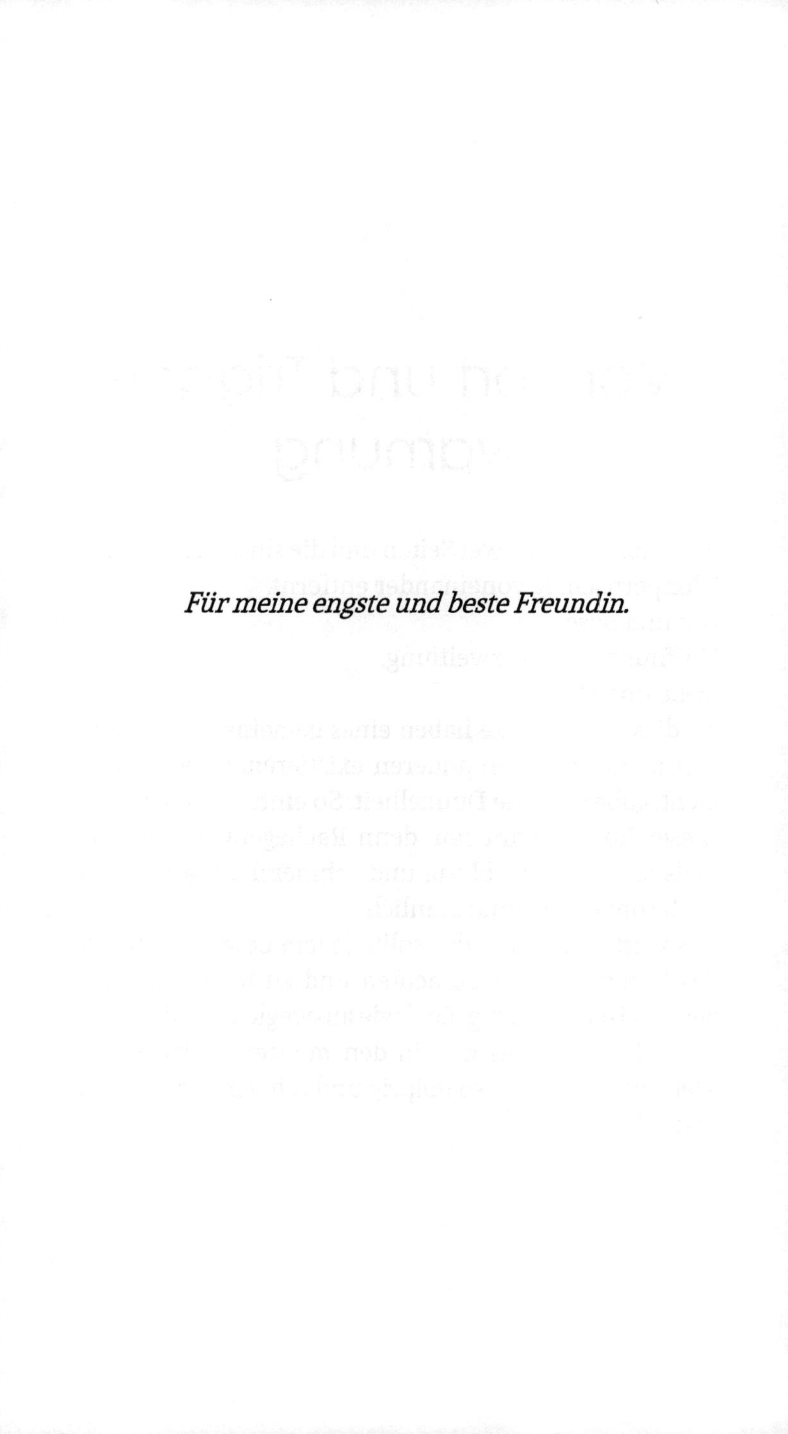

*Für meine engste und beste Freundin.*

# Vorwort und Triggerwarnung

Jede Medaille hat zwei Seiten und die sind oft nur einen Wimpernschlag voneinander entfernt.
Gut und böse.
Hoffnung und Verzweiflung.
Liebe und Hass.
All diese Gegensätze haben eines gemeinsam: Sie können nicht ohne den anderen existieren. Gäbe es kein Licht, gäbe es keine Dunkelheit. So einfach ist das.
Dieser Roman wird rau, denn Rachegelüste sind niemals süß. Es wird blutig und schmerzhaft, aber eben auch romantisch und sinnlich.
Das wertvollste Gut, das sollte jedem bewusst sein, ist das Leben, welches zu achten und zu beschützen ist, denn es ist einzigartig. Egal wie ausweglos die Situation erscheinen mag, es gibt in den meisten Fällen einen Weg aus der Krise – so holprig und schwer er auch sein mag.

# Prolog

# Pearl

**Seattle, Juli 2021**

*Die Zeit heilt alle Wunden. Bullshit. Die Zeit heilt nicht alle Wunden, sie überzieht sie nur mit einer trügerischen Schicht aus Schorf, darunter kann sie munter weiter vor sich hin eitern.*

»Ich habe meinen Teil des Treuhandfonds auf dich übertragen lassen«, teile ich meinem Bruder Ryan mit und halte ihm die entsprechenden Dokumente hin.

Eine unangenehme Stille entsteht zwischen uns, während er zögert. Schließlich greift er nach den Papieren, ohne mir in die Augen zu sehen, und stopft sie wortlos in seinen Rucksack. Seine gezeichnete Gesichtshälfte hat er von mir abgewandt. Ich brauche die Narbe in Form eines Ypsilons nicht zu sehen, um zu wissen, dass sie vorhanden ist. Die Schnitte heilen gerade ab, sind aber noch gut sichtbar. Der Arzt, der ihn zusammengeflickt und versorgt hat, meinte, dass die roten wulstigen Narben mit etwas Glück und Geduld nach und nach verblassen werden. Im Moment leuchten sie wie Mahnmale in der Nacht und wenn Ryan in den Spiegel schaut, erinnern sie ihn an sein Martyrium. Mich dagegen erinnern sie auf bizarre Art und Weise an Cole.

Ich kann mir nicht vorstellen, wie Ryan sich gerade fühlt. Über das, was passiert ist oder was in ihm vorgeht, spricht er nicht. Nicht mit mir. Ich hoffe, dass er jemanden hat, dem er sich anvertrauen kann. Nur der zertrümmerte Spiegel im Bad zeugt von seiner Verzweiflung. Er war immer sehr stolz auf sein Äußeres – man konnte ihn schon als eitel bezeichnen – und die Mädchen standen Schlange, um ein Date mit ihm zu bekommen.

Mein Magen krampft sich zusammen und ich spüre einen schmerzhaften Stich in meinem Herzen. Ich denke an Cole. Seine Narbe hat mich auch nicht abgeschreckt. *Doch hat sie*, schalt ich mich. Unweigerlich fällt mein Blick auf Ryans rechte Hand, die er seither vor neugierigen Blicken versteckt hält. Ich schüttle mich innerlich und mir wird schlecht bei dem Wissen um die Verstümmelung und Qualen, die er durchstehen musste.

Auch wenn Ryans äußere Wunden verheilen, seine inneren tun es noch lange nicht. Wer weiß, wie lange ihn die Albträume begleiten und aus dem Schlaf reißen werden. Sie sind in den letzten Wochen zwar weniger geworden, aber auf eine gute Nacht folgen oft zwei oder drei schlechte. Ich hoffe, dass er in Berlin einen Weg findet, damit umzugehen. Das Trauma sitzt tief – zu tief. Darüber hinwegzukommen braucht Zeit. Ich bin zuversichtlich, dass er es mit dem nötigen Abstand und der entsprechenden Hilfe schaffen kann. Allerdings müsste er dazu seinen Stolz überwinden und Hilfe annehmen.

Hoffentlich findet er zurück zu seiner lebensfrohen, lustigen Art. Und hoffentlich auch zu mir, erträgt meine Nähe und wir können wieder unbeschwert Bruder und Schwester sein. Wer weiß, vielleicht irgendwann ...

An diese Gedanken klammere ich mich. Jeden Tag aufs Neue rufe ich sie mir ins Gedächtnis. Sie sind das Einzige, was mich derzeit morgens aufstehen lässt. Ein vager Hoffnungsschimmer am Horizont, der mich aufrecht hält. Was in der Zwischenzeit mit mir passiert, ist unwichtig.

Ryan hat das nicht verdient – niemand hätte das, aber am allerwenigsten er. Er war nur ein Druckmittel eines skrupellosen Arschlochs, das durch eine Schwachstelle an etwas Großes, an Coles Macht, kommen wollte. Die Schwachstelle war ich – zusammen mit meinem Bruder. Ryan ist ein Kollateralschaden – meinetwegen. Deswegen auch sein begründeter Groll auf mich.

Natürlich verletzen mich seine harsche Art, seine Zurückweisungen und seine offenkundigen Vorwürfe. Aber sei's drum. Es gibt für mich nichts Wichtigeres, als dass er vollständig genesen wird. Ich würde ihm gerne dabei helfen, bin aber momentan die letzte Person, von der er Hilfe annehmen würde.

Seine Reaktion tut mir im Herzen weh. Ryan ist doch mein kleiner Bruder, der Einzige, der mir von meiner Familie noch geblieben ist. Wenn er geht, stehe ich alleine da, mutterseelenalleine. Wieder trifft mich der Stich in meinem Herzen.

»Wenn du etwas brauchst, dann melde dich«, flüstere ich, weil meine Stimme langsam versagt. Der Kloß in meinem Hals wird größer und größer, je näher der Abschied kommt.

»Ich komme zurecht«, entgegnet Ryan schroff.

»Kannst du mir eine Nachricht schicken, wenn du in Berlin angekommen bist?«, bitte ich ihn.

Mit meinem Anteil aus dem Erbe unserer Eltern kann er sich in Deutschland eine Wohnung mieten, sein Studium beenden und ein neues Leben beginnen. Als unsere Eltern vor vier Jahren bei einem Flugzeugunglück starben, war ich gerade einmal achtzehn und Ryan drei Jahre jünger. Mein Onkel übernahm die Vormundschaft, aber unser Erbe ging auf ein externes Treuhandkonto, dessen Umgang testamentarisch geregelt war. Mein Anteil daraus ging zu meinem einundzwanzigsten Geburtstag auf mich über; glücklicherweise habe ich im letzten Jahr nicht viel daraus benötigt. Ryans ist letztes Jahr an ihn übertragen worden. Zusammen ist es eine beachtliche Summe. Mehr kann ich nicht für ihn tun, als ihm diese finanziellen Mittel zur Verfügung zu stellen. Ich selber komme schon irgendwie zurecht.

Schweigend stehen wir uns gegenüber. Seine Miene ist verschlossen und ernst. Er schließt mich aus, das tut er seit ... ich will nicht darüber nachdenken. Nervös wische ich meine feuchten Handflächen an meiner Jeans ab.

Es scheint, als hätten wir uns alles gesagt und jetzt ist nichts mehr übrig, über das man reden könnte. Allerdings ist das eine Lüge. So vieles liegt unausgesprochen im Verborgenen und lauert geduldig unter der Oberfläche, um nach oben zu gelangen. Nur nicht jetzt. Jetzt ist nicht der Zeitpunkt dafür.

Die hässlichen Worte waren vorher gefallen. Er hat mich angeschrien und mich für alles verantwortlich gemacht. In seinen Augen bin ich diejenige, die sich in den falschen Mann verliebt und ihn damit in Schwierigkeiten gebracht hat. Ich kann ihm nicht widersprechen. Dennoch bleibt die Frage offen: Kann man lenken, in wen man sich verliebt? Ich glaube nicht.

Auch er hat von dieser Beziehung profitiert, was er allerdings gerade vollständig ausblendet. Ryan hat Cole wie seinen großen Bruder betrachtet, ihn angehimmelt und ihm nachgeeifert. In der semesterfreien Zeit, in der er nicht auf dem Campusgelände der Universität bleiben wollte, war er in Coles Haus ein- und ausgegangen. Ein Jahr nach dem plötzlichen Tod unserer Eltern tat ihm die Gemeinschaft der Männer gut. Aber diese Zeit ist in seinem Kopf durch die Tage voller Angst und Schmerzen ausradiert und ersetzt worden.

Das Klopfen an der Tür des billigen Motelzimmers reißt uns aus der Stille. Mein Bruder öffnet. Tom, sein bester Freund, steht davor und begrüßt mich freundlich. Nur er weiß, wo wir uns gerade befinden. Er wird Ryan zum internationalen Flughafen Seattle/Tacoma fahren. Ich hätte ihn gerne selbst hingebracht, aber das lehnt er kategorisch ab.

Wortlos nimmt Ryan seine Tasche und sieht mich noch einmal an. In diesem Augenblick kann ich spüren, wie der Riss in meinem Herzen tiefer wird und anfängt zu bluten. Die Enttäuschung, die Wut und der Schmerz, die er mir mit diesem einen Blick entgegenwirft, erstickt jedes Wort, jede Regung in mir und macht mich sprachlos. Tränen sammeln sich in meinen Augenwinkeln.

Ein kurzes Nicken ist alles, was er mir an Verabschiedung zugesteht. Schweigend dreht er sich um und geht aus dem Motelzimmer.

Tom schaut betroffen drein. »Er wird sich schon wieder einkriegen«, raunt er mir zu.

Ihm ist die Situation sichtlich unangenehm. Er meint es gut, aber wir wissen beide, dass das nur eine dahingesagte Floskel ist. Ich schweige, nicht fähig etwas zu erwidern. Tom zuckt mit den Achseln und folgt meinem Bruder.

Als die Tür ins Schloss fällt, kann ich meine Maske nicht mehr aufrechterhalten. Meine Knie knicken unter mir weg und ich breche heulend zusammen. Ich habe alles verloren. Alles! Meine Eltern, die Liebe meines Lebens und jetzt auch noch meinen Bruder. Nichts ist mehr übrig als mein nacktes Leben – und das ist derzeit auch keinen Pfifferling mehr wert.

Am nächsten Tag stehe ich am Fuße des Gerichtsgebäudes und blicke nach oben. Menschen strömen die Treppe hinauf, rempeln mich an und holen mich aus meiner bleiernen Lethargie. Ich bin innerlich zerrissen: Der eine Teil will sich umdrehen und wegrennen, der andere zieht mich magisch in das Gebäude.

Heute ist der letzte Gerichtstag. Der Tag der Urteilsverkündung. Die Geschworenen scheinen sich geeinigt zu haben und alle warten darauf, ob Cole Burton aufgrund minderschweren Betruges schuldig gesprochen wird oder nicht.

Kurz denke ich an den Moment, als die Polizei an die Tür der Villa klopfte und ihn in Handschellen abführte. Zu dem Zeitpunkt wusste er noch nichts von meinem Verrat. Beim Rausgehen drückte er mir noch einen Kuss auf die Lippen und flüsterte mir zu, dass alles gut werden würde und ich mir keine Sorgen machen sollte. Ich dagegen fühlte bereits, wie die losen Fundamente meines Lebens über mir zusammenbrachen und mich unter sich begruben. Mir blieb in dieser Nacht keine andere Wahl, als klammheimlich meine Koffer zu packen und zu verschwinden. Die Gewissheit, dass es ab diesem Zeitpunkt keinen Platz mehr für mich in dieser Villa, in dieser kleinen zusammengewürfelten Familie und schon gar keinen Platz mehr an Coles Seite gab, gaben mir den Rest.

Die Staatsanwaltschaft forderte fünf Jahre. Coles Verteidiger versuchte die Beweise zu entkräften oder als unzulässig darzulegen, was ihm nur mäßig gelang.

Trotz eines Formfehlers ist die Beweislage erdrückend und die Zeugenaussage eindeutig. Cole war durch dubiose Mittel an interne Informationen gekommen, die ihm beim Kauf einer Firma in die Karten gespielt hatten. Erst während der Gerichtsverhandlung habe ich den Zusammenhang verstanden. Die Fakten sehen so aus, dass die Firma im Besitz von Immobilien ist, die am Hafen liegen. Somit ist nicht die Firma selbst, sondern sind die Lagerhallen am Hafen wertvoll. Derjenige, der den Behörden den Tipp mit den Interna gegeben hat, wollte nicht, dass Cole durch den Erwerb eine Vormachtstellung im Hafengebiet erlangte.

Die Unsicherheit, ob der Staatsanwalt es nicht doch geschafft hat, die Geschworenen auf seine Seite zu ziehen, hat mir in den letzten Nächten den Schlaf geraubt. Inständig hoffe ich auf ein mildes Urteil, auch wenn mein Bauchgefühl von Verhandlung zu Verhandlung mieser wurde. Ich kann nur hoffen, dass alles glimpflich abläuft. Dann könnte ich wenigstens einen Teil meiner Schuldgefühle abschütteln.

Der Staatsanwalt ist ein gewiefter Fuchs und ein unglaublich guter Redner. Im Vergleich zu ihm wirkt der Verteidiger blass und unscheinbar. Den wenigsten im Gerichtssaal dürfte bekannt sein, dass ein Cole Burton immer Mittel und Wege findet, sich aus dem Dreck zu winden, ohne einen Fleck auf seiner blütenweißen Weste abzubekommen. Normalerweise haben die Burtons ein paar der besten Anwälte an ihrer Seite. Normalerweise. Wieso sie ausgerechnet dieses Mal einen unerfahrenen nehmen, ist mir schleierhaft.

Cole hat immer versucht, mich von den anderen Geschäften, den nicht ganz legalen, fernzuhalten. Aber ich lebte mit ihm unter einem Dach, was zwangsläufig dazu führte, dass ich Dinge gehört habe, die nicht für meine Ohren bestimmt waren. Die Augen davor zu verschließen, wäre dumm gewesen, aber die Nase tiefer reinzustecken ebenfalls. Nur bisher konnte keiner ihm etwas nachweisen. Bisher – dass sich das änderte, war dann wohl meine Schuld.

Die Hoffnung, dass sowohl Cole als auch Ace im Vorfeld Vorkehrungen getroffen haben, das von der Staatsanwaltschaft geforderte Strafmaß auf eine lächerliche Bewährungsstrafe abzumildern, will ich noch nicht aufgeben, auch wenn der Prozess nicht so verlaufen ist wie erwartet. Der Ausgang ist derzeit noch offen.

Der Weg in den Sitzungssaal gleicht einem Spießrutenlauf. Peinlich darauf bedacht, keinem von Coles Männern zu nahe zu kommen oder gar einem alleine zu begegnen, schleiche ich mich in den Raum. Ich wähle einen Sitzplatz in der äußersten Ecke, abseits der anderen. An allen Verhandlungstagen waren welche von ihnen an seiner Seite, nur seine Eltern nicht. Vermutlich hat Cole ihnen befohlen, der Verhandlung fernzubleiben, um ihnen die Schmach zu ersparen – anders kann ich es mir nicht erklären.

Schon im Gang habe ich die verächtlichen oder eher tödlichen Blicke bemerkt, die sie mir zuwarfen. Ich kenne die Männer gut genug, um sie ernst zu nehmen und mich davon einschüchtern zu lassen. Auf meinem Platz traue ich mich nicht, in ihre Richtung zu schauen. Ich halte den Kopf gesenkt und hoffe, dass dieser Tag bald vorbei sein wird.

Warum ich mir das antue, weiß ich selbst nicht so genau. Womöglich will ich mich dafür bestrafen, was ich ins Rollen gebracht habe. Möchte ich mit eigenen Augen sehen, was ich der Person angetan habe, die mir die Welt bedeutet? Währenddessen lässt sich die Hoffnung, er wird glimpflich davonkommen, partout nicht verdrängen.

Cole bemerkt mich sofort, als man ihn in den Gerichtssaal bringt. Emotionslos und mit eiserner Miene quittiert er meine Anwesenheit, während er sich die Handschellen abnehmen lässt. Diese Gefühlskälte, die zu mir herüberschwappt, fühlt sich an wie tausend Nadelstiche auf meiner Haut. Den Hass von jemandem, den man liebt, hautnah zu spüren zu bekommen, ist verdammt schwer.

Angst kriecht meinen Rücken hinauf und lässt mein Herz schneller schlagen. In diesem Moment wird mir klar, dass ich einen fatalen Fehler begangen habe.

Coles Augen durchbohren mich. Das dunkle Hemd sitzt perfekt und umschmeichelt seine kräftige, sportliche Figur. Die Ärmel hat er hochgekrempelt. Seine Unterarme sind wohlgeformt, muskulös und von Adern durchzogen. Es ist seine Art, dem Gericht den Mittelfinger zu zeigen, ein deutliches Zeichen. Ein Großteil seiner aufwendigen Tattoos liegt verborgen unter der Kleidung, nur an den Unterarmen lugen sie ein wenig hervor. Ich kenne jedes einzelne davon – deren Bedeutung und Wichtigkeit für ihn.

Seine dunkelbraunen Haare sind ungewöhnlich ordentlich nach hinten gekämmt und geben dadurch den Blick auf die wulstige Narbe auf seiner linken Wange frei. Ich kenne ihn nicht ohne, weiß, dass sie bei einem Kampf durch einen Messerschnitt eines mittlerweile toten Mannes verursacht worden ist. Sie zieht sich von dem Augenwinkel bis hinunter zum Kinn. Wie oft bin ich in den letzten Jahren mit dem Finger diese Narbe nachgefahren. Anfangs hat er meine Hand weggezogen, als könnte ich mich daran verbrennen. Mit der Zeit lernte er, dass sie für mich keinen Makel darstellt. Sie beeinträchtigt die Schönheit seiner sonst so vollkommenen Gesichtszüge kein bisschen. Nicht für mich. Für mich gehört sie zu ihm, wie all die anderen Narben auf seiner Haut und seiner Seele.

*Und jetzt habe ich ihm noch eine neue, tiefere Wunde verpasst,* denke ich traurig.

Während der gesamten Zeit, in der man die Anklagepunkte verliest, taxiert er mich mit seinen blauen Augen. Die Eiseskälte, die mir daraus entgegenschlägt, jagt mir einen Schauer nach dem anderen über den Rücken. Es liegt kein Fünkchen Wärme mehr darin. Den Cole, den ich kannte, den ich liebe, gibt es nicht mehr – nicht mehr für mich. Mit meinem Verrat habe ich ihn vernichtet.

Unruhig rutsche ich auf meinem unbequemen Stuhl hin und her. Die verächtlichen, tödlichen Blicke, die zusätzlich von seinen Männern auf mich abgeschossen werden, sprechen eine deutliche Sprache: Ich hätte nicht hierherkommen, sondern lieber meine gepackten Koffer nehmen und das Weite suchen sollen. Es wäre besser gewesen, die Zeit zu nutzen, um so viele Kilometer wie möglich zwischen uns zu bringen. Aber ich bin nicht fehlerfrei. Tief in mir hofft mein angeschlagenes Herz, noch einen Funken an Zuneigung und Verständnis in seinen Augen zu finden. Hofft, eine Chance zu bekommen, mich zu erklären.

Drei Jahre waren wir ein Paar. Drei Jahre haben wir ein Bett und vieles andere geteilt und uns geschworen, immer füreinander da zu sein. Eine Familie. Unzertrennlich, bedingungslos. Und auf einmal sind diese Jahre mit einem Knall weggewischt. Ausgelöscht. Ich schlucke und kämpfe die aufsteigenden Tränen hinunter.

Ich habe mal in einem Buch gelesen, dass Hass und Liebe nur einen Schritt voneinander entfernt liegen. Manchmal sogar nur einen Wimpernschlag. In diesem Moment, wo mich seine Augen bildlich töten, wird mir schmerzhaft bewusst, wie recht der Autor hat. Gestern noch geliebt, heute Hassobjekt Nummer eins. Ich spüre förmlich seine Hände um meinen Hals und wie sie zudrücken, mir die Luft abschnüren.

Das Bewusstsein, dass ich mir etwas vorgemacht habe, gewinnt die Oberhand und presst mir den Brustkorb zusammen. In Anbetracht dessen, dass er jeden meiner Besuche in der Untersuchungshaft oder Telefonate abgelehnt hat, hätte ich mit seiner Reaktion rechnen müssen. Wie naiv kann man sein?

Vielleicht trifft *verzweifelt* eher das, was mich gerade ausmacht. Verzweifelt auf der Suche nach Wiedergutmachung, nach Verzeihung, nach seiner Nähe. Aber im Grunde wusste ich, dass weder ein Besuch noch ein Telefonat etwas geändert hätte. Meine Hände wurden von dem machtgierigen, unbekannten Arschloch gebunden, der meinen Bruder in seine Finger bekommen hatte und mir bei dessen Freilassung mit auf den Weg gab, dass er bei einem unbedachten Wort von mir beenden würde, was er begonnen hat. Mich beschleicht das ungute Gefühl, dass seine Finger bis nach Deutschland reichen könnten und Ryan auch dort nicht in Sicherheit ist. Deshalb schweige ich immer noch. Was soll ich auch sonst tun?

Ace, seine rechte Hand und sein bester Freund, war mit ihm verhaftet worden. Allerdings konnte man ihm nichts nachweisen. Aber weil er sich gegen die Verhaftung gewehrt und einem Beamten die Nase gebrochen hatte, bekam er zwei Monate wegen Widerstandes gegen die Staatsgewalt. Nur Cole sitzt dank mir jetzt auf der Anklagebank.

Ace wird in ein paar Tagen aus der Haft entlassen. Bevor er wieder auf freiem Fuß ist, muss ich die Stadt verlassen haben, ansonsten bin ich schneller tot, als ich rennen kann.

»Kindchen«, spricht mich die ältere Dame neben mir an und durchbricht so meine Gedanken. Ich spüre ihre warme, weiche Hand auf meiner eisigen. »Sie brauchen keine Angst zu haben, der kommt erst einmal hinter Gitter.«

Ich sehe zu ihr hoch, direkt in ein freundliches Gesicht. Sie schenkt mir ein aufmunterndes Lächeln, was mir Tränen in die Augen treibt.

»Kennen Sie ihn?«, fragt sie mich direkt, weil ihr wahrscheinlich nicht entgangen ist, dass Cole mir ständig düstere Blicke zuwirft.

Bevor ich ihr antworten kann, ergreift der Richter das Wort verliest das Strafmaß: zwei Jahre und drei Monate. Ohne Bewährung.

Mir stockt der Atem.

Ein Raunen geht durch den Gerichtssaal. Seine Männer haben mit Bewährung gerechnet und fangen leise an, miteinander zu diskutieren.

Wieder treffen mich Coles Blicke. Der Ausdruck in seinen eisblauen Augen brennt sich tief in meine Seele. Pure Verachtung. Purer Hass.

Das Wissen, dass ich in seinen Augen nichts mehr wert bin, lässt mein angeknackstes Herz in tausend Splitter zerbersten. Die Feindseligkeiten, die mir von seinen Männern, meiner ehemaligen Familie, entgegenschlagen, tun ihr Übriges. Ich bin schuld an seiner Verhaftung und doch auch wieder nicht.

Es erdrückt mich. Auf der einen Seite Ryan und auf der anderen Cole. Für beide ist sonnenklar, wer die Schuldige ist, wer die Verantwortung dafür zu tragen hat. Keiner von ihnen scheint sich Gedanken darüber zu machen, was sie in meiner Lage getan hätten.

Die Straftat hatte Cole tatsächlich selbst begangen. Jedoch hatte ich den Stein ins Rollen gebracht, indem ich die Wanzen in seinem Büro versteckt habe. Derjenige, der mich dazu gezwungen hatte, und dessen Identität mir bis heute unbekannt ist, konnte der Behörde für Wirtschaftskriminalität dadurch einen bedeutenden Tipp geben und Cole damit in Schwierigkeiten bringen.

Weil neben Ace nur mir erlaubt war, Coles Büro zu betreten, war die Schuldige schnell gefunden. Sein Freund würde ihn niemals verraten. Aber das dachte Cole von mir auch. Nur hat Ace außer ihm niemanden – keine Familie, keine Freundin, kein Druckmittel. Bei mir sah das anders aus. Mein Bruder war ein optimales Druckmittel.

Tut es mir in der Seele weh? Ja.

Würde ich es wieder tun? Ja.

Hatte ich denn je eine andere Wahl? Nein.

Die Frage, die meine Schuld abmildern könnte, ist die: Wie viel ist ein Menschenleben wert?

Zwei Jahre und drei Monate. Das Leben meines Bruders ist genau zwei Jahre und drei Monate wert.

Es war mir unendlich schwergefallen, den zweitwichtigsten Menschen in meinem Leben zu hintergehen und ihm das antun zu müssen, aber man hatte mir keine Alternative gegeben. So sehr er mich auch dafür hasst, unter den Umständen täte ich es immer wieder. Ich habe das Leben meines Bruders retten können. Wenigstens etwas. Allerdings ist der Preis dafür gewaltig. Ich habe alles verloren und zusätzlich zu alldem steht jetzt auch noch mein Leben auf der Kippe. Wie erstarrt sitze ich auf meinem Platz und knibbele nervös an meinen Fingernägeln.

Als Cole aus dem Gerichtssaal geführt wird, treffen sich unsere Blicke ein letztes Mal. Kurz verzieht er seine Mundwinkel zu einem spöttischen Grinsen, welches mir das Blut in den Adern gefrieren lässt. Die Worte, die meine Lippen gerade formen wollen, ersterben unter der Wucht seiner Feindseligkeit, die zu mir herüberdringt und die Luft um zehn Grad kälter erscheinen lässt. Rechnete ich mit seinem Mitleid, so kann ich nicht noch fehlgeleiteter sein, als bei der Hoffnung, ein Gespräch mit ihm zu bekommen. Ich zittere am ganzen Körper und nur die warme Hand der fremden älteren Dame auf meinem Arm hält mich davon ab, zusammenzubrechen.

Gefangen in seinem Blick registriere ich nicht die Person, die an mich herantritt und mir einen Zettel in die Hand drückt. Erst als raue Hände mich streifen, sehe ich hoch, direkt in die Augen von Jim, seinem Fahrer. Ich starre auf das Stück gefalteten Papiers, kaum fähig, es zu öffnen. Ich muss es nicht lesen, um zu wissen, was es ist: mein Schuldspruch.

Ich öffne es vorsichtig. Die Buchstaben bilden Worte und formen einen Satz, der mein Leben noch ein Stückchen weiter zum Abgrund treibt.

*Meine liebe Pearl, egal wohin du gehst, ich werde dich finden, dich bestrafen und dich …*

Das letzte Wort hat er nicht geschrieben, nur die drei Punkte, aber ich kenne ihn zu gut und weiß, was er meint. In seiner Welt gibt es nur eine Antwort auf Verrat. Das hier ist kein leeres Versprechen, das hier ist mein Todesurteil.

# Kapitel 1

# Pearl

***Providence, Oktober 2023***

»Pearl, da ist jemand, der nach dir fragt«, spricht mich Stacy an und zeigt zum Gastraum. Für einen kurzen Moment stockt mir der Atem und mein Herz fängt an zu rasen.

*Er hat mich gefunden.*

Das ist der erste Gedanke, der mir durch den Kopf jagt. Dann atme ich tief ein und versuche mich zu beruhigen. Es ist zweieinhalb Jahre her, dass wir uns das letzte Mal gesehen haben. Ich glaube nicht, dass da vorne Cole steht, dafür ist Stacys Reaktion zu milde. Jeder der ihn nicht kennt und ihm zum ersten Mal begegnet, macht automatisch zwei Schritte zurück. Er ist zu imposant, zu furchteinflößend und mächtig. Keiner will ihm zu nahekommen, ihn zum Feind haben. Bei unserer ersten Begegnung war es mir nicht anders ergangen und in mir haben alle Instinkte geschrien, die Flucht zu ergreifen. Aber mit der Zeit lernte ich die sanftmütige Seite an ihm kennen, die Seite, die er sonst nur wenigen zeigt.

*Mach dir nichts vor, jetzt, wo du in seinen Augen die Seiten gewechselt hast, steht dein Name ganz oben auf der Abschussliste und es wäre dumm, keine Angst vor ihm zu haben.*

»Nun geh schon, der sah aus, als ob er nicht gerne wartet.« Stacy stupst mich an und zwinkert mir zu.

Zögerlich laufe ich auf die Schwenktür zu und trete aus der Küche. Als ich zu den Fensterplätzen schaue, entdecke ich eine mir bekannte Gestalt. Groß, verdammt attraktiv, dunkel gekleidet und mit dem Körper eines Gladiators.

Ace, Coles rechte Hand.

Unsere Blicke treffen sich. Er legt seinen Kopf schräg, mustert mich von oben bis unten, als ob er nach etwas sucht und es dennoch nicht gefunden hat.

Ich schaue von ihm zur Tür und überlege kurz, ob ich es wagen soll. Wenn ich schnell genug bin, könnte ich vielleicht entkommen. Dagegen spricht jedoch die Gewissheit, dass er sicherlich nicht alleine gekommen ist.

Als ob er meine Gedanken lesen kann, schüttelt er den Kopf und formt mit seinem Mund lautlos die Worte: *Vergiss es.*

Instinktiv greife ich nach der vollen Kaffeekanne, drücke meine Schultern nach hinten und laufe erhobenen Hauptes auf ihn zu.

»Ace«, begrüße ich ihn.

Mit der geschmeidigen Bewegung eines Kämpfers erhebt er sich und stellt sich direkt vor mich. Mit seiner einschüchternden Statur überragt er mich um einen guten Kopf.

»Pearl.« Seine Stimme klingt unpersönlich und unterkühlt, noch eisiger treffen mich seine Augen. »Providence? Echt jetzt? Einen anderen Ort hättest du nicht finden können?«

*Im Grunde ist es doch egal, an welchem Ort ich letztendlich von euch gefunden werde.*

»Hör zu, lass mich ...«, stottere ich.

Aber er hebt nur eine Hand und schaut mich mit diesen dunklen, kühlen Augen an. Mir bleiben die Worte im Hals stecken und ich verstumme. Ace hat nicht vor, mir zuzuhören. Seine Mission ist, mich zu Cole zu bringen, zu meinem Scharfrichter. Das wissen wir beide.

»Ich hab dich echt gerngehabt«, raunt er mir zu.

*Gehabt.* Die Vergangenheitsform umkreist bitter meine Gedanken.

»Aber wenn es nach mir ginge, würde ich jetzt da draußen stehen und das Ganze mit einem gezielten Schuss beenden.« Seine Aussage, gepaart mit seiner kalten Stimme, lässt mich erschauern. Er gehörte immer schon zu den ehrlichen Typen, die kein Blatt vor den Mund nahmen. Seine Worte sind todernst gemeint.

Ich schlucke die aufkeimende Panik hinunter. Bevor ich reagieren kann, nimmt er mir die Kanne aus der zitternden Hand und stellt sie hinter sich auf dem Tisch ab.

»Sag tschüss zu deiner Freundin und komm mit.«

»Ich kann hier nicht einfach weg. Ich habe einen Job.« Meine Worte klingen selbst in meinen Ohren hohl.

Der Anflug eines Schmunzelns überfliegt seine Lippen. »Wir wissen beide, dass du nie wieder einen Fuß in diese Stadt, in dieses Diner setzen wirst. Also mach es nicht schwerer, als es ist und verabschiede dich.«

Die ganzen Jahre rechnete ich damit, dass sie mich finden würden. Aber die Hoffnung stirbt bekanntlich zuletzt und mit jeder Woche, jedem Monat, der verging, nährte das meine Zuversicht, vielleicht in Vergessenheit geraten, entkommen zu sein. Es hat mir Sicherheit vorgegaukelt. Nur war das ein Trugschluss. Cole ist ein Bluthund. Einmal eine Fährte aufgenommen, lässt er nicht mehr los, bis er sein Ziel erreicht. So wie Ace es formuliert, ist über mein Schicksal bereits entschieden worden.

Womöglich ist noch nicht alles verloren und ich kann Cole erklären, warum das alles so gelaufen ist. *Wenn ich Glück habe, hat er sich beruhigt und kann mir verzeihen, wenn ich ihm einen Teil zu erklären versuche.* Innerlich schüttele ich den Kopf, weil ich weiß, dass ich mir etwas vormache, denn die plötzlich wieder aufkeimende unbändige Angst um Ryan überlagert meine Hoffnung.

Ich drehe mich um und sehe, wie Stacy uns beobachtet. Wir kennen uns gerade ein paar Monate und sie ist mir ans Herz gewachsen. Nie würde ich auf die Idee kommen, sie mit in den Abgrund zu reißen. Ich setze ein falsches Lächeln auf und eile zu ihr. Meine Nerven flattern, aber das darf sie nicht bemerken.

»Stacy, ich muss heute früher gehen. Könntest du die Schicht noch alleine fertig machen?«

Wir hätten noch eine Stunde, aber es ist Wochentag und aufgrund dessen nicht viele Gäste zu bedienen.

»Klar und mach dir einen schönen Abend.« Sie nickt zu Ace rüber. »Wusste gar nicht, dass du so einen heißen Freund hast.«

Ich würde sie gerne umarmen, befürchte aber, ihr Misstrauen zu wecken. Ich krame in meiner Rocktasche nach dem Ring, den ich nur zur Arbeit abziehe. Es ist das einzige Stück, das mich noch mit meiner Vergangenheit, mit Cole, verbindet. Er schenkte ihn mir zu meinem letzten Geburtstag, den wir zusammen verbracht haben. Auch wenn er betonte, dass dies nur ein gewöhnlicher Ring wäre, sah das Ganze verdammt nach einem Versprechen aus. Andere Besitztümer habe ich nicht mehr.

Stacy schaut mich verwirrt an, als ich ihn in ihre Hand drücke. Sie wird ihn gebrauchen können. Beim Verkauf bringt er ein nettes Sümmchen ein. Denn da, wo ich hingehe, werde ich ihn nicht mehr benötigen. Diese Endgültigkeit lässt mir die Tränen in die Augen schießen.

»Nimm ihn.«

»Aber ...«, stottert sie und umschließt mit ihren Fingern das kleine Schmuckstück. Sie kennt mich in meiner Freizeit nicht ohne. Dann verdunkeln sich ihre Augen und ihr Blick huscht zu Ace. »Bist du in Schwierigkeiten?«

Ich zwinge mich zu lächeln. »Nein, alles gut.«

Oh, wenn sie wüsste ...

Stacy schaut mich abschätzend an und ich kann an ihrem Gesichtsausdruck erkennen, dass sie mir nicht glaubt.

»Pass auf dich auf«, wispere ich. Meine Finger legen sich um ihre Faust mit dem Ring darin und drücken kurz zu.

Gerade will ich mich zu den Räumen der Bediensteten wenden, als mich Aces dunkle Stimme zurückhält.

»Pearl!«

Ich deute auf meine Kleidung. Er nickt und kommt zu mir geschlendert, die Hände lässig in der Hosentasche. »Ich warte hier, also mach keine Dummheiten ... sonst muss deine Freundin dafür bezahlen«, flüstert er mir ins Ohr.

Mein Magen verkrampft sich. Würde er wirklich jemand Unschuldigen in die Sache mit reinziehen? Früher hätte ich nein gesagt. Mittlerweile bin ich mir nicht mehr so sicher.

Der Raum ist eher eine kleine Rumpelkammer, aber wenigstens können wir uns dort umziehen und unsere Sachen zwischenlagern. Mein Körper schaltet auf Überlebensmodus und fängt an zu zittern. Ich schlüpfe aus den Diner-Klamotten und ziehe mir meine Jeans und den Pulli an. Kurz checke ich mein Handy, als bereits jemand an die Tür klopft.

Der Knoten in meinem Magen und der Kloß in meinem Hals wachsen. Es tut weh zu sehen, dass wieder keine Antwort von Ryan auf meine letzte Nachricht gekommen ist. Mein Bruder hat den Kontakt zu mir komplett gekappt und jeder meiner Versuche landet im Nirgendwo. Wahrscheinlich auch diese, meine letzte Nachricht, die ich ihm schreiben kann. Mein Verstand brüllt mich an, dass ich mir nichts vorzumachen brauche, was mein Herz noch nicht wahrhaben will. Cole wird mir gegenüber keine Gnade walten lassen. Meine Finger fliegen über die Tasten und ich schreibe Ryan:

*Es tut mir leid. Egal, was passiert ist oder passieren wird, ich liebe dich. Deine Pearl.*

Bevor Ace in den Raum stürmt, schicke ich die Nachricht nach Berlin und schalte mein Handy aus. Vielleicht wird Ryan sie ungelesen löschen, aber es ist mir wichtig. Meine letzten Worte sollen ihm gelten, er soll wissen, dass ich ihn nie vergessen werde.

Ace funkelt mich böse an und hält mir die Hand hin. Ich gebe ihm mein Handy und laufe vor ihm her. Ein wenig wehmütig sehe ich mich noch einmal um, nehme die besondere Mischung aus frischem Filterkaffee und abgestandenem Fett in mich auf und trete hinaus ins Freie. Es ist nicht nur die Kühle des Tages, die mich frösteln lässt. Vielmehr ist es die Gewissheit, dass meine Freiheit hier endet.

Zwei schwarze SUVs stehen direkt auf dem Bordstein und warten auf uns. Männer verharren davor und versperren jeglichen Fluchtweg. Natürlich haben sie an alles gedacht. Jim, Coles Lieblingsfahrer, öffnet mir mit versteinerter Miene die hintere Tür. Seine dunklen Haare sind mittlerweile mit silbernen Strähnen durchzogen, aber seine schlanke Statur hat sich in den letzten Jahren nicht verändert. Demonstrativ schaut er weg, als ich ihm zunicke. Ich steige ein und Ace gleitet neben mir auf den Rücksitz. Die Tür schlägt zu und schließt mich ein, besiegelt meine Zukunft, die nun in den Händen dieser düsteren Gesellen liegt.

Kaum fährt der Wagen los, dreht sich Ace zu mir und hält eine Spritze in der Hand.

»Bitte, Ace, du brauchst das nicht zu tun«, bettele ich und rücke ein Stück von ihm weg.

»Ich habe keine Lust, dich zu knebeln und zu fesseln, also bringen wir es hinter uns.«

Ich schaue ihn flehend an, doch er zerrt mich unbarmherzig zu sich und setzt die Spritze an meinem Hals an. Nur Sekunden später wird mir schwarz vor Augen und die Dunkelheit zieht mich in ihre Tiefe.

# Kapitel 2

# Pearl

*Seattle, Mai 2018*

»Ich weiß nicht«, sage ich. Unsicher schaue ich mich um. Hinter uns steht eine Gruppe aus mehreren Studenten und vor uns zwei Männer, die jedoch weitaus älter sind als wir. Seit unserer Ankunft hat sich die Schlange vor dem Club minütlich verlängert. Er gehört zu einem der Luxushotels am Hafen, zusammen mit einem hoteleigenen Sternerestaurant. Für das braucht man aber eine Vorreservierung.

Nancy und Jil sehen mich mittlerweile leicht genervt an. Wir teilen uns im Campus das gleiche Zimmer, sind aber nicht im gleichen Semester. Jil ist zwei Semester über mir und Nancy sogar drei.

»Unter der Woche kümmert es keinen der Türsteher. Ehrlich!«, erklärt Jil und zupft ihr kurzes Glitzerkleid zurecht.

»Keiner wird etwas bemerken«, sagt Nancy und versucht mich damit zu beruhigen. »Du hältst dich einfach dicht hinter uns, bleibst cool und beachtest den Türsteher nicht.«

Die beiden haben gut reden. Schließlich sind sie über einundzwanzig und dürfen offiziell in den Club, während ich mit meinen gerade neunzehn Jahren nicht einmal daran denken sollte.

Nur noch die Jungs vor uns, dann sind wir an der Reihe. *Stell dich nicht so an und tu einfach so, als ob du hierhergehören würdest*, mache ich mir Mut und befehle meinen Händen, mit dem Zittern aufzuhören.

»Pearl, bleib cool, sonst sieht er dir an der Nasenspitze an, dass etwas nicht stimmt. Die sind darauf geschult.« Jil ist von uns dreien die Taffste – ganz im Gegensatz zu mir. Allerdings verursacht ihre Bemerkung bei mir nur noch mehr Nervosität. Genervt rollt sie mit den Augen.

Die Männer vor uns werden durchgewunken. Ich straffe meine Schultern und versuche mein bestes Pokerface aufzusetzen.

»Zu dritt?«, fragt der Türsteher gelangweilt. Er hat den Eingang wieder mit dem Band verschlossen und mustert uns abschätzig. Sein Blick bleibt für einen Moment an mir hängen. Nervös lächele ich ihn an. Mein Gott, ich fühle mich, als überfiele ich eine Bank und nicht, als würde ich mich in einen Club schmuggeln.

»Ja, nur wir drei. Heute viel los«, schnattert Jil drauflos und flirtet ungeniert mit dem muskelbepackten Mann.

»Ausweise!«

Zuerst prüft er Nancys und Jils, dann nimmt er meinen und beäugt ihn misstrauisch.

»Ihr könnt durch«, sagt er und löst das Band.

Ein Stein fällt mir vom Herzen. Gerade als ich mich den beiden anschließen will, hält er mich zurück. »Du nicht!«

Verwirrt sehe ich von ihm zu meinen Freundinnen und zurück. »Aber …«

»Nichts aber«, mault der Mann mich an und hantiert an seinem Headset rum. Ich sehe verzweifelt zu Nancy.

»Wir haben hier einen Code sieben.«

Code sieben? Was zum Teufel soll das bedeuten? Mir wird ganz heiß und mein Magen verknotet sich. Ich komme mir vor wie ein Kind, das mit der Hand in der Keksdose erwischt worden ist.

»Hey Mann, komm schon«, säuselt Jil, verstummt aber, als der Ordner sie mit einem bitterbösen Blick abstraft.

»Okay …« Kapitulierend hebt sie die Hände. »Wir werden einfach gehen. Nicht nötig, ein Fass aufzumachen.«

»Raus!«, knurrt er nun definitiv angepisst. »Sofort! Bevor ich euch für den Rest eures mickrigen Daseins Hausverbot erteilen lasse.«

Jil hat den Bogen überspannt.

Sichtlich eingeschüchtert von seinem Ausbruch und um nicht noch mehr Aufmerksamkeit der anderen wartenden Gäste auf sich zu lenken, gehen sie und Nancy wieder hinter die Absperrung. Gerade will Nancy mich mitziehen, als seine Hand meinen Oberarm schraubstockartig umklammert, während er mit der anderen wieder am Headset rumfingert.

»Sie nicht! Sie bleibt hier!«

Oh nein, das passiert nicht wirklich gerade. Ich starre den Türsteher entsetzt an. Ich hätte mich nicht darauf einlassen, beziehungsweise dazu überreden lassen sollen. Ursprünglich wollte ich gar nicht in den Club, aber die beiden haben so lange auf mich eingeredet, dass ich letztlich eingeknickt bin und zugestimmt habe.

»Es tut mir leid. Bitte, wir werden einfach gehen.« Ich sehe ihn flehend an und merke, wie mir die Röte ins Gesicht schießt, weil die Gruppe hinter uns anfängt, miteinander zu tuscheln.

Neben dem Türsteher erscheint ein anderer dunkelhaariger Mann, dessen Körperbau und Größe an einen Gladiator erinnern. Mit versteinerter Miene nimmt er mich in Empfang. Wie ein ungezogenes Kind werde ich von einem zum anderen weitergereicht.

»Ihr könnt schon gehen. Sie wird noch eine Weile brauchen«, sagt er mit einer rauen Stimme zu meinen Begleiterinnen, denen mittlerweile auch klar geworden ist, dass wir in mächtigen Schwierigkeiten stecken. Besser gesagt, ich stecke knietief in der Scheiße.

»Aber … aber, wie soll sie denn alleine …?«, stammelt Nancy und sieht mich reumütig an.

»Keine Sorge, der Boss kümmert sich darum, dass sie sicher nach Hause kommt. Notfalls rufen wir ein Taxi.«

Sprachlos und mit einem mulmigen Gefühl lasse ich mich von ihm in den Club führen. Was für eine Strafe erwartet mich bei Dokumentenfälschung? Ich kann mir keine Anzeige leisten, nicht jetzt. Gott, ich bin so dämlich, mich auf das hier eingelassen zu haben!

Der Gladiator führt mich an der Tanzfläche vorbei, eine Treppe hinauf und einen dunklen Gang entlang. Meine Knie bestehen nur noch aus Pudding und es fällt mir schwer, nicht ins Straucheln zu geraten.

Am Ende des Flurs klopft er an eine Tür, wartet und öffnet sie, als von drinnen eine tiefe männliche Stimme mit *Herein* antwortet. Ich werde vor einen Schreibtisch, der im Halbdunklen steht, geschoben und senke schuldbewusst den Kopf. Im Augenwinkel sehe ich, wie mein gefälschter Ausweis den Besitzer wechselt.

»Lass uns allein«, befiehlt eine samtige, dunkle Stimme, die vor Autorität nur so strotzt.

Unwillkürlich hebe ich meinen Kopf. Vor mir sitzt ein Mann, wobei *thront* wohl eher passen würde. Ich sehe nur einen Teil seines Profils. Der andere liegt im Halbschatten. Aber was ich sehe, lässt mich erschaudern. Die Aura, die von ihm ausgeht, schreit nach Raubtier, Macht, Dominanz und Gefahr – alles vereint in einer Person. Mit diesem Mann ist definitiv nicht gut Kirschen essen.

Meine Instinkte raten mir, so viel Abstand wie möglich zwischen uns zu bringen. Automatisch mache ich einen Schritt nach hinten, dann einen zweiten. Das scheint ihn zu amüsieren, denn ein Lächeln zupft an seinem Mundwinkel. Ich kann gerade noch einen Schrei unterdrücken, als hinter mir die Tür mit einem lauten Knall ins Schloss fällt. Ich habe nicht bemerkt, dass der andere Typ auch noch da war. Jetzt bin ich mit *ihm* allein. *Renn*, schreit mein Bauchgefühl, doch meine Füße wollen nicht gehorchen.

»So schreckhaft?«, witzelt er. »Auch wenn ich verwöhnte Gören verabscheue, die glauben, mich und meinen Club in Schwierigkeiten bringen zu müssen, habe ich bis heute noch keine verspeist.«

Mit der Geschmeidigkeit einer Raubkatze erhebt er sich aus dem Stuhl und läuft gemächlich um den Tisch herum. Meinen Ausweis hält er immer noch in den Händen. Als er ins Licht tritt und ich einen ungehinderten Blick auf sein Gesicht erhaschen kann, zucke ich kurz zusammen. Er ist attraktiv. Seine dunklen Haare sind ein Kontrast zu seinen blauen Augen, seine Haut ist gebräunt und der Bartschatten lässt seine Wangen und sein markantes Kinn dunkler wirken. Er überragt mich um einen guten Kopf und ist genauso riesig wie der Gladiator, der mich hierhergebracht hat. Was ihm, im Gegensatz zu dem anderen und neben seiner gewaltigen machtvollen Ausstrahlung, einen verruchten, gefährlichen Ausdruck verleiht, ist die hässliche, wulstige Narbe, die seine linke Gesichtshälfte durchtrennt. Sie läuft vom Augenwinkel bis fast hinunter zum Kinn. Mein Körper reagiert intuitiv und weicht noch weiter zurück.

»Gefälschter Ausweis. Und dann noch so stümperhaft gemacht.« Der Spott in seiner Stimme ist nicht zu überhören. Lässig lehnt er an seinem Schreibtisch, die Arme vor der Brust verschränkt und die Füße galant übereinandergelegt. Seine graue Hose und das schwarze Hemd sitzen wie angegossen und passen eher zu einem Typen von der Wall Street als zu einem Clubbetreiber. »Wer hat ihn dir besorgt?«

Ich will Jil und ihren Bekannten keinen Ärger bereiten und schweige. Er wartet geduldig. Als ich kein weiteres Wort verliere, nickt er kurz, als habe er damit gerechnet, keine Antwort zu bekommen.

»Wie alt bist du wirklich?« Er durchbohrt mich mit seinem Blick, dass mir flau im Magen wird und ich gewillt bin, einfach reißauszunehmen, anstatt zu antworten. Aber vermutlich würde mir das nur noch mehr Ärger einbringen.

»Neunzehn«, presse ich mit dünner Stimme hervor.

»Neunzehn?« Er legt seinen Kopf schräg und betrachtet mich eingehend.

Schweiß rinnt mir den Rücken hinunter, während mich langsam die Panik befällt.

»Es tut mir leid«, stammle ich und drücke meine Clutch enger an meine Brust. »Es war dumm und ich werde es nicht noch einmal tun.«

»Nein, wirst du nicht ... dafür werde ich sorgen.« Seine Stimme klingt ruhig, aber seine Aussage hört sich in meinen Ohren wie eine Drohung an. Er sieht noch einmal auf das kleine Plastikkärtchen.

»Pearl Martin? Fake oder richtiger Name?«

»Richtiger Name.«

»Hübsch und so passend.« Seine Augen halten meinen Blick gefangen. Ich habe das Gefühl, er kann mir direkt in die Seele schauen.

Auch wenn mir dieser Mann unheimlich ist, überkommt mich dennoch das Gefühl, dass er mir nichts tun wird. Trotzdem werde ich drei Kreuze machen, wenn ich unbeschadet aus diesem Büro, dieser Sache rauskomme.

»Können wir das nicht einfach vergessen? Bitte. Ich werde zukünftig einen großen Bogen um Ihren Club machen. Ehrenwort.« Ich halte seinem Blick stand, klimpere mit meinen Wimpern und lächle ihn voller Zuversicht an.

Ein kurzes Lachen erschallt. »Glaubst du allen Ernstes, du kannst mich mit diesen wunderschönen Augen um den Finger wickeln?«

»Bei meiner Freundin klappt das auch immer«, entgegne ich und versuche witzig zu klingen, um die knisternde Atmosphäre abzumildern.

»Bei wem von den beiden? Bei der Rothaarigen oder der im Glitzerkleid?«

»Glitzerkleid«, antworte ich etwas verdattert.

Erst dann bemerke ich die zwei Bildschirme und den Laptop auf dem Schreibtisch. Er hat die Szene am Eingang per Überwachungskamera mitangesehen. Hat er dem Türsteher die Anweisungen erteilt?

»Ich habe eine bessere Idee«, sagt er und ich bin mir nicht sicher, ob das Grinsen mich vorwarnen soll. »Ich könnte es vergessen, wenn ...«

»Wenn was?«, frage ich voreilig. Alles, bloß keine Anzeige.

»Wenn du mich am Wochenende auf eine Veranstaltung begleitest.«

»Was? Ich? Wieso?« Hitze sammelt sich auf meinen Wangen und ein merkwürdiges Flattern breitet sich in meinem Magen aus.

»Weil meine Begleitung kurzfristig ... sagen wir ... abgesagt hat.« So wie er an seinem Schreibtisch lehnt, sieht das entspannt und friedlich aus, aber es täuscht nicht darüber hinweg, dass sich dahinter ein Mann verbirgt, der einem Adler gleicht. Beobachtend, lauernd. Tödlich.

Ich sollte absagen, schnellstens hier verschwinden und nie wieder einen Fuß in die Nähe dieses Mannes oder dieses Clubs setzen.

»Und wenn ich ablehne?« Meine Stimme ist nur noch ein Flüstern.

»Tja, das wäre sehr bedauerlich. In diesem Fall müsste ich jetzt leider die Bullen anrufen.«

»Das nennt man Erpressung.«

»Oh, große Worte. Ich nenn das ... Wahlmöglichkeit.«

Ich schnaufe verächtlich. Das scheint ihn noch mehr zu belustigen. Er stößt sich von seinem Schreibtisch ab und ist mit einer anmutigen Bewegung direkt vor mir.

Meine Füße bewegen sich nicht und ich bleibe wie erstarrt stehen. Ich lege meinen Kopf in den Nacken und sehe zu ihm hoch. Nein, ich will nicht wie ein verschrecktes Tier vor ihm flüchten. Wozu auch? Weit würde ich eh nicht kommen.

»Gib mir dein Handy«, befiehlt er sanft und hält mir seine Hand hin.

Ich wühle mit eiskalten Fingern in meiner Clutch und gebe ihm ohne Widerworte das Gewünschte. Er tippt etwas ein, dann klingelt sein Handy und das Spiel beginnt von neuem. Als er mir schließlich mein Handy zurückgibt, hat er seine Nummer unter *Cole Burton* eingespeichert.

# Kapitel 3

# Pearl



***Seattle, Mai 2018***

Die nächsten Tage verbringe ich wie in Trance. Fortwährend hängt das bevorstehende Wochenende mit dem Galaabend wie ein Damoklesschwert über mir und verfinstert meine Laune. Egal was meine beiden Mitbewohnerinnen sagen, es beruhigt mich nicht. Cole Burton schickte mir eine Nachricht mit der genauen Uhrzeit, wann er mich abholt. Kurz, knapp, gebieterisch.

Als ich das Studentenwohnheim verlasse, parkt ein silberner Sportwagen am Straßenrand und Mr. Burton lehnt lässig an der Beifahrertür. Der schwarze Anzug wirkt an ihm wie eine zweite Haut und verleiht ihm einen majestätischen Ausdruck. Ich fühle mich ein wenig fehl am Platz und laufe nervös auf ihn zu.

»Pearl«, begrüßt er mich knapp.

»Mr. Burton.«

»Cole«, verbessert er mich unverzüglich und öffnet mir die Tür, damit ich einsteigen kann. Mit dem engen, langen Abendkleid ist es ein wenig schwierig, dennoch versuche ich so elegant wie möglich, auf den Sitz zu gleiten. Meine dunklen langen Haare hat mir Jil zu einer aufwendigen Hochsteckfrisur gestylt, die meinen zarten Hals optimal zur Geltung bringt. Das knöchellange Neckholderkleid mit dem atemberaubenden Rückenausschnitt hat mir Nancy geliehen. Beide scheinen ein schlechtes Gewissen zu haben, obwohl ich mehrmals versucht habe, ihnen das auszureden. Letztendlich war es meine eigene dumme Entscheidung, mit einem gefälschten Ausweis in einen Club zu gehen – nicht ihre. Jetzt muss ich die Suppe auslöffeln, die ich mir eingebrockt habe. Allerdings, ich gestehe es ein, hätte es mich auch schlechter treffen können.

Kaum dass Cole eingestiegen ist, röhrt der Motor auf und wir preschen über die Straßen, raus aus dem Univiertel, über die Interstate Richtung City.

Auf der Fahrt mustere ich ihn unauffällig. Ringe zieren seine Finger und obwohl ich das bei anderen Männern affektiert finde, passt es zu diesem, zu Cole. Seine mir zugewandte Gesichtshälfte ist makellos und schön anzusehen. Ein Mann, ein Gesicht, zwei Gesichtshälften, die nicht unterschiedlicher sein können. Wie Himmel und Hölle. Der Bartschatten betont seine Züge, kantig und ausdrucksstark. Sein Alter kann ich schwer schätzen. Vielleicht Ende zwanzig, Anfang dreißig. Er ist so weit weg von den Kerlen, oder soll ich Buben sagen, die sonst meinen Weg kreuzen. Neben mir sitzt ein richtiger Mann, und zwar einer der gefährlichen Sorte. Ich muss verrückt sein, mich in die Hände eines mir völlig Unbekannten zu begeben, noch dazu einem mit dieser machtvollen, respekteinflößenden Ausstrahlung. Komischerweise fühle ich mich an seiner Seite, als könne mir nie etwas passieren. Bisher hat er mich nicht einmal berührt.

»Gefällt dir, was du siehst?«, fragt er selbstgefällig.

»Ein wenig konkurrenzlos zu den Jungs, mit denen ich sonst ausgehe«, feixe ich, doch die Unsicherheit schwingt in meiner Stimme mit. *Konkurrenzlos* ist das falsche Wort, um zu beschreiben, wie exorbitant der Unterschied zwischen ihm und den Jungs ist, mit denen ich bisher ein Date hatte. Wobei das hier ja keines sein soll, sondern eher eine Wiedergutmachung.

»Mit welchen Jungs gehst du denn sonst aus, wenn du nicht gerade versuchst, mit einem gefälschten Ausweis in einen Club zu gelangen?« Er wirft mir einen Blick zu, der schon fast als finster bezeichnet werden kann. Ich habe das unterschwellige Gefühl, dass sein Missfallen nicht dem Einschleichen in seinem Club entspringt.

»Studenten in meinem Alter eben.«

»Aha. Studenten in deinem *Alter.*« Er wiederholt meine Antwort mit einer besonderen Betonung auf *deinem Alter.* Uns trennen sichtbar ein paar Jahre voneinander.

Kurz verharren wir in Schweigen. Dann fällt mein Blick wieder auf sein Gesicht und als er dieses zu mir dreht, um mich zu mustern, auf seine Narbe.

»Was ist passiert?«

Ein Schatten verdunkelt seine Miene und ich sehe, wie sich seine Finger so fest um das Lenkrad spannen, dass die Knöchel weiß hervortreten.

»Ein unachtsamer Moment bei einem unfairen Kampf«, knurrt er verstimmt.

Ich habe einen wunden Punkt getroffen und sollte jetzt lieber meine Klappe halten, aber etwas in mir will ihm zeigen, dass es mir nichts ausmacht.

»Und wie sieht der andere aus?«, frage ich schmunzelnd.

Verdutzt sieht er mich an, bevor ein Lächeln um seine Mundwinkel spielt. »Sagen wir ... ihn hat es übler erwischt.«

»Was anderes hätte ich auch nicht erwartet.«

»Du hast keine Angst vor mir?«

»Doch, aber ...«

»Doch, aber was?!«, hakt er nach.

»Meine Freundinnen wissen, mit wem ich unterwegs bin. Auf meinem Handy ist eine Tracking-App und wenn ich ihnen nicht jede halbe Stunde ein Smiley schicke, werden sie die Nationalgarde auf dich hetzen.«

Ich sehe ihn auffordernd an und versuche spaßig zu klingen. Wobei das mit der App und den Smileys noch nicht einmal gelogen ist. Nur wollen meine Mitbewohnerinnen nicht halbstündlich, sondern zu jeder vollen Stunde ein Lebenszeichen von mir bekommen.

Sein tiefes Lachen erfüllt den Wagen. »Schlaues Mädchen.«

Mehr sagt er nicht, bevor er sich wieder auf den Straßenverkehr konzentriert.

Er ist kein Mann vieler Worte und ich nicht mutig genug, ein Gespräch anzufangen. Aus diesem Grund scheinen wir beide die Stille vorzuziehen.

Beim Betreten des Ballsaals stockt mir der Atem. Selten habe ich so viel Glanz und Glamour auf einem Haufen gesehen. Meine Eltern gehörten der oberen Mittelschicht an und wir waren des Öfteren auf Bällen oder Wohltätigkeitsveranstaltungen. Aber das hier überragt alles um Längen.

Plötzlich fühle ich mich mit meinem schlichten schwarzen Abendkleid underdressed, weil die Frauen aufwendige und sichtbar hochpreisigere Kleider in allen Farben und Varianten tragen. Mir fehlte schlicht die Zeit, auf Shoppingtour zu gehen und ehrlich gesagt war ich auch ein wenig zu geizig, Geld für etwas auszugeben, was ich in naher Zukunft nicht noch einmal anziehen werde. Als Studentin brauche ich kein kostspieliges Abendkleid – wozu auch?

Eine warme Hand berührt meinen Rücken. Es ist die von Cole. Hitze und ein wohliger Schauer strömen von ihr aus. Es ist das erste Mal, dass er mich berührt. Mit dem Daumen zieht er leichte Kreise auf meiner Haut und merkwürdigerweise beruhigt mich das. Sein herber Duft nach teurem Aftershave mit einer holzigen Unternote umhüllt mich, als er sich zu mir beugt und mir ins Ohr flüstert: »Du siehst bezaubernd aus. Ich hätte mir keine bessere, elegantere Begleitung für heute Abend wünschen können, Pearl.«

Er ist mir so nah, dass sich unsere Lippen streifen würden, wenn ich mich nur einen Millimeter zu ihm drehte.

»Komm«, sagt er mit samtiger Stimme. Seine Hand umschließt meine und er zieht mich wie selbstverständlich mit sich.

Für die anwesenden Gäste müssen wir wie ein Paar aussehen. Mehr als ein Augenpaar verfolgt oder mustert uns eingehend. Ein wenig unbeholfen laufe ich neben ihm her. Manche mir zugeworfenen Blicke treiben mir die Schamesröte in die Wange. Ich bin jung und unerfahren und das signalisieren sie. Ich fühle mich wie in einer Zirkusmanege, den Raubtieren vorgeführt. Nur der feste, warme Griff um meine Hand verhindert, dass ich mich ins Abseits flüchte; er gibt mir eine gewisse Sicherheit und Stärke.

Cole führt mich an der Tanzfläche vorbei zu einer Gruppe. Die Männer haben die gleiche dunkle Ausstrahlung wie mein Begleiter.

»Ace, darf ich dir Pearl vorstellen?«, sagt er zu dem Mann, der mich vor ein paar Tagen in Coles Büro geschleift hat.

Ace ist ihm vom Körperbau ebenbürtig, jedoch wird seine Attraktivität nicht mit dieser Dunkelheit durchdrungen, die jeden bei Coles Begegnung einen Schritt zurückweichen lassen.

Erstaunt sieht er von Cole zu mir und zurück. Etwas in seiner Miene gibt mir Rätsel auf.

»Ich dachte, du wolltest mit ...« Mitten im Satz hört er auf zu sprechen. Es scheint, dass ein Blick von Cole reicht, um ihn zum Schweigen zu bringen. Verwirrt blicke ich zu ihm, aber seine Miene ist unleserlich.

»Pearl, das ist Ace. Mein ältester Freund und engster Vertrauter.«

Da sich die Zeiten geändert haben und ein Händeschütteln mittlerweile nicht mehr überall gern gesehen wird, weiß ich nicht so genau, wie ich ihn begrüßen soll. Verunsichert nicke ich ihm kurz zu. Er antwortet mit einem breiten Lächeln.

Der Reihe nach nennt Cole die Namen der Männer und der drei Frauen vor uns. Jim, Stephan, Enzo mit seiner Begleitung Agnes und Philipp mit seiner Frau Florence. Zum Schluss stellt er mir Heather vor, die mich anstarrt, als sei ich eine Bedrohung für sie. Sie trägt ein superenges rotes Kleid, das ihre weiblichen Kurven besonders in Szene setzt und sie zusammen mit ihren blonden Locken in die Kategorie Supermodel hebt.

Während des gesamten Abends lässt mich Cole keine Sekunde allein, als glaube er, dass ich sofort Reißaus nehmen würde. Immer ist er in meiner Nähe. Sobald er seine Hand von meinem Rücken nimmt oder meine Hand loslässt, vermisse ich die Wärme und die Sicherheit, was ich mit einem inneren Schmunzeln zur Kenntnis nehme.

Die Gesellschaft kennt ihn. Einige der Herrschaften machen einen großen Bogen um uns, andere Geschäftsleute reden respektvoll mit ihm und fragen nach dem Stand bestimmter Transaktionen. Cole scheint nicht nur Besitzer eines Nachtclubs, sondern in weit größere Geschäfte, Immobiliengeschäfte, verwickelt zu sein und geht – trotz meiner Anwesenheit – sehr offen damit um. Es stört ihn nicht, dass ich unverschuldet Zeuge mancher Interna werde. Wahrscheinlich geht er davon aus, dass ich entweder nichts damit anfangen kann oder zu eingeschüchtert bin, um daraus Profit zu schlagen. Mit Letzterem könnte er recht haben. Er schüchtert mich nicht nur in einer Sache ein.

Dagegen kennt Heather keine Skrupel. Sie versucht den ganzen Abend über, seine Aufmerksamkeit zu erhaschen.

»Soll ich dir etwas von der Bar mitbringen?«, fragt sie.

Ich verdrehe heimlich die Augen, weil sie ihn förmlich mit den Blicken verschlingt. Ace bemerkt das und verbirgt sein Grinsen hinter der Hand. Ich zucke mit den Schultern und schweige, als er mir zuzwinkert.

»Nein, danke. Wir haben alles.« Ihre Anmache prallt an Cole ab.

»Tanzen?« Sie gibt nicht auf. Wie kann man sich nur so anbiedern?

»Heather, nein, und wenn ich tanzen wollte, steht meine Tanzpartnerin direkt neben mir.« Er wendet sich von ihr ab.

Sein Blick wandert über die anderen Gäste. Plötzlich spannt er sich neben mir an. Seine Finger umschließen meine Hand so fest, dass ich das Gefühl habe, er wird mir gleich jeden einzelnen Knochen brechen.

»Cole, Cousin«, begrüßt uns ein dunkelhaariger Mann mit einem halbseidenen Lächeln. Seine grauen Augen mustern mich unverfroren und neugierig.

»Bradley«, presst Cole zwischen den Zähnen hervor.

Ace und ein weiterer seiner Männer stehen sofort neben uns parat und ich kann die Spannung in der Luft förmlich spüren. Es knistert gewaltig – voller negativ aufgeladener Energie. Diese beiden Männer, egal ob verwandt oder nicht, sind nicht gut aufeinander zu sprechen.

»Willst du mir nicht deine bezaubernde Begleitung vorstellen?«

»Nein, will ich nicht«, antwortet Cole harsch.

Zum ersten Mal an diesem Abend erkenne ich die Naturgewalt hinter diesem Mann, die in einem unvorsichtigen Moment jeden überrollen und mitreißen kann.

»Das ist schade, dann stell ich mich eben selbst vor.
Ich bin Bradley Burton, Coles Cousin.« Seine Hand erreicht mich nicht, denn Cole schiebt mich vehement
hinter seinen Körper.

»Heather wollte gerade tanzen. Du solltest sie mitnehmen und ihr danach einen Drink spendieren. Wer
weiß, vielleicht will sie dann noch mehr von dir haben.«

Ace reagiert mit einem tiefen Lachen. Bevor ich die
Reaktion von Bradley mitbekommen kann, zieht mich
Cole bereits mit sich, fort vom Geschehen.

»Halt dich von ihm fern … egal was er dir anbietet
oder sagt«, spricht Cole zu mir und sieht mich ernst an.

»Ich denke nicht, dass ich noch einmal in die Verle-
genheit kommen werde, ihm zu begegnen«, flüstere ich,
mehr zu mir, als zu ihm.

»Ich meine es ernst, Pearl. Wenn ich das Monster bin,
dann ist Bradley die Schlange dahinter.«

Die Warnung, die er ausspricht, verdeutlicht mir einmal mehr, dass ich nach heute eine Menge Distanz zwischen uns bringen sollte.

»Lass uns ein wenig frische Luft schnappen«, schlägt
er vor und führt mich durch eine der vielen Flügeltüren
hinaus auf einen Balkon. Die beiden sich dort aufhal-
tenden Herren bittet Cole, wieder in den Saal zu gehen.
Wobei seine Bitte eher wie ein Befehl klingt, dem die
beiden Männer sofort nachkommen.

Ich weiß nicht genau, woran ich es festmache, aber
etwas sagt mir, dass er mit mir anders umspringt als
normalerweise mit Frauen. Ich bin lediglich eine neun-
zehnjährige stinknormale Studentin, während er, trotz
seines jungen Alters, ein augenscheinlich geachteter

Mann ist – egal woher der Ursprung dieses Respekts kommt. Er kann jede in diesem Ballsaal haben. Diejenigen, die von seinem Schönheitsmakel abgestoßen sind, werden von seiner Macht und dunklen Aura angezogen. Dass er ausgerechnet mit mir hierherkommen wollte, erscheint mir schmeichelhaft und beängstigend zugleich.

Ich stelle mich mit dem Rücken zu ihm an die Balkonbrüstung und blicke hinunter auf die Straße und die gegenüberliegenden Gebäude. Die kühle Nachtluft lässt mich erzittern. Eventuell ist es aber auch eine Kombination aus Ehrfurcht und Furcht vor ihm.

Wer ist dieser Mann? Wer ist Cole Burton wirklich? Ich habe nicht viel über ihn herausfinden können, außer dass er Besitzer mehrerer Bars und Clubs in und außerhalb der Stadt ist. Außerdem sitzt er im Vorstand der CBY, einer der größten Immobilien Investment Firma an der Westküste. Aber das sind nur vordergründige Informationen – was sich dahinter verbirgt, bleibt für mich im Dunkeln.

Mit zwei Schritten ist er bei mir und streicht mit seiner Hand sanft über meine Oberarme bis hinunter zu meinen Handgelenken. Mein Herz pocht laut in meinen Ohren und eine feine Gänsehaut legt sich über meinen ganzen Körper.

Er ist mir so nah, dass ich seine Wärme in meinem Rücken spüren kann. Er lässt meine Arme los und legt die Hände auf das Geländer, schließt mich vor sich in ein warmes Gefängnis aus muskulösen Armen und einer stahlharten Brust ein. Etwas Hartes drückt sich gegen meinen unteren Rücken und bringt meinen Atem zum Stocken. Sein Bart kitzelt meine Wange, als er sich zu mir beugt.

»Danke«, sage ich leise.

»Für was?«

»Dafür, dass du mich nicht angezeigt hast.« Es ist ein lauer Spätsommerabend und über uns funkeln die Sterne. »Und danke für den Abend, es war ein erfreuliches Absitzen einer Strafe«, sage ich schmunzelnd.

»Jetzt kann ich es dir ja gestehen: Ich hätte dich so oder so nicht angezeigt, auch wenn du dem hier nicht zugestimmt hättest.«

»Nicht?« Ich will mich zu ihm umdrehen, aber er hält mich in der Position vor sich.

»Nein, ich hab zwar gesagt, dass ich ein Monster bin, aber bei dir drücke ich gerne zwei Augen zu, Pearl.«

Seine sanfte, tiefe Stimme bringt etwas in mir zum Schwingen. Er berührt mit seinen Lippen meine Schläfe und haucht mir einen Kuss darauf. Er ist zart und so im Widerspruch zu diesem Mann selbst.

»Schreib deinen Aufpassern, dass alles in Ordnung ist und du die Nacht hier verbringst. Morgen früh fahr ich dich zurück.«

Seine Härte in meinem unteren Rücken verhöhnt seine Wortwahl und zeigt mir ziemlich deutlich, was er zwischen den Zeilen meint. Ich habe mich auf diesen ungewöhnlichen Deal eingelassen, um von einer Strafanzeige verschont zu bleiben. Zu mehr bin ich definitiv nicht bereit. Wie auch? Ich kann mir schlecht die Blöße geben und mit ihm auf ein Zimmer gehen und ... nein ... ausgeschlossen.

»Das geht nicht«, wispere ich angespannt. »Ich muss morgen früh raus.«

»Musst du das?« Er lacht. »Sicher? Ace hat bereits die Zimmer für uns reserviert. Ich kenne das Hotel und kann aus erster Hand sagen, dass das Frühstück keine Wünsche offenlässt.« Er versucht mich zu ködern.

»Ja, das hört sich verlockend an. Aber ich kann ganz sicher nicht bleiben.«

Wieder haucht er mir einen Kuss auf die Schläfe. »Na schön, da ich definitiv nicht mehr fahren kann und morgen noch einen geschäftlichen Termin hier wahrnehmen muss, werde ich Jim bitten, dich nach Hause zu bringen.«

»Danke.«

Ich weiß nicht, was ich sonst noch sagen soll. Stille breitet sich zwischen uns aus und jeder hängt seinen eigenen Gedanken nach. Die Nacht wird bald enden. Ein wenig wehmütig blicke ich auf den Abend zurück. Ich habe ihn genossen, auch Coles Nähe und Aufmerksamkeit. Wäre ich mutiger dann ... nein, auch dann nicht. Innerlich schüttele ich mich über diesen Gedanken. Ich sollte froh sein, dass er mich gehen lässt und nicht mehr erwartet. Vielleicht würde eine andere Frau mit ihm die Nacht verbringen? Sicher. Aber ich bin nicht wie jede andere. Mit meinen neunzehn Jahren bin ich vielleicht in gewissen Dingen unerfahren – aber nicht so verblendet, um mich auf einen One-Night-Stand einzulassen.

# Kapitel 4

# Pearl



***Seattle, Mai 2018***

Natürlich sind Nancy und Jil noch wach, als ich mich ins Wohnheim schleiche. Kaum öffne ich die Tür, geht auch schon das Licht an und beide blicken mich mit erwartungsvollen Mienen an.

»Und?«, fragt Nancy als Erste.

Absichtlich langsam und schweigsam schlendere ich zu meinem Bett, setze mich und lege meine Clutch auf meinen Nachttisch.

»Und?«, fragt nun auch Jil.

Beide rappeln sich aus ihren Betten hoch. Laut ihrer Gesichtsausdrücke platzen sie fast vor Neugier.

»Nun sag schon!«, fordert mich Jil ungeduldig auf.

»Es war …«, beginne ich und komme ins Stocken, »… seltsam, atemberaubend, einfach unrealistisch … aber schön.«

Beide starren mich gebannt an, als ich meine Aufzählung beende.

Das Aufblenden einer eingehenden Nachricht durchbricht die Stille. Ich greife nach meiner Clutch und ziehe mein Handy heraus. Sie ist von Cole.

*Gut angekommen? Denk daran, du schuldest mir noch ein Frühstück.*

*Ein Frühstück oder die Nacht zu diesem Frühstück*, frage ich mich und grinse innerlich. Es gibt sicherlich nicht so viele Frauen, die den großen, faszinierenden Cole Burton von der Bettkante stoßen oder ihm einen Korb geben.

Die Matratze senkt sich ab, als sich Nancy neben mich setzt. Jil steht mittlerweile vor uns und gestikuliert zu meinem Handy.

»War er das?«, will sie wissen. »Was schreibt er?«

Ich halte ihnen das Handy hin, sodass sie die Nachricht lesen können.

»Oha«, sagt Nancy.

»Okay«, wispert Jil. »Du hast ihn beeindruckt.«

»Ich habe ihn *beeindruckt*?«

»Ja, auf jeden Fall. Sonst hätte er das mit dem Frühstück nicht geschrieben. Der will dich wiedersehen.«

»Jep.« Nancy nickt zustimmend.

»Vielleicht habe ich ihn nur in seinem Ego verletzt, weil ich die Nacht mit ihm ausgeschlagen habe«, sage ich so vor mich hin und bereue es sofort.

»Du hast *was*?«, rufen beide gleichzeitig.

Jetzt habe ich ihre Neugierde noch mehr geweckt und es gibt kein Zurück mehr. Ich seufze, weil mein verdienter Schlaf in weite Ferne rückt.

Die restliche Nacht sitzen wir auf meinem Bett und ich erzähle ihnen alles, was passiert ist – angefangen von dem Moment, als ich in sein Auto gestiegen bin.

Als ich endlich fertig bin, übermüdet und dennoch aufgekratzt, ist draußen bereits der Morgen angebrochen. In zwei Stunden treffe ich mich in der Bibliothek zum Lernen. Sich jetzt noch hinzulegen, ergibt kaum Sinn. Die Gefahr, dass ich völlig übermüdet dort auftauche oder überhaupt nicht mehr hochkomme, ist zu groß. Während sich Nancy und Jil zurück in ihre Betten verkriechen, gehe ich duschen und besorge mir einen großen heißen und pechschwarzen Kaffee in einem Café in der Nähe unserer Studentenwohnung. Danach mache ich mich auf zur Bibliothek, wo ich mich zu meiner Lerngruppe geselle.

John, Marvin und Rachel belegen mit mir dieselben Kurse und warten bereits an dem begehrten Fensterplatz in der Bibliothek auf mich. Unsere Treffen fanden zuerst eher zufällig und sporadisch statt. Nach ein paar Wochen zeigte sich aber, dass wir uns gut ergänzten und so entstand eine regelmäßige Lerngruppe.

»Sorry für die Verspätung.« Schnell hole ich meine Unterlagen hervor, die mit einem viel zu lauten Knall auf dem Tisch landen und alle zusammenzucken lassen.

»Harte Nacht gehabt?«, will Rachel mit einem fetten Grinsen im Gesicht wissen.

»Kann man so sagen«, gebe ich knapp zurück.

Ich will nicht näher darauf eingehen. Rachel ist nett, aber auch eine Plaudertasche und ich will ihr keinen Nährboden für die nächsten Gespräche geben. Die beiden anderen sind längst in das Thema vertieft, welches

unsere Professorin für die kommende Klausur angekündigt hat.

Den Vormittag verbringen wir in der Bibliothek und
nach einem kleinen Snack in der Mensa gehen wir
noch ein paar Stunden den Stoff durch. Irgendwann
fordert die Müdigkeit ihren Tribut. Mein Gehirn macht
nicht mehr mit und protestiert in Form von heftigen
Kopfschmerzen.

»Ich mach Schluss für heute«, verabschiede ich mich
und schultere meine Tasche.

Die große Eingangstür der Bibliothek steht offen und
ich trete hinaus in die späte Nachmittagssonne. Für einen kurzen Moment schließe ich die Augen, sauge die
frische Luft ein und genieße die Ruhe. Außer dem Wind
in den Bäumen ist nichts zu hören. Ich sollte ins Wohnheim in mein Bett gehen, aber etwas hält mich davon
ab, mich auch nur einen Zentimeter zu bewegen. Als
ich die Augen wieder öffne, fällt mein Blick auf eine ur-
alte Linde, die auf dem gegenüberliegenden Rasenstück
steht. Cole lehnt lässig daran, die Arme vor der Brust
verschränkt. Als ich ihn direkt ansehe, nimmt er die
Sonnenbrille ab und mustert mich unverfroren. Ich zögere, während er sich vom Stamm abstößt und auf
mich zukommt. Ich habe nicht damit gerechnet, ihn so
schnell wiederzusehen. Eigentlich rechnete ich damit,
ihn gar nicht mehr wiederzusehen – nicht, nachdem
ich ihn gestern abgewiesen habe. Männer wie er lachen
über meine Unerfahrenheit und holen sich die Nächste
ins Bett. Wer weiß, vielleicht war ja sogar diese Heather
willig. Aber hätte er mir dann gestern Nacht diese
Nachricht bezüglich des geschuldeten Frühstücks geschrieben oder war das auch nur eine leere Floskel?

»Pearl.«

Seine tiefe Stimme jagt mir einen Schauer über den Rücken. Bilder von der Gala blitzen auf und machen mich nervös, aber auch neugierig. Neugierig auf diesen Mann, der mich fasziniert und gleichzeitig einschüchtert.

»Cole«, sage ich und kann nicht verhindern, dass meine Stimme ein wenig zittert. »Was machst du hier?«

»Eine deiner Freundinnen ist mir vorhin über den Weg gelaufen«, antwortet er mir. »Jolina, Jenna ...?«

»Jil?«

»Genau, Jil, und die hat mir gesagt, wo ich dich finde. So sieht also Arbeiten aus.« Er grinst mich unverfroren an.

»Studieren ist Arbeit, oder etwa nicht?«, kontere ich und zucke mit den Achseln. »Was dachtest du?«

»Na ja, dass du einen Nebenjob hast oder so.«

Ich schüttele den Kopf. Nein, dank des Nachlasses unserer Eltern ist für Ryans Internat, mein Studium und unsere Lebenshaltungskosten gesorgt. Wir gehörten zwar nie zur absoluten Oberschicht, aber nach dem Verkauf der Villa und des Geschäfts meines Vaters blieb für Ryan und mich genug übrig.

»Also, Jil hat dir gesteckt, wo ich bin, aber das beantwortet nur bedingt meine Frage, was du hier machst.«

Ich frage mich, wie lange er schon vor der Bibliothek ausharrt und natürlich *warum*.

»Das weiß ich selbst nicht so genau«, antwortete er ehrlich. Verstohlen streicht er sich mit einer Hand über seinen Dreitagebart, während er ein paar Schritte auf mich zumacht und knapp vor mir stehen bleibt.

Ich blicke zu ihm hoch, als seine Hände nach mir greifen und er mich an seine Brust zieht. Obwohl ich das Gefühl habe, dass er mich am liebsten mit Haut und Haaren verschlingen würde, hält er sich schwer zurück. Ich kann die Spannung in seinem Körper, die harten Muskeln spüren. Er löst sich von mir und streicht mit seinen Fingerknöcheln über meine Wangen.

»Du weißt es nicht?«, frage ich stirnrunzelnd.

Anstatt mir zu antworten, drückt er seinen Mund auf meinen. Mit dem Kuss überrascht er mich und es dauert einen Sekundenbruchteil, bis ich ihn erwidere und damit seine Leidenschaft entfache, als hätte er darauf gewartet. Er schmeckt nach Mann, nach Dunkelheit und nach Sünde. In meinem Bauch explodiert ein Feuerwerk, das durch meinen Körper rauscht. Mein Herz rast und trommelt wild in meinem Brustkorb. Atemlos trennen sich unsere Lippen und wir sehen uns in die Augen.

»Ich glaube, deswegen bin ich gekommen«, sagt er mit lustvoller Stimme. »Das wollte ich gestern schon den ganzen Abend machen ... und noch einiges mehr.«

Erneut küsst er mich genauso leidenschaftlich wie zuvor. Es ist nicht mein erster Kuss, aber der erste, der mich zu Wachs werden lässt. Er schiebt mich ein Stück von sich und sofort vermisse ich seine Wärme.

»Normalerweise interessieren mich Frauen, die mehr ...«, er hält kurz inne, als würde er abwägen, was er sagen soll, »... die reifer sind ... älter.«

Ich schlucke den aufkeimenden Kloß hinunter. Nein, ich bin definitiv nichts davon.

»Reifer? Hm ...«, wiederhole ich und setze das Wort mit zwei gekrümmten Fingern in imaginäre Anführungszeichen. »Oder meinst du eher gefügiger? Williger?«

Seine Augenbrauen ziehen sich zusammen und es zuckt verräterisch an seinen Mundwinkeln. Ich finde, wir können das Kind gleich beim Namen nennen und das tue ich hiermit.

»Gefügiger? Williger?« Er runzelt die Stirn. »Davon hatte ich bereits genug und setze es gleich mit langweilig und eintönig. Nein, Pearl, du bist nichts davon. Du bist in keiner Weise langweilig, sondern etwas Besonderes. Schon als ich dich da in der Schlange gesehen habe, wusste ich, dass ich dich kennenlernen möchte. Keine Ahnung, wieso.«

»Vielleicht, weil ich mich unerlaubt in deinen Club schleichen wollte?«

Er lacht und sieht mich dabei mit einem Blick an, den ich nicht zu deuten vermag. Seine Fingerknöchel streichen erneut sanft über meine Wange und ich starre auf seinen Mund. Gerne würde ich noch einen Kuss von ihm bekommen. Er ist ein guter Küsser – ein verdammt guter.

»Du siehst müde aus.«

»Das bin ich auch.«

»Eigentlich hatte ich mir überlegt, dich zum Abendessen einzuladen, aber so, wie du aussiehst, wirst du mir dabei einschlafen und die anderen Restaurantbesucher denken, ich langweile dich zu Tode.«

»Das ist nett, aber ich bin tatsächlich völlig erledigt.«

»Aufgeschoben ist ja nicht aufgehoben.« Kurz zögert er, dann schaut er mich streng an. »Dann solltest du direkt ins Wohnheim und ins Bett, bevor du noch zusammenklappst.«

»Das sollte ich.«

Erneut zieht er mich in seine Arme und sein Mund verschließt meinen.

»Bis bald, Pearl.«

Als ich mich zum Gehen abwende, greift er erneut nach mir und zieht mich zu sich. Feurig und einnehmend verschließen seine Lippen meine.

»Geh, Pearl, bevor ich es mir anders überlege«, knurrt er mir ins Ohr und vergräbt seine Hand in meinem Haar. »Wir sehen uns bald wieder.«

# Kapitel 5

# Cole

*Seattle, Oktober 2023*

Das Quietschen der Gittertür kündigt mein Kommen an. Seit der Urteilsverkündung habe ich Pearl nicht mehr gesehen. Mehr als zwei Jahre, in denen ich meine Wut, meinen Hass nährte und meine Rachepläne bis ins kleinste Detail planen konnte. Ohne diesen Zorn wäre nur noch die Frau übrig, die ich mit jeder Faser meines Körpers geliebt habe und das will ich nicht. Ich will sie hassen. Ich hasse sie!

Die düsteren Gedanken beiseiteschiebend, blicke ich in die dunkle Zelle und starre auf die Gestalt, die in der Ecke kauert und ängstlich zu mir hochblickt. Plötzlich steht die Welt um mich herum still.

Ich dachte, dass mich die Zeit im Gefängnis gefühlskalt gemacht hat. Dass ich nichts mehr für Pearl empfinde – außer Abscheu und Verachtung. Dass mir ihr erbärmlicher Anblick nichts mehr ausmachen würde. Aber ich habe mich getäuscht. Obwohl ich versucht habe, jegliche Erinnerungen an das, was zwischen uns einmal gewesen war, ins Abseits zu schießen, kann ich nicht vergessen.

Es sollte mir leichtfallen, diese Frau vor mir zu verabscheuen. Die Frau, die mich verraten hat und die mir so viel bedeutet hat, dass ich ihr sogar einen verdammten Ring an den Finger gesteckt habe. Zwar war das noch nicht der offizielle Verlobungsring, aber das Zeichen dahinter war eigentlich unmissverständlich gewesen. Den echten Verlobungsring hatte ich bereits in Auftrag gegeben und der Juwelier wartete nur darauf, dass ich ihn holte, um es offiziell zu machen – damals, kurz bevor alles über uns zusammengebrochen war.

Doch jetzt, wo sie mich mit ihren wundervollen braunen Augen ansieht, muss ich mich zwingen, meine gemischten Gefühle hinter einer unterkühlten, emotionslosen Miene zu verstecken. Sie sollte mir nicht mehr unter die Haut gehen. Die Sehnsucht, die sie in mir entfacht, ist falsch. Für mein Vorhaben darf sie mir nichts mehr bedeuten. Pearl ist es, die unsere Liebe, unsere Verbundenheit, mit Füßen getreten hat.

*Diese kleine miese Verräterin verdient kein Mitleid.*

Ich trete in ihr kaltes Gefängnis. Sie weicht keuchend vor mir zurück. Die Todesangst steht ihr ins Gesicht geschrieben.

*Ja, kleine Perle, du sollst dich vor mir fürchten, denn ab heute bin ich dein Gefängniswärter, dein Richter und Henker zugleich.*

»Steh auf!«, befehle ich mit kalter Stimme.

Gehorsam rappelt sie sich hoch. Die Tage hier unten haben ihren Tribut gefordert. Dunkle Augenringe verraten, dass ihr Schlaf fehlt. Kann auch nicht anders sein. Die Nächte sind mittlerweile bitterkalt und die Geräusche aus dem nahegelegenen Wald können beängstigend sein. Außerdem hat Ace sich nicht die Mühe gemacht, ihr drei ausgewogene Mahlzeiten zu servieren, sondern es auf ein Minimum reduziert. Dennoch trifft mich ihr Anblick wie eine Abrissbirne. Vor mir steht immer noch eine Latina-Schönheit. *Meine* Latina-Schönheit.

Ich greife nach ihr und zerre sie zu mir heran, vermeide allerdings, ihr direkt in die Augen zu sehen. Augen, die mich in den letzten Jahren verfolgten. Augen, die mich früher mit Zärtlichkeit und Liebe angesehen haben und in denen jetzt nur noch Furcht steht.

»So sieht man sich wieder, Pearl«, knurre ich.

Als sie ihren Mund öffnen will, um etwas zu erwidern, schiebe ich meine Hand darüber und ersticke jedes Geräusch. Mit meinem Körper presse ich sie gegen die nächste Wand und bin erstaunt, wie zerbrechlich sie unter mir wirkt. Im Gegensatz zu mir strahlt sie kaum Wärme ab. Aber das hindert meinen Körper nicht, auf sie zu reagieren. Ihre Anziehungskraft auf mich ist ungebrochen.

Sie hat abgenommen. Die letzten Jahre waren kein Zuckerschlecken für sie, das verrät mir ihre magere Statur. Überdies riecht sie nicht so, wie ich sie in Erinnerung habe. Sie riecht nach Verzweiflung, Angst und feuchter Erde.

»Ich will nichts aus deinem verlogenen Mund hören«, raune ich ihr ins Ohr. »Es gab nur zwei Personen auf dieser Erde, denen ich bedingungslos vertraut habe: Ace und dir. Aber so kann man sich täuschen. Nie hätte ich gedacht, dass ausgerechnet du mich wegen ein paar lächerlichen Kröten hintergehen würdest.« Sie schüttelt den Kopf und murmelt etwas in meine Hand.

»Am Tag meiner Verurteilung habe ich dir ein Versprechen gegeben ... und ich halte mich immer an meine Versprechen. Nur vorab eine kleine Frage, Pearl ...«, flüstere ich gefährlich leise, während meine Stimme von Geringschätzung durchdrungen ist. »Hast du die Wanze in meinem Büro versteckt? Ja oder nein?«

Sie bewegt ihren Kopf, so weit es meine Hand zulässt, zu einem zaghaften Nicken.

»Dachte ich es mir.« Bisher waren es nur Vermutungen, schwerwiegende Vermutungen. Ich brauchte ihre Bestätigung, um den restlichen Funken Hoffnung, sie hätte nichts damit zu tun, zum Erlöschen zu bringen. Mein Blut gerät bei ihrem Geständnis in Wallung. Wie konnte sie?

Tränen sammeln sich in ihren Augen. In ihrem Blick erkenne ich Trauer und Niedergeschlagenheit.

Mit diesem Eingeständnis hat sie soeben ihr Urteil unterzeichnet und angenommen. Anfechtung ausgeschlossen. Es ist zu spät für sie, sich schuldig zu fühlen. Zu spät, um auf meine Vergebung zu hoffen.

Sie kämpft gegen die Tränen, will sich keine Blöße geben und keine Schwäche zeigen. Pearl ist stolz – war sie schon immer. Eine stolze Peruanerin.

Unter meinem harten, brutalen Griff fängt sie an zu wimmern. Für einen kurzen Moment lockere ich meine Finger um ihren dünnen Arm.

Ich weiß, dass sie für einen mickrigen Hungerlohn gearbeitet und am Rande des Existenzminimums gelebt hat. Aus dem Grund blieb ihr nicht viel Zeit und Geld, auf sich zu achten. Und genau das hat mich verwundert, denn ich wusste auch, dass sie vom Erbe ihrer Eltern einen Großteil auf die Seite gelegt hatte. Davon hätte sie sich locker eine hübsche kleine Wohnung kaufen, ihr Studium beenden und einen richtigen Job anfangen können. Hinzu kommt das Geld, das sie wohl für den Verrat an mir eingesackt hat. Im Grunde kann ich mir die Antwort selbst geben. Sie musste meinetwegen ständig umziehen, bis sie letztendlich vor ein paar Monaten einen Job als billige Bedienung in einem Diner ergattert hat. Auch wenn sie dachte, mir entkommen zu sein, war immer einer meiner Männer in ihrer Nähe, hat sie beobachtet und mir berichtet.

*Ja, du kleine heuchlerische Pearl, ich war stets nur einen Schritt von dir entfernt. Dass du noch am Leben bist, ist allein meinem Egoismus geschuldet, der dir eigenhändig die Strafe zukommen lassen will.*

Ihre Beine sacken unter ihr weg. Nur meine schraubstockartigen Hände halten sie oben. Als sich ihr Kreislauf beruhigt und sie wieder steht, ziehe ich sie mit mir hinaus in die eisige Nachtluft.

Der dünne Pulli und die Jeans geben keinen Schutz vor der Kälte, die sie, seit sie in die Gruft geworfen worden ist, in den Fängen hält. Jetzt zittert sie wie Espenlaub und das zaubert ein bösartiges Grinsen in mein Gesicht. Sicherlich ist nicht nur die Kühle der Nacht daran schuld, sondern auch die Angst vor dem, was auf sie zukommt.

»Cole«, flüstert sie, »bitte.«

»Kein Wort!«, belle ich sie an und sie verstummt. »Ich will keinen Mucks von dir hören, nicht jetzt, nicht später, gar nicht.«

Zwei Jahre und drei Monate habe ich mich den Demütigungen der Aufseher hingeben müssen. Ich, ein Alphatier, ein Macher, ein Anführer, habe mein Gehirn zusammen mit meinen Sachen am Eingang abgeben und mich ihnen beugen müssen. Hinter Gittern nehmen sie dir jeden freien Willen. Hinzu kommen noch die Machenschaften der inhaftierten Mitglieder der rivalisierenden Straßengangs, die einem das Leben schwer machen. Mehr als einmal habe ich um mein Leben kämpfen müssen. Hinterrücks in der Dusche angegriffen zu werden, war keine Seltenheit. Die Wärter sahen weg, bewegten ihre Ärsche erst dann, wenn es schon fast zu spät war. Es verschaffte ihnen Genugtuung, uns bei den Kämpfen zuzusehen. Jeden verdammten Tag ließ das meinen Hass auf Pearl wachsen. Und jetzt werde ich ihr zeigen, was es bedeutet, willenlos, gefangen und gedemütigt zu werden.

Ich zerre sie über den Rasen Richtung Haupthaus. Unser ehemaliges herrschaftliches Anwesen haben meine Leute während meines Aufenthalts im Knast verkauft. Keiner wollte mehr dort leben. Nun ist diese alte Fabrikantenvilla – mit einem großzügigen eingezäunten Grundstück – zu unserem neuen Zuhause geworden. Es ist nicht mit dem alten Herrenhaus zu vergleichen, aber für den Anfang völlig ausreichend.

Unser Weg führt uns am Pool entlang zur Terrasse. Ihr Körper und die Haut unter meinen Fingern fühlen sich so vertraut, so verlockend an und es kostet mich all meine Kraft, die aufkeimenden Empfindungen niederzumetzeln. Das einzige Gefühl, das mich bei ihrem Anblick reizen sollte, ist Rache. Je näher wir dem Haus kommen, desto mehr sträubt sie sich gegen meinen Griff.

»Hör mir bitte zu, Cole.« Ihre Stimme hat einen flehenden Unterton.

Ihr Ungehorsam erzürnt mich. Sie soll einfach ihre Klappe halten und ihrer Strafe stillschweigend entgegentreten. Mein Groll wächst. Ich denke nicht lange darüber nach, sondern versetze ihr einen Schubs, der sie in den eisigen Pool katapultiert.

Ein Keuchen entweicht ihrer Kehle. Hilflos rudert sie mit den Händen in der Luft, als sie ins Wasser eintaucht. Mit einer gewissen Befriedigung beobachte ich, wie sie verzweifelt nach Luft schnappt und versucht, über Wasser zu bleiben. Ich knie mich vor sie hin und sehe sie mit düsterem Blick an. Jedes Mal, wenn sie an den Beckenrand schwimmt und sich dort festkrallt, löse ich ihre Finger und schubse sie zurück. Ich weiß, wie sich kaltes Wasser anfühlt, wie man langsam das Gefühl in den Fingern und Füßen verliert und es immer schwerer wird, Bewegungen auszuführen. Lange wird sie es nicht schaffen, weil ihr Körper durch die Tage und Nächte in der Gruft bereits stark unterkühlt ist. Verzweifelt strampelt sie im kalten Wasser, bis ihre Kraft sie vollständig verlässt. Bevor sie untergeht, schnappe ich nach ihr und ziehe sie mit einem Ruck über den Beckenrand. Ihre Lippen sind dunkelblau angelaufen, ihre Haut schimmert hell und bleich. Keuchend und hustend bleibt sie liegen.

»Sprich nie wieder ohne Erlaubnis! Verstanden?« Ihre Zähne klappern unkontrolliert aufeinander. Ohne mich anzusehen, nickt sie.

Sie kennt das Monster in mir, weiß, zu was ich fähig bin – obwohl ich bemüht war, ihr gegenüber nur meine beste Seite zu zeigen. Jetzt erlebt sie das Untier hautnah am eigenen Leib. Tja, damit wird sie sich jetzt abfinden müssen. Das Blatt hat sich gewendet. Pearl gehört nicht mehr zu meiner Familie, sondern zu meinen Feinden. Das hier ist nur der Anfang.

»Steh auf!«, belle ich sie wütend an. »Ich hab nicht ewig Zeit.«

Als sie nicht schnell genug reagiert, packe ich ihren Oberarm, ziehe sie wieder auf die Füße und schleppe sie mit mir mit – ein vor Nässe triefendes und frierendes Etwas.

Ace steht am Eingang der Terrasse und blickt mit emotionsloser Miene zu uns.

»Bring ein Handtuch und trockene Kleidung. Ich will nicht, dass sie mir den Boden im Esszimmer ruiniert.«

Ace verschwindet und kommt kurze Zeit später mit einem Handtuch, Pulli und Jogginghose zurück.

»I... ich ...«, stottert Pearl.

»Kein Wort, sonst werfe ich dich gleich noch einmal da rein und hol dich erst raus, wenn deine Lungen kurz vorm Platzen sind!«

Meine Drohung zeigt Wirkung. Sie verstummt. Ich äußere niemals leere Drohungen und das weiß sie.

Ihre Hand zittert mittlerweile so stark, dass sie kaum fähig ist, nach der Kleidung zu greifen. Zögernd sieht sie zwischen Ace und mir hin und her.

»Nun mach schon!«, pflaume ich sie an. »Du hast nichts, was Ace nicht bereits bei anderen Frauen gesehen hat.«

Nach Fassung ringend, wirft sie mir einen vernichtenden Blick zu und dreht uns den Rücken zu. Zögerlich streift sie sich die nassen Kleider vom Körper.

Während ich bereits alles von ihr gesehen habe, ist dies Neuland für Ace. Früher, beziehungsweise unter anderen Umständen, hätte ich keinem meiner Männer, nicht einmal ihm, erlaubt, auch nur einen Blick auf die halbnackte Pearl zu werfen. Aber die Umstände haben sich geändert. Sie gehört in gewisser Weise nicht mehr mir allein. Ihr Schmerz, ihre Bestrafung gehören auch Ace, weil er mich in der Zeit meiner Abwesenheit vertreten musste. Und irgendwie auch meinen Männern, weil mein Verrat auch ihr Verrat war. Die finanziellen Einbußen waren für das ganze Team gravierend, deswegen gehört sie jetzt *uns* – auch wenn mir das innerlich nicht gefällt und meiner Bestie noch weniger. Ihre Tat ist daran schuld, dass ich sie habe aufgeben müssen, sie nicht mehr *mein* ist, und das befeuert meinen Zorn ins Unermessliche.

Erneut bemerke ich, dass ihr Körper mager ist, fast schon knochig – es fehlen die Rundungen, die ich früher immer so geliebt habe.

In Pearls Gesicht steht die Scham. Ohne sich lange mit Abtrocknen aufzuhalten, schlüpft sie in den Pulli und die Jogginghose. Ihre langen schwarzen Locken hängen ihr nass und zerzaust über den Rücken und ihre sonst vollen roten Lippen sind blau verfärbt und können nicht aufhören zu bibbern.

*Kein Erbarmen. Kein Mitgefühl.*

Wie ein Mantra muss ich mir das wiederholt vorsagen.

# Kapitel 6

# Pearl

***Seattle, Oktober 2023***

Coles gestählter Körper ist noch athletischer und kraftvoller geworden. Vermutlich hat er sich die Zeit im Gefängnis mit viel Sport vertrieben, um seine bereits vorhandene Muskelmasse noch weiter aufzubauen. Er sieht furchteinflößend aus und wirkt härter, abgeklärter. Trotzdem ist alles an ihm mir vertraut, als wären zwischen unserer letzten Begegnung nur Tage und nicht Jahre vergangen.

Die letzten Jahre habe ich mir immer wieder ausgemalt, wie es sein wird, wenn er mich in die Finger bekommt. Ich habe erwartet, dass er mich für den Verrat auf die eine oder andere Art büßen lassen wird und auch damit gerechnet, dass er kurzen Prozess mit mir macht. Aber auf diesen Hass in seinem Blick bin ich nicht vorbereitet gewesen. Seine Reaktion lässt mein Herz ins Stocken geraten und erfüllt mich mit einer erdrückenden, tiefen Traurigkeit.

Den Menschen, den ich liebe und wahrscheinlich immer lieben werde, dem ich früher ohne mit der Wimper zu zucken mein Leben anvertraut habe, gibt es nicht mehr. Vor mir steht ein Mann, der tief verletzt ist. Verletzt in seinem Stolz, in seiner Ehre – getroffen. Jeder vernünftige Mensch weiß, dass ein verwundetes Raubtier gefährlich, ja unberechenbar ist. Seine offenen Verletzungen machen ihn für mich zu einer nicht kalkulierbaren Bedrohung, vor der ich mich fürchten sollte. Ich habe Cole früher schon in Aktion gesehen und miterlebt, was er mit unliebsamen Feinden machte. Meine Instinkte schreien, klein beizugeben, ihn seine aufgestaute Wut ausleben zu lassen und zu hoffen, dass ich das irgendwie überlebe. Vielleicht kommt er in naher Zukunft zur Ruhe und ich könnte ihm eventuell – wenn er mir zuhört – erklären, was passiert ist. Im Moment kann ich nichts ausrichten, denn ein weiteres Bad in dem eisigen Wasser überstehe ich nicht.

Mein ganzer Körper will nicht aufhören zu zittern. Es ist schwer, sich mit steifgefrorenen Fingern anzuziehen, vor allem unter den Blicken zweier Männer wie Ace und Cole. Ich würde meinen Frust am liebsten rausschreien, halte aber meine bibbernden Lippen geschlossen. Derzeit bin ich in ihren Augen die Feindin und ein Aufgebehren würde ihren Zorn nur noch weiter auf mich lenken. Das Eisbad und die Demütigung vor Ace sind erst der Anfang ... ein Warmlaufen sozusagen.

Endlich schaffe ich es, mir den Pulli über den Kopf zu ziehen und in die Jogginghose zu schlüpfen.

»Fertig?« Cole sieht mich ungeduldig an und nickt zu der offenen Schiebetür.

Er muss dieses Haus erst vor Kurzem erworben haben, denn ich kenne es nicht. Ich mochte die alte Villa.

Sie war mir vertraut. Aber vielleicht ist es besser, den *neuen Cole* in einer neuen Umgebung zu ertragen – ohne Erinnerungen an Vergangenes.

Seine Hand in meinem Rücken fühlt sich im Gegensatz zu meiner unterkühlten Haut heiß an. Gnadenlos schiebt er mich durch die Terrassentür ins Haus. Weiter geht es durch einen Gang in einen anderen Raum. Stimmen und das Klappern von Geschirr schlagen uns entgegen. Ich stolpere mehr vorwärts, als dass ich laufe.

Schon früher waren Cole die gemeinsamen Mahlzeiten enorm wichtig gewesen. Für ihn ist diese Tradition ein Zeichen der Verbundenheit und des Zusammenhalts. Sie sind alle eine Familie, nicht nur Männer, die für ihn arbeiten. Sie leben und arbeiten zusammen. Sie empfinden sich nicht als Zweckgemeinschaft, sondern als Einheit. Jeder steht für den anderen ein und übernimmt eine Verantwortung gegenüber der Gemeinschaft. Deswegen wundert es mich nicht, dass es hier – wie in der alten Villa – ebenfalls ein großzügiges Esszimmer gibt. Natürlich gab es schon damals normale Angestellte wie Köche, Gärtner oder Putzfrauen. Diese kamen und gingen, lebten aber nicht im gleichen Haus oder aßen am gleichen Tisch. Dies war seiner richtigen und seiner selbst ernannten Familie vorbehalten und den Brauch scheint er hier weiterleben zu lassen.

Stoisch führt mich Cole geradewegs in die Höhle der Löwen – in ein Zimmer mit all seinen Männern. Ich fühle mich wie ihre Beute, während sie meinen Duft aufnehmen, um mich später zu jagen. Man kann es nennen, wie man will ... für mich ist dieser Raum meine persönliche Hölle voller Teufel. Innerlich wappne ich mich gegen das, was mir gleich entgegenschlagen wird – blanker, purer Hass.

Als wir eintreten, verstummen die Gespräche. Eine unheilvolle Stille legt sich über uns, schlängelt sich wie eine giftige Natter um meine flatternden Nerven. Eingeschüchtert von der Wucht der negativen Gefühle senke ich den Blick und starre auf meine nackten Füße und den alten Holzdielenboden.

Schonungslos drückt Coles Hand mich nach vorne. Unsicher setze ich einen Fuß vor den anderen, bis wir am Kopf der Tafel angekommen sind.

In meinem Leben habe ich noch nie so gefroren. Bibbernd schlinge ich die Arme um meinen Körper, in der Hoffnung, ein wenig Wärme zu finden. Gleichzeitig versuche ich mich vor den feindseligen Blicken seiner Männer zu schützen. Mein Herz rast, während meine Brust sich zusammenzieht und mir kaum Luft zum Atmen lässt. Ich bündle meinen verbliebenen Mut und hebe den Kopf. Trotzig sehe ich in die Runde. Sie sollen meine Todesangst nicht sofort bemerken.

Zehn Augenpaare starren mich an. Bis auf drei kenne ich sie alle. Sie bilden den inneren Kreis, das Herz dieser zusammengewürfelten Familie. Vor nicht allzu langer Zeit war ich Teil davon. Jetzt nicht mehr. Jetzt bin ich die Verräterin ... ein Nichts in ihren Augen. Weniger wert als der Dreck auf der Straße.

Der Platz am Kopfende der Tafel gehört Cole. Der Platz rechts neben ihm ist Ace vorbehalten – sinnbildlich für ihn als rechte Hand. Und links war früher meiner. Jetzt herrscht dort gähnende Leere. Nichts, kein Stuhl. Wie ein Mahnmal ist der Platz leer. Ein deutlicheres Zeichen kann es nicht geben.

Wenn Blicke töten könnten, wäre das wahrscheinlich der Moment meines letzten Atemzuges. Hier, vor ihren Augen. Ich möchte mir lieber nicht ausmalen, was in manchen ihrer Köpfe gerade vorgeht. Wahrscheinlich stellen sie sich in schillernden Farben vor, wie ich in meinem eigenen Blut am Boden liege. Nur wagt es niemand, Hand an mich zu legen. Nicht, solange ich nicht von Cole zum Abschuss freigegeben werde. Die Befürchtung, dass er diesen Job selbst ausführen will, beschert mir mehr Kopfzerbrechen. Lieber wäre mir, es täte einer seiner Männer. Schnell und schmerzlos.

Cole hält meinen Körper vor seinem gefangen, für jeden ersichtlich. Seine Hand liegt bedrohlich auf meiner Kehle – wie ein Statussymbol seines Besitzanspruches. Nur seine Stärke hält mich aufrecht, sonst würde ich bereits zu Boden sinken. Mein durchgefrorener Körper rebelliert, meine Knie wollen mich nicht mehr tragen.

Coles Nähe, sein vertrauter Körper, seine Wärme und sein Geruch – einfach alles an ihm, machen mir schmerzhaft bewusst, dass er mich immer noch in seinen Bann zieht. Ich kann meine Gefühle zu ihm nicht verleugnen. *Närrin,* schimpfe ich mich. Trotzdem wünscht sich mein Unterbewusstsein nichts sehnlicher, als dass er mich beschützend in seine Arme nimmt, mir beruhigende und verzeihende Worte ins Ohr flüstert. Aber dieses Wunschdenken ist so weit weg von der Realität wie der Mars von der Erde. Alles, was ich jetzt von ihm zu erwarten habe, ist Unbarmherzigkeit und Grausamkeit.

»Auf diesen Moment haben wir lange gewartet«, richtet er seine Worte an die Männer. »Pearl ist wieder hier und wird für eine Weile bleiben.«

»Wieso verfahren wir nicht mit ihr wie mit allen Verrätern – und tschüss auf Nimmerwiedersehen?«

Ich kann spüren, wie sich Coles Körper hinter mir versteift. Seine Hand schließt sich enger um meine Kehle.

Die Worte kamen von Jim, gerade von ihm, Coles Fahrer, den ich immer so gemocht und geschätzt habe. Bestätigendes Gemurmel unter den anderen. *Mach einen Ausflug mit der Jacht und schmeiß sie in die Bucht* oder *lass sie ihr Grab selber buddeln* sind noch die harmlosesten Vorschläge, die vorgebracht werden.

»Ruhe!«, brüllt Cole plötzlich. »Sie wird unsere Gastfreundschaft so lange genießen, wie ich den Knast genießen musste. Und dann bekommt sie ihre Strafe.«

Nun ist es an meinem Körper, zu versteifen. Ich kann nicht atmen. Das Blut rauscht in meinen Ohren. Dann überrollt mich ein erneutes Zittern, das definitiv nicht mehr der Kälte geschuldet ist, sondern purer, ungefilterter Angst entspringt. Ich schließe die Augen. Er will mich leiden lassen, Rache nehmen und dann … mir wäre der erste Vorschlag lieber gewesen.

»Ein Spielzeug für uns?«, fragt einer amüsiert, dessen Stimme ich nicht zuordnen kann. »Toll, das heißt, wir können uns an ihr austoben. Das ist ja mal was Neues.«

Cole knurrt. »War ich im Knast oder du?« Ein verzweifelter Wimmerton kommt über meine Lippen. Coles Hand lockert sich ein wenig.

»Sie wird sich wünschen, mir nie begegnet zu sein und danach betteln, ihre endgültige Strafe frühzeitiger antreten zu dürfen.« Sein Atem streift meine Wange und beschert mir eine Gänsehaut. »Dein Platz wird nie wieder an diesem Tisch sein, sondern da, wo miese Verräter hingehören«, flüstert er mir ins Ohr.

Gnadenlos drückt er mich auf den Boden, bis ich vor ihm knie und er über mir thront. Wie der King persönlich. Gut, hier in diesem Haus, unter diesen Männern, ist er der König und ich habe dem nichts entgegenzusetzen.

»Sie untersteht komplett mir alleine, keiner richtet ein Wort an sie und keiner fasst sie an – es sei denn, ich gebe dazu die Erlaubnis. Sie wird gebührend dafür bezahlen, was sie mir – uns – angetan hat.«

Ich schlucke schwer unter seinen Worten. Cole kennt mich, er weiß, dass es für mich nichts Schlimmeres gibt, als Isolation und Einsamkeit. Allein der Gedanke daran und die Überlegung, er könnte es zulassen, dass mich seine Männer anfassen, lassen mein Herz stocken. Das ist undenkbar. Niemand fasst Coles Eigentum an. Nur bin ich jetzt nicht mehr sein Eigentum, sondern seine Gefangene. *Du musst nur lange genug durchhalten, bis sich sein erster Zorn gelegt hat, dann kannst du dich erklären.* Ich erinnere mich an einen Vorfall, wo er einem Mann sogar die Hand gebrochen hat, weil er meinen Hintern begrapscht und mir gegenüber anzügliche Äußerungen gemacht hat.

Tränen sammeln sich in meinen Augen und ich starre auf den Boden, damit sie keiner sehen kann. Seine Hände liegen schwer und unheilvoll auf meinen Schultern. Seine Worte, die Aussage, dass ich für ihn wertlos bin, nur noch Ventil seiner Rachegelüste, gleichen einem Fausthieb in meinen Magen.

»Sie existiert nicht mehr. Sie ist nur noch ein Geist.«

*Ein toter Geist.*

Cole und Ace setzten sich auf ihre Plätze, während ich weiter auf dem nackten Boden kauere. Ich wage es nicht, einen Mucks von mir zu geben, geschweige denn hochzublicken. Sitze da wie ein Kaninchen, umgeben von einem Wolfsrudel, immer auf der Hut, nicht die Aufmerksamkeit auf sich zu lenken.

Diener bringen Schalen mit dampfenden und gut riechenden Köstlichkeiten und stellen sie auf den Tisch. Mein Magen krampft sich schmerzhaft zusammen und mir wird übel vor Hunger. Wann habe ich das letzte Mal eine warme Mahlzeit gegessen? Vor Tagen? Ace hat mir zwar Essen gebracht, aber meistens nur lieblos belegte Sandwiches oder ein wenig Obst in Form von Äpfeln oder Bananen.

Die frostigen Temperaturen der letzten Nächte und die unfreiwillige Bekanntschaft mit dem eisigen Wasser des Pools entziehen mir meine letzten Kraftreserven. Mir ist noch nie im Leben so kalt gewesen – innerlich wie äußerlich. Meine Zähne klappern unkontrolliert, während mein Körper von Beben heimgesucht wird. Meine schwarzen langen Haare hängen mir nass über die Schultern und ins Gesicht, aber ich traue mich nicht, mich zu regen. Meine Finger und Zehen sind steifgefroren. Ich kann Coles Unmut und seinen Blick auf mir spüren.

»Bring ihr einen Kamillentee … ohne Zucker«, schnaubt Cole verächtlich. »Das Geklapper ihrer Zähne geht einem ja auf die Nerven.«

Eine weitere Demütigung. Nicht die Worte, sondern das Getränk. Er kennt meine Abscheu gegenüber Kamillentee.

Ich wage einen kurzen Blick zu ihm hoch. Das Blau seiner Augen verdunkelt sich zu einem eisigen Gletschersee. Ein diabolisches Grinsen huscht über sein Gesicht.

Kurze Zeit später beugt sich einer der Diener zu mir herunter und stellt eine Tasse auf den Boden, direkt vor mich. Ich starre das verhasste Getränk an. Allein der Geruch, der mir von der dampfenden Flüssigkeit in die Nase kriecht, treibt mir das Messer in die Eingeweide.

Cole beobachtet jede meiner Regungen. Er saugt sie förmlich in sich auf. Wieder treffen sich unsere Blicke. In seinem sind gleichzeitig Belustigung und Verärgerung über mein Zögern zu erkennen. Sein Mund ist nur einen Hauch von meinem Ohr entfernt, als er mir zuraunt: »Trink oder ich flöße es dir mit Gewalt ein.«

Wie eine Marionette, deren Fäden von seinen Worten gelenkt werden, umklammere ich die warme Tasse und führe sie zu meinem Mund. Auch wenn dieses schreckliche Gesöff meinen Gaumen und meine Seele verätzt, will ich ihm diese Genugtuung nicht schenken. Ich unterdrücke meinen Brechreiz, nehme einen kräftigen Schluck und lächle ihn an, als wäre das flüssige Übel reine belgische Schokolade. Die Verärgerung über meine Reaktion kommt postwendend und er nickt wortlos zu dem Getränk. Abermals nehme ich einen Schluck

»Danke«, spreche ich leise und so demütig, wie es mir in dieser Situation möglich ist. »Menschen ändern sich. Geschmäcker auch«, füge ich dann noch hinzu.

Bei meinen Worten entgleisen ihm die Gesichtszüge. Das diabolische Grinsen verschwindet. Die Wut über die Niederlage dieses Kampfes ist ihm deutlich anzusehen. Die anderen haben meine Worte nicht gehört und widmen sich ihrem Essen. Nur Ace beobachtet uns genau, studiert unseren ungleichen Kampf und schüttelt ungläubig den Kopf.

»Na dann bin ich ja froh, dass ich einen ganzen Vorrat davon gekauft habe«, stichelt Cole verächtlich, bevor er mir ein Stück Brot reicht. Im ersten Moment will ich ablehnen, aber mein Magen knurrt und meine Hand greift automatisch danach. Damit kann ich wenigstens den widerlichen Geschmack des Tees aus meinem Mund bekommen.

Als alle mit dem Essen fertig sind, verlassen sie den Raum, bis nur noch Ace, Cole und ich übrigbleiben. Cole reicht mir eine Schüssel mit einer undefinierbaren grau-grünen Masse und ein paar verkochte Kartoffeln. Es gleicht eher einer Pampe als einem Essen. Aber ich bin hungrig und wenn man keine Alternative hat, isst man, was man bekommt. Löffel für Löffel esse ich den bitteren, lauwarmen Brei und würge ihn hinunter.

»Das Knastessen war auch nicht besser, also stell dich nicht an.«

Fast schon dankbar trinke ich die zweite Tasse Tee, die der Diener mir bringt.

# Kapitel 7

# Cole

***Seattle, Oktober 2023***

Mit einer gewissen Genugtuung beobachte ich Pearl, wie sie das Essen, das aussieht wie dreckige Pampe, herunterwürgt. Sie hat Hunger, sonst würde sie den undefinierbaren Brei niemals essen. Ich habe unseren Koch bestechen müssen, damit er dieses farb- und geschmacklose Zeug anrichtet.

Was Besseres wird sie in den nächsten Wochen und Monaten nicht bekommen. Der von mir ausgedachte Speiseplan ist das Gegenteil von einer Gourmetküche. Im Gefängnis habe ich gedacht, mir sterben die Geschmacksknospen ab, so fürchterlich war der Fraß, den sie uns vorgesetzt haben. Einfach ungenießbar. Dazu waren die Portionen für einen ausgewachsenen Mann wie mich ein Witz.

Jetzt erfährt Pearl am eigenen Leib, was sie mir angetan hat. Punkt für Punkt. Bis zum bitteren Ende. Ihrem bitteren Ende.

»Zeit, dir deine neue Unterkunft zu zeigen«, dränge ich sie und erhebe mich. Sie rappelt sich mit wackeligen Beinen auf. Als sie bedenklich schwankt, packe ich ihren Oberarm. Ich hasse den Stoff zwischen meinen Fingern. Am liebsten würde ich über ihre nackte samtige Haut streicheln und sie fühlen. Der Gedanke kommt unvorbereitet und mit ihm die unersättliche Sehnsucht. Beides zusammen dämpft meine Stimmung. Egal wie sehr ich sie hasse, ich brauche sie um mich herum – in meiner Nähe. Schon bei unserer ersten Begegnung in meinem Büro im Club war mir das bewusst geworden. Sie musste die Frau an meiner Seite sein – komme was wolle. Entgegen meiner normalen Vorgehensweise habe ich mich behutsam an sie herangepirscht, sie umgarnt und sie zu meiner Partnerin gemacht. Im selben Moment schelte ich mich einen Narren. Wieso hat sie immer noch diese Wirkung auf mich? Wieso hat sie das kaputt gemacht? Wir waren füreinander bestimmt.

Wütend über sie und mich stoße ich sie von mir. Mit einem düsteren Blick nicke ich zur Tür und gebe ihr zu verstehen, dass sie Ace folgen soll.

Wir laufen durch die Gänge in einen abgelegenen Teil des Hauses, in dem sich vor allem die Schlafräume von Ace und mir befinden, außerdem mein Büro. Wir haben eines der kleinsten Zimmer für ihre Unterbringung vorgesehen. Ich öffne die Tür und mit unsicheren Schritten folgt sie mir.

Es ist ein nüchterner, liebloser Raum, lediglich mit einem Bett und einem Nachttisch eingerichtet. Der Boden besteht aus dunklen Fliesen und das vergitterte

Fenster gibt den Blick auf einen alten, heruntergekommenen Tennisplatz frei. Angrenzend ist ein Mini-Duschbad. Wenn man sich die anderen, aufwendig dekorierten und eingerichteten Räume der Villa ansieht, kommt unwillkürlich die Frage auf, was der Vorbesitzer mit diesem Zimmer geplant hatte. Es passt so gar nicht hier herein. Egal, für meine Zwecke ist es ideal. Klein, düster, bedrückend und Pearls zukünftige Gefängniszelle. Immerhin größer als die meine es war und den Luxus eines eigenen angrenzenden Bades hatte ich auch nicht. Ich musste mich mit Gemeinschaftsduschen und einer stinkenden Toilette neben meinem Bett begnügen.

Auf der Matratze liegen eine kratzige Decke und ein Satz frischer Klamotten, bestehend aus schlichter Unterwäsche, T-Shirt und Jogginghose.

»Fühl dich wie zu Hause«, raune ich ihr zu.

»Cole, bitte!« Pearl dreht sich zu mir um und sieht mich mit flehenden, glitzernden Augen an. »Hör mir zu. Nur einen Moment.«

Mit einem Satz bin ich bei ihr und nagele sie an der nächsten Wand fest. Meine Hand schiebe ich über ihren Mund. Die plötzliche Nähe zu ihr lässt meinen Körper sofort reagieren. Erinnerungen und Hunger fluten meinen Geist und bringen mich in Rage. Die Verletzung, die sie mir zugefügt hat, sitzt einfach zu tief.

»Nein, ich werde dir nicht zuhören.«

Meine Hand wandert von ihrem Mund zu ihrer Kehle und meine Finger drücken langsam zu. So einfach wäre es, das Ganze hier und jetzt zu beenden. Und doch so verdammt schwer. Ihre Augen sehen mich schockiert an. Sie kann meine Gedanken lesen, weiß, dass ich so knapp davor, meine Kontrolle zu verlieren. Unsere Blicke treffen sich. Mein Verstand schreit gegen meine Erinnerungen an, die mich daran hindern, weiter zuzudrücken. Die Erkenntnis, dass ich es nicht tun kann, trifft sie genauso hart wie mich.

»Verdammt. Wir waren miteinander verbunden, erinnerst du dich noch? Wir waren eins. Seelenverwandt. Uns gehörte die Zukunft. Du gehörtest mir, so wie ich dir. Und das hast du alles verraten und weggeschmissen.« Zorn wallt in mir hoch, verwandelt mein Antlitz in eine hässliche Fratze.

Schreckensgeweitete Augen blicken mich flehend an. Tränen rinnen ihr über die Wange, die meinen Zorn nicht schmälern, sondern befeuern.

»Du hättest mit allem zu mir kommen können. Mit allem! Du hättest mich um alles bitten können – und das wusstest du. Ich wäre für dich durchs Feuer gegangen. Aber du zogst einen anderen Weg vor. Hast lieber mein Vertrauen missbraucht und das dreckige Geld eines windigen Arschlochs genommen. Nein, Pearl, ich muss dir nicht mehr zuhören und ich werde es auch nicht. Kein Wort. Keine Erklärung.«

Ich tue ihr weh, weil mein Griff zu fest ist, aber ich kann mich nicht zurückhalten. Sie hat für mich die Welt bedeutet und das mit Füßen getreten. Und für was? Ihre Absicht ist irrelevant, das Ergebnis ist das, was zählt: Vertrauensbruch.

»Ich werde dir zeigen, was es heißt, seine Kontrolle abgeben zu müssen. Verdammt, der Knast war die Hölle für mich und du wirst da genauso durch müssen wie ich. Angefangen mit einer kleinen Isolationshaft. Das Erste, was ich lernte, war, niemandem zu trauen –

auch keinem Wärter. Bei meinem ersten Duschgang haben zwei Vollpfosten versucht, mir einzubläuen, wer dort das Sagen hat. Weil keine Frauen anwesend sind, ficken sie die Männer. Die Schwächsten und die Neulinge zuerst. Pech nur, dass ich mich nicht halb totprügeln oder in den Arsch ficken lassen wollte, sondern mich wehrte. Das Ergebnis waren zwei Deppen auf der Intensivstation und ich in der Einzelzelle. Also genieß die Zeit hier.«

Ihre Augen werden bei meinem Bericht immer größer. Schock, Trauer und Verständnis blitzen in ihnen auf.

»Ich will von dir nichts hören … es sei denn, ich gebe dir die verdammte Erlaubnis dazu. Solltest du dagegen verstoßen, ist ein Bad im eisigen Pool eine deiner Lektionen. Aber glaub mir, ich habe noch mehr Bestrafungsarten im Hinterkopf. Also reiz mich nicht.«

Ich nehme meine Hände von ihr. Sie sackt zusammen. Hustend kauert sie am Boden und reibt sich den Hals.

*Keine Gnade. Kein Mitleid.*

»Vielleicht komme ich später noch einmal vorbei.«

Dass dies kein Freundschaftsbesuch werden wird, hört sie an dem Sarkasmus in meiner dunklen Stimme. Das Beben, das durch ihren Körper geht, ist nicht zu übersehen. Ohne ein weiteres Wort verlasse ich den Raum.

Vor der Tür wartet Ace auf mich. Schwungvoll werfe ich sie ins Schloss, drehe den Schlüssel herum und werfe ihn meinem Freund zu.

»Keiner betritt den Raum ohne meine Erlaubnis«, murre ich und wende mich ab. Den Ersatzschlüssel verwahre ich in meiner Hosentasche.

»Bist du sicher, dass du das durchziehen kannst?«, fragt Ace mich aufrichtig. Nur er wagt es, mir solche Fragen zu stellen und nur von ihm lasse ich mir das gefallen. Jedem anderen hätte ich einen bösen Blick zugeworfen und ihn damit zum Schweigen gebracht. Langsam drehe ich mich zu ihm um. Die Frage ist berechtigt. Seit ich die Gruft betreten habe, habe ich sie mir schon x-mal gestellt. Eine Antwort darauf kann ich nicht geben. Wenn ich ehrlich bin, dann war ich nicht ansatzweise auf Pearl vorbereitet, schon gar nicht auf die Gefühle, die sie immer noch in mir auslöst. Sich etwas vorzunehmen ist leichter, als es im Endeffekt durchzuziehen.

Mein Schweigen ist für Ace Antwort genug.

»Was ist mit Plan B?«

»Kein Plan B«, entgegne ich schneidend.

Wir haben normalerweise immer einen. Für Pearl hieße das ... nein, das kann ich nicht. So weit bin ich noch lange nicht. In mir kämpfen unterschiedliche Brandherde miteinander, der größte sind die Rachegelüste, der teuflischste meine unterschwelligen Gefühle zu ihr.

# Kapitel 8

# Pearl

**_Seattle, Oktober 2023_**

Die nächsten Tage sind eine Tortur für mich. Ich bin es nicht gewohnt, untätig herumzusitzen, geschweige denn einsam und abgeschottet in einem engen Raum zu sein. Die Einsamkeit drückt auf mein Gemüt und die Wände scheinen sich zu bewegen, mich zerquetschen zu wollen. Wie ein eingesperrtes Tier tigere ich auf und ab. Wenn ich es gar nicht mehr aushalte, starre ich aus dem Fenster oder lasse in der Dusche stundenlang lauwarmes Wasser über mich laufen, bis nur noch kaltes kommt. Die Temperatur lässt sich nicht regeln. Es gibt nur zwei Stufen: lauwarm oder eiskalt.

Den Einzigen, den ich zu Gesicht bekomme, ist Cole. Er bringt mir das Essen und frische Kleidung. Aber er spricht nicht mit mir. Keinen Ton. Er sieht mich lediglich mit diesem missbilligenden Blick an, als wäre ich eine lästige Fliege, die es nicht lohnt zu verscheuchen, sondern die man lieber gleich zerquetscht. Und jedes Mal verdamme ich mein Herz, dass allein bei seinem Anblick anfängt wie wild zu rasen. Es will einfach nicht wahrhaben, dass sich das Blatt gewendet hat und sein primäres Gefühl mir gegenüber nicht mehr aus Liebe besteht. Genauso wenig will mein Verstand das akzeptieren.

Zweimal habe ich versucht, mit ihm zu reden, ihm zu erklären, dass er mit seiner Vermutung, warum ich das getan habe, absolut falsch liegt. Beide Bemühungen endeten damit, dass er mich wortlos schnappte, durch das Haus zerrte und samt Kleidung in den Pool warf. Erst als ich durchgefroren klein beigab und darum bettelte, holte er mich raus und beförderte mich zurück in mein Zimmer. Es dauerte Stunden, bis ich wieder aufgewärmt war und mein Körper aufhörte zu zittern. Wenn eine Aktion mehr schadet als nützt, tritt der Lerneffekt schnell ein und man lässt es.

Ich sage also nichts mehr, ertrage einfach still. Die Hoffnung, irgendwann den richtigen Moment zu erwischen, schwelt dennoch in mir wie ein kleines Feuerchen.

Einmal stand ich kurz davor, ihm entgegenzuschreien, was passiert war, was sie mit Ryan angestellt hatten und was er erleiden musste. Aber ich schwieg, nicht nur aus Angst, Cole könnte mir nicht glauben. Vertraue niemandem, das waren doch seine Worte gewesen. Wer weiß, wer damals dahintersteckte und ob dieser Jemand nicht zur engen Gefolgschaft von Cole gehört. Dann hätte ich meinen Bruder umsonst erneut einer Gefahr ausgesetzt und das wollte und konnte ich nicht.

Als Cole heute mein Gefängnis betritt, ist seine Stimmung geladen. Ich bemerke das sofort. Ich hatte schon früher eine feine Antenne für seine Gemütsverfassung.

Seine Männer haben das stets an mir geschätzt, weil ich wusste, welche Hebel ich in Bewegung setzen musste, um ihn zu beruhigen, zu erden. Nicht selten schickten sie mich vor. Direkt in den Raum, in dem er seinen Tobsuchtsanfall auslebte und die Menschen mit Mordlust in den Augen in Angst und Schrecken versetzte. Jeder wusste, er würde mir kein Haar krümmen. Trotzdem war ich auf der Hut, bewegte mich nie von hinten, sondern immer direkt auf ihn zu. Sobald sich unsere Blicke trafen, konnte ich den inneren Kampf darin sehen. Meine Stimme und meine Berührungen holten ihn zurück, gaben ihm Halt in der Abwärtsspirale seines Zornesausbruches. Meistens endete es damit, dass er mich in seine Arme zog und hart fickte. Ich war sein Ventil, sein Gemütsdeckel und auch wenn es manchmal hart war, war ich es gerne.

Heute ist das anders. Ich bin nicht das Ventil, sondern der Grund für seine schlechte Laune. Ich habe miterlebt, was er mit gestandenen Männern gemacht hat, die ihm wie eine Laus über die Leber gelaufen waren, und die Panik rauscht durch meine Adern. Mein Herzschlag verdoppelt sich und ich kann nichts tun, außer zu hoffen.

Er trägt nur eine Jeans, die tief auf seinen Hüften sitzt. Sein Oberkörper ist nackt und gestählt. Barfuß kommt er einen Schritt nach dem anderen auf mich zu. Jeder seiner Muskeln ist angespannt. Geformt treten sie hervor, zeigen ihre Stärke und doch nur einen Bruchteil seiner Kraft. Er könnte mich mit Leichtigkeit in der Luft zerreißen und ich wäre ihm absolut machtlos ausgeliefert. Er weiß das so gut wie ich.

Ein tiefes Knurren entweicht seiner Brust. Donnernd, verärgert. Intuitiv weiche ich vor ihm zurück. Wie ein Raubtier hält mich sein Blick gefangen, beobachtet jede meiner Bewegungen. Um seinen Zorn zu drosseln, gibt es nur eine Möglichkeit. Mein Überlebenswille und mein Stolz ringen miteinander, doch Ersterer gewinnt. Ich sinke demütig vor ihm auf die Knie, unterwerfe mich und lege mein Dasein in seine Hand. Im nächsten Moment weiß ich, dass das falsch war. Sein Schrei hallt durch den kleinen Raum, ein Schrei, der so voller Wut und Verzweiflung ist.

»Wieso? Wieso hast du das getan?«

Seine Hände fassen nach mir, reißen mich grob nach oben und halten mich fest. Ich kann den inneren Kampf in seinen Augen sehen. In mir kommt der Wunsch auf, meine Hände auf seine nackte Haut zu legen und seine Wärme zu spüren. Ich würde gerne meine Lippen auf seine drücken, ihn besänftigen und zeigen, dass ich immer noch Pearl bin – seine Pearl. Aber sein Griff ist unbarmherzig, als könne er meine Gedanken lesen und darin die Widersprüchlichkeit zu unserer Situation erkennen. Als hätte er Angst, sein Standpunkt könne böckeln.

»Wir waren perfekt. Du warst perfekt …!«, brüllt er mich an. Nicht nur ich war perfekt für ihn, sondern auch er für mich. Nach ihm gab es keinen Mann mehr. Nur heute will er mich nicht verzaubern.

Mein Puls schnellt in die Höhe, weil ich erkenne, dass er mit seinen Gefühlen gerade nicht umzugehen weiß. Furcht kriecht in mir hoch. *Ein verwundetes Tier ist unberechenbar. Er ist unberechenbar.* Für einen Augenblick bin ich mir nicht sicher, ob er mir nicht doch auch körperliche Schmerzen zufügen könnte. Aber ein Gefühl tief in mir sagt mir, dass das nicht passieren wird.

Mit einem tiefen Knurren drückt er mich gegen die Wand, hält mich mit seinem überhitzten Körper gefangen. Er ist mir gerade so nah, sein Duft, seine Wärme ... alles ist mir so vertraut und doch trennen uns Welten.

»... ich hab dir vertraut, dich geliebt und du ...?« Sein Atem streift meine Wange und ich kann den Alkohol darin riechen.

»Es tut ...«

»Einen Scheiß tut es!« Seine Faust knallt neben meinem Kopf gegen die Wand. Hart drückt er seinen Mund auf meinen und fährt mit der Zunge über meine Lippen.

Ohne zu zögern, öffne ich sie und gewähre ihm Einlass. Dieser Kuss ist nicht zärtlich, sondern voller Hunger und ungestilltem Verlangen. Ich schließe die Augen, erwidere den Kuss und lasse den Orkan der Gefühle über mich ergehen. Wie von selbst presst sich mein Körper gegen seine gestählten Muskeln und fordert mehr Berührung, mehr Cole. Er greift in mein Haar, während er mit der anderen Hand über meinen Körper gleitet und einen wohligen Schauer auf meiner nackten Haut hinterlässt. Er zerrt an meiner Kleidung, reißt sie mir mehr vom Körper, als dass er sie mir auszieht. Er ist so verdammt in Rage. Wieder ertönt dieses tiefe, animalische Knurren, als ich völlig entblößt vor ihm stehe. Mit einem Ruck befördert er mich auf das Bett. Er starrt mich an, mustert meinen Körper. Ich kann seine Gedanken hören. Sein ganzer Körper steht unter Strom und lechzt nach Erlösung. Dennoch hadert er mit sich. Also nicke ich ihm unmerklich zu und gebe ihm stillschweigend meine Einwilligung. Ich weiß, dass dies kein netter Sex wird, sondern ein Entladen von Gefühlen. Aber wir brauchen das gerade beide. Erneut schließe ich die Augen. Ich höre das Öffnen seines Gürtels und ein kurzer Schauer kringelt sich meine Wirbelsäule hoch. Ich bin nicht optimal auf ihn vorbereitet. Er ist groß und könnte mir wehtun.

Seine Finger streichen über meine Haut, verharren auf meiner Mitte und verteilen meine Nässe. Die Matratze senkt sich, als er seinen Körper über mich schiebt. Erneut drückt er seinen Mund auf meinen und küsst mich forsch. Kaum spüre ich seine Eichel an meinem Eingang, stößt er mit einer solchen Heftigkeit zu, dass ich kurz aufwimmere. Ich kenne harten Sex mit ihm, aber das hier ist anders. Das hier ist geprägt von Wut und Enttäuschung. Mit tiefen, harten Stößen versucht er all seinen aufgestauten Frust zu entladen. Sein Blick bohrt sich in meinen und lässt meinen Atem stocken. Ich kann seine Verbitterung darin lesen und es zerreißt meine Seele. Tränen sammeln sich in meinen Augen und laufen mir ungehindert über das Gesicht, weil ich mich schuldig an seinem Gefühlschaos fühle.

»Du hast uns das genommen«, schmettert er mir entgegen. Mit einer fließenden Bewegung, zieht er sich aus mir heraus und dreht mich um auf meine Knie. Seine Finger krallen sich in meine Hüften und ich bin mir sicher, dass ich morgen blaue Flecken haben werde. Durch den geänderten Winkel kann er noch tiefer und gnadenloser in mich eindringen. Ich kann das Wimmern nicht mehr unterdrücken, was ihn aber nicht besänftigt, sondern nur noch mehr anstachelt. Ich lasse es zu und als er sich endlich mit einem Brüllen in mir entlädt, bin ich froh und traurig zugleich.

Wir verharren in der Position. Cole streicht über mein Rückentattoo. Seine Berührung ist sanft und steht zum krassen Gegensatz von gerade eben. Es ist das Tattoo, was ich mir nach unserer ersten Nacht habe stechen lassen. Jedes der untereinander verlaufenden Symbole hat seine eigene Bedeutung. Eines der wichtigsten davon ist das C, welches wie ein Viertel Mond gestochen wurde und in erster Linie für seinen Namen steht. Jeder sollte wissen, wem ich gehöre. Das C wird von der darunterliegenden Lotusblüte berührt, Symbol für die Reinheit meines Herzens, meine Treue und als Zeichen, dass ich ihm meine Unschuld geschenkt habe. Weiter gibt es noch das keltische Symbol für Stärke, Schutz und Verbundenheit. Ich erinnere mich so genau an den Moment, als er mich zu diesem kleinen Tattoostudio fuhr und wir vor dem Eingang stehen blieben. Er hatte mich dreimal gefragt, ob ich mir sicher wäre, ob ich das auch wirklich wollte und ich habe jedes Mal mit Ja geantwortet. Es gab nicht eine Sekunde, in der ich zweifelte oder diese Entscheidung bereuen könnte. Und bis heute hab ich das auch nicht.

»Das ist der blanke Hohn«, brummt er leise und verharrt mit seinen Fingern auf der Haut, die seine Markierung trägt.

Ich kann ihn verstehen. In seinen Augen bin ich weder unschuldig noch rein – und gewiss nicht mehr seins.

Mit einem Schubs stößt er mich abrupt von sich. Seine nächsten Worte fühlen sich wie Eispickel in meinem Magen und Herzen an und lassen den Raum um zehn Grad kälter werden.

»Die werde ich wegmachen lassen.«

Was er damit andeutet, lässt mich würgen.

# Kapitel 9

# Cole


*Seattle, August 2018*

Pearl ist das sanftmütigste Wesen, welches mir je über den Weg gelaufen ist. Sie ist wie ein zarter Schmetterling, der sich in der Dunkelheit verirrte und sich auf dem einzigen Platz niederließ, der ein wenig hervorstach: meine Wenigkeit. Noch ahnt sie nicht, in welcher Gefahr sie schwebt. Nur meiner eisernen Willenskraft und Aces mahnendem Finger ist es zu verdanken, dass ich sie nicht bereits aus ihrer gewohnten Umgebung gerissen, in mein Reich entführt und auf den Thron neben meinen gesetzt habe. Seit unserer ersten Begegnung bin ich von ihr verzaubert. Selten habe ich eine Frau erlebt – nein, eigentlich noch nie – die mich so in ihren Bann zog wie Pearl es tut. Sie ist nicht nur eine erfrischende Abwechslung, sondern wahrlich eine Perle in einem Ozean voller Falschgeld. Mittlerweile sind sowohl meine Eltern, als auch Ace ihr hoffnungslos verfallen. Nur sieht der in ihr die kleine Schwester, die es zu beschützen und umsorgen gilt. Was anderes würde er auch nicht überleben. Ich teile nicht. Auch nicht mit meinem besten Freund.

»Ihre zwei Mitbewohnerinnen rauben mir den letzten Nerv«, ächzt Ace und lässt sich auf den Stuhl vor meinem Schreibtisch fallen.

Ich schaue ihn neugierig an. Dass Pearls Zimmergenossinnen eine etwas andere Einstellung vom Studium haben als meine Kleine, war mir schon von Anfang an klar. Pearl kommt aus gutem Hause. Ihre Eltern haben vorgesorgt und ihre beiden Kinder bestmöglich abgesichert. Auch wenn sie trödeln könnte, versucht Pearl, im Gegensatz zu ihren Mitkommilitoninnen, ihr Studium so schnell wie möglich durchzuziehen. Sie lernt viel, jobbt ein bisschen nebenbei als Nanny und Nachhilfelehrerin und ist für ihr Alter auffällig reif. Vielleicht, weil sie durch den frühen Tod ihrer Eltern ein abruptes Ende ihrer Kindheit erlebte und gezwungen war, erwachsen zu werden?

»Wieso? Was haben die beiden angestellt, um dich auf die Palme zu bringen?«

»Pearl auf eine Party mitnehmen, das stellen sie an«, sagt Ace und verzieht angewidert sein Gesicht. Er ist eindeutig in Motzlaune.

»Ja und?«

»Du weißt von der Party und erlaubst es ihr?«, fragt er und schüttelt fassungslos den Kopf. Ich taxiere ihn kurz und versuche herauszufinden, ob er mich gerade foppen will. Seine Worte lassen mich schmunzeln.

»Bist nicht du derjenige gewesen, der mir noch vor ein paar Wochen eine Moralpredigt gehalten? *Gib dem armen Mädchen mehr Freiraum. Du erdrückst sie ...?*«

»Das war, nachdem du ihr wie ein Stalker ständig aufgelauert hast oder Dillon hinter ihr herschicktest.«

»Und? Was hat sich geändert? Ich bin immer noch der Meinung, dass ich lieber weiß, wo sie ist, als dass ihr etwas passiert.«

»Und? Weißt du, wo sie heute ist?«, spöttelt er.

»Auf einer stinknormalen Studentenparty.« *Das hat Pearl auf jeden Fall gesagt*, füge ich in Gedanken hinzu.

»Stinknormale Studentenparty?«, wiederholt Ace und starrt mich entgeistert an. »Du hast keine Ahnung, wo deine Kleine ist, stimmt's?«

Etwas an seiner Betonung gefällt mir ganz und gar nicht. Ein ungutes Gefühl beschleicht mich.

»Ich habe einen Mann abkommandiert, der ihr folgt und für ihre Sicherheit sorgt.« Das gebe ich nicht gerne zu, aber Ace weiß von meinen Marotten und vielleicht bringt es ihn dazu, ruhiger zu werden.

»Du hast es schon wieder getan?«

»Wo ist dein Problem, Bro? Gerade noch hältst du mir vor, nicht zu wissen, wo sie ist. Und wenn ich zugebe, dass ich ihr jemanden hinterhergeschickt habe, bist du überrascht. Sie wird ihn nicht bemerken, kann auf die Party gehen und ich bin beruhigt, weil ich weiß, dass sie wohlbehalten wieder zurückkommt.«

»Wen hast du geschickt? Dillon?«

»Thommy.«

Dillon würde auf der Party herausstechen wie ein bunter Hund in einem Schwarz-Weiß-Bild.

»Unseren Rookie?«

»Mit dem Milchgesicht fällt er definitiv nicht auf«, murre ich.

»Aber das löst nicht das Problem.«

Mann, seit Ace sich in den Kopf gesetzt hat, dass Pearl der Ersatz für seine fehlende Familie in Form einer kleinen Schwester ist, kann er ganz schön nerven.

»Ich wiederhole mich nicht gern, aber wo ist das verdammte Problem?«

»Dass das keine stinknormale Studentenparty ist, sondern eine verfickte Party im Haus der B.O.S.S. Verbindung.«

Ich schaue ihn erst amüsiert, dann ungläubig an. Nein, ausgeschlossen. Meine Kleine würde nicht so naiv sein und einen Fuß in dieses Verbindungshaus setzen.

»Sie wird nicht ... nein, sie kann nicht ...«

»... so dumm sein? Nein, aber leichtgläubig. Nach meinen Recherchen ist das die einzige Party, die heute stattfinden soll und wenn ich mir diese Jil ansehe, dann hat sie Pearl mit Sicherheit nicht auf die Nase gebunden, wo die Party stattfindet.«

Mein Blut gerät in Wallung. Ich springe auf und wische mir durch die Haare. Die B.O.S.S. Partys sind berüchtigt; das waren sie schon zu unseren Zeiten. Die Studenten und Alumni haben ihren Spaß dabei, Frischlinge – bevorzugt hübsche junge Frauen – sturzbetrunken zu machen, um sie dann in ihr Zimmer abzuschleppen. Wäre das nicht schon schlimm genug, so ist da noch die Gewissheit, dass mein Cousin Bradley diese Partys gerne und regelmäßig besucht. Ihn im gleichen Raum wie Pearl zu wissen, bringt mich um.

Ich zücke mein Handy und wähle Pearls Nummer. Kein Freizeichen, es geht sofort die Ansage dran. Fuck. Dann wähle ich Thommys Nummer. Nach dem dritten Klingeln geht er dran.

»Boss?«

Im Hintergrund sind laute Musik und Stimmengewirr zu hören. Die Party ist in vollem Gange und wenn Thommy dort ist, dann ist Pearl nicht weit weg.

»Wo ist sie?«, brülle ich ins Handy.

»War gerade noch hier. Warte.«

Das dauert mir zu lange. Er sollte sie immer im Blick haben und nicht erst nach ihr suchen müssen.

»Wo ist sie?«, brülle ich nun noch ungehaltener in den Hörer.

»Gerade war sie noch hier ... Mist ... Ich such sie.«

*Er sucht sie?* Kann das möglich sein? Meine Faust knallt gegen die Wand. Einmal. Zweimal. Dreimal. Ich bin so kurz davor, Rot zu sehen. Nein, eigentlich tue ich es bereits. Knallrot.

»Abmarsch!«, rufe ich Ace zu und schnappe mir Lederjacke und Autoschlüssel. Das Handy halte ich an mein Ohr, kralle mich regelrecht daran fest. »Wenn du Pearl nicht in einer Minute gefunden hast, dann reiß ich dir den Arsch auf«, drohe ich Thommy währenddessen.

»Nur eine stinknormale Studentenparty.« Ace rührt in meiner Wunde und beißt sich sofort auf die Lippen, als ich ihm einen mörderischen Blick zuwerfe.


Thommy steht auf dem Rasen vor dem Verbindungshaus und sieht blass um die Nase aus. Sollte er auch. Wenn Pearl etwas passiert ist, werde ich ihn zur Rechenschaft ziehen.

Ich springe aus dem Auto, kaum dass Ace es zum Stehen gebracht hat, und stürme auf ihn zu. Meine Faust knallt in Thommys Bauch. Gerade will ich noch einmal nachsetzen, als Ace mich davon abhält.

»Das bringt jetzt nichts. Lass uns nach Pearl suchen.«

Thommy keucht und folgt uns immer noch leicht gekrümmt. Meinen rechten Haken will keiner zu spüren bekommen. Er kann froh sein, dass er nur einen abgeschwächten Schlag kassiert hat und nicht die volle Breitseite.

Die Party ist in vollem Gange. Alkohol strömt in Massen und die Lautstärke ist ohrenbetäubend. Ich sehe mehr als nur einen, der seinen Mageninhalt in irgendeiner Ecke entleert. Aber ich kann Pearl nirgends finden. Ich eile ins obere Stockwerk und öffne jede verdammte Tür. Eine ist verschlossen und auf mein Hämmern und Brüllen hin öffnet keiner. Ich zähle bis drei und trete sie kurzerhand ein. Ein Pärchen liegt im Bett. Er flucht, während sie versucht, ihre nackten Brüste zu verdecken. Ich stürme zur nächsten Tür. Ace ist mittlerweile in den zweiten Stock gestiegen und durchsucht dort die Zimmer. Nachdem ich alle Räume inspiziert habe, schließe ich zu Ace eine Etage höher auf. Hier oben ist die Musik nur noch als lautes Wummern zu hören. Er deutet auf eine weitere abgeschlossene Tür, hinter der man laute Stimmen hören kann, die sich fast nach einem faustdicken Streit anhören. Kein gutes Zeichen. Ich bin mir nicht sicher, ob ich Pearls Stimme herausfiltern kann, aber es sind mehr als zwei.

Mit einem Tritt berstet das Schloss und die Tür gibt nach. Mich hält nichts mehr. Ein Blick in den Raum genügt und mein Blut rast heiß und giftig durch meine Adern. Meine Hände ballen sich automatisch zu Fäusten. Pearl steht in der Mitte des Raums, hält ihre zerrissene Bluse mit der einen Hand zusammen, während sie in der anderen einen Schürhaken fest umklammert hat

und damit versucht, die beiden Männer von sich fernzuhalten.

»Cole«, keucht sie. Ich kann sehen, dass sie am Ende
ihrer Kräfte ist.

Im selben Augenblick greife ich mir das eine Arschloch und lasse ihn mehrmals meine Faust spüren. Ace
hat sich den anderen gekrallt, schleudert ihn gegen die
Wand und lässt ihn einfach benommen am Boden liegen. Er legt seine Hand auf meine Schulter und drückt
zu. »Lass ihn und kümmere dich um dein Mädchen.«

Ein Blick in ihre schreckensweiten Augen reicht aus.
Sie hat noch nie einen meiner Ausbrüche erlebt und
sollte das auch nicht. Die Gewalt, die unter meiner
Oberfläche schlummert, halte ich in ihrer Gegenwart
im Zaun. Wäre Ace nicht hier, um sich um die Arschlö-
cher zu kümmern, würde ich das machen.

Plötzlich geben ihre Knie nach und sie sackt schluchzend zu Boden. In Windeseile bin ich bei ihr, nehme sie
in meine Arme und trage sie aus dem Zimmer.

»Tu, was du tun musst und was ich tun würde.« Meine
Worte reichen aus, um Ace zu signalisieren, was er mit
diesen Flachwichsern anstellen darf.

Ich werde dafür sorgen, dass Pearl das nicht sehen
muss. Sie braucht uns nicht in Aktion zu erleben. Es
würde sie von uns entfremden. Sie scheint davon
nichts mitzubekommen, sonst würde sie protestieren
und uns davon abhalten. Im Gegenteil, erschöpft legt
sie ihre zarten Arme um meinen Nacken und vergräbt
ihr Gesicht an meinem Hals. Ich nehme ihren Geruch
wahr und noch etwas anderes: Ich rieche Alkohol. Normalerweise trinkt Pearl keinen Tropfen. Es macht mich

rasend. Sollte sie das Zeug freiwillig getrunken haben, kann sie was erleben.

»Psst, alles ist gut. Ich bin hier. Dir kann nichts mehr passieren.«

»Woher ...?«, fragt sie mit leiser, gebrochener Stimme. »Woher wusstest du, wo ich bin?«

»Das ist egal. Wichtig ist, dass ich hier bin und du in Sicherheit.«

Ich trage sie die Treppe hinunter, durch die tanzende Menge hindurch, zum Auto. Thommy steht neben der Tür und hält sie reumütig auf, damit ich mich mit Pearl im Arm auf den Beifahrersitz setzen kann. Ace folgt uns nach ein paar Minuten.

»Gut gemeinter Rat, Junge: Komm erst wieder nach Hause, wenn die Luft rein ist«, sagt Ace und klopft Thommy auf die Schulter.

Pearls ganzer Körper zittert und bebt.

»Ich reiß ihm den Kopf ab«, knurre ich wütend, als Ace endlich losfährt.

Pearl hebt den Kopf und schaut mich fragend an. »Wem?«

»Thommy.«

»Wieso, was hat er damit zu tun?«

»Er hätte auf dich aufpassen sollen und hat es nicht getan.«

»Auf mich? Wieso?« Plötzlich sickert die Erkenntnis in ihren Kopf und ihr Blick verfinstert sich. »Du hast ihn nicht allen Ernstes auf mich angesetzt, um mich zu beobachten?«

»Nein, um dich zu beschützen.«

»Was?« In ihrer Stimme schwingt ein wenig Hysterie mit. Ich drücke sie wieder an meine Brust und küsse ihren Scheitel.

»Nicht beobachten ... beschützen«, grolle ich. Ich werde jetzt keine Grundsatzdiskussion mit ihr führen.

»Du wirst ihm nicht wehtun«, sagt sie und versucht sich erneut aus meiner Umklammerung zu winden, was ich aber nicht zulasse.

»Er hatte eine fucking Aufgabe und sie nicht erfüllt. Das schreit nach Strafe.«

»Es ist nicht seine Schuld.«

»Dass er seine Aufgabe nicht erfüllt hat? Doch, das ist es.«

»Du wirst ihn nicht bestrafen.« Sie betont jedes Wort einzeln und durchbohrt mich mit ihren Blicken. Der ängstliche und gleichzeitig harte Ausdruck in ihren Augen überrascht mich.

Ich ernte von Ace einen amüsierten Blick und nicke zu seiner Hand am Lenkrad, wo noch die Blutspritzer dieser beiden Wichser zu sehen sind. Schnell wischt er sie sich an der Hose ab.

»Wir werden sehen.«

»Nein, Cole. Er wird nicht meinetwegen bestraft werden. Es ist meine eigene Schuld gewesen, nicht seine.«

»Darüber reden wir auch noch.«

Sie in meinen Armen zu halten, beruhigt mein aufgebrachtes Monster.

»Haben sie dir wehgetan?«, frage ich und lenke vom Thema ab.

Allerdings bin ich mir nicht sicher, ob ich die Antwort wissen will. Sollte jemand von diesen Arschlöchern Hand an sie gelegt haben, könnte mich keiner mehr aufhalten. Ich würde Ace umdrehen lassen und sie eigenhändig ins Jenseits befördern.

»Nein, sie ...« Ein Schluchzer entfährt ihr und ein weiteres Beben durchfährt ihren Körper. »Kann ich heute Nacht bei dir bleiben?«

Ihre Stimme ist nur noch ein Hauch und ich höre die Erschöpfung darin. Wer weiß, wie lange sie gegen die beiden Dumpfbacken hat kämpfen müssen.

»Nicht nur heute«, antworte ich und meine es genau so.

Sie beruhigt sich. Das Zittern hört auf und ich kann spüren, wie die Anspannung aus ihrem Körper weicht. Sie schmiegt sich in meine Arme. Sie scheint den Sinn meiner Worte nicht zu erkennen und hinterfragt sie auch nicht. Bisher hab ich ihr die Freiheit und den Wunsch gelassen, in dem versifften Studentenheim wohnen zu bleiben. Schon kurz nach der Gala und unseren ersten Dates wollte ich sie zu mir holen. Pearl, die erste Frau, die ich mir in meinem Haus, unter meinem Dach vorstellen kann, zusammen mit meinen Männern.

Ace tut es. Er schnauft hörbar. Er kennt mich, weiß, was ich damit meine. Soeben stutzte ich ihr die Flügel.

# Kapitel 10

# Pearl



*Seattle, August 2018*

»Ich kann nicht einfach bei dir einziehen«, entgegne ich aufgebracht.

Seit einer halben Stunde diskutieren wir lautstark darüber, was Cole einfach bereits für eine beschlossene Sache hält. Wie zwei Kampfhähne stehen wir uns gegenüber. Ich bin wütend. Nicht nur auf ihn, sondern auch auf mich und meine Gutgläubigkeit. Zuerst haben mir Jil und Nancy weisgemacht, dass es sich nur um eine lockere Party handelt und mich dann in das verruchteste Nest geschleppt, das ich je gesehen habe. Und jetzt eröffnet mir Cole, dass er nicht zulässt, dass ich wieder zurück in das Studentenwohnheim gehe. Wir stehen in seiner Küche und jeder der reinkommt, macht sofort eine Kehrtwende. Keiner will sich in unseren Streit einmischen. Aber wenn er glaubt, dass ich ihm hier nicht die Stirn bieten kann, dann hat er sich geirrt. Ich gebe ja zu, dass das gestern scheiße abgelaufen ist und mir echt die Muffe ging, als die beiden Typen mich in das Zimmer geschleift und keinen Hehl daraus gemacht hatten, was sie von mir wollten. Keiner der anderen Gäste hatte geholfen. Das Gefühl dieses Ausgeliefertseins lässt mein Körper noch immer erschaudern.

Die ganze Nacht über hat Cole mich in seinen Armen gehalten, mich in Sicherheit gewogen. Er hat mich sanft geküsst und mich beruhigt, wenn ich aus dem Schlaf hochgeschreckt bin. Nur durch ihn habe ich überhaupt etwas Schlaf abbekommen.

Thommy hat sich noch nicht blicken lassen. Ace meinte nur, dass es besser sei, wenn er sich für eine Weile von Cole fernhielte. Dieser gab mir zähneknirschend das Versprechen, ihm keine Bestrafung in irgendeiner Form, auch nicht auf seine Art und Weise, zukommen zu lassen. Ich will gar nicht wissen, was *seine Art und Weise* zu bedeuten hätte.

»Du kannst und du wirst. Du gehst nicht wieder dorthin zurück. Das kannst du vergessen«, gibt er mürrisch von sich und wischt meine Einwände mit einem Wink fort. »Wenn es dir lieber ist, dann kann ich dir hier ein eigenes Zimmer einrichten lassen, in dem du ungestört lernen kannst. Für den Weg zur Uni nimmst du eines von unseren Autos oder jemand fährt dich.«

»Nein, Cole. Wir kennen uns kaum … das geht nicht.«

»Es ist mir egal, ob wir uns sieben Tage, sieben Wochen oder sieben Jahre kennen. Du wirst nicht wieder zu diesen verantwortungslosen Tussis ziehen.«

»Tussis? Echt jetzt, das sind meine Freundinnen.«

»Wer solche Freundinnen hat, braucht keine Feinde mehr«, grollt er weiter.

»Gut, dann werde ich mich nach einer anderen Bleibe umsehen. Vielleicht ist noch ein anderes Zimmer frei.«

»Nicht am Anfang vom Semester, das weißt du genauso gut wie ich.«

Ich funkele ihn wütend an, auch wenn er recht hat. Zu Beginn des neuen Semesters sind normalerweise alle Zimmer belegt und die auf der Warteliste werden vorrangig bedient, falls doch eines frei wird. Nur weil man die Zimmergenossinnen nicht mag oder weil sie einen zu blöden Partys schleppen, sind keine ausreichenden Gründe für das Sekretariat, eine Ausnahme zu machen. Ich kann froh sein, dass ich während der Semesterferien dort wohnen bleiben kann.

Cole kommt auf mich zu und zieht mich in seine Arme. Bei ihm fühle ich mich geborgen und sicher, auch wenn mich die Gewalt gestern erschreckt hat. Als er in das Zimmer stürmte, war da eine rot-schwarze Aura um ihn herum, die ich förmlich anfassen konnte. Auch wenn diese Typen es verdient haben, war ich von seinen brutalen Schlägen sowohl überrumpelt als auch entsetzt. Natürlich war mir bereits bei unserer ersten Begegnung klar gewesen, dass hinter der netten, sanften Fassade eine Urkraft steckt. Gestern habe ich nur die Spitze des Eisberges gesehen, davon bin ich überzeugt.

»Bei mir bist du sicherer. Gestern waren wir noch rechtzeitig zur Stelle, das nächste Mal vielleicht nicht.« Zärtlich nimmt er mein Gesicht zwischen seine Hände und beugt sich zu mir herunter. Sanft berührt er mit seinen Lippen meine und küsst mich liebevoll.

»Ich hatte keine Ahnung, wohin sie mich mitnehmen. Das nächste Mal passe ich besser auf. Versprochen«, gebe ich zerknirscht zu. »Es ist ja nichts passiert.«

»Es gibt kein nächstes Mal.«

Wütend befreie ich mich aus seinen Armen und schenke mir ein Glas Wasser ein. Dieser Mann macht mich fertig. Auch wenn ich es auf der einen Seite genieße, dass er sich Sorgen um mich macht, geht sein ausgeprägter Beschützerinstinkt doch ein wenig zu weit. Ich brauche keinen Aufpasser. Ich kann selber auf mich Acht geben. Obwohl wir uns erst seit knapp sieben Wochen kennen, fühlt es sich manchmal so an, als hätte ich ihn schon mein ganzes Leben an meiner Seite. Das Gefühl, das er in mir auslöst, wenn er mich so zärtlich ansieht, ist unbeschreiblich. Zwar ist er neun Jahre älter als ich, dennoch behandelt er mich auf Augenhöhe, nicht wie ein halbes Kind – was ich, gemessen an seinem Alter, wahrscheinlich noch bin.

Jim, sein Fahrer, erscheint in der Tür.

»Sag deinem Boss, dass ich nicht bei ihm einziehen werde«, rufe ich aufgebracht und werfe ihm einen hilfesuchenden Blick zu.

Der verdreht nur die Augen und schüttelt den Kopf. »Oha, das kannst du ihm schön selbst sagen.«

»Hab ich, aber er will nicht auf mich hören.«

»Ja, dazu neigt er hin und wieder.«

»Eine Idee?«, frage ich belustigt.

Seine Männer haben mich vom ersten Augenblick an mit Respekt und Anerkennung behandelt. Neben Ace mag ich Jim am meisten. Einige der anderen Männer jagen mir noch ein wenig Angst ein. Sie sehen nicht nur furchteinflößend aus, sondern sind es auch. Aber Cole versicherte mir, dass sie nur bellen, nicht beißen. Davon will ich mich erst überzeugen.

»Ja, auf ihn hören.«

Ich stoße einen genervten Laut aus. Cole und ich daten, sind aber in meinen Augen noch kein richtiges Paar – dazu gehört ein bisschen mehr. Dass es ihm schwerfällt, sich zurückzuhalten, mein Tempo zu gehen, kann ich aus seinem Blick, seiner Körperhaltung und der immer wieder vorhandenen eindeutigen Beule in seiner Hose erkennen. Aber er gibt mir den Freiraum, was ich ihm hoch anrechne. Allerdings bin ich mir ziemlich sicher, dass dieser bald enden wird. Aber in dieser Phase des Kennenlernens zusammenzuziehen, ist in meinen Augen der größte Schwachsinn.

»Hast du nicht noch etwas Dringendes zu erledigen?«, fragt Cole Jim mit dunkler Stimme. »Wenn nicht, dann verschwinde, bevor ich mir Botengänge durch die halbe Stadt ausdenke.«

»Okay.« Schon trollt er sich aus der Küche.

»So und jetzt zu dir.« Cole drängt mich zum Küchentisch. Er umfasst meine Taille und hebt mich auf die glatte Oberfläche, sodass wir uns ansehen können. Seine blauen Augen leuchten wie Ozeane und halten meinen Blick gefangen. Er schiebt sich zwischen meine Beine, stützt die Arme neben mich und kesselt mich mit seinem muskulösen Körper ein. Ich weiß nicht, was in mich gefahren ist, aber meine Hand wandert zu seiner Wange mit der Narbe. Vorsichtig fahre ich die Unebenheiten nach. Sofort versteift sich sein ganzer Körper. In seinen Augen blitzt etwas auf, das ich nicht zu deuten vermag. Aber mittlerweile ist mir klar: Zwar will er dort nicht unbedingt berührt werden, duldet es mir zuliebe aber. Und ich tue es immer wieder, ihn berühren, die Narbe berühren, sie nachfahren. Ich halte unseren Blickkontakt aufrecht und platziere meine Hand auf seiner Brust. Sein Herz pocht wild und sein Blick ist hungrig.

»Ich weiß, du meinst es gut, Cole«, fange ich vorsichtig an, »aber ich kann und werde nicht bei dir einziehen.«

Wenn ich meinen Platz im Studentenwohnheim aufgebe und er mich in ein paar Wochen satt haben sollte, dann lande ich auf der Straße und das kann ich mir nicht leisten. Wenn mein kleiner Bruder aus dem Internat zu Besuch kommt, quartiere ich uns immer in eine der billigen Pensionen nahe des Unigeländes ein. Ich kann von Cole nicht erwarten, dass er uns beide unter seinem Dach duldet. Und ich will ihn auch nicht danach fragen. Seit dem Tod unserer Eltern steht Ryan unter der Vormundschaft unseres Onkels, Tupac Vasquez, dem Bruder meiner Mutter. Er ist der einzige Verwandte, den wir noch haben. Allerdings lässt er uns in Ruhe, solange Ryan brav das Internet besucht und seine Noten stimmen. Er ist froh, dass wir unser Leben weitestgehend selbst im Griff haben und er sich um nichts kümmern muss. Bisher gab es nur zwei- oder dreimal Ärger im Internat und da riefen die Lehrer mich an, nicht unseren Onkel. Das Verhältnis zwischen unserer Mutter und ihm war schon immer eher mäßig innig.

»Ich mach dir einen Vorschlag, Pearl«, haucht er mir ins Ohr. Seine Wärme strahlt zu mir und lässt mich auf eine wohlige Art erzittern. »Du behältst als Sicherheit das Zimmer bis zum Semesterende und ziehst hierher.

Aber schlag dir aus deinem hübschen Kopf, dass ich dich gehen lasse.«

Er kann meine Gedanken lesen und versteht offenbar meine Sorge. In seinen Worten hört sich der Vorschlag vernünftig an.

»Mein Bruder kommt hin und wieder zu mir, wenn er Ferien hat ...« Meine Gegenargumente scheinen bei ihm auf taube Ohren zu stoßen.

»Dein Bruder ist hier genauso willkommen wie du. Also gibt es keinen Grund, der deinem Einzug entgegensteht.«

»Deine Männer?«

»Die würden es nicht wagen, einen Ton dagegen zu sagen. Außerdem mögen sie dich und es täte dieser männerlastigen Bande ganz gut, eine Frau zwischen sich zu haben. Dann müssen sie sich mehr am Riemen reißen.«

Ich muss bei dem Gedanken kichern.

Mit seinen Fingern umschlingt Cole meine Haare und zieht meinen Kopf nach hinten, sodass meine Kehle und mein Hals entblößt sind. Er hinterlässt eine heiße Spur, als er sich über mein Kinn zum Hals hinunter küsst und sich kurz an der Halsbeuge festsaugt.

»Pearl, du hast keine Ahnung, was deine Anwesenheit in mir auslöst«, knurrt er, bevor er seinen Mund auf meinen presst und ihn in Beschlag nimmt. Seine Zunge wirbelt um meine herum und seine Hand drückt mich enger an sich. Er verschlingt mich, nimmt sich alles und schickt Hitzewellen durch meine Mitte.

»Verdammt, ich will nicht mehr warten«, keucht er in meinen Mund. »Ich brauche alles von dir. Jetzt! Sofort!«

Mit einem festen Griff hebt er mich von der Anrichte. Automatisch schlinge ich meine Beine um seine Hüften und die Arme um seinen Hals. Kräftige Arme tragen mich aus der Küche in den oberen Stock, direkt in sein Schlafzimmer, und mit jedem Schritt pocht mein Herz intensiver.

Vorsichtig bettet er mich auf das riesige Boxspringbett und beugt sich über mich. Sein Blick ist voller Verlangen und Hunger.

»Pearl?« Seine tiefe, dunkle Stimme schießt mir direkt in den Unterleib.

Ein großes Fragezeichen hängt in der Luft. Ich weiß, was jetzt unweigerlich kommen wird und ich bin mir sicher, würde ich ihn aufhalten, dann würde er sich zurückziehen. Aber ich will ihn nicht aufhalten. Ich bin mir sicher. Ich will ihn genauso sehr, wie er mich.

Ich kann nicht antworten, weil der Kloß in meinem Hals zu groß ist und ich befürchte, meine Stimme könnte versagen. Deswegen nicke ich ihm nur zu. Mit geübten Griffen entkleidet er zuerst mich und dann sich selbst. So nackt und entblößt vor ihm zu liegen, ist kein neues Gefühl, nur ist es nie bis zum Äußersten gekommen. Ich genieße seine anerkennende Musterung, sein Knurren und der Anblick seines imposanten Ständers, der mir zeigt, wie sehr er mich will.

Cole kramt in seinem Nachttisch, bis er findet, wonach er sucht: ein Kondom. Mit geübten Griffen reißt er die Packung auf und zieht sich das Gummi über. Dann widmet er seine Aufmerksamkeit wieder mir. Seine Hände wandern über meinen Körper, zwirbeln meine Brustwarzen und streichen über meine pochende Mitte. Seine Zunge erobert meinen Mund und tanzt mit meiner. Ich greife nach seiner Härte, umschließe und liebkose ihn. Die Haut fühlt sich samtig und heiß an. Ich fahre mit den Fingerspitzen die Adern nach und entlocke ihm ein weiteres Knurren. Seine Atmung beschleunigt sich und ich merke, wie sich sein Penis unter meiner Berührung verdickt. Coles Finger dringt vorsichtig in mich ein, dehnt mich, während sein Daumen meine Perle umspielt.

»So unschuldig. So schön«, brummt er und knabbert an meinem Ohrläppchen.

Er küsst und leckt sich einen Weg hinunter bis zu meinen Brustwarzen. Abwechselnd knabbert und saugt er an ihnen. Ein zweiter Finger drängt sich in meine Enge und ich keuche kurz unter der ungewohnten Dehnung auf. Dann schiebt er sich weiter nach unten, presst seinen Mund auf meine Perle und saugt und leckt daran, bis sich eine Spannung in meinem Unterleib aufbaut. Die Spannung löst sich in einer Explosion und mein ganzer Körper zittert. Mit einem Lächeln kommt er wieder zu mir hoch, seine Augen fixieren mich. Ich merke, wie er zwischen uns greift und seine Härte durch meine Spalte fährt.

»Sieh mich an, Pearl. Ich werde vorsichtig sein.«

Ich vertraue ihm. Ich halte mich an seinen Oberarmen fest, als er langsam in mich eindringt. Es schmerzt und ich schließe kurz die Augen. Sofort verharrt Cole, wartet bis mein Körper sich an seine Länge, seinen Umfang gewöhnt hat. Ich stöhne auf, als er sich Stück für Stück weiterschiebt. Es ist ein neuer, aber auszuhaltender Schmerz.

»Mach die Augen auf. Ich will dich sehen«, befiehlt er mir sanft.

Langsam zieht er sich aus mir heraus und dringt dann mit einem kräftigen, tiefen Stoß wieder in mich ein. Ein zerreißender Schmerz durchzuckt mich, lässt mich aufwimmern und sofort bedeckt sein Mund meinen, schluckt meinen Schmerzenslaut.

»Gleich wird es besser«, besänftigt er mich und wiederholt den Vorgang. Immer wieder zieht er sich zurück und stößt zu, gibt ein moderates Tempo vor, bis sich der Schmerz langsam mit dem aufkommenden Verlangen vermischt. Seine Bewegungen werden tiefer und entschlossener. Ich kralle mich in seine Arme. Wahrscheinlich wird er später Abdrücke meiner Fingernägel in seiner Haut haben. Ich schnappe erstaunt nach Luft, als sein Penis in mir anschwillt und wild zu zucken beginnt. Es fühlt sich so verdammt intensiv an. Seine Lippen versiegeln meine, während er über mir verharrt. Vorsichtig zieht er sich aus mir heraus und nimmt mich in den Arm. Ich bette meine Wange auf seine Brust. Seine Atmung ist beschleunigt und sein Herz rast. Er vergräbt seine Nase in meinen Haaren und seine Hand streicht sanft über meinen Rücken.

Ich kann es immer noch nicht fassen. Ich habe Cole soeben meine Unschuld geschenkt. Und es fühlt sich fantastisch an.

# Kapitel 11

# Cole

*Seattle, August 2018*

Seit Pearl in die Villa eingezogen ist, hat sich viel verändert. Ihre Anwesenheit sorgt für eine Ausgeglichenheit, die nur eine Frau wie sie schaffen kann. Ein Ruhepol, der einen wieder Energie auftanken lässt. Ihr stetiges Lachen und ihre Frohnatur reißen jeden Tag die düstere Wolkendecke über mir auf und lassen die Sonne scheinen.

Meine Männer mögen Pearl und benehmen sich in ihrer Gegenwart vorbildlich. Es werden keine frauenfeindlichen Witze erzählt, keine Partys mit Huren gefeiert, die auf dem Tisch tanzen oder hirnlose Saufgelage abgehalten. Die Männer reißen sich am Riemen, um ihr den Aufenthalt so angenehm wie möglich zu machen. Jeder will ihre Sympathie gewinnen. Das macht mich stolz – und unruhig zugleich. Mein inneres Monster will sie nicht teilen, ist aber gezwungen, es zu akzeptieren.

Solange sie ihr Wohnheimzimmer behält, befinden wir uns in einem sogenannten Testlauf. Keiner, weder die Männer noch ich, wollen verantwortlich sein, sollte sie wieder ihre Sachen packen und verschwinden. Mit jedem Tag wird mir klarer, dass ich sie nicht wieder gehen lassen will – gehen lassen kann. Sie hat mich verändert, hat mir gezeigt, was in meinem Leben wichtig ist, was mir bis jetzt gefehlt hat, ohne es zu bemerken.

Pearl lässt mich zu Hause ankommen. Sie ist der fehlende Teil in meinem Leben. Mein Gegenstück. Das Yin zum Yang. Und sie schafft es, mein Gemüt zu beruhigen, wenn die Pferde mal wieder mir durchgehen.

Es ist Mitte der Woche und als ich an diesem Abend nach Hause komme, werde ich von lautem Gekreische begrüßt. Es hallt vom Außenpool durch das Wohnzimmer direkt zu mir. Meine Laune ist nicht gerade die beste. Seit einiger Zeit macht mir mein Cousin Bradley vermehrt Ärger, indem er versucht, sich in meine Geschäfte einzumischen. Entweder er torpediert meine Angebote oder er durchkreuzt meine Pläne mit diffusen Informationen, die plötzlich wie aus dem Nichts bei meinem Geschäftspartner auf dem Tisch landen. Heute probierte er, einen wichtigen Deal mit einer Hafenliegenschaft zu vereiteln, indem er mein Angebot mit einem Gegenvorschlag unterbot, welches er nie und nimmer würde halten können. Mit Engelszungen musste ich auf die Gegenpartei einreden und ihr erklären, dass dieses Angebot unseriös ist. Die Immobilie gehört zu einer Reihe von Gebäuden, die ich mir einverleiben möchte. Ich brauche diese Lagerhalle, um eines meiner illegalen Geschäfte durch ein legales zu decken. Eine Halle, die auf dem Papier Waren für Übersee beherbergt, ist eine optimale Ablenkung zu der Lagerhalle daneben, die öfter – sagen wir – zweckentfremdet wird.

Ich bin nicht in viele dunkle Machenschaften verwickelt, gehöre auch nicht der Mafia an, arbeite aber hin und wieder mit ihr zusammen und kann in dem Zuge nicht behaupten, dass meine Weste blütenweiß ist. Damit unsere legalen Einnahmequellen nicht versiegen oder in Gefahr geraten, muss ich leider auch auf ein paar Geschäfte zurückgreifen, auf die ich nicht so stolz bin. Bradley weiß das – allerdings nur oberflächlich. Ihm fehlen dafür der Weitblick und der tiefere Einblick. Jedoch hat er sich seit Kurzem in den Kopf gesetzt, mehr von dem Kuchen abhaben zu wollen, als ich ihm zugestehen möchte. Nur weil wir den gleichen Familiennamen tragen, heißt das noch lange nicht, dass ich ihm ein Vermögen schenken muss. Das soll er sich mal schön selbst verdienen, vorzugsweise mit den Firmen, die sich sein Eigen nennen. Leider sind die nicht so lukrativ, aber das ist nicht mein Problem, sondern seins. Das Startkapital hat er von seinem Vater bekommen, was er damit anstellt, ist seine Sache.

Ich entledige mich meiner Anzugjacke und kremple das Hemd an den Ärmeln hoch, während ich durch das Wohnzimmer in den Garten trete. Mein Blick huscht über das Geschehen. Ein paar der Männer lungern auf den Liegen oder drehen ein paar Bahnen im Pool. Ace, Carter und Pearl liefern sich auf der angrenzenden Wiese eine Wasserschlacht. Nicht ihr Ernst! Wer zum Teufel hat diese Wasserspritzpistolen besorgt? Wo haben sie die aufgegabelt? Ich schüttle den Kopf über solch kindisches Verhalten, dennoch kann ich ein Grinsen nicht unterdrücken, als Pearl eine volle Ladung in Aces Gesicht spritzt und dann kreischend davonrennt. Im Bikini. Doppelt nicht ihr Ernst. Meine Kleine rennt im Bikini vor meinen Männern herum. Ärger macht sich in meiner Magengegend breit und ich muss an mich halten, keinen lauten Brüller loszulassen.

Als Pearl mich entdeckt, bleibt sie wie angewurzelt stehen und neigt den Kopf. Sie hatte von Beginn an eine feinfühlige Antenne für meinen Gemütszustand. Oft genügt ein Blick und sie kann einordnen, ob ich in Ruhe gelassen, beruhigt oder ganz normal behandelt werden möchte. Mein Gesichtsausdruck muss Bände sprechen. Sie wirft die Pistole auf die nächste Liege und kommt zu mir gerannt. Wie ein kleines Kind wirft sie sich in meine Arme. Ich vergrabe meine Nase in ihrem feuchten Haar und ziehe ihren Duft in mich ein. Sie presst ihren warmen, halb nackten Körper gegen meinen. Ich knurre verstimmt, weil sie in dieser Bekleidung den Blicken meiner Männer schutzlos ausgeliefert ist – was mir ganz und gar nicht gefällt. Eifersucht bahnt sich ihren Weg, verwurzelt sich hartnäckig in meinem Kopf und meinem Herzen. Normalerweise bin ich kein so besitzergreifender Bastard. Nur bei Pearl. Sie bringt das Beste und das Schlechteste in mir hervor.

»Hast du nichts im Kleiderschrank?«, brumme ich ihr ins Ohr.

»Ach komm, Cole. Es ist heiß und du hast einen Pool im Garten. Soll ich dort mit einem Ganzkörperanzug baden gehen?«

»Wäre mir lieber als in diesem knappen Nichts.«

»Das ist ein Bikini!«

»Mir egal«, grolle ich. »Da ist viel zu viel nackte Haut zu sehen. Ich schlage vor, du gehst hoch und ziehst dir eines von deinen hübschen Sommerkleidern an. Später vertreibe ich alle aus dem Garten und du kannst von mir aus nackt baden gehen.«

»Eine Poolparty mit Sommerkleid? Niemals«, lacht sie mich aus.

»Ich mache die Regeln hier, also gilt diese neue Regel ab sofort für dich: In Anwesenheit meiner Männer keine Bikinis!« Ich schaue sie streng an. Kurz stockt ihr der Atem. Mein Haus, meine Regeln. Sie verdreht die Augen und lächelt mich an. Weiß sie eigentlich, was sie damit in meiner Hose anrichtet?

Schallendes Gelächter dringt zu uns. Ich werfe Ace und den beiden anderen Männern, darunter Jim und Carter, einen bitterbösen Blick zu, weil sie sich augenscheinlich über mich lustig machen.

»Mach uns nicht dafür verantwortlich. Pearl hat diese Party vorgeschlagen.« Ace hebt entschuldigend die Arme.

»Echt jetzt? Eine Poolparty?« Ich drücke ihr einen heißen Kuss auf die Lippen. Sie schlingt ihre Beine um meine Hüfte und erwidert den Kuss. Als wir uns atemlos voneinander trennen, lacht sie mich entwaffnend an.

»Bevor die Uni wieder richtig startet, will ich noch ein bisschen Spaß haben.«

Pearl ist nicht nur schlau, sondern auch extrem fleißig. Während der Studienzeit verbringt sie viel Zeit mit Pauken und in der Bibliothek. Eine kurze Auszeit tut ihr gut ... aber das hier?

»Deswegen die Poolparty? Trotzdem passt es mir nicht, wenn alle mehr Haut von dir sehen, als für sie gut ist.«

»Ach komm schon. Ich gehör nur dir«, flötet sie mir entgegen. »Das bisschen Haut sehen sie auch bei den Pooltänzerinnen oder in jedem anderen Club.«

Ich ziehe meine Augenbraue hoch. »Pooltänzerinnen? Ich dachte, das mit den Clubs hätten wir besprochen. Außerdem bist du keine Pooltänzerin.«

»Haben wir, aber ich bin nicht von gestern und weiß, wie der Hase läuft. In den Clubs, in denen ihr verkehrt, tragen die Kellnerinnen weniger als ich gerade.«

Ich setze sie vor mir ab und streiche ihr die Locken aus dem Gesicht. Was ich jetzt brauche, ist harter, schneller und intensiver Sex. Pearl wirkt zwar zerbrechlich und unschuldig, handelt mich und meine Vorlieben aber erstaunlich gut.

Ich erkenne die Sekunde, in der sie meine Gedanken liest. Ihre Augen werden einen Tick größer und ein kurzes *Oh* formt sich auf ihren Lippen. Ich greife nach ihrem Handgelenk und ziehe sie hinter mir her.

»Ich bring sie euch gleich wieder. Dieses Mal *angezogen*«, rufe ich den anderen entgegen und ernte lautes Gelächter und noch etwas, das Pearl wahrscheinlich eine süße Röte ins Gesicht treibt.


Als wir zurückkommen, haben wir einen neuen Gast – einen ungebetenen.

Bradley.

Er steht mit einem kühlen Bier in den Händen am Pool und unterhält sich mit Ace. Man sieht meinem Freund an, dass auch er von Bradleys Anwesenheit nicht begeistert ist, aber auch nichts dagegen tun kann. Ich schon. Ich kann ihn vor die Tür setzen. Familie hin oder her.

Pearl gesellt sich zu mir. Ich bin froh über das Kleid, das ihre Figur sanft umspielt und dennoch nicht viel von dem, was sich darunter verbirgt, preisgibt. Ich kenne jede ihrer sanften Erhebungen, jede sensible Stelle und der Geschmack ihrer Pussy liegt noch auf meiner Zunge.

»Bradley«, begrüße ich ihn kalt.

Ich ziehe Pearl zu mir heran, drücke ihr einen Kuss auf die Schläfe und flüstere ihr zu: »Geh ins Haus. Von mir aus kannst du dem Koch unter die Arme greifen. Aber bleib drinnen.«

Sie sieht nicht begeistert aus, aber meine Stimme lässt keine Diskussion zu und das weiß sie. Brav folgt sie meiner Anweisung. Als sie im Inneren verschwunden ist, greife ich mir ein Bier aus der Kühlbox, öffne es und widme mich Bradley.

»Was verschafft mir die Ehre?«

»Ich dachte, ich schau mal vorbei.«

»Einfach so?«

»Früher warst du gastfreundlicher.«

»Früher, bevor du ständig versucht hast, dich in meine Geschäfte zu drängen. Schon mal darüber nachgedacht?«

»Ach komm, Cole. Du hast den Deal bekommen. Was willst du mehr?« Bradley schaut mich zerknirscht an und nimmt einen tiefen Schluck aus der Bierflasche. Sein Blick huscht zur Terrassentür, in die Pearl soeben verschwunden ist.

»Dein Vater hat schon erwähnt, dass die Kleine jetzt bei dir wohnt und dir angeblich guttut.«

»Die *Kleine* heißt Pearl und du wirst dich von ihr fernhalten, sonst kannst du deine Knochen einzeln richten lassen.«

Bradley hebt protestierend beide Hände in die Höhe. »Ich weiß nicht, warum du so giftig bist.«

»Nein?«, frage ich gedehnt.

Schon als Kind wollte er das Gleiche haben wie ich – vom Spielzeug bis hin zur identischen Automarke. Selbst die gleichen Huren hat er sich genommen.

»Komm zur Sache. Was willst du hier?«

»Ich will in das Geschäft unten am Hafen einsteigen«, rückt er endlich mit der Sprache raus.

Ich lache dunkel auf. »Schlag dir das aus dem Kopf«, raune ich ihm leise zu.

*Nur über meine Leiche.* Er wird von meinem Geschäft nicht einen Penny abbekommen. Ich deute auf eine Ecke, die ein wenig Privatsphäre bietet. Als wir unter vier Augen sind, lasse ich die Maske fallen und zeige ihm meine Feindseligkeit offen. Es gab mal eine Zeit, da hätte ich seiner Bitte Folge geleistet. Aber die ist in dem Moment vorbei gewesen, als er hinter meinem Rücken versuchte mein Geschäft an sich zu reißen. Seine Aktion kam einem Verrat verdammt nahe, den ich nicht vergessen werde. Als ich ihn damit konfrontierte, versuchte er sich rauszureden, dass er von meinen Geschäftsbeziehungen zu diesem Kunden nichts wusste. Bullshit. Natürlich hat er es gewusst, aber ich konnte es ihm nicht nachweisen.

»Hör zu, Bradley, ich hab dir das schon einmal gesagt und ich wiederhole mich nicht gerne. Du hast deinen eigenen Geschäftsbereich. Versuche, den auszubauen und lass mich in Ruhe.«

»Pah. Du weißt selbst, dass sich der Bereich kaum lohnt. Dagegen machst du Millionen und willst mich nicht daran teilhaben lassen«, giftet er.

»Millionen? Wer hat dir denn den Floh ins Ohr gesetzt?« Ich schmunzle.

Unsere Geschäfte laufen gut, aber nicht *so* gut – leider. Um diese Umsätze zu erreichen, müsste ich tiefer in das illegale Geschäft abtauchen und das will ich nicht, nicht mehr. Früher ja, aber seit ich Verantwortung für meine Eltern und meine Männer habe, will ich, dass die legalen Geschäfte den größeren Anteil ausmachen. Mal abgesehen davon, dass Pearl jetzt in mein Leben getreten ist und jedes Geschäft in dubiosen Gefilden birgt eine Gefahr für die Menschen, die mir nahe sind.

»Willst du es leugnen?«

»Hörst du dich eigentlich selbst reden, Bradley? Von Leugnen kann nicht die Rede sein, aber das, was du gerade von dir gibst, ist ausgesprochener Quatsch und das weißt du.«

»Das Diamantengeschäft läuft derzeit nicht so gut«, platzt er heraus.

Ich weiß, dass es bei den anderen besser läuft, aber die politische und wirtschaftliche Lage hat den einen oder anderen Lieferanten und Kunden vorsichtig werden lassen. Die Presse um den Ruf der Blutdiamanten verunsichert viele potenzielle Käufer. Das muss Bradley beachten und einkalkulieren.

»Ich brauche neue Lieferwege und der Hafen wäre so eine Möglichkeit«, sagt er und bestätigt damit meine Gedanken.

»Ich schau, was ich machen kann«, biete ich ihm an.

Wenn ich ihm einen Krümel vom Kuchen abgebe, erkaufe ich mir Zeit, um eine Lösung für das Cousin Bradley-Problem zu finden. Vielleicht hält er solange die Füße still, ohne mir weiter in die Geschäfte zu funken.

Bradley nickt zufrieden und legt seine Hand brüderlich auf meine Schulter. »Ich wusste, dass ich mich auf dich verlassen kann. So, und nun stell mir mal deine Kleine vor. Auf der Gala hab ich ja keine Gelegenheit dazu bekommen.«

»Das schlag dir mal gleich wieder aus deinem Kopf.« Ich fege seine Hand von mir runter. »Ich melde mich bei dir, sobald ich etwas Neues weiß.«

Es wird Zeit, dass er geht und ich mich angenehmeren Dingen widmen kann. Einer sanften Latina zum Beispiel.

# Kapitel 12

# Pearl

**Seattle, Juli 2020**

»Hey, Mann«, begrüßt Cole meinen kleinen Bruder und klopft ihm freundschaftlich auf die Schulter.

Gerade habe ich Ryan vom Busbahnhof abgeholt und wir sind in der Villa angekommen. Er hat Sommerferien und verbringt davon zwei Wochen bei uns.

Ryan grinst über beide Ohren und zeigt hinter sich auf die Einfahrt, wo der neue Porsche von Ace steht. Er hat ihn sich erst vor ein paar Wochen zugelegt und hegt und pflegt ihn wie andere ihre Haustiere. Die auffällige Lackierung in Magmarot Metallic ist ein echter Eyecatcher.

»Der ist der Wahnsinn«, schwärmt Ryan, bevor er sich zu einem *Hallo* hinreißen lässt und ich ihn kurz in den Arm nehmen kann. Ich habe ihn echt vermisst.

»Ja, das dachte ich mir, dass dir der gefallen könnte.« Cole lacht und nickt zu dem Sportwagen. Ich bin zwar ein Laie, was Autos betrifft, aber es macht schon Spaß, damit rumzufahren.

»Wann darf ich damit eine Runde drehen?« Ich sehe das Strahlen in Ryans Augen und das erfüllt mein Herz.

»Jederzeit, wenn du magst.« Ace grinst und klimpert mit dem Autoschlüssel.

Für einen Moment bleibt mein Herz stehen. Ich kenne mich mit Autos nicht gut aus, aber dass dieses rote Monster mehr PS unter der Haube hat, als gut für Ryan ist, ist auch mir glasklar.

»Echt jetzt?« Ryan will nach dem Schlüssel greifen, da zieht Ace ihm diesen vor der Nase weg.

»Immer. Jederzeit ... allerdings auf dem Beifahrersitz. Ich lass doch keine Halbwüchsigen mein Baby fahren.«

Gedanklich mache ich drei Kreuze und drücke Ace einen imaginären dicken Kuss auf die Wange.

»Ach komm schon. Echt? Beifahrer?« Kurz verzieht Ryan sein Gesicht, doch dann lenkt er sofort ein. »Abgemacht.«

Wie jedes Mal, wenn mein Bruder kommt, bezieht er eines der Gästezimmer im hinteren Teil des Hauses. Bei seinem ersten Besuch hat Cole ihm die Wahl zwischen zwei Zimmern gelassen und er hat sich für dieses entschieden. Ihm gefiel die Mischung aus dunklem Holz, hellen Möbeln und dem modernen Touch. Seit zwei Jahren ist es *sein* Zimmer. Keiner benutzt es mehr – außer ihm. Mit jedem Aufenthalt landen mehr Teile im Kleiderschrank oder mehr Dekoartikel auf dem Sideboard oder in den eingelassenen Regalböden. Eigentlich besitzen alle Räume in diesem Haus diese gewisse männliche Note – was nicht verwunderlich ist, da es bisher auch ausschließlich eine Männerdomäne war. Mein Arbeitszimmer ist da die Ausnahme – Frauenzone. Hier durfte ich sogar einen breiten Ohrensessel mit Plüschbezug hineinstellen und den Raum nach meinen Vorstellungen dekorieren. Die einzige Bedingung, die Cole dafür gestellt hat, war: nichts in rosa. Er hasst diese Farbe. War für mich kein Problem. Allerdings muss er jetzt – neben dem obligatorischen weißen Schreibtisch und Bücherregal – mit einem knallbunten Teppich und dem Ohrensessel in einem dunklen Türkis klarkommen. Außerdem hab ich ein riesiges Pop Art Bild mit Micky Maus aufgehängt. Jetzt mag ich mein Zimmer und es ist ein optimaler Rückzugsort, wenn mir mal wieder alles über den Kopf wächst. Eigentlich bin ich ein geselliger Typ, der gerne Menschen um sich hat, aber Coles Männer können manchmal sehr laut und sehr anstrengend sein.

»Wir können doch später an den Strand fahren«, spricht mich Ryan von der Seite an und reißt mich aus den Gedanken.

Cole legt seinen Arm um meine Schulter und drückt mich an sich. »Klar. Allerdings erst gegen späten Nachmittag, weil ich noch arbeiten muss.«


Eine Stunde später spielt Ryan mit Jim eine Runde Basketball und ich verdrücke mich in die Küche, um mir einen Eistee zu gönnen. Die Abkühlung tut gut. Ohne lange zu überlegen, schütte ich etwas von dem kalten Getränk in eine Karaffe, schnappe mir ein Tablett, ein Glas und mache mich auf zu Cole.

An seinem Büro angekommen, klopfe ich kurz und warte, bis er mich hereinbittet. Mit dem Ellenbogen drücke ich die Türklinke nach unten und betrete seine heilige Halle – das riesige Büro mit den dunklen Möbeln und der vollgestopften Bücherwand. Heilige Halle aus dem Grund, weil außer Ace nur noch mir der Zutritt gestattet ist. Seine Männer warten immer davor. Bei Gesprächen wird der angrenzende Besprechungsraum genommen. In seinem Büro will Cole keinen Unbefugten haben, auch keine Reinigungskraft.

»Hey, ich dachte, du könntest eine Erfrischung gebrauchen.« Ich stelle das Tablett auf den einzigen freien Platz auf seinem Schreibtisch.

»Dachtest du«, grummelt er, während seine Hand meinen Arm umschlingt und mich energisch zu sich zieht.

Lachend falle ich in seinen Schoß. Sanft küsst er mich und hält mich fest umschlungen. Cole kann so zärtlich sein wie ein Kater und dann wieder grob wie ein Elefant im Porzellanladen. Die Mischung macht ihn aus. Man könnte auch sagen: harte Schale, weicher Kern.

»Was glaubst du, wie lange du noch brauchen wirst?«

»Gib mir noch eine halbe Stunde, dann können wir los.«

Ich deute auf den Stapel Papier auf seinem Schreibtisch. »Viel zu tun?«

»Geht«, sagt er ausweichend.

»Wir können auch morgen fahren. Ryan ist gerade beschäftigt und wenn ich Ace bezirze, dann wird er auch noch eine weitere Spritztour mit ihm machen.«

Coles Augen verdunkeln sich. »Bezirzen?«

»Bitten. Fragen. Einen Gefallen einfordern. Such dir was aus.« Ich küsse seine Wange und spüre die vernarbte Haut an meiner Lippe. Er hat mir nie ausführlich erzählt, was ihm passiert ist und ich akzeptiere das, obwohl mich meine Neugierde fast umbringt.

»Wenn du das schaffst, dann könnte ich den heutigen Tag noch zum Arbeiten nutzen und morgen wäre ich ganz für dich da.«

Ich nicke und stemme mich hoch, was er zu verhindern weiß.

»Hast du nicht etwas vergessen?«, fragt er mich. Sein Blick ist hungrig.

»Nö, ich glaube nicht«, erwidere ich provozierend und winde mich aus seinem Griff.

»Glaub nicht, dass du so davonkommst«, knurrt er.

»Heute schon«, erwidere ich und schlendere aus seinem Büro.


Cole hat auch dieses Mal sein Versprechen gehalten – das tut er immer. Gestern haben wir zu dritt einen gemütlichen Tag am Strand verbracht. Deswegen hat er heute keine Zeit, weil er ein paar dringende geschäftliche Dinge erledigen muss. Ryan scheint die Ferien zu genießen und ausschlafen zu wollen. Immerhin haben wir fast elf Uhr und er hat sich noch nicht blicken lassen.

Es macht mir nichts aus, Zeit für mich zu haben. Ich genieße es, wenn mein Bruder hier ist, lasse ihm aber auch die Zeit, die er mit den Männern verbringt. Sie nehmen ihn immer freundschaftlich in ihre Mitte und das tut ihm gut. Vielleicht sollte ich mir hier eine echte Freundin suchen. Mit Jil und Nancy habe ich seit dem Vorfall damals nicht mehr viel unternommen. Aber jemanden um sich zu haben, mit dem ich meine karge freie Zeit verbringen und mit der ich über Frauenkram sprechen kann, wäre nicht schlecht. In solchen Momenten fehlt mir meine Mutter besonders. Wir sind früher zusammen shoppen gegangen, haben danach ausgiebig irgendwo gegessen und ich konnte mit ihr über alle meine Sorgen und Nöte sprechen. Dass sie und mein Vater so früh aus dem Leben gerissen wurden, ist nicht fair. Aber Schicksal und Fairness passen oft nicht zusammen.

Ich schüttele die negativen Gedanken ab und verziehe mich in mein Zimmer, um einen Thriller fertig zu lesen, den ich erst vor ein paar Tagen angefangen habe. Lange bleibe ich nicht alleine, da stürmt mein Bruder herein und pflanzt sich zu mir in den Ohrensessel.

»Na, Schwesterherz?«

»Ryan, macht dich mal nicht so breit. Das ist mein Platz.«

»Dein Sessel ist auch meiner, das wissen wir doch beide.«

Er lacht und drückt mich noch mehr in die Ecke, sodass ich ihm willig Platz mache. Zu zweit sitzen wir eingequetscht in dem Ungetüm.

»Du hättest ihn gleich eine Nummer größer kaufen sollen.«

»Pah, normalerweise sitz da auch nur ich drin und keiner sonst.«

»Normalerweise. Aber wenn du dich in dein Prinzessinnenzimmer zurückziehst, während du dich eigentlich um deinen kleinen Bruder kümmern solltest, dann musst du damit rechnen, dass wir hier zu zweit feststecken.«

Ich verdrehe die Augen und stoße einen Seufzer aus.

»Kommst du mit oder versauerst du bei deinem ollen Schmöker?«

»Ollen Schmöker?« Ich knuffe ihn in die Seite, was bei dem beengten Platz echt schwer ist. »Das ist ein Thriller.«

»Hast du hier nicht Thriller genug?«, flüstert er mir zu. »Bei all den muskelbepackten Männern hier im Haus und dazu noch Cole?«

»Ich hab sie alle im Griff.«

»Das glaub ich dir sogar, aber ist es nicht manchmal ein wenig einsam, nein, einsam ist nicht das richtige Wort in diesem Gewusel, ein wenig zu viel ... Testosteron?«

»Du meinst, mir fehlt die weibliche Unterstützung?«

»Genau.«

»Lustig, dass du das sagst, denn bevor du hier hereingestürmt bist, dachte ich das Gleiche.«

Er macht eine ausladende Handbewegung. »Ich meine, das hier ist schon cool, ausgefallen, ungewöhnlich. Aber ehrlich? Meinen Freunden konnte ich bis jetzt nichts davon erklären.« Ich sehe ihn fragend an.

»Na ja, überleg mal, einer macht 'ne dumme Bemerkung und Mr. Smitty denkt, du lebst in einer Sekte oder so was.«

Ich schmunzele bei dem Gedanken, dass Mr. Smitty alias Mr. Smith, der Internatsleiter, denken könnte, ich würde in einer sektenähnlichen Gemeinschaft, oder noch schlimmer, bei einem Mafiaboss leben.

»Das wäre wohl ein bisschen kontraproduktiv, also hab ich nur verlauten lassen, dass du mit Cole in einer großen Villa lebst.«

»Ich habe Cole erst vor ein paar Wochen gefragt, wie sich das hier so ergeben hat ... weil es eben doch etwas ungewöhnlich ist und er hat es ziemlich einfach erklären können. Keiner, außer ihm und vielleicht noch Ace, könnte sich in dieser Gegend eine Wohnung oder sogar ein Haus leisten. Das hier ist eine zweckmäßige Wohngemeinschaft, mit dem Vorteil einer riesigen Anlage ...«

»... und einem beachtlichen Pool.« Ryans Augen leuchten.

»... und nicht zu vergessen, einem hauseigenen Koch und einer Putzkolonne.«

»Und du kommst mit dem Haufen zurecht? Oder ist das deine Art von Internat?«

Das, was Ryan unterschwellig meint, ist etwas anderes. Er und ich hatten immer schon eine starke Verbindung, die durch den Tod unserer Eltern noch enger geworden ist. Auch wenn er damals sehr jung war, habe ich versucht, ihn in jede Entscheidung miteinzubeziehen. Das war zwar anstrengend, aber ich wollte ihn nicht ausschließen und auch nicht alles unserem Onkel überlassen. Das Internat war seine Wahl. Er wollte weg aus der Umgebung, die ihn so sehr an unsere Mum und Dad erinnerte. Ich konnte ihn verstehen. Der Verkauf des Hauses und der Wegzug aus unserer Heimatstadt bedeuteten für uns beide einen Schlussstrich und gleichzeitig Neuanfang. Zu schmerzhaft waren die Erinnerungen, die uns an jeder Ecke entgegenschlugen. Für uns war der rigorose Cut die beste Art, mit unserer Trauer umzugehen. Er zwang uns, nach vorne zu blicken, nicht zurück. Die Gemeinschaft anderer konnte die Eltern zwar nie ersetzen, aber man gewann eine neue Art Familie dazu. Das Internat mit den neuen Freunden war für Ryan Ersatz für die Familie. Cole und die Männer, irgendwie der meinige.

»Vielleicht. Aber mach dir meinetwegen keine Sorgen. Cole passt gut auf mich auf und verweist die anderen klar in ihre Schranken.«

»Super, dann wird er auch kein Problem damit haben, wenn ich dich jetzt entführe.«

»Wohin?«

»Ace will noch mal in die Stadt fahren und ich könnte ein paar neue Sachen gebrauchen.«

»Auf was wartest du dann noch? Raus hier.« Ich zwicke ihn so lange in die Seite, bis er aufspringt und ich mich auch erheben kann. Dann wuschele ich durch seine dunklen dicken Haare und ernte einen gespielt empörten Blick.

Den Rest des Tages verbringen wir mit einer ausgedehnten Shoppingtour und haken noch ein paar der Sightseeing-Punkte auf seiner To-Do-Liste ab.

# Kapitel 13

# Pearl



*Seattle, November 2023*

Es ist später Nachmittag und ich habe mir die kratzige Decke geschnappt und mich vor das vergitterte Fenster gesetzt. Der Blick in den verwilderten Garten ist die einzige Abwechslung, die mir geblieben ist. Ich beobachte ein paar Vögel und den Wind, der das Laub über den verfallenen Tennisplatz fegt und lasse meine Gedanken schweifen. Kurz denke ich an Stacy und frage mich, ob sie sich Sorgen um mich macht und nach mir sucht. Auf der einen Seite hoffe ich es, andererseits befürchte ich es. Ich will sie nicht in Schwierigkeiten bringen. Aber wo sollte sie anfangen zu suchen? Ich habe ihr nie von Cole erzählt, selbst über Ryan habe ich kein Wort verloren, weil der Schmerz seiner fortwährenden Ablehnung, mit mir Kontakt aufzunehmen, zu tief sitzt. Einsamkeit umhüllt mich und lässt mich mit den Tränen kämpfen. Keiner wird mich suchen oder gar finden – nicht, solange Cole es nicht zulässt.

*Cole.*

Ein Stich durchfährt meine Brust und ich möchte mein Herz verdammen. Egal was er hier tut, es will nicht aufhören, für ihn zu schlagen. Seit dieser einen Nacht hat er mich nicht wieder angefasst. Diese unbeirrbare Sehnsucht nach ihm, nach seinem Körper, seiner Zuneigung, wird mit jedem Mal größer, wenn er das Zimmer betritt und das macht mich wütend. Wo würden wir jetzt stehen, könnte ich die Zeit zurückdrehen? Was würde ich darum geben, noch einmal vor der Entscheidung zu stehen ...

*Und was dann? Hättest du Ryan ans Messer geliefert? Ihn der Gefahr ausgesetzt, dass dieser Arsch das durchziehen würde, was er angedroht hat?*

Um mich von den düsteren Gedanken abzulenken, hauche ich gegen die Scheibe und male Blumen in die kondensierte Feuchtigkeit. Es folgen Bäume, Vögel und eine Sonne. Immer, wenn die Scheibe wieder trocknet, hauche ich sie erneut an und ergänze sie mit etwas Neuem. Die Bilder verblassen wie alles andere in meinem Leben.

Hinter mir ertönt das bekannte Geräusch des sich drehenden Schlüssels in der Tür. Zeit für die nächste ungenießbare Mahlzeit, die letzte steht noch unangetastet auf dem Nachttisch. Ich bekomm sie nicht mehr runter, nicht ohne ins Bad zu rennen und alles wieder auszukotzen. Deswegen habe ich beschlossen, es ganz sein zu lassen. Es ist der zweite Tag in Folge, an dem ich das Mittag- und Abendessen unangetastet stehen lasse. Ich begnüge mich mit dem Obst, welches Cole mir netterweise zugesteht – wahrscheinlich um meinen Vitaminhaushalt in Balance zu halten. Ich brauche mich nicht umzudrehen, um zu wissen, dass er in der Tür steht und mich anstarrt. Mein erhöhter Puls und das Kribbeln, das meine Wirbelsäule hinaufklettert, reichen aus.

»Keinen Hunger?«, fragt er. Seine Stimme trieft vor Sarkasmus.

»Probiere gerade eine neue Diät aus – nennt sich Fasten«, kontere ich bissig.

»Ah, okay.« Ich höre, wie er das Tablett gegen das andere eintauscht. »Du wirst den Koch für ein paar Tage ersetzen. Louis hat sich krankgemeldet – irgendein Magen-Darm-Virus. Die Jungs haben Hunger, also wirst du das Kochen übernehmen.«

Ich zucke mit den Schultern, den Blick immer noch auf den Garten gerichtet. Es wäre eine Möglichkeit, hier rauszukommen, der Lethargie des Nichtstuns entfliehen zu können. Wenigstens für einen kurzen Moment. Kochen war schon früher meine Leidenschaft, deswegen ist dieser Fraß ja auch so entwürdigend.

»Aber mach dir keine Hoffnung. Dein Speiseplan wird sich nicht ändern«, sagt Cole.

Ich drehe mich um und blicke zu ihm hoch. Ein süffisantes Lächeln liegt auf seinen Gesichtszügen. War er schon immer so ein Arschloch? Ich habe ihn nie als solches wahrgenommen. Zu mir war er immer liebevoll, sanft, aufopferungsvoll. Ich kann aber nicht sagen, dass er zu allen freundlich gewesen ist. Mit Feinden und seinen Männern ist er auch früher nie zimperlich umgegangen.

»Dann beweg deinen Hintern und komm mit«, befiehlt er.

Ich quäle mich hoch, weil meine Beine vom langen Sitzen steif geworden sind, und lege die Decke aufs Bett.

Wortlos folge ich ihm in die Küche. Der Blick auf seinen breiten Rücken lässt zweierlei Gefühle in mir hochkommen: Auf der einen Seite würde ich ihm gerne einen heftigen Stoß verpassen und andererseits würde ich gerne die sich abzeichnenden Muskelstränge mit meinem Finger entlangfahren. Für einen kurzen Augenblick drifte ich in eine Wunschvorstellung, in der er sich umdreht, mich in seine Arme zieht, sanft küsst und mir Nettigkeiten ins Ohr säuselt. Oh Gott, wie ich diesen Mann vermisse. Ich schiebe den Gedanken beiseite und folge ihm stoisch.

Thommy steht vor dem offenen Kühlschrank, die Arme vor der Brust verschränkt. Als er uns hereinkommen hört, schließt er die Tür und schaut zu uns herüber. Seine Augenbrauen ziehen sich fragend zusammen und er mustert mich feindselig. Ich lächele ihm müde zu und denke mir meinen Teil. Wie schnell sich Dinge ändern können – und Menschen erst. Der Thommy, den ich damals vor einer heftigen Tracht Prügel bewahrt habe, hat auch nur noch Verachtung für mich übrig. Okay, vielleicht hat er recht, auf mich böse zu sein, aber es tut trotzdem weh.

»Pearl wird die nächsten Tage Louis ersetzen und für uns kochen«, erläutert Cole mein Erscheinen.

Als ich ihn kennenlernte, war sein Koch Monsieur de Creux, ein Franzose mit exzellenten Referenzen und der Angewohnheit, niemanden in der Küche zu dulden. Wenn er mal im Urlaub oder, was eher selten vorkam, krank war, durfte ich in die Küche. In der Zeit, als Ryan bei uns wohnte, schlichen wir uns nachts manchmal heimlich in seine heiligen Hallen und kochten Pudding oder Nudelsuppe. Gerichte, die unter seiner Würde waren – so seine Worte. Louis muss der neue Koch sein.

»Pearl?«, fragt Thommy, als käme es einem Weltwunder gleich, dass ich kochen kann.

»Keine Angst, ich werde euch schon nicht vergiften«, spotte ich und hebe kampfeslustig mein Kinn. Der böse Blick von Cole kommt postwendend.

»Thommy bleibt hier und behält dich im Auge.« Cole nickt zu dem Jungen, der nur ein Jahr älter ist als ich und jünger wirkt als sechsundzwanzig.

»Sie kocht – sonst nichts«, ordnet Cole an. »Sie isst nichts, was nicht von mir persönlich abgesegnet wird und du sprichst nur das Notwendigste mit ihr. Verstanden?«

»Klar, Boss.« Thommy sieht mich mit einer angefressenen Miene an, mit der er mir deutlich zeigt, dass er keinen Bock hat, Babysitter für mich zu spielen. Er reicht mir den Essensplan und deutet dann auf die riesige Kücheninsel.

In meinem Kopf formen sich Szenarien, wie ich fliehen könnte. Eines dieser scharfen Küchenmesser … vielleicht auch zwei. Ich blicke an mir herunter. Ich habe nicht einmal Schuhe an, sondern trage nur eine Jogginghose und das T-Shirt. Egal, wenn ich es bis zu einer anderen Häuserecke schaffe, könnte ich jemanden um Hilfe bitten.

Cole verharrt im Türrahmen. Sein Blick durchbohrt mich. Ich habe das Gefühl, er kann jeden meiner Gedanken lesen. Die Bestätigung dafür kommt prompt.

»Denk nicht einmal darüber nach. Ich versichere dir: Keiner kommt ungesehen hier rein oder raus. Also kannst du es gleich bleiben lassen. Für dich gibt es kein Entkommen aus diesem Haus, es sei denn, ich will es so.« Seine Stimme ist ruhig, aber die unterschwellige Drohung ist nicht zu überhören. »Du willst meine Nerven nicht noch mehr strapazieren und die Bestrafung willst du auch nicht auf dich nehmen.«

Thommy blickt zwischen uns hin und her, als hätte er etwas verpasst.

»Ich kann deine Gedanken bis hierher hören, Pearl. Lass es.«

Ich zucke zusammen. Cole war schon immer gut darin, mich zu lesen. Leider.

»Thommy, behalte sie im Auge. Das Weibsbild ist zu allem fähig. Also sei auf der Hut.« Mit diesen Worten dreht er sich um und lässt mich mit ihm allein.

Ich fluche vor mich hin, was den Mann neben mir nur zum Schmunzeln bringt.

»Du hast den Boss gehört. Macht dich an die Arbeit«, befiehlt er und setzt sich auf den Barhocker an der Kücheninsel. Ich beäuge den Essensplan und sofort meldet sich mein Magen. Er knurrt so laut, dass selbst Thommy mich ansieht und das Gesicht verzieht.

»Hunger?«, fragt er.

»Nö.« Wieder ertönt das Knurren und straft mich Lügen.

Thommy gibt ein freudloses Lachen von sich und kramt nach seinem Handy.

»Hab schon gehört, dass dein Essen eine Herausforderung ist.«

*Herausforderung.* Nett ausgedrückt. Es ist eher eine Zumutung und mir kann keiner weismachen, dass es solchen Fraß im Gefängnis gibt.

Die nächste Stunde verbringe ich damit, eine riesige Schüssel Caesar Salad vorzubereiten, Fleisch zu marinieren, Kartoffeln zu spalten, mit Rosmarinöl zu beträufeln und einen gedeckten Apfelkuchen zum Nachtisch in den Backofen zu schieben. Die Küche ist von leckeren Düften erfüllt und jede Minute, die ich hier verbringe, ist pure Folter. Mein Hunger schwillt bis ins Unermessliche an. Dass ich mir heimlich ein paar der Leckereien in den Mund stecke, macht es nur noch schlimmer.

»Das hab ich gesehen«, äußert sich prompt mein Aufpasser.

»Du weißt, was er mit mir macht«, gebe ich bissig zurück.

»Ja, und ich weiß, was du gemacht hast.«

»Du hast keine Ahnung, was ich gemacht habe und schon gar nicht, warum.«

»Ist mir egal. Will ich auch nicht wissen.«

»Cole wird mich leiden lassen und mir dann den Gnadenstoß verpassen.«

»Den du verdient hast, nach allem, was er deinetwegen durchgemacht hat«, knurrt er wütend.

Ich blinzle zu ihm herüber und schiebe mir provokant noch eine Kirschtomate in den Mund. »Noch so was und ich verpetz dich an Cole.«

»Hast du nie einen Fehler gemacht?«, frage ich und starre ihn herausfordernd an. In meinen Erinnerungen erscheint der Abend im B.O.S.S. Verbindungshaus. »Ich kann mich da an etwas erinnern, da warst du froh, dass ich mich zwischen dich und Cole gestellt und mich für dich eingesetzt habe. Ich habe ihm damals das Versprechen abgerungen, dass er dir kein Haar krümmen darf.«

Er brummt etwas vor sich hin, was ich nicht genau verstehe. Wieder knurrt mein Magen verräterisch. Ich stehe kurz davor, mir einen Löffel zu nehmen und alles wie wild in mich hineinzuschaufeln.

»Ich muss mal kurz telefonieren«, sagt Thommy plötzlich und verlässt seinen Posten.

Ich kann ihn auf dem Gang hören. Ohne lange zu überlegen, schnappe ich mir eine Gabel und klaue mir ein paar der fertigen Kartoffelspalten, tunke sie in die Bratensoße und schlinge sie hinunter. Von dem Apfelkuchen kann ich nichts stibitzen, das wäre zu auffällig. Aber der Salat, die Kartoffeln und ein paar Scheiben Baguette tun es auch.

Ein paar Minuten später erscheint Thommy wieder in der Tür und nimmt schweigsam seinen Platz ein. Ich nicke ihm dankbar entgegen. Er hat etwas gut bei mir.

»Fertig«, sage ich und trage die dampfenden Schüsseln ins Esszimmer.

Thommy schnappt sich ebenfalls etwas und folgt mir. Wir stellen die Speisen auf die Warmhalteplatten. Der Tisch ist bereits gedeckt.

Cole erscheint zeitgleich im Esszimmer, gefolgt von seinen Männern.

»Alles okay?«, fragt er Thommy.

»Ja, alles bestens«, antwortet dieser und verkrümelt sich auf seinen Platz.

Ohne Widerworte lasse ich mich zurück in mein Zimmer bringen, wo bereits ein dreigeteiltes Tablett auf mich wartet. Wenn man genau hinsieht, dann kann man erkennen, dass das, was sich darauf befindet, einmal ein Hackbraten, Erbsengemüse und gekochte Kartoffeln gewesen sein sollten. Jetzt ist alles kalt, irgendwie farblos, und wenn ich es probieren würde, sicherlich auch geschmacklos. Immerhin ist es eine Verbesserung zu dieser sonst so undefinierbaren Pampe. Aber ich bin nicht gewillt – nach den kulinarischen Leckerbissen von gerade eben – das zu essen. Also schnappe ich mir die Banane und entsorge den Rest in der Toilette.

Die nächsten Tage verbringe ich hauptsächlich in der Küche, bereite das Frühstück vor und koche für die Männer Abendessen. Wenn Thommy in der Küche als mein Aufpasser fungiert, verlässt er immer wieder seinen Posten und gibt mir die Chance, etwas von den Leckereien zu naschen und meinen nagenden Hunger zu stillen. Auch wenn es gemein ist, aber irgendwie hoffe ich, dass Louis noch länger krank bleibt. Aber das Glück scheint mir nicht wohlgesonnen zu sein. Schon bald ist er wieder gesund und ich gefangen in der Lethargie meines einsamen Gefängnisses.

# Kapitel 14

# Cole



Seit Pearl bei uns ist, beherrscht sie meine Gedanken. Sie ist in meinem Kopf, wenn ich abends ins Bett gehe und morgens aufwache. Selbst der Gedanke, ihr zu verzeihen, schlich sich für einen kurzen Augenblick der Schwäche in mein Gehirn. Ich ärgere mich über mich selbst und mein wachsendes Verlangen nach dieser schönen Verräterin. Mittlerweile laufe ich mit einem schmerzhaften, unangenehmen Dauerständer herum, den ich auch mit kaltem Duschen nicht mehr loswerde.

Ich vermeide es, lange in ihrer Nähe zu sein, kann es aber nicht unterdrücken. Jeden Tag wird mir bewusster, was wir hatten und was sie zerstört hat. Ich habe mir meine Rache anders vorgestellt und stehe jetzt vor dem Dilemma, dass ich es nicht schaffe, sie so umzusetzen, wie ich es mir ausgemalt hatte.

Thommy hat sie bereits um ihren Finger gewickelt. Er versucht es vor mir zu verbergen, aber ich durchschaue ihn. Keine Ahnung, wie sie das gemacht hat. Ich möchte sogar so weit gehen und sagen, dass Pearl es schaffen kann, dem Teufel höchstpersönlich ein schlechtes Gewissen einzureden. Selbst der Höllenfürst könnte ihrem Charme nicht widerstehen. Ein Teil der Männer scheint sich nicht mehr sicher zu sein, dass ich das Richtige tue. Ace steht an meiner Seite, seine Enttäuschung über sie ist wahrscheinlich genauso groß wie meine. Immerhin war sie wie seine kleine Schwester, die er beschützte und respektierte.

Die letzten Tage waren ein Spießrutenlauf und dass Louis wieder in der Küche steht, lässt mich aufatmen. Ich kann sie vor den anderen wegsperren und bin daher die einzige Person, die sie zu Gesicht bekommt. Somit kann sie auch niemanden mehr bezirzen.

Als ich in die Küche gehe, um Pearls Essen zu holen, ernte ich von unserem Koch einen missbilligenden Blick. Er schüttelt den Kopf und schiebt mir mit einem angewiderten Gesichtsausdruck das Tablett über den Küchenblock zu. Auf dem Teller ein braunes Pastinakenpüree, verkochte Brokkoli und Hackbraten. Ernüchternder und liebloser kann man kein Essen drapieren.

»Das stand so nicht in der Stellenausschreibung. Ich weiß, was ich unterschrieben habe, aber ...«

Er beruft sich auf die Verschwiegenheitserklärung, die ich alle Männer vor Pearls Eintreffen habe unterschreiben lassen. Entweder sie akzeptieren, was ich tue oder sie können sich eine andere Bleibe suchen. Jeder hatte die Wahl. Ich war nicht erstaunt, dass keiner zweimal nachdenken musste und unterschrieb. Auch Louis.

»Aber was?«, fauche ich ihn an, weil meine Laune heute nicht die beste ist. »Willst du ihr ein Drei-Gänge-Menü kochen?«

»Das ist nicht die Lösung«, sagt er und deutet auf den Fraß.

»Hat mich einer im Knast nach meiner Meinung gefragt? Nein. Also tu mir einen Gefallen, mach, was ich sage und denk nicht weiter darüber nach.«

Er will noch etwas erwidern, aber ich bin schon aus dem Zimmer gestürmt. Ich will nicht hören, was ich falsch mache. Ich will hören, dass er mich versteht und unterstützt. Ist das zu viel verlangt? Louis ist ein Angestellter und nicht mein Freund. Er hat einfach zu kochen, was ich ihm auftrage. Aber zugegebenermaßen ist dieses Essen wirklich schlimmer als das im Knast.

Ich schließe die Tür zu ihrem Zimmer auf und mein Blick fällt auf die Frau, die gerade aus dem angrenzenden Badezimmer kommt. Ihre Augen wandern von mir zu dem Teller und zurück. Ich kann ihre Gedanken förmlich lesen.

*Ist das dein Ernst*, will ihr Gesichtsausdruck sagen. Ich sehe, dass sie ihr Frühstück – außer dem frischen Obst – wieder nicht angerührt hat und ein Grollen entweicht mir.

»Ein Hungerstreik wird dir auch nichts bringen.«
Ich stelle das neue Tablett neben das alte.

»Aber vielleicht hilft es, dass du endlich anfängst, mal über den Tellerrand zu sehen, vorbei an deinem verletzten Stolz und dir Gedanken darüber machst, warum ich etwas getan habe, von dem weder du noch ich je davon ausgegangen sind, dass ich es tun würde ...«

Mit einer Handbewegung bringe ich sie zum Schweigen. Sie weiß, was passiert, wenn sie jetzt weiterredet. Meine Beherrschung hängt an einem seidenen Faden.

Sie wirft mir einen flehenden Blick zu. »Cole, bitte!«

*Ganz dünnes Eis, Süße.*

»Aber du hast es getan und dir damit diesen Scheiß selbst eingebrockt«, schnauze ich sie wütend an.

Plötzlich ändert sich etwas in ihrem Gesichtsausdruck. Ist es Wut oder Resignation, das kann ich in dem Augenblick nicht sagen. Ich erkenne zu spät, was sie vorhat. Mit wenigen Schritten ist sie an dem Tisch mit den Tabletts und schon fliegt eins in meine Richtung. Das zweite folgt, während ein frustrierter Laut über ihre Lippen kommt. Das Essen verteilt sich auf dem Boden und über meine Jeans.

»Pearl!«, brülle ich sie an. »Was soll der Scheiß?« Sie sollte mich nicht herausfordern.

»Das alles hier ist ein großer Scheiß!«, schreit sie mich an, ihr Gesicht rot vor Zorn.

»Halt dich zurück«, presse ich hervor, denn mein Geduldsfaden ist kurz vorm Reißen.

»Zurückhalten? Ich habe mich zurückgehalten, aber das ist jetzt vorbei! Du kannst mich nicht hier einsperren, mich zum Schweigen bringen und die große beleidigte Leberwurst spielen.«

Ihre Widerspenstigkeit befeuert meine Wut. Sie ist wie ein rotes Tuch vor dem schnaufenden Stier. Ich greife in ihre Haare und zerre ihren Kopf so weit nach hinten, dass sie mich ansehen muss.

»Du musst mir zuhören, Cole«, wimmert sie.

»Halts Maul!«, schnauze ich sie an und ziehe noch ein wenig fester an ihren Haaren.

Der Schmerzenslaut, der aus ihrem Mund ertönt, befriedigt mein Monster nicht einmal ansatzweise. Ich stehe knapp vor einem Tobsuchtsanfall. Ich will nichts hören. Keine Entschuldigung, keine Erklärung. Nichts. Sie hat kein Recht, das Wort zu ergreifen.

»Ich will keinen Mucks von dir hören!«

»Cole, bitte«, wispert sie und widersetzt sich damit erneut meiner Anweisung.

Ich ziehe sie an den Haaren hinter mir her, raus aus dem Zimmer durch das gesamte Haus. Sie kann sich nur mühevoll auf den Beinen halten, aber ich gebe ihr keine Chance, auf den Boden zu sinken. Mein Griff ist hart und unnachgiebig. Es stört mich, dass sie nur mit einem Slip und einem Tanktop bekleidet ist, jedoch ist meine Wut größer. Sie vermengt sich mit tiefer Enttäuschung zu einer explosiven Mixtur, die *Gefahr* aus all meinen Poren schreien lässt.

Jim und Ace springen vor mir aus dem Weg, starren uns mit offenen Mündern an und folgen dann in gebührendem Abstand.

»Wohin?«, fragt Ace vorsichtig.

»In den Keller«, knurre ich mehr, als dass ich antworte.

»Äh ... okay«, ist das Einzige, was er daraufhin erwidert.

»Was hat sie jetzt wieder angestellt?«, fragt Jim.

»Mir nicht gehorcht und ihre Klappe nicht gehalten.«

»Frauen halten selten ihre Klappe«, äußert sich Ace amüsiert.

»Mir egal. Sie wird es lernen, wenn nicht auf die normale, dann eben auf die harte Tour.«

»Sollen wir dir Gesellschaft leisten bei dem, was du zu tun gedenkst?«, erkundigt sich Ace.

»Nein, ich komme alleine klar!« Das ist keine Antwort, sondern ein Befehl. Sie sollen mich in Ruhe lassen.

Ich schleife sie in den Keller zu einem der leeren fensterlosen Räume. Dieser hier wirkt mehr wie ein Verlies als ein Vorratsraum. Vielleicht auch deswegen, weil wir ihn nicht mehr für Vorräte, sondern für unliebsame Gäste benutzen. Ich gehöre nicht zur Mafia, aber wenn mir Handlanger von Konkurrenten oder diese selbst ans Bein pissen, dann könnte es passieren, dass sie hier landen. Derzeit steht der Raum leer und er ist die beste Möglichkeit, Pearl von mir und mich von ihr fernzuhalten. Ansonsten kann ich für nichts garantieren.

Die Wände sind aus Beton und nur eine läppische Glühlampe flackert an der Wand. Ich platziere Pearl in der Mitte des Raumes und versuche meinen Groll in den Griff zu bekommen.

»Jeder hat seine Lektion zu lernen. Ich musste es und du wirst es auch. Im Knast gingen sie mit niemandem zimperlich um«, fange ich an zu erzählen. »Als sie merkten, dass ich nicht wie die anderen Insassen einknickte und ihnen die Stiefel leckte, haben sie versucht, mich zu brechen. Es liefen Wetten, wer von diesen Schwachmaten es zuerst schafft.« Meine raue Stimme hallt von den Wänden ab.

Pearl steht vor mir, hält ihren Blick gesenkt und spricht kein Wort. Wenn ich sie ansehe, dann sehe ich rot ... dann erlebe ich die Zeit im Knast erneut. Wie im Film laufen die Erniedrigungen und Bestrafungen vor meinem inneren Auge ab. Aber es ruft noch etwas anderes in mir hervor. Erinnerungen an eine gute Zeit, an eine Zeit mit ihr.

»Einmal habe ich einem Wärter in den Arsch getreten«, sage ich und es erscheint das Bild des Typen, der vor mir mit gebrochenen Rippen und zertrümmertem Kiefer in seinem Erbrochenen lag. Er hatte gedacht, er könnte mich zwingen, seinen Schwanz zu lutschen. Fehlanzeige. Die nächsten Wochen hatte er sich damit begnügen müssen, seine Mahlzeiten püriert durch einen Strohhalm zu sich zu nehmen. Ein diabolisches Grinsen zuckt um meine Mundwinkel.

»Die nächsten Stunden verbrachte ich wie ein Weihnachtsgeschenk verpackt in einem dunklen Loch. Völlige Dunkelheit, völlige Bewegungslosigkeit.«

Ich kann noch heute nicht sagen, wie lange ich wirklich dort steckte, denn jede Sekunde fühlte sich wie Stunden an. Vorschriften werden an diesem Ort gerne mal ignoriert. Menschenrechte sowieso.

»Sieh mich an, Pearl.«

Mein Befehl lässt sie zucken. Nur langsam hebt sie ihren Kopf und ihre dunklen Augen suchen meine. Tränen schimmern darin.

*So schöne Augen. So verlogene Augen.*

»Ich hatte mich klar genug ausgedrückt, dass ich keinen Mucks von dir hören will – es sei denn, ich erlaube es dir.«

Wir starren uns an. Pearl ringt um Fassung, bleibt aber stumm. Gut so, denn wenn sie jetzt anfangen würde zu betteln, dann wäre ich mir nicht sicher, ob das Monster in mir noch gestoppt werden könnte.

Ich trete zurück und betätige einen Knopf an der Wand. Ein Surren ertönt, dann Kettenrasseln. Entsetzt schaut Pearl mich an, als von der Decke ein Flaschenzug mit Ledermanschette herabsinkt. Ich greife nach ihr und befestige erst die eine, dann die andere an ihren Handgelenken. Kein Ton kommt über ihre Lippen. Nur ihr verängstigter Blick beobachtet jede meiner Bewegungen.

»Du wirst lernen, mir zu gehorchen«, belehre ich sie und drücke den anderen Knopf.

Mit einer gewissen Genugtuung schaue ich zu, wie ihre Arme nach oben gezogen werden, bis nur noch ihre Zehenspitzen den Boden berühren. Sie tänzelt verzweifelt vor mir. Trotzig versucht sie ihren Stolz, ihre Anmut zu bewahren.

Ich streiche über die nackte bronzene Haut ihrer Arme, die sich so weich und samtig wie Seide unter meinen Fingern anfühlt. Ein feuriges Brennen zieht meinen Rücken hoch. Ich setze eine emotionslose Miene auf, damit sie den Kampf in meinem Inneren nicht sehen kann. Während die eine Seite nach Bestrafung schreit, will die andere nichts anderes als sie unter mir mit meinem Schwanz tief in ihr.

»Das mit uns war etwas Besonderes. Etwas, was man nicht mehr so schnell wiederfindet«, grolle ich leise.

Mein Blick bleibt auf der Narbe hängen, die unter dem Tanktop an ihrer Schulter hervorblitzt. Die Nacht, in der sie sich diese eingefangen hat, ist noch lebhaft in meinem Gedächtnis. Genauso die Erinnerung, wie sie sich nachts schutzsuchend an mich geschmiegt hat und nur daran zu denken, beschert mir eine pochende Härte in meiner Jeans. *Fuck.*

»Cole«, wispert sie. »Ich ...«

Bevor sie weiterreden kann, gebe ich ihr einen Schubs, der sie das Gleichgewicht verlieren lässt. Ihre gefesselten Arme müssen ihr Gewicht abfangen und ich kann förmlich den reißenden Schmerz fühlen, der in ihren Schultern jetzt tobt. *Kein Mitleid. Du darfst kein Mitleid zeigen.*

Verzweifelt versucht sie, den Boden unter den Füßen wiederzuerlangen, was sich als schwierig erweist, wenn man nur die Zehenspitzen dafür verwenden kann. Ihr gesamtes Gewicht zerrt an ihren Schultern. Ich kenne den Schmerz, kenne das Gefühl der Hilflosigkeit, das sie derzeit empfindet. Genugtuung macht sich in mir breit, leider gepaart mit einem aufkommenden schlechten Gewissen, das ich mit meinem Zorn sofort versuche im Keim zu ersticken.

Tränen schimmern in ihren wunderschönen Augen, aber sie beißt sich auf die Lippen. Keinen Laut gibt sie von sich. Nur ihr Blick, den sie mir zuwirft, könnte nicht tödlicher sein und bringt mich zum Schmunzeln. Sie ist eine echte Kämpferin – war sie immer schon.

»Oft sind es nicht die offensichtlichen Dinge, die einem schlimm vorkommen, sondern die, die sich dahinter verbergen.« Mit dieser kryptischen Bemerkung wende ich mich von ihr ab und rausche aus dem Raum. Mit einem Rums schließe ich die Tür und lasse Pearl allein.

Nicht nur die unbequeme Haltung wird ihr zu schaffen machen und sie an den Rand der Verzweiflung bringen, sondern die Kombination aus Hilflosigkeit und Einsamkeit. Hier unten verliert man schnell das

Zeitgefühl, Sekunden werden zu Stunden und Stunden zu Tagen.

Als ich drei Stunden später zurückkomme, sehe ich zuerst das schmerzverzerrte Gesicht von Pearl. Ihre Haut schimmert feucht vom Schweiß. Die unbequeme Haltung, der ständige Versuch, die Schultern zu entlasten und den Körper auszubalancieren, beansprucht Muskeln in ihren Beinen, die mittlerweile übersäuert sein müssen und mit Krämpfen reagieren. Ihre Augen wirken müde und verquollen.

Ich lasse die Kette nach unten, sodass sie wieder festen Boden unter den Füßen hat. Ich weiß, dass sie die Arme nicht sofort herunternehmen darf, sondern wir es langsam angehen müssen. Ihre Beine werden sie nicht tragen. Immer wieder massiere ich ihre Schultern und lasse die Ketten weiter nach unten fahren. Sie wimmert auf, als der Schmerz in ihre Glieder fährt. Müde, zermürbt und entkräftet sackt sie in meine Arme.

Wortlos trage ich sie die Treppe hoch in ihr Zimmer und lege sie vorsichtig auf das Bett. Sie dreht mir ihren Rücken zu und kringelt sich zusammen wie eine Katze. Jede Bewegung lässt sie vor Schmerzen zusammenzucken und ich leide still mit ihr. Mein Herz sollte mittlerweile doch abgehärtet sein, aber wenn es um Pearl geht, scheint es noch weit davon entfernt zu sein. Ich bin nicht in der Lage, ihr körperliche Schmerzen zuzufügen, ohne sie nicht am eigenen Leib mitzufühlen.

*Mitfühlen kommt von Mitgefühl*, lacht eine dunkle Stimme in meinem Kopf. Ich versuche sie zum Verstummen zu bringen und stürme aus dem Zimmer. Ich muss mir etwas Neues überlegen.

Ace steht mir im Weg und schaut mich mit ernster und besorgter Miene an.

»Was hast du getan?«, fragt er mit ruhiger Stimme.

»Nichts. Ihr eine Lektion erteilt … scheiße, Mann.«

»Aha.« Sein Blick sagt mir, dass er mich durchschaut.

»Sorg dafür, dass sie heute etwas Vernünftiges zu essen bekommt und dass sie es auch isst.«

Mit dieser Anweisung flüchte ich aus dem Haus und steige in das nächstbeste Auto, welches auf dem Vorplatz steht und bei dem ich weiß, dass der Schlüssel grundsätzlich steckt. Ich muss hier weg. Unser schnelles Notfallauto – und das hier ist ein Notfall. Ich muss meinen Kopf freibekommen und wo könnte man das besser tun, als auf einer temporeichen Spritztour?

# Kapitel 15

# Pearl

**Seattle, September 2020**

Eigentlich sollte mich nichts mehr erstaunen, was mit Cole zusammenhängt. Er hat mich in den letzten beiden Jahren, in denen wir nun zusammen sind, gelehrt, dass manche Dinge von der anderen Seite des Zaunes her anders aussehen. Dass man die Dinge nicht immer nur aus einer Perspektive betrachten soll, sondern auch mal die Position tauschen und die Blickrichtung ändern muss. So wie ich ihn erlebe, zusammen mit seinen Männern, zusammen mit seiner Familie, seinen Eltern, ist es schwer vorstellbar, dass es auch einen anderen Cole hinter dieser Fassade gibt. Einen, der nicht zögert, seine Hände schmutzig zu machen. Er versucht, diese Teile seines Lebens von mir fernzuhalten – dennoch, ich brauche es nicht zu sehen, um zu wissen, dass diese Hände nicht nur zärtlich sein können, sondern dass auch Blut daran klebt.

Er redet zwar nicht offen über manche seiner Geschäftszweige, aber wir leben unter einem Dach. Ich kann vieles ausblenden, die Augen verschließen, aber die Wände haben Ohren und so bekomme ich mehr mit, als mir lieb ist. Sein Wohlstand ist nicht auf Schütteln von Händen aufgebaut. Moralisch und gedanklich versuche ich mich da rauszuhalten, mein schlechtes Gewissen auszublenden, dass auch ich von diesem Geld lebe. Aber ich liebe Cole, mit all seinen Schattenseiten, und will ihn nicht aufgeben. Deswegen konzentriere ich mich auf mein Studium, auf Ryan, und versuche, einen Grundstein für meine, für unsere Zukunft zu legen. Ich weiß, was ich will und darauf arbeite ich hin. Anwältin in einer großen Kanzlei, das wäre mein Traum. Wenn ich das erreiche, dann würde ich in die Fußstapfen meiner Mutter treten. Cole unterstützt mich in meinen Zielen und dafür liebe und respektiere ich ihn noch ein Stückchen mehr.

Cole lenkt seinen Wagen über die Küstenstraße. Seit sein Vater in den Ruhestand gegangen ist, leben seine Eltern außerhalb der Stadt in einem Haus mit Blick aufs Meer. Neben den riesigen Villen in ihrer Nachbarschaft sieht ihr Haus eher bescheiden und klein aus – ich würde es gemütlich und überschaubar nennen. Regelmäßig besucht Cole seine Eltern und wenn es die Zeit zulässt, dann begleite ich ihn. Er ist das typische Einzelkind und seine Eltern vergöttern ihn.

»Hat er dich endlich auch mal wieder mitgebracht«, tadelt Samantha, seine Mutter. Wie jedes Mal zieht sie mich in ihre Arme und gibt mir auf jede Wange einen Kuss, bevor sie sich ihrem Sohn zuwendet.

Seine Mutter hat mich von der ersten Minute an mit offenen Armen empfangen. Weston, sein Vater, war mir gegenüber zuerst ein wenig verhalten, aber mit der

Zeit wurde auch er offener. Vielleicht ist er auch skeptisch, weil zwischen Cole und mir ein Altersunterschied von neun Jahren besteht.

»Dad, wir müssen über Bradley reden«, brummt Cole, nachdem er seine Eltern ebenfalls entsprechend begrüßt hat.

Sein Vater nickt und seine Mutter sieht ihn streng an. Ich weiß, dass Bradley Cole schlaflose Nächte bereitet. Ich habe ein Gespräch zwischen ihm und Ace mitbekommen, in dem er Ace erzählte, wie Bradley versucht hatte, sich in seine Geschäfte einzumischen. Aber er ist sein Cousin und gehört zur Familie.

»Na, dann lassen wir die Herren des Hauses für ein paar Minuten ihre Dinge klären, während ich dir die neuen Rosenbeete zeige.« Samantha zieht mich Richtung Terrasse.

Neben dem großen Freisitz wurden im Frühjahr zwei Beete frisch angelegt. Zwischen den rosa blühenden Rosen, die mittlerweile eine beachtliche Größe erreicht haben und einen betörenden Duft verbreiten, lockern Gräser und Lavendel das Gesamtbild auf. Samantha hat ein Händchen für alles Grüne und ich staune jedes Mal, wie schön sie den Garten gestaltet.

»Das ist toll geworden«, sage ich ehrlich. »Sie duften so schön.«

»Ja, mir hat das zarte Rosa gefallen und dass es Duftrosen sind, macht das Ganze noch besser. Ich hab sie aus England importieren lassen, aber verrate das Weston nicht.«

Samanthas Blick wandert durch den Garten und bleibt auf dem Meer hängen.

»Bradley hat es nicht einfach«, beginnt sie zu erzählen. »Er ist eigentlich ein guter Junge, aber schon Jameson, sein Vater, also Westons Bruder, hat es nicht sehen können, wenn jemand anderes in der Familie erfolgreicher war als er. Beide Brüder haben mit dem gleichen Grundkapital angefangen – mit so gut wie nichts. Aber während Weston rund um die Uhr geschuftet hat, zuerst an den Docks, dann in seinem ersten eigenständigen Unternehmen, hat Jameson sich immer nur beschwert. Er war auf alles und jeden neidisch, statt sich selbst mal anzustrengen. Diese Missgunst hat er an seine Kinder weitergegeben. Bradley hätte sich mit klugen Entscheidungen und harter Arbeit genauso ein Vermögen aufbauen können wie Cole.«

Sie zuckt mit den Schultern und dreht sich wieder zu mir um. Ich weiß nicht, was ich dazu sagen soll.

»Aber was soll man machen ... es ist die Familie.«

»Ich kenne Bradley nicht so gut, weil Cole ...«

Samantha sieht mich wissend an und nickt. »Ja, auch das ist so eine lange Geschichte. Bradley hat Cole die erste Freundin ausgespannt und dann abserviert. Es ging ihm gar nicht um die Frau, sondern nur darum, dass er nicht wollte, dass sie mit Cole zusammen war. Wenn man das erlebt hat, dann wird man vorsichtiger ... vor allem bei jemandem, der einem wirklich wichtig ist.«

*Der einem wirklich wichtig ist.* Der Satz hallt in mir nach und zaubert ein Lächeln auf meinem Gesicht.

»Cole ist mir auch sehr wichtig«, flüstere ich. Neben Ryan ist er die wichtigste Person in meinem Leben.

»Das, was zwischen euch ist, ist etwas Besonderes«, spricht Samantha weiter. »So etwas erlebt man nicht so häufig und ich gönne es Cole von Herzen. Du tust ihm gut. Seit du in seinem Leben bist, ist er ruhiger geworden, mehr im Einklang mit sich und der Welt und nicht mehr so ruhelos.« Sie drückt sanft meinen Unterarm und lächelt mich an. »Ich könnte mir keine bessere Schwiegertochter in spe vorstellen – aber verrat es keinem.«

Den Rest des Tages verbringen wir mit Essen und einem ausgedehnten Spaziergang entlang des Wassers. Ich liebe diese Gegend, das Meer und den herrlichen Sandstrand und genieße jede Minute, die ich hier verbringen darf – an der Seite des Mannes, den ich über alles liebe.

# Kapitel 16

# Cole



Das Wochenende bei meinen Eltern ist schnell vergangen. Kurz bevor wir abreisen wollen, zieht mich meine Mutter auf die Seite.

»Heirate das Mädchen«, bittet sie. »Sie ist die Richtige für dich.«

Das weiß ich selbst, dennoch muss ich über ihre Bitte innerlich grinsen. Bisher haben sich meine Eltern nie für meine Liebschaften interessiert. Sicherlich aus dem Grund, weil sie nie lange anhielten und, bei meinem Verschleiß an Frauen, sich nicht wirklich die Frage stellte, ob sie die betreffende Dame noch einmal wiedertreffen würden.

Pearl ist anders. Die letzten beiden Jahre sind wie im Flug vergangen. Sie ist zu einem Teil von mir, von uns, geworden und ich kann mir ein Leben ohne sie nicht mehr vorstellen. Aber sie ist erst einundzwanzig Jahre alt. Auch wenn sie reifer und erwachsener wirkt, lässt sich ihr junges Alter nicht wegdiskutieren. Das Thema Heirat werde ich erst ansprechen, wenn sie mit dem

College fertig ist und die Weichen für ihre berufliche Zukunft gestellt hat. Wir leben zusammen, verbringen die meiste Freizeit miteinander und das wird sich auch in naher Zukunft nicht ändern – dafür werde ich sorgen. Dennoch kann ich nicht in Worte fassen, warum dieser Schritt mir so schwerfällt. Ich bin mir absolut sicher, die Liebe meines Lebens gefunden zu haben. Vielleicht habe ich Angst, sie könnte einen Rückzieher machen. Ihre Situation noch einmal überdenken und entscheiden, mich zu verlassen. Ich weiß, dass es an meiner Seite nicht immer einfach ist. Ihr Leben hat sich drastisch geändert, weil ich ihr zu ihrer eigenen Sicherheit die Freiheit einschränken muss und das gefällt keiner jungen Frau. In meinem Business mache ich mir immer wieder Feinde, die nur darauf warten, mich an meiner verwundbarsten Stelle zu treffen. Während ihre Kommilitoninnen munter ins Café, ins Kino oder auf andere Veranstaltungen gehen, muss sie darauf verzichten oder jemanden mitnehmen, der ein Auge auf sie wirft. Das ist ihr peinlich und deswegen lässt sie es lieber ganz bleiben. Manchmal, wenn ihr alles zu viel wird, muckt sie auf oder probt einen kleinen Aufstand, den ich im Keim ersticke. Dann schleppe ich sie in das nächste Zimmer und zeige ihr, wie wichtig sie mir ist – natürlich auf meine Art und Weise. Jede Medaille hat zwei Seiten. Meine Freundin zu sein, hat seine Vorteile, aber leider auch viele Nachteile.

Zu all dem kommt auch noch der Altersunterschied, der mir nichts ausmacht, aber manchmal habe ich den Eindruck, sie hadert ein wenig damit. Ich versuche ihr auf Augenhöhe zu begegnen, aber hin und wieder kommt auch in mir das kleine Arschloch durch. Wenn ich Diskussionen schnell beenden will, hole ich kurzerhand auch mal die Erfahrungskeule raus.

Wir sind auf dem Heimweg, fahren die Küstenstraße entlang und ich drücke das Gaspedal meines Sportwagens durch. Pearl und ich lieben die Geschwindigkeit. Sie hat sich die Haare zusammengebunden, damit der Fahrtwind sie nicht ständig umherwirbelt. Es ist nach Mitternacht und außer uns scheint keiner mehr unterwegs zu sein. Durch den rauschenden Wind kann man die heranrollenden, sich brechenden Wellen hören. Obwohl September ist, ist es heute angenehm warm und wir haben das Verdeck nach unten geklappt. Mit einem strahlenden Lächeln hebt Pearl die Arme und streckt sie in die Höhe. Ich beobachte sie aus den Augenwinkeln und es fällt mir schwer, mich auf die Straße zu konzentrieren. Vielleicht sollte ich in der nächsten Parkbucht anhalten und sie zum Strand schleifen?

Das Klingeln meines Handys reißt mich aus den Gedanken und ich nehme den Anruf über Lautsprecher an.

»Cole«, grüßt mich Ace.

»Was gibt es?«

»Wo seid ihr?«

»Bereits auf dem Heimweg.«

»Gut, denn wir haben hier ein kleines Problem«, sagt er mit scharfem Unterton.

Pearl hat mittlerweile ihre Hände brav zurück in ihren Schoß gelegt und schaut mich fragend an. Ich weiß, dass Ace kein *kleines Problem* meint, wenn er das sagt.

»Wohin?«, frage ich knapp.

»Ich schicke dir den Standort«, antwortete er.

Anhand der anhaltenden Stille danach merke ich, dass wir ein wirklich ernstes Problem haben und Ace nicht im Beisein von Pearl darüber reden will. Ich steuere die nächste Parkbucht an, kralle mir mein Handy und steige aus. Beim zweiten Klingeln geht Ace ans Telefon.

»Wo ist Pearl?«, will er zuerst wissen.

»Im Auto. Du kannst frei reden. Was gibt es zu wissen?«

»Eine Lieferung ist nicht mitgeschickt worden. Mit Absicht, aus Ignoranz oder Provokation kann ich nicht sagen. Aber die Kacke ist hier mächtig am Dampfen. Wir haben keinen Ersatz und dem Endkunden wurde anonym gesteckt, dass wir hinter der fehlenden Ware stecken. Er glaubt, wir unterschlagen sie ihm absichtlich. Sie kamen mit zwanzig Mann und wenn du nicht gleich hier bist, kann ich für nichts mehr garantieren.«

Er meint Blutvergießen. Zwanzig Mann stehen einer kleinen Armee meiner Männer an meinem Lagerhaus gegenüber.

»Wieviel Zeit?« Ich fahre mir verärgert durch die Haare und mein Blick fällt auf Pearl. Nehme ich sie mit, bringe ich sie in Gefahr. Lasse ich sie hier, wäre sie ebenfalls ungeschützt. Keine der Alternativen gefällt mir.

Ace bleibt mir die Antwort schuldig. Aber die Schüsse im Hintergrund geben sie mir.

»Bin unterwegs.« Ich hetze zum Auto und fahre wortlos mit überhöhter Geschwindigkeit zurück.

»Was ist passiert?«, will Pearl zaghaft wissen.

Ich schaue stur geradeaus, weil ich ihr keine Antwort geben will und kann. Sie soll nicht in meine dunklen

Geschäfte hineingezogen werden. Je weniger sie im Bilde ist, desto besser. Allerdings weiß sie sowieso schon zu viel.

Schweigsam starrt sie aus dem Fenster. Sie braucht keine weitere Erklärung. Mein Gesichtsausdruck, mein Verhalten sind Erklärung genug.

Wir kommen in die Stadt, in eine Gegend, wo die Laternen die leeren Straßen nur mäßig beleuchten. Ich hätte diesen verdammten Geschäftszweig längst abwerfen sollen, weil er nichts als Ärger bringt. *Watson Global Service* war eine meiner ersten Firmen, die ich aufgekauft habe, um sie nach einer Aufspaltung wieder abzustoßen. Ein kleiner Teil blieb dabei in unseren Händen, der lukrativste und leider auch der illegalste. Ein Verkauf kam deswegen vorerst nicht infrage. Mittlerweile denke ich anders darüber und habe schon mehr als einmal überlegt, ihn den Russen anzubieten.

Was ich jetzt tun muss, widerstrebt mir zutiefst. Die Alternative aber auch. Ich muss eine Entscheidung treffen, Pearl an einer unbeleuchteten Ecke in einem zwielichtigen Gebiet alleine stehen zu lassen oder mitzunehmen. Die Entscheidung ist in der Sekunde gefallen, in der ich in den Weg einbiege, an deren Ende sich das Grundstück mit einem Teil unserer Lagerhallen befindet. Ein ungutes Gefühl, nein, eher eine ungute Vorahnung, beschleicht mich, dass dieser Abend nicht so enden wird, wie er sollte.

Mit quietschenden Reifen bleibe ich vor dem Tor stehen und lenke den Wagen an die Seite. Den Rest werde ich zu Fuß gehen müssen.

»Du bleibst hier im Auto. Mach das Verdeck zu und rutsch runter in den Fußraum. Beweg dich nicht von der Stelle. Warte, bis ich oder jemand anderer dich holt. Verstanden?« Das ist keine Frage, sondern eine klare Anweisung und ich untermauere sie mit einer Portion Autorität.

Pearl nickt, aber die Furcht steht ihr ins Gesicht geschrieben.

»Was ist passiert?«, will sie erneut wissen.

»Ich bin mir nicht sicher, aber Ace meinte, es riecht nach Ärger. Also ist es wichtig, dass du hierbleibst. Egal was passiert, du bewegst dich nicht von der Stelle.«

»Pass auf dich auf«, flüstert sie.

Ich drücke ihr einen Kuss auf die Stirn und hole meine Waffe aus dem Handschuhfach. Kaum dass ich das Auto verlasse, drückt Pearl den Knopf für das automatische Verdeck. Surrend geht der Kofferraum hoch und das Verdeck schiebt sich über das Auto und nimmt mir die Sicht auf die Frau, die eigentlich nicht hier sein sollte.

Das Tor ist sperrangelweit offen. Eine Einladung für jeden ungebetenen Gast. Ich beschleunige meine Schritte und laufe den Kiesweg entlang, bis die ersten Lagerhallen in Sicht sind. Laute, verärgerte Stimmen dringen zu mir und ich entsichere meine Waffe. Ich erreiche endlich den lichtdurchfluteten Vorplatz. Es bietet sich mir sofort ein Bild der derzeitigen brenzligen Lage. Meine Männer stehen links mit gezückten Waffen, während ihnen eine Front von dunklen Gestalten gegenübersteht.

»Was ist hier los?«, unterbreche ich die hitzige Diskussion. Köpfe drehen sich zu mir. Mein Blick fängt zuerst den von Pietro ein, der zweiten Hand des Capos der hiesigen italienischen Mafia und mein Ansprechpartner, und wandert dann zu Ace.

»Die Lieferung«, knirscht Pietro.

»Ja, die Lieferung. So weit wurde ich schon informiert«, donnere ich ihm entgegen.

Meine Wut kennt keine Grenzen und das sollte ihn warnen. Ich dulde keine solche Respektlosigkeit. Ich habe einen Ruf in dieser Stadt und der sollte ihm genügen. Noch nie habe ich mich am Eigentum oder zukünftigen Eigentum meiner Kunden vergriffen. Allein seine Unterstellung, ich könnte etwas mit der Verspätung der Lieferung zu tun haben, sollte ich mit einer Kugel in seinen Schädel beantworten.

»Jemand gab uns den Tipp, dass sie sich in diesen Lagerhallen befinden soll.«

»Ein Tipp? Von einem anonymen Anrufer?«, spie ihm Ace entgegen.

»Was spielt das für eine Rolle?«, fragt Pietro verärgert. »Wenn das Gerücht falsch ist, dann versteh ich das Problem nicht, uns die Lagerhalle zu zeigen.«

»Weil das verdammt noch mal nicht passieren wird!«, brülle ich ihn an. »Die Verspätung ist nicht durch uns zustande gekommen, sondern weil eines der Schiffe unseres Lieferanten im Zoll feststeckt!« Mit wenigen Schritten habe ich die Distanz zu dem Italiener überwunden.

»Das kann jeder behaupten!« Pietro fuchtelt mit der Waffe vor meiner Nase herum.

Keine gute Idee. Meine Nerven sind eh schon angespannt und was er da tut, könnte seine letzte Aktion gewesen sein – egal, was sein Boss dazu sagen wird.

»Du wagst es, meine Loyalität infrage zu stellen?«
Meine Stimme ist nur noch ein tiefes Grollen.

»Einen Beweis. Mehr verlange ich nicht.«

»Einen Beweis? Einen Scheiß bekommst du!«

»Meine Kunden werden eine Verzögerung nicht so
einfach hinnehmen«, beklagt er sich.

»Dass ihr euren Vorrat so stümperhaft verwaltet, ist
nicht meine Schuld. Die Ware kommt nicht um die
Ecke und das wisst ihr. Ein kleiner Sturm, eine kleine
Änderung der Route oder ein technischer Defekt – all
das kann die Lieferung jederzeit verzögern. Es ist nicht
mein Problem, wenn ihr das nicht einplant. Mitgeteilt
haben wir euch das bei Bestellung, dass die Lieferzeit
eine ungefähre Angabe ist, kein fixes Datum.«

»Meine Kunden warten nicht.«

»Ist das mein Problem?« Ich ziehe die Augenbrauen
verwundert in die Höhe. So viel Dreistigkeit ist mir selten untergekommen. »Sie werden nicht gleich zu Zom-
bies mutieren, nur weil sie einen oder zwei Tage warten
müssen.«

Irgendwie beschleicht mich das Gefühl, dass das
Problem ganz woanders liegt. Pietro erscheint mir zu
nervös. Seine Anschuldigungen sind haltlos, wild aus
der Luft gegriffen, als suche er einen Sündenbock für
etwas ... ja, aber für was?

»Ruf deinen Boss an«, fordere ich ihn unterkühlt auf.

In seinen Augen blitzen Überraschung und Wut auf.
Etwas stinkt hier gewaltig und in meinem Kopf schrillen bereits alle Alarmglocken.

»Mein Boss hat mich hergeschickt.« Wie ein trotziges
Kind hebt Pietro sein Kinn und starrt mich an.

»Dann soll er mir das persönlich sagen.« Nach außen hin bleibe ich kühl, während ich innerlich längst koche. Die Lüge kann ich förmlich riechen.

»Scheiße«, flucht plötzlich Ace und mein Blick geht ruckartig zu ihm.

In seinem Gesicht spiegelt sich Zorn und noch etwas anderes. Seine Augen sind auf etwas hinter mir gerichtet. Ich drehe mich um und ein Knurren entweicht mir. Einer von Pietros Männern hat Pearl und zerrt sie unsanft am Oberarm hinter sich her. Sie versucht sich vehement aus seinem Griff zu befreien. Er flucht, als sie ihn tritt.

»Schau mal, wen ich hier gefunden habe«, höhnt er und zieht sie näher an sich heran. »Die saß in Coles Wagen.«

»Lass sie los«, knurre ich Wort für Wort.

Eine Welle der Aggression überrollt mich. Seine dreckigen Hände auf ihrem Körper zu sehen, dazu die Angst in ihrem Gesicht, das ist zu viel für mich. Ich ziehe meine Waffe und halte sie dem überraschten Pietro an den Kopf. »Ruf deinen Lakaien zurück.«

Dann geht alles blitzschnell. Der Arsch schleudert Pearl nach vorne und im gleichen Moment verpasst ihm jemand eine Kugel genau zwischen die Augen. Ace flucht hinter mir. Als der Kugelhagel losgeht, sprinte ich bereits zu meinem Mädchen. Ihr Schrei hallt in meinen Ohren, doch ich schaffe es nicht rechtzeitig zu ihr und muss zusehen, wie sie getroffen zusammensackt. Wie in Trance drehe ich mich seitwärts und sehe noch, wie Pietro die Waffe wieder senkt. Er hat den Schuss abgegeben. Ich bin mir sicher, dass diese Kugel mir galt und nicht ihr. Meine Reaktion ist zu langsam. Bevor ich ihn erschießen kann, flüchtet er hinter die Lagerhalle.

Sie liegt im Dreck und schaut mich entsetzt an. Blut sickert aus einer Wunde an ihrer Schulter. Ich reiße sie in meine Arme. Ein Wimmern entweicht ihrer Kehle.

»Ich hab … ich wollte …«, stammelt sie.

»Psst, alles wird gut.« Ich wiege sie in meinen Armen. »Ace«, brülle ich nach meinem besten Freund.

»Ich bin hier.« Erst jetzt bemerke ich, dass es still um uns geworden ist. Der Angriff ist zu Ende. Pietros Gefolgschaft liegt entweder tot am Boden oder wird von meinen Männern in handliche Päckchen verschnürt.

»Wo ist dieser Arsch?«

»Abgehauen.«

»Pearl, Süße, Ace bringt dich nach Hause. Ein Arzt wird dort auf dich warten.« Ich zerre an meinem Hemd, reiße es mir vom Körper. »Das wird jetzt wehtun, aber es muss sein.«

Sie nickt und beißt die Zähne zusammen. Als ich Druck auf ihre Wunde ausübe, keucht sie auf. Es tut mir in der Seele weh, sie leiden zu sehen. Pietro wird dafür büßen. Ich werde ihn langsam auseinandernehmen, Stück für Stück, bis er sich wünscht, niemals geboren worden zu sein.

»Wie schlimm?«, fragt Ace besorgt.

»Bring sie in die Villa und ruf den Arzt. Ich hol mir das Dreckschwein.«

»Soll ich das übernehmen?«

»Nein, das erledige ich.«

Ich sehe zu, wie Ace sie vorsichtig in seine Arme nimmt, hochhebt, und wie einen rohen Diamanten zum nächsten Auto trägt. Bei ihm ist sie sicher. Einer unserer Männer öffnet ihm die Beifahrertür.

»Pass auf sie auf.« Meine Stimme bebt vor Wut und vor Sorge.

Er nickt mir zu. »Versprochen.«

Nachdem ich den Arzt telefonisch zur Villa beordert habe, winke ich ein paar Männer zu mir und wir machen uns auf die Suche nach Pietro. Eines ist klar: Er wird die Nacht nicht überleben.

# Kapitel 17

# Pearl



**_Seattle, September 2020_**

Eine Schmerzwelle nach der anderen rast durch meinen Körper, während Ace mich vorsichtig zum Auto trägt. Es fühlt sich falsch an, in seinen Armen und nicht in denen von Cole zu liegen.

»Alles wird gut«, redet er beruhigend auf mich ein, als müsse er sich selbst davon überzeugen.

Ich kann das warme Blut spüren, wie es mir den Arm herunterläuft und in meine Bluse sickert. Meine Schulter pocht wie verrückt. Schweiß überzieht meine Haut und mir ist so verdammt kalt. Jemand öffnet uns die Tür und Ace setzt mich vorsichtig auf den Beifahrersitz.

Ich wimmere, als mich die nächste Schmerzwelle durchschüttelt.

»Es tut mir leid, aber du musst da jetzt fest draufdrücken«, sagt Ace sanft und führt meine Hand zur Wunde. Das zerrissene Hemd von Cole dient als Kompresse. Ich bin mir nicht sicher, ob ich das aushalte. Es ist ein Unterschied, bei jemand anderem Druck auf eine schmerzende Verletzung auszuüben oder bei sich selbst. Übelkeit steigt in mir hoch und lässt mich krampfhaft schlucken. Für einen kurzen Moment schließe ich die Augen und konzentriere mich auf meine Atmung, versuche, den Brechreiz zu überlisten. Ich höre die Autotüren knallen und dann den Motor aufheulen.

»Wir fahren in die Villa, dort wird dich ein Arzt untersuchen«, spricht Ace mit ruhiger, behutsamer Stimme, aber ich kann das Zittern dahinter hören.

»Krankenhaus?«, bringe ich krächzend hervor.

»Das geht nicht, Kleines«, belehrt er mich, »Schusswunden müssen gemeldet werden.«

*Ja, natürlich.* Das wäre ein wenig kontraproduktiv, wenn die Polizei mich vernehmen und dann die Lagerhalle auf den Kopf stellen würde. Ich nicke müde.

Während Ace mich in die Villa fährt, halte ich die Augen geschlossen, atme den Schmerz weg und versuche, nicht in die verlockende Dunkelheit abzudriften. Ich will nicht wissen, wie schnell er gefahren ist, aber schon bald hält er schlitternd in der Einfahrt an. Steine spritzen zu allen Seiten weg.

»Pearl, Kleines, der Arzt ist schon da.« Ace stößt einen Seufzer der Erleichterung aus.

Dann bricht Hektik aus und mir wird schwarz vor Augen.


Als ich erwache, liege ich in Coles und meinem Bett. Ich blinzle gegen die Helligkeit und erkenne Cole, wie er unruhig hin- und herläuft und sich ständig durch die Haare fährt. Ein Zeichen, dass er nervös und angespannt ist.

»Cole«, will ich sagen, aber es kommt nur ein Krächzen heraus. Er hebt ruckartig den Kopf und stürmt auf mich zu. Er geht vor dem Bett auf die Knie und streicht mir die Strähnen aus dem Gesicht. Sanft haucht er mir einen Kuss auf die Lippen und lächelt mich warm an, während in seinen Augen ein Sturm tobt.

»Süße, es tut mir so leid. Ich hätte besser auf dich aufpassen müssen.« Er sieht mich mit einer Mischung aus ernster und bedrückter Miene an. »Ich habe mir solche Sorgen um dich gemacht. Geht es dir gut? Hast du Schmerzen?«

Der Arm der verletzten Schulter fühlt sich warm an und ich kann ihn nicht bewegen, aber ich habe keine Schmerzen. Ein kurzer Blick genügt, um zu erkennen, dass der Arm mit einer Art Schlinge an meinem Oberkörper fixiert wurde.

»Nein, mir geht es gut. Ich bin nur ein bisschen müde«, flüstere ich mit kratziger Stimme. *Ein bisschen müde* ist die Untertreibung des Jahrhunderts. Ich fühle mich, als wäre ein LKW über mich gerollt. Ohne dass ich darum bitten muss, schenkt er mir ein Glas Wasser ein und reicht es mir. Vorsichtig nehme ich ein paar Schlucke.

»Keine Schmerzen?«

»Nein«, entgegne ich wahrheitsgemäß.

»Man hat dir starke Schmerzmittel verabreicht«, erklärt mir Cole. »Du hattest Glück im Unglück – ein glatter Durchschuss.«

»Na dann ...«, scherze ich und versuche mich aufzurappeln. Cole ist sofort zur Stelle und hilft mir hoch.

»Du sollst den Arm schonen und ruhig halten. Der Arzt kommt gleich noch einmal vorbei und schaut sich die Wunde an.«

Kaum hat er das ausgesprochen, klopft es kurz und Sekunden später öffnet sich die Tür. Ein junger, gutaussehender Mann kommt in den Raum. Wenn man ihm auf der Straße begegnete, würde man nicht vermuten, einen Arzt vor sich zu haben – eher einen kalifornischen Sonnyboy. Seine blonden Haare sind lockig und leicht verstrubbelt, sein Körperbau schlank und sportlich, aber am auffälligsten ist sein ehrliches, offenes Lächeln. Er dürfte die Dreißig noch nicht überschritten haben.

»Und? Was macht meine Patientin?«, fragt er freundlich.

Mein Blick harrt wohl zu lange auf ihm, denn Cole erhebt sich knurrend und stellt sich wie ein Schutzschild vor mich, sodass mir der Blick verwehrt wird. Ich bin immer wieder erstaunt, wie besitzergreifend er sein kann. Mittlerweile kann ich damit umgehen, anfangs fand ich es befremdlich und schon fast beängstigend.

»Der geht es gut«, antwortet er für mich. Unweigerlich muss er den Platz freimachen, damit der Arzt zu mir kann. Als dieser dennoch den Abstand wahrt, lächle ich ihm zu.

»Der beißt nicht, der tut nur so«, scherze ich.

»Pearl!«

»Ist doch so.« Ich zucke mit der unverletzten Schulter und rolle mit den Augen, was dem Arzt ein noch breiteres Grinsen ins Gesicht zaubert. Er kommt zu mir ans Bett und stellt seine Tasche ab.

»Es scheint mir, dass es Ihnen wieder besser geht.«

»Unkraut vergeht nicht.«

»Was machen die Schmerzen?«, fragt er nun fachmännisch.

»Noch ist alles gut«, sage ich, weiß aber, dass sich das sicherlich bald ändern wird.

Er verzieht kurz eine Miene und nickt. »Wenn Sie sich an die Vorgaben halten und die Tabletten regelmäßig einnehmen, dann können wir die Schmerzen auf ein Minimum reduzieren.«

Mit geübten Griffen befreit er mich von der Schlinge und will gerade anfangen, mir das Hemd aufzuknöpfen, das sonst Coles Körper ziert. Wahrscheinlich wollten sie den Zugang zur Wunde so einfach wie möglich halten.

Meine Augen treffen kurz die von Cole. Sein Körper ist angespannt und in seinen Augen tobt noch immer ein Sturm. Er mag es nicht, wenn mich jemand Fremdes anfasst. Aber das hier ist ein Arzt – egal wie jung er sein mag, er macht nur seinen Job.

»Kannst du mir bitte etwas anderes als Wasser bringen? Eine Cola vielleicht?«, versuche ich ihn aus dem Raum zu locken.

Er versteht den Wink mit dem Zaunpfahl. Widerstrebend und mit einem genervten Brummen verlässt er das Schlafzimmer.

»Ist er immer so?«, fragt mich der Arzt im Flüsterton.

»Ja, meistens«, gebe ich zu.

»Ist mir schon bei der OP aufgefallen. Er hat mich zwar meine Arbeit machen lassen, aber kaum aus den Augen gelassen. Wahrscheinlich hätte er mich lieber früher als später aus dem Raum geworfen, war aber wohl zu besorgt um Sie, um es in die Tat umzusetzen«, lacht er.

»Das wäre dann wohl auch nicht hilfreich gewesen«, stimme ich ihm zu. »Wie schlimm ist die Verletzung? Ist es gefährlich?«

»Nein, Sie hatten wirklich Glück im Unglück. Ich habe schon andere Schussverletzungen gesehen.«

»Sind Sie denn ein ...?« Mir fehlt der Mut, ihn das zu fragen.

»Richtiger Arzt? Ja, bin ich. Aber im Krankenhaus verdient man als Neuling kein Vermögen und mit dem Nebenjob kann ich meinen Kredit schneller abzahlen.«

»Ah ... okay.« Mehr will ich gar nicht wissen.

Als er die Knöpfe alle geöffnet hat, zieht er mir die eine Seite des Hemdes über die Schulter und offenbart einen riesigen Verband. Vorsichtig zerschneidet er die Mullbinde und besieht sich die Wunde. Es ist mir ein wenig unangenehm und peinlich, aber ich rede mir einfach zu, dass er Arzt ist.

Mit einem zufriedenen Gesichtsausdruck versorgt er die Wunde und legt mir einen neuen Verband an. Kaum ist er damit fertig, stürmt Cole auch schon zurück ins Zimmer. Hastig steht der Arzt auf und erklärt, dass alles gut aussieht, ich viel Ruhe brauche und der Verband regelmäßig gewechselt werden muss. Er scheint doch einen mächtigen Respekt vor Cole zu haben.

Als ich wieder angezogen bin, erscheinen Ace und Jim. Beide wollen wissen, wie es mir geht und machen keinen Hehl daraus, dass sie sich Sorgen um mich gemacht haben.

»Ryan hat angerufen«, sagt Cole plötzlich. Er hält mir mein Handy hin. »Vielleicht solltest du ihn zurückrufen.«

»Weiß er von d...?«

»Nein.«

Ich denke an meinen Bruder und bin davon überzeugt, dass es das Beste ist, wenn wir darüber Stillschweigen bewahren. Eigentlich wollte er uns am Wochenende besuchen, aber das fällt dann wohl flach.

»Ich werde ihm fürs Wochenende absagen«, erkläre ich.

Es tut mir im Herzen weh, weil ich mich schon so auf sein Kommen gefreut habe. Es ist fast drei Monate her, seit ich ihn das letzte Mal gesehen habe.

»Du musst ihm nicht absagen, aber wir sollten uns etwas einfallen lassen, um ihm die Verletzung zu erklären.«

Ich nicke und wähle Ryans Nummer.

# Kapitel 18

# Cole



***New York, Dezember 2023***

Es war ein langer, anstrengender Tag und ich freue mich auf ein Glas Rotwein und ein gutes Essen bei unserem Lieblingsitaliener. Immer wenn wir geschäftlich in New York sind, ist der Besuch im *Don Camillo* fester Bestandteil – wie auch heute.

Francesco, der Besitzer, begrüßt uns freundlich und führt uns zu unserem Tisch in einer ruhigeren Ecke des Restaurants. Jim und meine anderen beiden Männer nehmen an einem anderen im Eingangsbereich Platz.

Francesco kennt unsere Vorlieben der Platzwahl und ich brauche wie in anderen Lokalen nicht extra darauf hinzuweisen.

Ein kurzer Blick in die Karte genügt und wir bestellen unsere Getränke und das Essen.

»Wie lange wird es dauern, bis wir die Übernahme der *Duke Company* unter Dach und Fach haben?«, fragt mich Ace.

Vor zwei Wochen haben wir die feindliche Übernahme angestoßen und den Hauptaktionären einen

Batzen Geld geboten, den sie kaum ausschlagen konnten. Jetzt fehlen uns nur noch ein paar Unterschriften und die Firma gehört so gut wie mir.

»Schon bald.«

»Auf das Gesicht von deinem Cousin bin ich echt gespannt, wenn er von der Nachricht erfährt«, grinst Ace mich an. »Und nicht zu vergessen, auf das von seinem Speichellecker Vico.«

Wir wissen beide, dass es Aufruhr in der Familie geben wird, wenn herauskommt, dass ich hinter der Übernahme stehe. Jameson Burton, mein Onkel, hat die Firma vor Jahren aufgekauft, sie ausgebaut und markttauglich an Bradley weitergegeben. Der wusste nichts Besseres damit anzufangen, als sie auszupressen und innerhalb von wenigen Jahren herunterzuwirtschaften. Bis heute habe ich nicht verstanden, warum er das gemacht hat. Vermutlich musste das Unternehmen für seine anderen Geschäfte herhalten und sollte aus diesem Grund so wenig Gewinn wie möglich abwerfen, damit keiner auf die Idee kam, tiefer zu graben.

Mein Ziel ist es, ihr innerhalb von zwei Jahren wieder zu ihrer alten Blüte zu verhelfen und darüber hinaus ein weiteres seriöses Standbein im Geschäftsleben zu gewinnen.

»Und auf das Beben erst.« Nachdenklich schwenke ich das dickbäuchige Rotweinglas und nehme einen Schluck von dem vollmundigen Getränk.

Die Übernahme wollte ich schon vor meinem ungeplanten Knastaufenthalt durchziehen. Diese Verspätung habe ich Pearl zu verdanken. Meine Gedanken schweifen zu ihr. Sie schafft es noch immer, mein Blut in Wallung zu bringen – und das nicht nur auf eine Art und Weise. Mittlerweile habe ich ihr ziemlich anschaulich vermittelt, wie die Zeit in einem amerikanischen Gefängnis sein kann, dazu gehörte auch, ihr jegliche Privilegien zu nehmen und ihr verständlich zu machen, wo ihr Platz ist – nämlich ganz unten in unserer Hierarchie.

Zufrieden mit mir begutachte ich die anderen Gäste. Dabei treffen mich die Augen einer vollbusigen Blondine. Heather. Sie hebt ihr Glas und prostet mir zu. Aces Blick folgt meinem und auch er erkennt sie sofort.

»Heather?«, fragt er etwas ungläubig und hebt ebenfalls sein Glas.

Seit Jahren habe ich sie nicht mehr gesehen. Sie ausgerechnet jetzt und hier zu treffen, ist ein willkommener Zufall oder Schicksal und mir kommt eine Idee. Ich spüre das wölfische Grinsen auf meinem Gesicht.

»Fünf Dollar für deine Gedanken«, schmunzelt Ace.

»Zehn Dollar«, kontere ich.

»Okay, Kumpel. Zehn Dollar.«

Früher, vor einer gefühlten Ewigkeit, tauchte Heather ständig dort auf, wo auch ich war. Sie schien eine innere Antenne für meine Anwesenheit zu haben und hat sich mir bei jeder Gelegenheit an den Hals geworfen. Sie ist die Art Frau, von der man sich eine Kostprobe ihrer Fähigkeiten im Bett holt und sie dann wieder vergisst. Ich bin nie auf den Gedanken gekommen, in ihr mehr zu sehen als eine Bettgespielin, schon gar nicht, seitdem ich ein Auge auf Pearl geworfen hatte.

Kurz überlege ich, ob ich damals lieber Heather als Pearl hätte nehmen sollen, verwerfe den Gedanken aber sofort wieder. Egal was Pearl mir angetan hat ... die Zeit mit ihr will ich nicht missen. Gegen *meine Kleine* ist Heather farblos und völlig uninteressant. Äußerlich eine Schönheit, aber charakterlich sieht es dürftig aus. Eine Idee formt sich in meinem Kopf zu einer handfesten Vorstellung: Frauen sind nicht anders gepolt als Männer – ihre Neigung zur Eifersucht auch nicht. Schmerz kann so viele Facetten haben – es muss nicht immer körperlich sein. Schlimmer ist der tief im Inneren, den, den ich jeden Tag spüre, wenn ich Pearl sehe.

Ace kramt in seiner Brieftasche und knallt mir einen zehn Dollar Schein hin.

»Sprich!«

»Mal sehen, ob Heather noch immer auf mich steht«, gebe ich kryptisch von mir und winke den Kellner zu mir. »Die Rechnung der blonden Dame und ihrer Begleitung geht auf mich und bitten Sie sie doch, zu uns an den Tisch zu kommen.«

Keine zwei Minuten später staksen Heather und ihre rothaarige Freundin zu uns herüber. Als sie an unserem Tisch stehen, erhebe ich mich galant und begrüße sie mit Küsschen auf die Wange.

»Lange nicht mehr gesehen, Heather.«

»Cole! Was für eine schöne Überraschung«, säuselt sie mir ins Ohr.

Meine Hand ruht einen Deut zu lange auf ihrem Rücken, dann schiebe ich ihr den Stuhl hin und begrüße ihre Freundin ein wenig distanzierter. Ace tut es mir gleich und seiner Miene nach zu urteilen versteht er meinen Gedankengang und meine aufkeimende Idee sofort.

Ich werde Pearl das kleine verräterische Herz brechen. Dafür eignet sich niemand anderer so gut wie eine alte Konkurrentin.

Wir verbringen einen netten Abend. Nett, nicht mehr, nicht weniger. Irgendwann fangen mich Heathers Gesäusel und ihre plumpen Flirts an zu nerven. Ich ziehe eine Karte aus meinem Visitenkartenetui und schiebe sie mit einem süffisanten Lächeln zu ihr über den Tisch. Für heute Abend habe ich genug von dieser Frau.

Ace sagt kein Wort, aber er verzieht ein wenig das Gesicht. Er hat meinen Stimmungswandel mitbekommen. Ich halte keine weitere Minute mehr in ihrer Nähe aus. Es ist eine Zumutung für meinen guten Geschmack, was Frauen anbelangt. Ein Drahtseilakt der Gefühle. Verlustschmerz und Rachegelüste verschmelzen miteinander, weil es mich daran erinnert, wen ich eigentlich neben mir sitzen haben will.

Heathers Augen werden lustverhangen groß und größer. Ihre sexuelle Vorfreude umhüllt sie. Mich nicht wirklich.

»Wenn du möchtest, dann kannst du morgen Abend zu mir nach Hause kommen«, schlage ich ihr vor, während ich mich über den Tisch zu ihr beuge. Der Duft ihres aufdringlichen Parfüms kitzelt meine Nase. »Komm allein und bleib ein paar Tage.« Ihre noch farblosere, langweiligere Freundin kann sie zu Hause lassen, für meinen Plan genügt sie.

»Bist du denn ... allein?«, fragt sie mich heiser.

»Ich bin selten allein«, gebe ich offen zu. In meinem Haus wohnen mehr als zwei Leute, aber das müsste sie noch von früher wissen. »Aber ich werde meine Zeit und Aufmerksamkeit nur dir schenken. Versprochen.« Ich zwinkere ihr zu und ernte ein freudiges Strahlen.

# Kapitel 19

# Cole



***Seattle, Dezember 2023***

Kaum sind wir von unserer Geschäftsreise zurück, führt mich mein erster Gang geradewegs zu Pearl.

Auf dem gesamten Rückweg zur Villa hat mich Ace nicht nur einmal fragend angeschaut. Ich kann es ihm nicht verdenken, weil ich ständig unruhig auf meinem Sitz hin und her rutschte. Aber die Nacht im Hotel und der heutige Geschäftstag haben mein Verlangen nach ihrem Körper anwachsen lassen. Die schmerzhafte Härte in meiner Hose beweist das. Ich hätte Heather nehmen sollen, das hätte mir vielleicht ein wenig Erleichterung verschafft.

Mit gemischten Gefühlen öffne ich die Tür zu Pearls Zimmer. Sie liegt eingerollt auf dem Bett und starrt zu mir herüber. Für das, was ich vorhabe, brauche ich nicht viel. Ich begehre sie noch immer. Im Grunde tut es mir physisch weh, wie sehr ich mich nach ihrem Körper, ihrer Wärme sehne. Mein steinharter Schwanz bezeugt es auf seine Art. Er will sie. Will sich bis zum Anschlag in ihr vergraben, sie ausfüllen und als seins markieren. Heute hole ich mir ein Stückchen der Vergangenheit nach Hause, tauche in eine Wunschvorstellung ein. Zuerst werde ich sie in den Himmel ficken und dann zurück auf den Boden der Tatsachen stoßen. Ihr Fall soll wehtun – richtig wehtun.

»Komm zu mir«, befehle ich ihr sanft und meine tiefe, rauchige Stimme hallt in dem leeren Raum wider.

Sie zögert und sieht mich mit diesen dunklen traurigen Augen an. Zu Beginn unserer Beziehung hat ihr meine dominante Art Respekt eingeflößt, sie aber auch eingefangen. Sie war wissentlich in mein Netz geschwommen, hatte sich von mir leiten und verführen lassen. Ich hatte dafür gesorgt, dass ich ihr Mittelpunkt wurde, ihr Partner, ihre Familie – einfach alles. Mit der Zeit war ich ihr sicherer Hafen geworden, ihr Fels in der Brandung. Sie hatte gelernt, dass ich grausam sein konnte – zu anderen – aber dass ich ihr nie ein Haar gekrümmt, ihr nie wissentlich wehgetan hätte. Dass meine raue Art Spuren auf ihrem Körper hinterlassen hat, stand nie zur Diskussion. Ich liebe harten, animalischen Sex. Pearl mit ihrer Unschuld hatte mir alles gegeben, was ich mir von einer Frau erträumte und war das perfekte Gegenstück zu mir.

Zögerlich rappelt sie sich hoch, kommt näher zu mir. Meine Hand umschließt ihren Nacken und ich ziehe sie mit einem Ruck zu mir, drücke ihren zarten, merklich bebenden Körper an meine Brust. Für einen Augenblick verharre ich mit ihr in meinen Armen. Es fühlt sich verdammt gut an. Ich greife nach ihrem Haar, wickle es um meine Faust und zwinge ihren Kopf so weit nach hinten, dass sie ihren Hals überstrecken muss. In Zeitlupe beuge ich mich zu ihr herunter und lege meine Lippen auf ihre Kehle. Ein süßes Keuchen entfährt ihr, das mir direkt in die Leisten schießt. Es fühlt sich wie ein Schlag in die Magengrube an. All die Empfindungen, die Emotionen und das gesamte Verlangen, das ich über Monate versucht habe zu ignorieren und einzumauern, durchbrechen die Barriere und rasen durch meinen Körper. Damit überfordert, reagiere ich mit Wut und Verachtung. Ich sollte sie nicht so begehren. Ich darf solche Gefühle nicht zulassen.

*Scheiß drauf. Tue es einfach. Gib dich dieser Illusion für eine Nacht hin.*

Von meinen Gefühlen und dem animalischen Verlangen befeuert, presse ich meinen Mund auf ihren und verschlinge sie, zeige ihr demonstrativ, wer von uns beiden die Kontrolle hat und wem sie gehört – mir. Dieser Kuss ist nicht sanft, sondern bestimmend. Zuerst versteift sie sich in meinen Armen, dann verschmelzen ihre Lippen mit meinen, ihr Körper kapituliert, gibt sich mir hin – dem Monster. Denn nichts anderes werde ich in ihren Augen nach diesem Abend sein.

Sie krallt sich in meinen Nacken und zieht mich zu sich herunter. Ich beiße ihr auf die Unterlippe, bis ich ihr warmes, metallisches Blut schmecke. Der Rausch, der ihr Geschmack auf meiner Zunge hervorlockt, entreißt mir die letzte Kontrolle. Sie keucht in meinen Mund und ich weiß, dass dieses Geräusch nicht vom Schmerz, sondern von ihrer Lust kommt. Ohne von ihr abzulassen, drücke ich sie Richtung Bett und lasse sie darauf sinken, während mein Körper sich über sie schiebt. Ich knurre in ihren Mund, als ich es nicht schnell genug schaffe, ihr Top hochzuschieben. Unwillig lasse ich von ihr ab, ziehe mit einem Griff mein T-

Shirt aus und reiße ihr das lästige Kleidungsstück vom Körper. Nur noch mit einem fast durchsichtigen Slip bekleidet liegt sie unter mir. So verdammt schön.

»Cole«, haucht sie atemlos. Ihr Blick mit den riesigen Augen trifft meinen.

»Psst«, raune ich ihr zu und fahre mit dem Daumen ihre Lippen nach. Ich will nichts hören, will nur fühlen, sie spüren, schmecken und mich in sie stoßen. Meine freie Hand umschließt ihre Brust. Ich streiche über ihre Nippel, spiele mit ihnen, bis sie hart werden und widme mich dann der anderen Seite. Unwillkürlich drückt Pearl ihren Rücken durch, streckt sich mir entgegen und verlangt mehr von meinen Streicheleinheiten. Sie will mich genauso sehr wie ich sie. Ich studiere ihr hübsches Gesicht mit den mittlerweile geschlossenen Augen. Lieber wäre mir, sie würde mich ansehen, würde in meinen Augen meinen Hunger sehen. Meine Lippen umschließen ihre harte Knospe, umspielen sie mit der Zunge, bis ich schließlich daran nage und hineinbeiße. Schon früher beherrschte ich das Spiel zwischen Lust und Schmerz bei ihr, kannte den schmalen Grat dazwischen und reizte ihn aus. Ihre Atmung wird schneller und sie schnappt nach Luft. Ich kann das Pochen ihres Herzens spüren. Meine Hand geht auf Wanderschaft, erkundet ihren Körper, als würde ich ihn zum ersten Mal berühren, während ich abwechselnd an ihren Knospen sauge und knabbere. Wie von selbst finden meine Finger ihre pochende Mitte und schieben sich unter ihr Höschen. Während mein Daumen ihre Perle umkreist, stoße ich mit zwei Fingern in ihre Hitze. Wie Butter in der Sonne schmilzt sie unter meinen Berührungen dahin, das hat sie immer schon getan. Ich kenne die Reaktionen ihres Körpers auf meine Liebkosungen und kann ihn spielen wie ein Violinist seine Geige. Sexuelle Erregung liegt in der Luft, lässt die Atmosphäre summen und knistern.

»So bereit für mich?«, kommentiere ich ihre Nässe.

Sie kann die körperliche Anziehungskraft zwischen uns genauso wenig leugnen wie ich. Sie existierte vom ersten Augenblick an und schwindet auch unter Hass nicht. Bevor sie antworten kann, drücke ich meinen Mund wieder auf ihren und küsse sie abermals.

»Hat dich nach mir je ein anderer Mann berührt?«

»Nein, nie«, haucht Pearl und offenbart mir damit das größte Geschenk: Ich bin ihr Erster gewesen und ich werde dafür sorgen, dass nach mir kein anderer je seine Hand nach ihr ausstreckt – egal wie.

»Das ist gut«, brumme ich zufrieden.

Widerwillig ziehe ich meine Hand zurück, knöpfe meine Jeans auf und befreie meinen Schwanz, der hart und bereit nach oben wippt. Lust pulsiert durch meine Venen.

Pearl reißt die Augen auf, als ich mich mit einem einzigen fließenden Stoß in sie treibe. Ich stütze mich auf meine Arme und nehme sie in langen, tiefen Stößen. Die Heftigkeit lässt sie aufjapsen und fast schon verzweifelt krallt sie sich in meine Oberarme. Härter. Tiefer. Perfekt! Mein Schwanz will mehr, will alles von ihr. Sie zerstören, in tausend Stücke zerreißen und wieder zusammenfügen. Ich dränge meine Hand zwischen unsere Körper, necke ihre Perle, bis Pearl sich mir entgegenbäumt und ein Zucken durch ihren Körper geht. Ich begleite sie durch ihren Orgasmus, danach jage ich meinen hinterher, bis das Kribbeln entlang meiner

Wirbelsäule meine Erlösung ankündigt. Mit den nächsten beiden Stößen entlade ich mich in ihr.

Unser Tun hat mich zurück in die Vergangenheit katapultiert. In eine Zeit, in der ich nie genug von ihr bekommen, meinen Hunger aber immer stillen konnte. Ich will mich nicht aus ihr herausziehen, will den Moment einfrieren und verharre in der Position. In ihren Augen lese ich Schmerz und Trauer, während ich ihr ebenso einen kurzen Einblick in meine Seele gewähre. Zärtlich streiche ich ihr die feuchten Strähnen aus dem Gesicht, berühre ihre Wange und fahre sanft ihren Hals hinunter. Ihre Schönheit und die Feinheiten ihrer Gesichtszüge verzaubern mich noch immer. Ohne nachzudenken hauche ich ihr einen liebevollen Kuss auf die Stirn, ihre Wange und schließlich auf ihren Mund, bevor ich sie mit meinen nächsten Worten in den Abgrund schubse.

»Das kannst du besser. Das nächste Mal strengst du dich mehr an. Aber für deine guten Dienste gebe ich der Küche Bescheid, dass du morgen früh etwas Besonderes zum Frühstück erhalten wirst.« Mit diesen Worten stempele ich sie als meine Hure ab.

Der Ausdruck in ihren Augen lässt mich erkennen, dass sie das genauso sieht. Aber ich will mehr. Ich will mehr Leid darin sehen, deswegen fahre ich unbehelligt fort.

»Kannst du dich noch an Heather erinnern? Diese blonde Schönheit?« Ich warte ihre Antwort gar nicht erst ab. »Sie kommt zu uns und bleibt ein paar Tage. Ich bin sicher, sie wird sich mehr ins Zeug legen, um mir Vergnügen zu bereiten.«

Ich ziehe mich aus ihr heraus, zerre die Hose über meinen halbsteifen Schaft und wende mich zum Gehen. Bevor ich nach der Tür greife, blicke ich noch einmal kurz über die Schulter zu ihr. Während sich auf ihrer Miene das Entsetzen abzeichnet, empfinde ich ein Hochgefühl, einen Triumph, die Waffe gefunden zu haben, die ihr kleines Herz zerstören wird: Eifersucht.

# Kapitel 20

# Pearl



**_Seattle, Dezember 2023_**

Es ist ein paar Tage her, seit Cole und ich … Ich will eigentlich nicht darüber nachdenken, aber sein Geruch hängt immer noch in meiner Nase und klebt an meiner Haut.

Jetzt sitze ich mit angezogenen Knien in der Duschkabine und lasse das lauwarme Wasser über mich prasseln, während mir die Tränen der Wut, der Verzweiflung, des Schmerzes ungehindert über das Gesicht kullern. Ich kann nicht verstehen, warum mir dieser Mann immer noch so nahegeht, warum ich ihn immer noch liebe.

Als er in dieser Nacht in mein Zimmer kam und ich seine Arme wieder um mich gespürt habe, fühlte es sich so vertraut, so geborgen an. Ich sehne mich nach seinen Berührungen und sollte mich doch eigentlich davor fürchten, sie nicht herbeiwünschen. Mein Herz springt in alle Richtungen, während mein Verstand um Hilfe schreit. Ich weiß nicht mehr weiter. Die Hoffnung, dass sich das Blatt wendet, dass er zu verstehen anfängt, lässt sich in mir nicht abtöten. Aber die Enttäuschung ist zermürbend, kräftezehrend.

»Pearl!«, donnert Ace an die Badzimmertür. »Komm sofort raus oder ich komm rein und hol dich.«

Ermattet raffe ich mich hoch, schalte das Wasser ab und schlinge ein Handtuch um meinen Körper, bevor ich in das Zimmer eile.

Wie ein wütender Bulle steht Ace vor mir und reicht mir ein Bündel Kleider. »Zieh das an! Ich warte vor der Tür.«

Verwirrt blicke ich auf die wenigen Kleidungsstücke in seinen Händen, die wie eine Uniform aussehen.

»Beeil dich, ich hab keine Lust, Kindermädchen zu spielen«, grollt er und lässt mich alleine zurück.

Ich lege die Sachen auf mein Bett. Erneut schießen mir Tränen in die Augen. Cole will mich demütigen, dazu braucht es nicht viel Fantasie. Erst lässt er alte Gefühle aufleben, dann behandelt er mich wie eine Hure und wenn ich mir die Dienstmädchenuniform ansehe, dann treibt er das Spiel auf einen weiteren Höhepunkt zu. Ein knappes schwarzes Röckchen mit einer Schürze, eine weiße leichte Bluse, die eher für den Sommer als für den Winter gedacht ist, einen Slip und schwarze Pumps. Keinen BH. Nur noch ein Haargummi. Kurz überlege ich mir, mich zu weigern, das anzuziehen. Aber was würde passieren? Ace würde Cole holen oder selbst Hand anlegen. Schlussendlich würde ich in diesem Ding landen, freiwillig oder unfreiwillig.

Wieder denke ich darüber nach, dass ich nur Geduld haben muss. Cole gewährte mir beim Sex einen Einblick in sein Inneres – wenn auch nur für einen Wimpernschlag. Ich habe das Gefühlschaos sehen können, das ihn zu überwältigen drohte. In ihm tobte ein Kampf seiner Emotionen, die noch nicht eindeutig geklärt sind – Hass, Liebe, Verachtung, Zuneigung, Rache. Alles durcheinander.

Ich schlüpfe in die Sachen. Mit zitternden Händen flechte ich mir die nassen Haare zu einem dicken Zopf, der die Bluse am Rücken feucht werden lässt.

Als ich Ace auf dem Gang treffe, mustert er mich kühl und distanziert. Ich folge ihm ins Erdgeschoss. Bevor wir ins Esszimmer treten, zerrte er mich auf die Seite.

»Du wirst mich, Cole und Coles Gast bedienen. Zwei andere Kellner werden sich um die restliche Mannschaft kümmern«, donnert er mir seinen Befehl zu. »Cole will dich sehen, aber nicht hören. Du verlässt nur den Raum, wenn der nächste Gang ansteht, ansonsten wirst du an der Wand neben Cole auf Befehle warten. Und wenn er den Raum verlässt, dann wirst du ihm folgen wie ein braves Hündchen, es sei denn, er sagt etwas anderes. Hast du verstanden?«

»Habe ich. Ich soll für euch die Bedienung spielen«, fauche ich ihn an.

Sein Griff wird fester und schmerzvoller. Sein Blick durchbohrt mich. »Mache einen Fehler und du wirst es bereuen. Glaub mir, ich werde mir etwas einfallen lassen, dagegen wirken ein winterliches Bad im Pool, eine Nacht im Keller oder ein paar Tage im Loch wie ein Wellnessurlaub.«

Mich schaudert. Ich habe bereits alles erlebt und gar nichts davon schreit nach Wiederholung. Eingeschüchtert durch seine Androhung folge ich ihm.

Mein Magen zieht sich unwillkürlich zusammen, als ich die Personen am Tisch sitzen sehe. Neben Cole sitzt eine Frau, die mir allzu bekannt ist. Mein Herz knackst verräterisch.

Heather. Sie himmelt Cole an, während sein Blick auf mir ruht – genüsslich, zufrieden, boshaft. Er suhlt sich in meinem Elend.

Heather hat ihre Hand locker auf seinem Unterarm gelegt und ihr kokettes Lachen erfüllt den Raum. Coles Männer starren sie unverblümt an, während sie meine Anwesenheit ignorieren oder noch nicht bemerkt haben. Ace scheucht mich auf meinen Platz, wo ich mit dem Rücken zur Wand stehe. Mein Blick ist auf die beiden Turteltäubchen gerichtet und ich weiß, dass Cole das mit Absicht macht, damit ich alles, wirklich alles sehen kann. Cole tätschelt übertrieben Heathers Oberschenkel und beugt sich immer wieder zu ihr, flüstert ihr Dinge ins Ohr, die sie erröten lassen. Die Interaktion der beiden lässt den Stachel der Eifersucht tief in mir wüten, obwohl ich mir einzureden versuche, dass das alles nur Theater ist.

»Was tut *Sie* hier?«, fragt Heather plötzlich in einem abfälligen Tonfall, als hätte sie erst jetzt bemerkt, dass ich direkt neben ihr stehe. Sie spricht so laut, dass ich und alle anderem im Raum es hören können.

»Sie bedient uns.«

»Ist sie deine Angestellte?«

»Nein, sie ist nichts und hat noch eine Schuld zu begleichen.«

»Ich dachte, ihr seid ein Paar ...« Heathers sieht ihn verdutzt an.

»Das war einmal. Im Moment ist sie ein Niemand. Austauschbar.«

*Austauschbar.* Wahrscheinlich will er seinen aufgestauten Frust später an Heather abbauen. *Soll er doch,* denke ich mir. Wie er schon so schön geäußert hat, bin ich hier, um meine Schuld abzuarbeiten.

Ein arrogantes Grinsen erscheint auf Heathers Gesicht. Sie hat Coles damalige Zurückweisung meinetwegen nicht vergessen und sieht jetzt ihre Chance gekommen, mir eins auszuwischen. Frauen können in ihrer Handlung so subtil sein, nachtragend und grausam. Sie beugt sich zu Cole und küsst ihn auf den Mund. Ihre Hände umklammern seinen Kopf und ziehen ihn zu sich. Ich muss meinen Blick voller Ekel abwenden, als sie anfängt, ihm die Zunge in den Hals zu stecken. Sie sollte vorsichtiger sein. Diese Aktion könnte nach hinten losgehen. Cole mag es nicht, wenn er nicht das Sagen hat.

»Lass uns erst essen, Darling.« Cole löst sich von ihr und gibt mir mit einem Handzeichen zu verstehen, dass der erste Gang hereingebracht werden kann.

Zuerst serviere ich die Suppe und anschließend die vielen anderen Gerichte. Ich achtete peinlichst darauf, dass die Getränke der drei nie leer werden und stehe ansonsten still an der Wand und beobachte die Szene vor mir.

Cole nutzt jede Gelegenheit, um Heather anzufassen, sie zu küssen, ihr über den Körper zu streichen und ihr Nettigkeiten ins Ohr zu flüstern. Wobei flüstern untertrieben ist, denn er tut es so laut, dass ich unweigerlich jedes Wort mitbekomme. Heather hingegen springt darauf an, freut sich wie ein Kind über seine Avancen und mustert mich selbstgefällig von der Seite. Sie denkt, sie ist die Königin, hat aber keine Ahnung, dass sie nur ein Bauer auf dem Schachbrett ist.

Nach und nach leert sich der Essenssaal. Die Männer verteilen sich im Haus. Viele bevorzugen das Heimkino, das Billardzimmer oder das hausinterne Fitnessstudio. Wie Ace mir befohlen hat, bleibe ich brav stehen, auch wenn meine Füße zwischenzeitlich schmerzen und mein Magen knurrt.

»Wie lange wirst du bleiben?«, fragt Ace die Blondine.

»Ich weiß nicht?« Heather wendet sich hilfesuchend an Cole.

»So lange, wie du bleiben willst«, sagt dieser und streicht ihr sanft über die Wange.

*Vor ein paar Tagen hat er mich genauso sanft berührt*, schießt es mir durch den Kopf. Für einen Moment wurden wir beide in die Vergangenheit zurückversetzt. Ich blicke zu Boden, auf meine Fußspitzen, und schlucke den aufkeimenden Kloß in meinem Hals hinunter.

»Ich hab noch Überstunden angesammelt und ein paar Tage Urlaub offen. Am Montag kann ich meinen Chef fragen, ob ich die kurzfristig nehmen darf.«

»Mach das.« Cole erhebt sich. »Bleib doch einfach so lange wie du willst.«

»Gerne, das wäre toll.« Sie strahlt über das ganze Gesicht.

Er nimmt sie an die Hand und zieht sie zu sich hoch. Für einen Augenblick gleitet ihr Blick zu mir. Sie reckt ihr Kinn und Hochmut flackert in ihren Augen. Cole drückt sie an sich. Mit seinen Händen fährt er ihren Rücken hoch und runter, streicht über ihren Hintern, während er sie leidenschaftlich küsst. Fehlt nur noch, dass er ihr vor meinen Augen die Kleider vom Körper reißt und sie über den Tisch beugt.

*Austauschbar.* Dass ich nicht lache. Auch wenn mein Herz immer weiter splittert, ermahnt mich mein Verstand, ihm nicht die Genugtuung seiner Demütigung zu geben. Ich recke mein Kinn und klammere mich an die Erkenntnis, die mir ins Auge sticht. Cole begehrt sie nicht. Er will sie noch nicht einmal. Die nicht vorhandene Beule an seiner Hose beweist mir das. Sie ist nur Mittel zum Zweck für ihn. Im Grunde tut sie mir leid, weil auch sie nur ein Werkzeug seiner Rache ist.

»Muss sie hier sein?«, fragt Heather und schaut von ihm zu mir.

»Bring sie in ihr Zimmer«, befiehlt Cole Ace, bevor er sich zu mir wendet und mir missmutig zunickt.

»Du wirst morgen Heather zur Seite stehen und ihr den Aufenthalt hier so angenehm wie möglich machen.«

»Mach ich doch gerne«, antworte ich mit fester, zuckersüßer Stimme. Er soll nicht sehen, wie aufgewühlt ich bin.

Ein Schatten fällt auf sein Gesicht und er kneift die Lippen zu einem Strich zusammen. Meine Antwort gefällt ihm nicht. Pech. Soeben habe ich beschlossen, seinem kindischen Spiel ein wenig Würze in Form von Gleichgültigkeit beizumischen. Jemand, der einem egal ist, kann einen nicht verletzen.

# Kapitel 21

# Pearl



*Seattle, Dezember 2023*

Wenn ich es nicht bereits wüsste, dann spätestens jetzt: Frauensolidarität existiert nicht. Ich bin mir nicht sicher, ob mir die Grausamkeiten und abwertenden Blicke der Männer oder Heathers erniedrigende Art mehr zu schaffen machen.

»Das Anwesen ist gigantisch. Noch größer und eindrucksvoller ... Ja, ich hab ein eigenes Zimmer ... das schönste Gästezimmer im Haus ... hat er mir gesagt.« Heather quasselt mit ihrer Freundin und ich kann innerlich nur den Kopf schütteln. Wie kann man sich nur von dem Schein einer anderen Welt so blenden lassen?

Ich stehe seit gefühlten Stunden zwei Meter neben ihrer Liege und warte darauf, dass sie mich erneut wegschickt, um etwas für sie zu holen. Sie trägt einen türkisfarbenen Bikini, der sich faktisch nicht so nennen dürfte, weil er noch nicht einmal das Nötigste bedeckt. Jederzeit könnten Coles Männer hier hereinplatzen, aber das scheint sie nicht zu interessieren. Cole hätte mir verboten, auch nur darüber nachzudenken, so etwas zu tragen.

»Oh, ich kann es immer noch nicht ganz fassen, aber er war einfach unglaublich«, säuselt sie weiter ins Telefon. »Er ist einfach eine Wucht im Bett.«

*Ja, eine Wucht* – ich erinnere mich an die blauen Flecken auf ihren Pobacken und ihrer Taille, die sie mir heute bereits eindrücklich unter die Nase gehalten hat. Dann fängt sie an, ihrer Freundin bis ins kleinste Detail zu erzählen, wie toll der Sex mit Cole gestern Nacht war. Sie achtet penibel darauf, dass ich auch jedes Wort mithören kann. Mehr als einmal verdrehe ich die Augen, verschließe die Ohren und lasse meinen Blick durch das Schwimmbad schweifen. Es ist anders als in der alten Villa. Der orientalische Stil zieht sich über den ganzen Raum bis hin zu den kleinen Nischen und den Kacheln im Schwimmbecken. Die Decke ist geschwungen und die großen Glasschiebetüren geben einen Blick in den Garten frei. Im Sommer kann man sie wohl öffnen und hat so Zugang zum Außenpool. Die Erinnerung an das unfreiwillige Bad lässt mich erzittern. Die winterlichen Temperaturen außen und die Hitze im Poolbereich innen lassen die Fenster beschlagen. Ich werfe einen sehnsüchtigen Blick auf das azurblaue Wasser, welches durch die marokkanischen Fliesen in ein märchenhaftes Licht getaucht wird.

Heather schnippt mit den Fingern in meine Richtung. Echt jetzt?

»Ach Liebes, warte, ich muss *der hier* noch sagen, was sie mir bringen soll.«

Ich trete an sie heran. Sie verzieht das Gesicht und wedelt mit der Hand wild in der Luft herum, als ob ich schwer von Begriff wäre. »Bring mir ein angewärmtes Handtuch und einen Orangensaft, aber flott.«

Ich nicke und verschwinde. Endlich.

Den ganzen Vormittag hat sie mich spüren lassen, wie sie es genoss, mich herumzukommandieren und zu entwürdigen. Seit dem Frühstück thront sie in ihrem Liegestuhl und scheucht mich von A nach B und zurück. Ständig fordert sie nach etwas anderem: einer Kleinigkeit zum Essen, einem Getränk, einem Buch aus ihrem Zimmer und so weiter.

Erleichtert trete ich aus dem Poolbereich in den Gang. Die plötzliche Kälte lässt mich frösteln. Ich trage das Gleiche wie gestern Abend: eine weiße dünne Bluse und den Bleistiftrock. Aber durch das Stehen in der Wärme ist meine Haut verschwitzt. Kurz wird mir schummrig und ich muss mich an der Wand abstützen. Ich habe seit gestern Mittag nichts mehr gegessen. Mein Frühstück konnte ich nicht einnehmen, weil Cole mir befahl, mit Heather mitzugehen und sie zu bedienen. Im Anschluss ging es dann direkt in den Wellnessbereich. Vielleicht kann ich mir in der Küche ein Glas Wasser genehmigen. Ich stolpere weiter und bei der nächsten Biegung renne ich in Coles gestählten Körper. Sofort gehen bei mir die Alarmglocken los, weil er mich mit einem düsteren Blick ansieht.

»Was tust du hier?«, fragt er und packt mich am Oberarm, weil ich erneut ins Straucheln gerate.

»Ich hole Heather nur etwas.«

»Was?«

»Ein Badehandtuch und einen Orangensaft«, antworte ich und senke den Kopf. Diese bescheuerten hochhackigen Schuhe bringen mich noch um. Cole weiß, dass ich selten Schuhe mit Absätzen trage, weil ich immer Angst habe, mir die Knöchel zu brechen. Jetzt besteht er darauf und das nur, um mir das Leben schwer zu machen. Mit angeschlagenem Kreislauf können die einen glatt umbringen – ganz abgesehen von den Blasen, die sich bereits an meinen Fersen gebildet haben.

»Ich bring ihr das Handtuch. Geh und hole einen Orangensaft und für mich ein eisgekühltes Bud Light.« Er schiebt mich von sich und ich eile davon.

*Ich muss nur Geduld haben.* Der Gedanke läuft in einer Endlosschleife in meinem Kopf, bis ich in der Küche ankomme. *Aber was ist, wenn er wirklich nur noch Hass für mich übrig hat?* Die Angst vermischt sich immer häufiger mit meiner Hoffnung.

Heute scheint kein guter Tag zu sein. Ace steht am Küchenblock und funkelt mich wütend an, kaum dass ich den Fuß in die Küche setze. Unter seinen Adleraugen gehe ich zum Kühlschrank und hole die Getränke für Cole und Heather heraus. Dann nehme ich mir ein Glas aus dem Schrank und fülle es mit Leitungswasser. Gierig trinke ich und verfluche Ace, dass er hier steht und mich beobachtet. Ansonsten hätte ich mir etwas aus dem Kühlschrank stibitzen können, um meinen Hunger zu stillen. Schnell wasche und trockne ich mein Glas ab, stelle es zurück und schnappe mir die beiden Sachen. Schweigend verfolgt mich Ace mit seinem Blick. Ich will gerade zur Tür hinausgehen, da wird die Stille durch das Knurren meines Magens durchbrochen.

»Hast du heute schon was gegessen?«

Ich schüttle den Kopf und drehe mich zu ihm um. Er nickt, als habe er das bereits vermutet.

»Iss«, befiehlt er mir und holt ein Sandwich aus dem Kühlschrank. »Wenn du umkippst, verdirbt das ja den ganzen Spaß.« Mit versteinerter Miene reicht er mir die Leckerei und ich kann nicht anders, als danach zu greifen und sie zu verschlingen.

»Langsam!«, befiehlt er eindringlich. Ich bemühe mich, das Sandwich langsamer zu essen und genieße jeden Bissen.

»Danke.« Ich wische mir die letzten Krümel vom Mund und verschwinde.

Keine Ahnung, wie lange ich das hier durchhalten kann. Sicherlich nicht dauerhaft. Die Gefühlskälte, die mir aus jeder Ecke entgegenschwappt, ist unerträglich und zehrt an meinen Nerven. Ich bin ein harmoniesüchtiger Mensch, kann Ärger nicht gebrauchen und gehe dem lieber aus dem Weg – sofern das möglich ist. Das hier ist die Hölle oder zumindest der Vorhof dazu.

Zurück im Schwimmbad schlagen mir die Wärme und die feuchte Luft erneut entgegen. Cole hat es sich auf der Liege neben Heather gemütlich gemacht. Diese scheint darüber nicht so glücklich zu sein. Immer wieder schaut sie zu ihm und man kann die Unzufriedenheit in ihrer Mimik erkennen.

Ich reiche ihr den Orangensaft und Cole sein Bier, dann schleiche ich mich wieder Richtung Ausgang.

»Wo willst du hin?«, donnert Coles Stimme zu mir.

»Ihr wollt sicher etwas Privatsphäre«, erkläre ich mit emotionsloser Stimme.

»Ja, bitte. Schick sie weg«, flötete nun auch Heather. Lasziv erhebt sie sich und setzt sich rittlings auf Cole.

Dieser blinzelt verwirrt und als sich unsere Blicke treffen, zieht er sie wie ferngesteuert zu sich und drückt ihr einen fetten Kuss auf die Lippen.

»Wenn du das so wünschst, Darling ...« Cole deutet mir an, zu warten und fischt nach seinem Handy. »Ace, hol Pearl hier ab und gib ihr irgendeine Aufgabe.«

Kaum hat er sein Handy wieder weggelegt, bedeutet er mir mit einer abfälligen Handbewegung, dass ich sie alleine lassen darf. Ich atme auf und beeile mich, bevor er es sich noch anders überlegen kann.

Im Gang kommt mir Ace bereits entgegen. Seine Miene könnte nicht eisiger sein. Er führt mich zu meinem Zimmer. Gerade will ich aufatmen, dass ich für ein paar Minuten Ruhe habe, da macht er mir einen Strich durch die Rechnung.

»Zieh dich um. Mit den Klamotten kannst du schlecht das Herrenzimmer schrubben.«

Ich starre ihn an, dann meinen Aufzug. Resigniert gehe ich ins Zimmer und tausche Bluse und Rock gegen T-Shirt und Jogginghose. Viel Auswahl habe ich nicht.

Ich weiß, was mich erwartet. Es ist nicht das erste Mal, dass man mich mitten in der Nacht aus dem Bett zerrt und unnötige Dinge verrichten lässt wie Treppengeländer schrubben, Hofeinfahrt fegen, obwohl der Wind die Blätter ständig erneut zurückwirbeln lässt, Unmengen an Gemüse und Zwiebeln klein schneiden — nur um einen kleinen Teil zu nennen. Aber als ich in dem großen Saal stehe, fällt mir die Kinnlade herunter. Jemand hat ganze Arbeit geleistet und irgendeine Substanz auf dem Boden verteilt, dazu noch weißes Pulver, das aussieht wie Mehl. Eine klebrige Pampe überzieht den steinigen Boden. Zu diesem Bereich des Hauses habe ich bisher noch keinen Zugang gehabt und es erschließt sich mir nicht sofort, für was das Zimmer ursprünglich gedacht war. Aber der Boden ist aus großen Flusssteinen, dazwischen graue Fugen, die jetzt mit der Masse bedeckt sind.

Mit einem schiefen Grinsen reicht mir Ace einen Kübel dampfenden Wassers, einen Lappen und eine Wurzelbürste. Skeptisch schaue ich auf die beiden Dinge, sage aber lieber nichts, bevor er sich noch entscheidet, den Zustand des Raumes zu verschlimmern – zutrauen würde ich es ihm.

»Dann mal auf deine Knie!«, ist das Einzige, was er sagt, bevor er mich mit einem bulligen Mann an der Tür alleine lässt.

Seit ich hier bin, habe ich diesen Stiernacken erst ein- oder zweimal beim Abendessen gesehen und kenne noch nicht einmal seinen Namen.

*Seit ich hier bin.* In mir verkrampft sich alles, weil mein Verstand danach schreit, die Wahrheit auszusprechen, aber die Worte *gefangen gehalten werden* will ich einfach nicht in meinen Wortschatz aufnehmen. Die Neuen kennen mich nur als Verräterin und behandeln mich dementsprechend – aber dieser hier sieht aus, als würde er mich gleich mit Haut und Haaren fressen wollen.

Seufzend lasse ich mich auf die Knie sinken und fange an, den Boden zu schrubben. Stein für Stein arbeite ich mich durch den Raum. Meine Hände sind rot und taub vom heißen Wasser und meine Knie wundgescheuert. Immer wieder muss ich aufstehen und neues Wasser holen – wobei der Typ peinlichst genau darauf achtet, dass es auch weiterhin heiß genug ist.

Nach der Hälfte des Raumes macht mein Kreislauf zunehmend Probleme. Als ich mich erneut aufrappele, um Nachschub zu holen, fängt der Raum an sich zu drehen und Übelkeit steigt in mir auf.

»Nicht schlappmachen!«, bellt mich der Mann an. Er steht nur da, lehnt an der Wand und spielt an seinem Handy, wenn er nicht gerade dumme Kommentare loslässt.

*Halt die Klappe,* denke ich und schließe die Augen, damit das Drehen aufhören kann.

»Was hast du gesagt, kleine Schlampe?« Bevor ich reagieren kann, trifft mich die Wucht seiner Ohrfeige und befördert mich auf den Boden. Es war mir nicht bewusst, dass ich meine Gedanken laut ausgesprochen habe.

»Ich ...«, stottere ich geschockt.

»Du verlogene Verräterin, ich würde ganz andere Dinge mit dir anstellen!«, brüllt er mich an und etwas trifft mich in die Seite.

Ich japse nach Luft, versuche von ihm weg zu krabbeln. Wieder trifft mich sein Schuh, dieses Mal im Rücken. Ich breche zusammen, rolle mich zusammen, mache mich so klein wie möglich und schütze meinen Kopf mit den Armen. Ein Schlag nach dem anderen landet auf meinem Körper und schickt Schmerzimpulse durch mich hindurch, während der Mann lauthals eine Schimpftirade nach der anderen auf mich niederprasseln lässt. Er schreit den ganzen Raum zusammen. Ich blende alles um mich herum aus, versuche nur still dazuliegen, keinen Mucks von mir zu geben und abzuwarten.

»Hör auf Rick!«, brüllt jemand und die Schläge enden sofort. »Raus hier!«

Ich bin mir nicht sicher, ob die Stimme mich oder ihn meint, aber ich bin unfähig, mich zu bewegen.

»Alles gut, Pearl?« Ich blicke hoch, direkt in Aces Gesicht. Seine Miene spiegelt nichts als Unmut und Gereiztheit wider. Benommen richte ich mich auf. Jede Bewegung tut mir weh. Aber ich stehe auf meinen Beinen, zwar wackelig, aber ich stehe. »Gut, dann mach hier weiter. Der Raum muss bis morgen fertig sein.«

Fassungslos nicke ich. Ich erkenne Ace nicht wieder. Wo ist dieser warme, sympathische Mann hin, der mich wie seine kleine Schwester behandelt hat? Der mich in seinen Armen trug, als mich einer von Coles Angreifern anschoss?

Fort. Das ist alles fort – unwiederbringlich.

Ich schlucke den aufkeimenden Schluchzer hinunter und greife nach der Bürste. Meine Tränen wird er nicht zu Gesicht bekommen, weder er noch sonst jemand.

»Dann leg dich ins Zeug, ich hole Jim her.«

Kaum bin ich allein, rinnen mir die Tränen über die Wange und ein Jammerlaut schafft es doch noch, zu entweichen. Nein, sie werden mich nicht kleinkriegen, denke ich, und arbeite mich Stückchen für Stückchen weiter, bis die Dunkelheit hereinbricht und der letzte Eimer in den Abguss fließt.

Ich bin zu müde, zu aufgewühlt, um essen oder schlafen zu können. Das Tablett mit dem Essen steht unangetastet auf dem Nachttisch. Mit offenen Augen liege ich in meinem Bett und denke an meinen Bruder. Für ihn habe ich das gemacht, für ihn werde ich das durchstehen. Ryans Leben ist zwei Jahre und drei Monate von Coles Leben wert und sicherlich auch zwei Jahre und drei Monate demütigendes Dasein für mich. Ich muss nur stark genug sein, eisern genug, und lernen, im Feindesland zu überleben. Wie es danach aussehen wird, daran will ich nicht denken. Die Zuversicht, dass Cole einlenkt, ist mir seit heute abhandengekommen. Jetzt bleibt nur noch die Hoffnung, dass er mich gehen lässt, wenn meine Zeit der Sühne vorüber ist.

# Kapitel 22

# Pearl

**Seattle, März 2021**

Als Letztes setze ich meine Unterschrift auf das Papier, packe meine Sachen zusammen und laufe nach vorne zum Pult. Ich habe viel für diese Zwischenprüfung gelernt und ich bin mir sicher, sie bestanden zu haben. Mit einer gewissen Genugtuung, auch dieses Examen hinter mich gebracht zu haben, gebe ich meine Unterlagen ab und eile aus dem Saal. Direkt hinter mir verlässt Marvin aus meiner Lerngruppe den Raum.

»Und?«, fragt er leise, kaum dass die Tür hinter uns ins Schloss fällt.

Ein paar Studenten stehen auf dem Gang herum.

»Dafür, dass er vorher so getönt hat, hat er die Prüfung ziemlich einfach gehalten.«

»Ja, finde ich auch«, bestätigt mir Marvin. »Zuerst dachte ich, dass ich etwas übersehe, weil ich es fast zu leicht fand. Aber egal. Vielleicht hat der Prof auch nur ein wenig Nachsehen mit uns Studenten und will die Durchfallquote nicht ins Unermessliche steigen lassen.« Er grinst mich frech an.

Wir alle haben in den letzten Wochen viel für diese und die kommenden Prüfungen gelernt und sind optimal vorbereitet – was man von ein paar anderen Studenten nicht behaupten kann, wenn ich sehe, mit welchen Mienen andere Prüflinge den Saal verlassen. Marvin fängt meinen Blick ein und ich zucke mit den Schultern. Ich hätte auch lieber die ersten frühlingshaften Sonnenstrahlen live und in voller Wärme auf meinem Gesicht gespürt, als sie sehnsüchtig durch das Fenster der Bibliothek betrachten zu müssen. Aber weil ich mein Studium so schnell wie möglich beenden und mich bei einer der Anwaltskanzleien für Wirtschaftsrecht bewerben will, sollte ich eher ein paar Prüfungen vorziehen und keine wiederholen müssen.

»Lust auf einen Kaffee?«, frage ich spontan.

Ich habe noch keine Lust, in die fast leere Villa zurückzukehren. Cole, Ace und ein paar seiner Männer sind für zwei Wochen geschäftlich nach New York geflogen. Natürlich ist das Anwesen nicht unbeaufsichtigt. Einige seiner Wachen sind hiergeblieben. Ich bin Dillon, meinem derzeitigen Bodyguard, entkommen, als ich mit ihm einen Deal geschlossen habe. Er lässt mich meines Weges gehen und ich bin vorsichtig. Da er derzeit etwas mit einer feurigen Rothaarigen am Laufen hat, fackelte er nicht lange und willigte ein. Ich kann dieses ständige unter Beobachtung stehen nicht ausstehen. Und Cole weiß das. Nach langen, hitzigen Diskussionen lässt er mir wenigstens auf dem Campus meine Freiheit. Leider nur dort. Wenn ich das Unigelände verlasse, steht meistens schon einer seiner Leute da, vorzugsweise Jim, um mich, wo auch immer ich hinfahren will, hinzubringen. Eigentlich sollte ich mich in den letzten Jahren daran gewöhnt haben, aber es widerstrebt mir noch immer. Eine der Schattenseiten, die das Zusammenleben mit Cole ausmachen. Schmunzelnd denke ich an ihn und an seinen ungestillten Hunger nach mir, seine besitzergreifende Art und wie er mich die Nächte vor seiner Abreise wachhielt. Ich liebe ihn und das setzt voraus, dass ich auch seine dunkle Seite liebe. Meine Lerngruppe hat sich daran gewöhnt und der Kontakt zu Nancy und Jil fror nach dieser desaströsen Studentenparty sowieso ein. Im Grunde habe ich nicht viele Freunde hier und mit einem ständigen Aufpasser ist es auch nicht leicht, welche zu finden. Deswegen genieße ich diese kleine Freiheit, die ich mir erkämpft habe … okay, erschlichen wäre wohl passender. Cole darf davon nichts erfahren.

»In der Mensa?«, fragt mich Marvin zweifelnd. Die Mensa hat den schlechtesten Kaffee überhaupt.

»Nö, wie wäre es mit dem kleinen Café um die Ecke?«

»Bist du dir sicher?« Suchend schaut er sich um.

»Ich bin allein«, zwinkere ich ihm zu.

Einer von Coles Männern hat es mit dem Beschützen einmal zu genau genommen und Marvin an die nächste Wand getackert, bevor ich etwas dagegen tun konnte. Zwar hat er sich danach entschuldigt, aber dieses Ereignis scheint sich bei Marvin verständlicherweise ins Gedächtnis gebrannt zu haben.

Wir verlassen das Unigelände und ich genieße die warme Frühlingssonne auf meinem Gesicht. Für einen kurzen Moment vergesse ich den Stress, den mir die nächsten Abgabetermine und Prüfungen bescheren, vergesse das Leben in einem Haus voller Männer, die mir kaum Raum zum Atmen geben. Ich genieße den

Augenblick der Ruhe. Als wir in die Straße einbiegen, in dessen Mitte das kleine, unscheinbare Café liegt, bin ich voller Vorfreude auf einen Latte macchiato mit einem Schuss Vanille und einer Zimtschnecke. Die Besitzerin bäckt sie selbst und die ganze Kaffeestube duftet danach.

Ich höre Schritte hinter uns und als ich mich umdrehe, steht ein Mann direkt hinter mir. Ich kenne ihn nicht und wende mich wieder Marvin zu. Dass ich den Fremden ignoriere, scheint ihm zu missfallen, weil er sich plötzlich räuspert. Erneut drehe ich mich zu ihm um. Er ist Mitte vierzig, groß, hager und seine dunklen Haare sind kurz geschnitten. Seine Nickelbrille verleiht ihm das Aussehen eines Mannes, der den ganzen Tag im Büro sitzt. Ein wenig verärgert schüttle ich den Kopf, weil er nicht aufhört, mich anzustarren. Was will der Kerl von mir? Cole hat mir immer eingebläut, vorsichtig zu sein. Darüber hinaus trainiert er mich, seit ich in die Villa eingezogen bin, in Selbstverteidigung. Durch das Training schulte er meine Instinkte, optimierte meine Möglichkeiten, mich trotz meiner schmächtigen Figur gegen größere Männer zu behaupten. Aber dieser Mann vor mir sieht nicht so aus, dass ich Angst vor ihm haben müsste. Eher harmlos, wie jemand, der sich in dunklen Gassen selbst hundertmal umschaut.

»Kennen wir uns?«, frage ich vorsichtig. Nicht dass es einer meiner neuen Professoren ist und ich ihn nicht zuordnen kann.

»Ms. Pearl Martin?«

Das Handy in seiner Hand leuchtet auf, ich kann aber nicht erkennen, was auf dem Bildschirm ist. Sieht nach einem Foto aus.

»Was?«

»Sind Sie Ms. Pearl Martin?«

Ich kneife die Augen zusammen und frage ihn ein wenig zu harsch: »Wer will das wissen?«

»Äh, können wir …?«

Ich sehe zu Marvin der mich anstarrt und darauf wartet, dass wir weitergehen. Plötzlich klingeln bei mir die Alarmglocken. Ryan?

»Ist etwas mit Ryan?«, unterbreche ich den Unbekannten unhöflich, weil in mir die Angst auflodert, meinem Bruder könnte etwas passiert sein.

»Nein, aber vielleicht können wir kurz unter vier Augen sprechen.« Sein Blick wandert von mir zu Marvin und dann wieder zurück.

Marvin legt den Kopf schief, mustert den Mann augenscheinlich und erachtet ihn – wie ich schon kurz davor – als ungefährlich. Fragend schaut er zu mir herüber. Ich nicke ihm zu.

»Okay, dann gehe ich schon mal voraus. Wir treffen uns im Café.«

Kaum ist er fort, wende ich mich dem Unbekannten zu und warte ab, was er von mir will. Er deutet in eine stille Ecke der Gasse und ich folge ihm in gebührendem Abstand.

»Mein Auftraggeber bietet Ihnen eine Stange Geld für einen kleinen Dienst.« Sichtlich nervös schaut er sich um.

Auftraggeber? Stange Geld? Dienst? Was soll dieser Blödsinn?

»Was wollen Sie von mir? Sie bieten mir Geld für *was?*«

»Das kann ich Ihnen nicht sagen, aber es würde sich für Sie lohnen.«

Noch dubioser geht es ja gar nicht. Ein ominöser Auftraggeber will mir für was auch immer Geld anbieten. Sein Ernst? So was macht mich wütend. Nur weil ich eine Studentin bin, heißt das noch lange nicht, dass ich naiv und dumm bin.

»Ich lehne ab. Ach ... und teilen Sie Ihrem Auftraggeber mit, wenn er etwas von mir will, soll er direkt zu mir kommen und nicht seinen ...«, ich suche nach dem passenden Worten, »... Lakaien schicken.«

»Ms. Martin ...«, setzt dieser noch einmal an, aber ich hebe meine Hand und bringe ihn damit zum Schweigen.

»Ich weiß nicht, wer Sie sind und schon gar nicht, was dieser Mist soll. Aber ich habe keine Lust und auch keine Zeit für Ihren dubiosen Blödsinn ... Also nein, suchen Sie sich einen anderen Dummen.«

»Ms. Martin ...«, versucht er es noch einmal und ich kann eine gewisse Verzweiflung in seiner Stimme hören. Aber das ist mir egal. Es ist sein Auftraggeber und nicht meiner. Ohne weiter auf ihn zu achten, drehe ich mich um und verlasse die Gasse.

Im Café wartet Marvin bereits auf mich. Er hat uns einen Tisch in einer ruhigen, gemütlichen Ecke gesichert und studiert die Karte.

»Und ...«, fragt er, »... was wollte dieser Typ von dir?«

»Keine Ahnung. Wollte mir Geld bieten für irgendetwas.«

»Geld?«

»Die Leute kommen heute immer häufiger auf merkwürdige Geschäftspraktiken. Ich wollte nur sichergehen, dass mit meinem Bruder nichts ist«, kläre ich ihn auf und bestelle einen Milchkaffee, als die Bedienung an unseren Tisch kommt und uns erwartungsvoll ansieht.

Marvin bestellt sich ein Clubsandwich und ebenfalls einen Kaffee.

»Hat das vielleicht etwas mit deinem Freund zu tun?«

»Mit Cole? Nein, glaub ich nicht.« Ich winke ab und zeige Marvin, dass dieses Thema für mich abgeschlossen ist.

Ich kenne seine Meinung über Cole. Als Marvin mich das erste Mal in dessen Auto steigen sah, warnte er mich eindringlich vor ihm. Ich glaube, sein Wortlaut war ungefähr so: *Wie kannst du dich mit diesem Mafiosi abgeben*? Sein Vater ist Staatsanwalt und der Name Cole Burton war bei ihnen wohl schon mehr als einmal Gesprächsthema. Ich versicherte ihm, dass ich nichts von den angeblich dubiosen Geschäften von Cole wüsste und es niemanden etwas anginge, mit wem ich meine Freizeit verbringe. Vielleicht hätte ich mir mehr Sorgen machen sollen, aber im Nachhinein ist man immer schlauer …

# Kapitel 23

# Pearl

**Seattle, März 2021**

Eine Woche später werde ich jäh an den Vorfall vor dem Café erinnert. Draußen ist es dunkel und die Bibliothek hat bereits geschlossen. Ich habe die Bibliothekarin um ein paar Minuten Aufschub gebeten. Da sie mich kennt, meinte sie nur, dass ich die Tür hinter mir gut schließen solle, wenn ich gehe. Jetzt stehe ich am Kopierer in der hintersten Ecke. Mir fehlen aus einem Fachbuch noch ein paar Seiten, um über das Wochenende meine Semesterarbeit anfangen zu können. Das Summen des Gerätes lenkt mich ab, sodass ich den Mann erst höre, als er mich bereits an die nächste Wand gestoßen hat. Sein Körper ist groß, muskulös, und drückt mich mit einer solchen Kraft an das Mauerwerk, dass ich mich nicht wehren kann. Ich spüre seinen Atem dicht an meinem Ohr und der Duft von einem edlen Aftershave dringt in meine Nase. Ich keuche auf, als sein Druck noch brutaler, noch fester wird.

»Ich soll also direkt zu dir kommen und keinen Lakaien schicken«, raunt mir eine düstere Stimme zu. »Hier bin ich.«

»Was soll der Scheiß?«, schnaube ich. »Lass mich los!«

Ich versuche stark zu sein, obwohl mir die Knie schlottern. Laut zu schreien wäre sinnlos, weil keiner hier ist, der mich hören könnte. Also hebe ich mir die Energie auf und versuche ruhig zu bleiben.

»Ich habe es freundlich probiert, Pearl, aber du wolltest ja nicht. Jetzt muss ich die härtere Tour fahren.«

»Ich will gar nichts von dir«, keuche ich unter seinem Griff. Mit seiner Hand hält er meinen Nacken so fest umschlungen, dass ich befürchte, morgen blaue Flecken zu bekommen. Ich kann meinen Kopf keinen Millimeter bewegen und den Angreifer nicht sehen, nur seine schwarzen Schuhe und die schwarze Hose.

»Du nicht, aber ich will etwas.«

Es raschelt, als würde er in seine Manteltasche greifen. Kurz lockert er den Griff um meinen Nacken und lässt für einen Augenblick meinen Arm los, aber sein Körper und seine Beine halten mich an Ort und Stelle. Ich habe keine Chance gegen ihn und das macht mich so verdammt wütend. Wozu habe ich dieses ganze beschissene Selbstverteidigungstraining gemacht, wenn es im Notfall nichts nützt? Er hält mir ein Kästchen vor die Nase.

»Ich habe eine Bitte, na ja, sagen wir eher, eine Forderung. In dem Kästchen sind vier kleine Wanzen und du wirst diese in Coles Büro verteilt verstecken.«

Coles Büro ist einbruchs- und abhörsicher und außer ihm, Ace und mir hat niemand Zutritt. Cole hat es mit einem Fingerprint gesichert und nur diesem kleinen, erlesenen Kreis Zugang gewährt. Wieso ich dazu gehöre, kann ich nicht so genau beantworten. Ace meint, Cole würde mir blind vertrauen und es wäre für mich – in dem unwahrscheinlichen Fall, dass wir angegriffen werden – ein sicherer Rückzugsort.

»Vergiss es!«, schreie ich ihn an. »Niemals!«

»Hör zu, Pearl, ich kann ziemlich unangenehm werden. Wenn du meine schlechten Seiten also nicht erleben willst, dann machst du, was ich dir sage und keinem muss etwas passieren – am allerwenigsten dir.«

»Nur Cole und Ace haben Zutritt«, argumentiere ich.

»Halt mich nicht für dämlich«, knurrt er mir ins Ohr. »Sonst werde ich andere Maßnahmen ergreifen. Also tu, was ich dir sage.«

Unsicherheit und Angst breiten sich in mir aus. Wer ist dieser Typ und warum will er Cole abhören? Ich kann kaum klar denken und weiß nur eines – ich werde Coles Vertrauen nie und nimmer missbrauchen. Auf gar keinen Fall! Ich könnte mich jetzt weigern. Wer weiß, was der Mann dann noch mit mir macht. Oder ich spiele einfach mit und ...

»Ach ... und komm nicht auf den Gedanken, jemandem etwas über unsere kleine Unterhaltung zu erzählen. Ich bekomme es heraus und glaub mir, dann wünschst du dir, nie geboren worden zu sein.«

Ich deute ein Nicken an und unterdrücke ein Schluchzen.

»Gut, dann erledige es noch heute.« Mit diesen Worten stößt er mich gegen den Kopierer. Bevor ich mich wieder gefasst habe, ist er verschwunden.

Am ganzen Körper bebend, rutsche ich an der Wand hinunter. Mein Kopf dröhnt und meine Beine wollen mich nicht mehr tragen. Ich kann dieses Aftershave immer noch riechen und es ekelt mich. Tränen brennen in meinen Augen und ich taste blind nach meiner Tasche. Als ich den weichen Stoff unter meinen Fingern spüre, zerre ich ihn zu mir und suche nach meinem Handy. Erst als ich es in den Händen halte, ziehe ich keuchend die Luft ein. Ich habe gar nicht bemerkt, dass ich sie angehalten habe. Wie eine Ertrinkende klammere ich mich an das Telefon und versuche, meinen Puls auf Normalzustand zu bekommen. Meine Finger zittern, während ich Coles Nummer wähle. Erst nach dem vierten Klingeln nimmt er ab. Gott sei Dank! Erleichtert schließe ich die Augen und die ersten Tränen rinnen mir über die Wange.

»Pearl, Süße?« Im Hintergrund höre ich laute Stimmen, Dröhnen und etwas, dass sich wie ein Stöhnen anhört. »Ist es dringend oder kann ich dich zurückrufen?«

»Cole ...«, meine Stimme zittert, aber der Krach um ihn herum scheint es zu verschlucken.

Bei ihm ist es so laut, dass ich nicht verstehe, was er noch zu mir sagt, außer: »Ich ruf später an. Okay?«

Ich nicke, was er natürlich nicht sehen kann. Dann sage ich mit leiser Stimme: »Ja, alles gut. Melde dich später.«

Die Verbindung ist schon unterbrochen. Aufgewühlt schaue ich auf das Handy. *Mir geht es gut*, rede ich mir ein, während ich mich aufraffe. Ich schnappe mir meine Unterlagen und stelle das Buch auf den Servierwagen, der an der Wand steht. Jemand wird es morgen zurück in den Schrank räumen. Mein Blick fällt auf das Kästchen, das mir der Mann dagelassen hat. Wie ein Mahnmal steht es auf dem Kopierer und verhöhnt mich. Dieses Schwein! Wut gesellt sich zu meiner Angst und meiner Bestürzung. Ich lasse mich von solch einem Typen nicht einschüchtern.

Ich schreibe Dillon eine Nachricht, ob er mich in einer Viertelstunde an der Bibliothek abholen kann. Postwendend kommt die Antwort, dass er gleich da ist und unten auf mich wartet. Zum ersten Mal seit Langem bin ich froh, einen Aufpasser zu haben.

Ich werfe einen letzten Blick auf das Kästchen, bevor ich es mit einem wütenden Schnaufen in den nächsten Papierkorb pfeffere.

Bevor ich die Bibliothek verlasse, wasche ich mir in der Toilette die Tränen aus dem Gesicht. Dillon wartet bereits am Ausgang auf mich und nimmt mir die Tasche ab, bevor wir zu dem schwarzen SUV schlendern. Ich bin dankbar für seine Wortkargheit und die Dunkelheit. Sobald Cole mich anruft, muss ich ihn warnen, ihm sagen, dass es jemand auf ihn abgesehen hat.

In der Villa warte ich vergebens auf seinen Rückruf und auch meine Versuche, ihn zu erreichen, laufen ins Leere. Auch am nächsten Tag sieht es nicht besser aus. Irgendwann bin ich soweit und wähle Aces Nummer.

»Pearl«, ertönt seine Stimme. Sie ist belegt und klingt genervt.

»Ist Cole bei dir?«

»Nein, wir haben hier ein paar Probleme und stehen unter enormen Zeitdruck.«

»Okay, ich wollte ihm nur kurz was sagen.«

»Kann das warten, bis wir wieder zurück sind?«

Unschlüssig kaue ich auf meiner Unterlippe herum. Der Typ hat mir zwar Angst gemacht, aber im Grunde nichts getan. Ich bin hier sicher. Es wird mir schon nichts passieren und das Ganze kann sicher ein paar Tage warten, bis Cole und Ace wieder hier sind. In der Zwischenzeit nehme ich einfach wie gehabt Dillons Dienste in Anspruch oder verlasse die Villa nicht. Was soll schon passieren?

»Ja, natürlich«, sage ich zerknirscht. »Passt auf euch auf.«

»Das tun wir immer«, sagt Ace knapp, bevor er das Gespräch beendet. Normalerweise ist er nicht so abweisend, was dafür spricht, dass die beiden gerade mitten in einer ausgewachsenen Krise stecken. Dass Cole unter Stress ungehalten werden kann, weiß ich, aber Ace war bisher immer die Ruhe in Person.

# Kapitel 24

# Pearl

**Seattle, März 2021**

Wie erstarrt schaue ich auf mein Handy. Das kann nicht sein. Das darf nicht sein.

Ein Schrei des Entsetzens formt sich in meiner Kehle, aber ich halte ihn zurück. Presse meine Hand vor den Mund und fange jedes Geräusch ab. Kein Mucks darf zu hören sein. Keiner darf davon wissen. So steht es leuchtend auf schwarzem Hintergrund.

*Ein Wort und er ist tot.*

Dazu ein Bild von Ryan, wie er verängstigt in die Kamera schaut.

Cole und Ace sind noch nicht aus New York zurück und seit dem Überfall in der Bibliothek sind inzwischen ein paar Tage vergangen. Ich habe meinen Mitkommilitonen eine Nachricht geschickt, dass ich krank bin und verschanze mich in der Villa. Marvin und Rachel haben versprochen, mich mit dem nötigen Stoff zu versorgen. Da ein Teil sogar online stattfindet, muss ich nur den Rest nacharbeiten.

Ich fühlte mich sicher, dachte, mir bleibt Zeit, bis Cole zurück ist und ich mit ihm darüber reden kann. Aber jetzt fährt ein kalter Schauer nach dem anderen über meinen Rücken und mein Herz schlägt wie wild in meiner Brust, die sich immer weiter zusammenzieht.

Ryan. Oh mein Gott, *er* hat Ryan! Und ich bin schuld!

Meine Gedanken kreisen um meinen Bruder und was *er* ihm antun könnte. Wie ist *er* an ihn rangekommen und wieso wusste *er* von ihm? Ich habe keine Ahnung, wer dieser Mann sein könnte und was er genau erreichen will.

Ich wähle die Nummer, von der das Bild gesendet wurde, und sofort ertönt die Ansage, dass der Teilnehmer nicht erreichbar ist. Mein nächster Anruf gilt dem Internat. Die Sekretärin meldet sich nach dreimaligem Klingeln.

»Pearl Martin hier, kann ich bitte mit meinem Bruder sprechen?« Ich versuche freundlich und ruhig zu klingen, kann aber das Zittern in meiner Stimme nicht gänzlich unterdrücken.

»Ryan Martin?«, fragt die Sekretärin, deren Name ich mir nicht gemerkt habe.

»Ja, genau.« Ungeduldig tigere ich in dem großen Schlafzimmer auf und ab, während ich höre, wie sie etwas in ihrem PC eingibt.

»Das tut mir leid, aber der hat sich für ein paar Tage abgemeldet. Er wollte zu seinem Onkel fahren.«

»Zu seinem Onkel?«

»Ja, so steht es hier geschrieben.«

»Wer hat das gemeldet?«, will ich wissen und mein Magen verknotet sich noch mehr. Ryan fährt nie zu seinem Onkel – es sei denn, ich fahre mit und überrede ihn dazu, was in den letzten Jahren nur zu besonderen Anlässen vorkam, wie etwa dem sechzigsten Geburtstag.

»Das kann ich Ihnen beim besten Willen nicht sagen, das weiß ich nicht.«

»Das heißt, Sie wissen nicht, ob das mein Bruder gemeldet hat oder jemand anderes?«

»Sie wissen aber schon, wie viele Schüler diese Schule beherbergt?«, fragt sie spitz. »Wenn sich ein Schüler abmeldet, steht es hier, aber es wird nicht notiert, wer das explizit gemeldet hat.«

»Okay, vielen Dank.« Frustriert leg ich auf.

Natürlich kann die Schule diese Informationen nicht kennen. Viele Schüler melden sich telefonisch ab, selten gehen sie persönlich ins Sekretariat. Gerade will ich Tupac, unseren Onkel, anrufen, als mein Handy plötzlich klingelt. Eingehender Anruf mit unterdrückter Nummer. Mit zitternden Fingern gehe ich ran.

»Ja?«

»Gefällt dir das Bild?«, ertönt eine verzerrte Stimme.

»Was wollen Sie? Geht es Ryan gut?« Die Gefühle, die in mir hochkochen, zerfetzen mich fast und ich schluchze ins Telefon.

»Du hast deine Chance verpasst.«

»Bitte«, flehe ich ihn an, »tun Sie ihm nichts. Er hat doch damit nichts zu tun.«

»Du hättest meine Forderung gleich umsetzen sollen.«

»Geht es ihm gut?«, wiederhole ich meine Frage. »Bitte, tun Sie ihm nichts.«

»Einer muss dafür bezahlen, dass du nicht getan hast, was ich wollte. Er sieht jetzt nicht mehr ganz so hübsch aus, aber er lebt.«

»Was?«, schreie ich ins Telefon. Mein Körper ist eiskalt und ich zittere wie Espenlaub. »Das können Sie nicht machen!«

»Kann ich und habe ich bereits«, sagt die Stimme emotionslos. »Sei froh, dass ich dich mag, sonst ...« Er macht eine Pause.

Weil er mich mag? Was soll der Scheiß schon wieder bedeuten? Das würde ja heißen, dass er mich kennt. Wer ist er?

»Ich kann das nicht machen«, flüstere ich ins Telefon und lasse meinen Tränen freien Lauf.

»Was kannst du nicht machen, Pearl?«

»Ich ... ich ...«, stammele ich und weiß selbst nicht so genau, was ich sagen will. Ich bin voller Panik, Angst und Sorge und kann keinen klaren Gedanken mehr fassen.

»Ich helfe dir gerne auf die Sprünge. Heute wird dir ein Päckchen geliefert mit neuen ... du weißt schon was. Die anderen hast du ja so schön entsorgt«, spottet er. »Dazu packe ich dir noch ein kleines Geschenk ein, das dich überzeugen soll, zu tun, was ich will ... es sei denn, das Leben deines Bruders ist dir nichts wert.«

»Lassen Sie Ryan in Ruhe«, flehe ich.

Ich habe einen Fehler gemacht und die Drohung nicht ernst genommen. Es ist alleine meine Schuld, dass er meinen Bruder hat und ich ihn nicht beschützen konnte. Ich bin dafür verantwortlich, dass er ihn quälte und ihm vielleicht noch mehr antun wird. Ich allein.

Wut, Angst und Schuldgefühle überwältigen mich, lähmen meine Gedanken. Ich hätte das Ganze nicht auf die leichte Schulter nehmen sollen, nicht abwarten dürfen.

*Jetzt ist es zu spät*, schreit mich mein Gewissen an.

»Ach, und noch etwas, Pearl. Solltest du je jemanden einweihen oder jemandem von unserer kleinen Abmachung erzählen, dann ist Ryan tot – mausetot. Verstanden?«

Plötzlich Stille. Der Anrufer hat aufgelegt.

Regungslos bleibe ich im Raum stehen, starre durch das Panoramafenster in den Garten und kann keinen klaren Gedanken mehr fassen. In meinem Kopf dreht sich alles.

Was soll ich tun? Aber im Grunde weiß ich die Antwort. Ich habe keine Wahl.

Das Klopfen an der Tür unterbricht die Stille.

»Pearl«, ruft Jim. »Ein Kurier hat dir ein Päckchen geliefert.«

Ich wische mir schnell die Tränen aus dem Gesicht und reiße die Tür auf. Er steht mit einem Karton in den Händen vor mir. Fragend blickt er mich an. »Alles okay bei dir?«

»Ja, ich hab nur wahnsinnige Kopfschmerzen«, lüge ich ihn an.

»Dann bringe ich dir eine Schmerztablette und du legst dich hin.«

»Das ist lieb, aber ich habe gerade schon eine genommen. Ich werde mich aber hinlegen.« Mit einem gezwungenen Lächeln nehme ich ihm das Paket aus den Händen.

»Wenn was ist, dann weißt du ja, wo du mich findest«, sagt er aufmunternd und lässt mich wieder allein.

Meine Hände zittern so stark, dass ich Angst habe, das Paket fallen zu lassen. Ich schließe die Tür hinter mir und sacke auf den Boden.

Ich brauche zwei Anläufe, um es zu öffnen. Zuerst hole ich eine kleinere Schachtel hervor – ganz ähnlich der aus der Bibliothek. Es kostet mich enorme Überwindung, aber schließlich öffne ich sie. Wieder liegen vier Wanzen darin.

Dann widme ich mich der zweiten. Ich habe keine Ahnung, was mich erwartet und hadere damit, sie aufzumachen. Meine Handflächen sind kalt und verschwitzt, mein Herz schlägt mir bis zum Hals und eine Gänsehaut überzieht meinen Körper. Mit angehaltenem Atem hebe ich den Deckel an und der Laut, der mir bei dem Anblick des Objekts darin über die Lippen kommt, hört sich nicht menschlich an. Ich keuche und beiße mir in die Faust, damit meine Schreie keinen herbeilocken. Ich ziehe die Knie an meinen Oberkörper und wiege mich hin und her.

*Du bist schuld. Du bist schuld.*

Mein Blick verharrt auf der Sache in dem Kästchen. Wobei Sache das falsche Wort ist. Es liegt ein Finger darin, fein säuberlich eingepackt in Zellophanfolie und ich brauche nicht viel Fantasie, um zu ahnen, wem der gehörte.

Noch schlimmer ist aber das Polaroidbild, auf dem er gebettet ist. Ich ziehe es hervor und kann den nächsten Schrei nur schwer unterdrücken. Es zeigt Ryan mit einem tiefen Schnitt auf der Wange. Blut läuft ihm über sein Gesicht und seine Augen sind leer. Einfach leer. Darunter steht geschrieben:

*Strafe muss sein.*

# Kapitel 25

# Pearl

***Seattle, Dezember 2023***

Der nächste Morgen kommt schneller als erwartet. Jemand rüttelt mich gnadenlos wach. Die Erschöpfung kann ich nur schwer von mir abschütteln. Jim steht neben meinem Bett und deutet auf das unangetastete Abendessen.

»Befehl vom Boss, du sollst das aufessen, sonst kannst du die anstehenden Arbeiten nicht verrichten.«

Ich habe es so satt, so verdammt satt. Die Pampe, die Befehle, einfach alles. Meine Nerven flattern und drohen mir allmählich zu versagen. Neben massivem Schlafmangel und den Schmerzen, die ich in jeder Faser meines Körpers spüre, bleibt mir nur noch ein Stückchen mentaler Stärke, die aber, wie ich fürchte, nicht mehr lange anhalten wird.

Mühselig rapple ich mich hoch. Er und der Rest seiner Supermannschaft kann sich die Pampe sonst wohin schmieren. Bevor Jim auch nur reagieren kann, nehme ich den Teller, eile ins Bad und befördere alles mit Schwung in die Toilette. Ein Knopfdruck später und das Wasser nimmt es in den Abguss mit. Keine Ahnung, woher ich die Kraft und den Mut nehme, das zu tun.

»Sag deinem Boss, er kann mich kreuzweise.« Mit einem spöttischen Grinsen stelle ich den Teller zurück auf das Tablett und reiche ihm dieses. Irritiert von so viel Dreistigkeit schaut Jim mich nur an, schüttelt den Kopf und dreht sich um.

»Er wird uns beiden den Kopf abreißen, weil wir seine Befehle nicht ausgeführt haben«, nuschelt er vor sich hin.

»Dann behalt es einfach für dich ... oder sag es ihm. Mir egal, was du oder was er tut.« Ich lache bitter auf. »Schlimmer kann es eh nicht mehr werden, richtig?«

Mein Blick fällt auf meine Hände. Sie sind wundgescheuert und immer noch knallrot. Ich möchte nicht wissen, wie die Stellen an meinem Körper aussehen, die Rick getroffen hat und die bei jeder Bewegung Schmerzsignale aussenden.

»Ich soll dich dann in die Küche bringen, also mach dich fertig. Ich bin gleich zurück.«

Kurz wäge ich ab, eine Dusche zu nehmen. Aber das Risiko, dass ich nicht rechtzeitig fertig bin, bevor Jim zurückkommt, lässt mich den Gedanken verwerfen. Ich verziehe mich ins Bad, entkleide mich und schnappe mir den Waschlappen. Eine Katzenwäsche muss reichen. Als ich mir die Haare zu einem hohen Pferdeschwanz gebunden habe, betrachte ich mich im Spiegel. Mein Körper kommt mir fremd vor. Meine Rippen stechen hervor und an den Seiten, wo sich dieser Mistkerl gestern verewigt hat, bilden sich blaue Flecken. Vorsichtig taste ich die verfärbten Stellen ab und verziehe das Gesicht.

Selbstmitleid nützt nichts. Demotiviert ziehe ich mir frische Sachen an. Schlimmer als die Blutergüsse sehen meine Hände aus, aber daran kann ich jetzt auch nichts ändern.

Jim bringt mich in die Küche, wo Louis bereits auf mich zu warten scheint. Seinen Blick starr auf meine Hände geheftet, schnauzt er plötzlich Jim an.

»Was soll ich mit jemandem anfangen, dessen Hände so aussehen wie ihre?«

Jim zuckt wie ein Schuljunge zusammen und scheint erst jetzt den Zustand meiner Hände zu bemerken. Verlegen verstecke ich sie hinter meinem Rücken.

Louis ist ein glatzköpfiger, normal wirkender Mann, der vom Alter her mein Vater sein könnte, aber mit einer autoritären Stimme, die jeden automatisch strammstehen lässt.

»Keine Ahnung. Das sehe ich auch erst jetzt.«

»Sag dem Boss, dass ich so nicht mit ihr arbeiten kann!«

Kaum ist Jim aus der Küche gerauscht, baut der Koch sich vor mir auf. Ich habe ihn zwar schon ein paarmal gesehen, aber noch nie mit ihm gesprochen. Keine Ahnung, wie er meine Anwesenheit hier auffasst und ob er zu den Männern gehört, die mir lieber eine Kugel in den Kopf jagen würden, als Gnade walten zu lassen. Nervös trete ich von einem Fuß auf den anderen.

Als ob er meine Gedanken gelesen hätte, poltert er los: »Es ist mir ziemlich egal, was du getan hast, um Coles Zorn auf dich zu ziehen. Ich bin hier nur der Koch. Aber ich will nicht dafür verantwortlich sein, sollten sich die Wunden entzünden.«

Verlegen sehe ich ihn an.

Erwartungsvoll streckt er mir seine Hand hin und ich lege meine vorsichtig hinein. Ohne noch einen Ton von sich zu geben, begutachtet er sie ausgiebig.

»Den Spüldienst lassen wir lieber aus«, sagt er nüchtern. »Aber du kannst mir beim Schälen der Kartoffeln und dem Gemüse helfen. Aber erst muss ich das behandeln.«

Mein Erstaunen über seine Worte muss sich in meiner Miene abzeichnen, denn er lächelt mich an und zuckt mit den Schultern.

»Ich bin der Koch. Wenn Cole mich feuern will, dann soll er das tun. Ich habe genug Angebote, die ich annehmen kann. Das birgt den Vorteil, dass ich ihm weder die Füße küssen noch sein Verhalten gutheißen muss. Ich verstehe, dass er sauer ist, aber wie sie dich behandeln, das ist grenzwertig.«

Er öffnet ein paar Schubladen, bis er gefunden hat, wonach er sucht, und holt eine Salbe hervor. Mit geübten Griffen schmiert er mir die wunden Stellen ein.

»Warte, bis sie eingezogen ist und dann zieh die hier an.« Louis hält mir ein paar weiche Baumwollhandschuhe hin. Dankbar greife ich danach und ziehe sie über.

»Die halten den Schmutz weg und lassen trotzdem Luft durch. Latexhandschuhe würden es nur verschlimmern.«

Ich mag ihn jetzt schon.

Die nächsten Stunden vergehen und ich arbeite Hand in Hand mit Louis. Der Duft von Essen erfüllt die Küche und lässt meinen Magen laut knurren.

»Hast du heute schon was gegessen?«, fragt er mich und sieht mich aufrichtig besorgt an. Ich verneine und schäle weiter den riesigen Kürbis für den Kürbiskuchen.

»Ich kann dir von dem Truthahn nichts abschneiden, aber ich habe eine bessere Idee.«

Mit einem verschmitzten Lächeln öffnet er den Kühlschrank und holt ein paar Glasbehälter hervor. In weniger als zehn Minuten habe ich einen vollen Teller mit Braten, Kartoffeln, Gemüse und einer leckeren Soße vor mir stehen. Mir läuft das Wasser im Mund zusammen und ich blicke ängstlich auf die Tür, in Erwartung, jemand könne hereinkommen und mir den Festschmaus wegnehmen. Aber Louis hat auch hier eine Lösung. Ohne zu zögern, schließt er die Tür, stellt sich davor und nickt Richtung Essen.

»Lass es dir schmecken«, sagt er und grinst über beide Ohren. Mit ihm als meinem Verbündeten weicht die Angst und ich mache mich über die Mahlzeit her.

Es ist bereits später Nachmittag, als wir mit dem Vorbereiten des Festmahls und des Esszimmers fertig sind. Ich kann nur vermuten, für was dieser Aufwand gemacht wird: für das alljährliche Familienessen der Burtons. Vor dieser Zeit ... damals ... saß ich neben ihm an ähnlich gedeckten Tischen. Heute wird mich Heather ersetzen. Mit einem wehmütigen Blick verlasse ich den Raum und stoße mit einer Wand aus Muskeln zusammen. Starke Hände umfassen meine Oberarme und halten mich fest.

»So gedankenverloren?«, herrscht mich eine tiefe, samtige Stimme an.

Ich schaue nach oben, direkt in die funkelnden eisblauen Augen von Cole. Sein vertrauter Duft steigt mir in die Nase, schwemmt Erinnerungen in mir hoch und mit ihnen Sehnsüchte. Das folgende Schweigen ist unerträglich. Jeder hängt seinen Gedanken nach. Dabei starren wir uns fortwährend in die Augen.

Plötzlich löst er sich aus der Starre und drückt mich mit einem Ruck an die nächste Wand. Meine Hand liegt abwehrend auf seiner Brust, aber ich schaffe es nicht, ihn wegzudrücken. Ich keuche auf, als er sich zu mir beugt und seine Lippen meine Wange streifen. Sein Atem bläst mir ins Ohr und ich kann nicht verhindern, dass mein Kopf sich ihm entgegenneigt. Schlagartig verändert sich sein Gesichtsausdruck von sanft zu hart, emotionslos. Ich kann die Ader an seiner Schläfe pochen sehen, die die zurückkehrende Wut ankündigt. Ich wage es nicht, einen Laut von mir zu geben. Die Wärme seines Körpers strahlt zu mir und ich wünschte mir von Herzen, die Zeit zurückdrehen zu können. Ich hätte damals eine andere Entscheidung treffen, mich eher um die Sicherheit von Ryan kümmern und Cole einweihen sollen. Aber die Dinge liefen zu der Zeit anders und ich habe Coles Gegner maßlos unterschätzt. Dennoch würde ich mich so gerne in seine Arme flüchten. Allein die pochende Ader hält mich davon ab.

»Du wirst jetzt in dein Zimmer gehen und dich nicht mehr blicken lassen«, befiehlt er. »Ich will nicht, dass meine Mutter oder sonst jemand aus meiner Familie dich sieht. Du hast ihnen das Herz gebrochen.«

Ich denke an seine Mutter. Die Erinnerung an sie schmerzt. Vielleicht hätte ich mich an sie wenden sollen, sie hätte mir sicherlich zugehört und es Cole erklären können. Hätte ...

»Ja, Pearl, du hast nicht nur mir den Boden unter den Füßen weggezogen, sondern auch den Personen, die

dich mit offenen Armen empfangen haben und deswegen … lass dich nicht blicken, sonst werde ich dir dein
mickriges Leben noch mehr zur Hölle machen.«

# Kapitel 26

# Cole

*Seattle, Februar 2024*

Die Zeit mit Heather hat mich weder beruhigen noch bereichern können. Selbst als kurzweiliger Zeitvertreib taugt sie nicht. Sie ist jetzt seit einigen Wochen weg. Zum Schluss ging sie mir mit ihrer einnehmenden, überheblichen und affektierten Art nur noch gewaltig auf die Nerven. Ace hatte mich nur schmunzelnd angesehen, als ich die Haustür hinter ihr geschlossen hatte. Wie kann eine Frau nur so anstrengend sein? Selbst der Sex mit ihr war unterirdisch langweilig, sinnlos und unbefriedigend.

Das Bild einer Latina erscheint erneut vor meinem inneren Auge. Es gibt nur eine Frau, nein, es gab nur eine Frau, die mein Leben ausfüllte, beziehungsweise zufriedenstellte. Selten, dass man jemanden findet, der so perfekt zu einem passt, einen ergänzt. Sie war das Licht, während ich die Dunkelheit verkörperte. Sie brachte das Gute in mir zum Vorschein und akzeptierte mich mit all meinen Fehlern und Grausamkeiten.

Ich balle die Fäuste und unterdrücke die aufkeimende Frustration. Wäre sie ein Mann, dann hätte ich ihr die Scheiße aus dem Leib geprügelt, sie in ein Loch geworfen und verrotten lassen. Damit wäre meine Rache getilgt und ich könnte zum normalen Leben übergehen. Aber sie ist keiner. Keine x-beliebige Person. Sie ist Pearl – meine Pearl, meine Liebe. Verdammter Mist, ich muss endlich aufhören, sie so zu nennen. Und sollte sie ein für alle Mal aus meinen Gedanken und meinem Herzen löschen.

Ein diabolisches Grinsen zuckt um meine Mundwinkel, als mir eine Idee kommt und darauf drängt, umgesetzt zu werden. Ich eile durch die Gänge meiner Villa und suche nach dem einzigen Menschen, dem ich blind vertraue. Ace. Er ist der Mann für diese Aufgabe.

Als ich ihn finde, erläutere ich ihm meine Idee und er willigt, zwar mit Vorbehalt und ein wenig widerwillig, ein. Ein Stein fällt mir vom Herzen und damit keiner von uns beiden noch schnell einen Rückzieher machen kann, werden wir die Umsetzung gleich heute starten.

Wenn ich dabei scheitere, wird er mir keine Vorwürfe machen und Stillschweigen bewahren. Das, was mir vorschwebt, ist die nächste Stufe der Bestrafung und Demütigung für Pearl. Ein weiterer Schritt, sie zu zerstören, ihr kleines verräterisches Herz herauszureißen und zu pulverisieren ... und vielleicht schaffe ich es nebenbei, für mich einen Schlussstrich unter diese Frau, diese körperliche Anziehungskraft zu ziehen. Hat sie bis heute noch daran geglaubt, dass ich je Gnade walten oder ihr sogar verzeihen könnte, so wird das ein Zeichen sein, dass dies nie passieren wird. Nicht heute und nicht in Zukunft.

*Rede dir das nur ein, die Realität sieht doch ganz anders aus.* Meine Gedanken, unterdrückte Gefühle und meine Libido verhöhnen mich gleichermaßen. Sie fortwährend in meiner Nähe zu haben, gleicht purer Folter. Sie anzufassen, sie zu spüren, sie zu wollen und gleichzeitig den Hass in mir zu schüren, ist ein Kraftakt, der mir viel Energie raubt. Trotz meiner Verachtung – dieses Gefühl der Verbundenheit zu empfinden, ist tödlich. Ich will gar nicht daran denken, was an die Oberfläche kommen könnte, sollte ich tiefer graben. Ich habe selten Angst vor etwas. Aber vor ihr, vor den Gefühlen, die sie in mir wecken kann und es auch tut, fürchte ich mich mehr als vor meinen Feinden.

Es ist also nicht nur ein weiterer Schritt, sie ins Verderben zu stürzen, sondern vorrangig, um mir klarzumachen, dass sie nicht mehr meine kleine Perle von früher ist. Ich teile nicht. Ich habe noch nie geteilt und werde in Zukunft auch nicht teilen. Weder meine Macht noch Besitz oder meine Frau. Pearl mit Ace zu teilen, wäre symbolisch. Es würde klarstellen, dass sie vogelfrei ist, nicht mehr zu mir gehört, nicht mehr meins wäre. Vielleicht kapiert das dann auch mein Herz.

Wenn ich daran denke, wie stolz ich war, ihr erster Mann gewesen zu sein ...

Sie hatte mir ihre Jungfräulichkeit geschenkt und ich habe sie geformt, sie in die Kunst der Liebe, der Verführung eingewiesen. Vielleicht passten wir deswegen so gut zusammen, weil keiner sie vor mir verdorben hat, sondern sie durch mich genau meine Vorlieben traf und mit mir teilte. Somit bin ich alleinig dafür verantwortlich.

Laut meiner Männer, die sie in den letzten Jahren im Auge behalten haben, war auch nach mir kein anderer Mann näher als nötig an sie herangekommen. Ihr Körper gehört mir und wenn sie aus diesem Leben scheidet, war ich ihr Erster und ihr letzter Liebhaber. *Falsch*, kommt es mir schlagartig in den Sinn. Nach dieser Nacht wäre das nicht mehr so.

Ich muss mich zwingen, daran zu denken, was ich vorhabe. Ich will sie mit Ace teilen, das wird mein Exklusivrecht auf sie verwirken. Nachdenklich und ein wenig verwirrt streiche ich mir über meinen Dreitagebart. Bin ich dafür bereit?

»Bedenken?«, fragt mich Ace und seine klugen Augen betrachteten mich ausgiebig. Ihm kann ich nichts vorspielen.

»Nein. Keine.«

»Du kannst dich gerne selbst belügen, aber mir machst du nichts vor.«

»Lass es uns durchziehen«, knurre ich ihn an.

Wir haben vereinbart, dass ich sie vorbereite, während er vor der Tür auf meinen Befehl wartet. Vielleicht muss ich mir selbst erst diese Gnadenfrist geben, noch einmal Zeit mit ihr alleine verbringen, bevor sie …

Mit einem Ruck drehe ich mich von Ace weg und schließe die Tür zu Pearls Zimmer auf. Es ist spät abends und sie schläft bereits, aber das ist mir egal. Wir haben einen anstrengenden Tag hinter uns, sorgten in einem abtrünnigen Laden für Ordnung und sind genau in der richtigen Stimmung, um Dampf abzulassen. Und wer ist dafür besser geeignet als sie?

Pearl liegt auf dem nackten Bett und hat sich zu einer Kugel zusammengerollt. Kaum habe ich das Zimmer betreten, gebe ich der Tür einen Tritt, sodass sie mit einem Knall zufliegt. Pearl schießt nach oben. Verschlafen und verwirrt sieht sie mich an.

»Komm zu mir, Pearl«, befehle ich ihr mit ruhiger Stimme.

Sie schüttelt unmerklich den Kopf, als ahne sie, was ihr gleich blühen wird. Ihre dunklen Augen verfangen sich in meinen, fragend und dennoch keine Antwort findend. Vorsichtig rutscht sie an den Rand des Bettes und steht auf. Wie ein in die Enge getriebenes Tier sucht sie nach einem Ausweg, aber es gibt kein Entkommen. Mit jedem Schritt, den sie auf mich zu macht, fängt ihr Körper mehr und mehr an zu zittern. Unruhe überschattet ihr sonst so schönes Gesicht.

»Cole... «, flüstert sie mit bebender Stimme.

Es ist mitten in der Nacht und sie kann sich ausmalen, dass dies kein Freundschaftsbesuch ist.

»Psst. Keinen Ton«, schneide ich ihr das Wort ab.

Als sie vor mir zum Stehen kommt, blickt sie mich an und ich spüre, dass mein Herz aus dem Takt gerät. In ihren Augen steht jetzt nichts als Furcht. Vielleicht denkt sie, dass ich jetzt das tue, was ich ihr im Gerichtssaal mit auf dem Weg gegeben habe. Mit meinem nächsten Wort will ich ihr die Todesangst nehmen und sie gegen etwas anders eintauschen.

»Zieh dich aus, zeig mir deinen wunderschönen Körper!«

»Aber ...«

Ich ziehe sie näher an mich heran und meine Hände wandern wie ferngesteuert zu ihrem Gesicht. Sanft streiche ich über ihre Wangen, entlang ihres Halses und genieße die Wärme, die Zartheit ihrer Haut.

»Diese Nacht hier wird für dich und mich unvergessen bleiben.«

»Nein, Cole, bitte tu das nicht«, fleht sie und ich kann die Tränen in ihren Augenwinkeln sehen.

»Denkst du, ich werde dir wehtun?«, frage ich aufgebracht.

Ihr Kopf zuckt zu mir hoch und ich kann das große Fragezeichen in ihren Augen sehen.

»Ich weiß es nicht«, flüstert sie.

»Ich werde dir wehtun, aber nicht auf die Art und Weise, die du vermutest.« Ein Lächeln stiehlt sich auf meine Lippen und ich versuche in ihrem Blick, in ihr, zu lesen.

In Pearl scheint der gleiche Sturm zu toben wie in mir. Ein Kampf zwischen echten Gefühlen und denen, die wir uns versuchen einzureden – Hoffnung und Rache.

»Zieh dich aus!« In meiner Stimme schwingt Entschlossenheit und sanfte Härte mit.

Zögerlich zieht sie ihr T-Shirt über den Kopf und steigt aus ihren Shorts. Nur noch mit einem Slip bekleidet steht sie vor mir, den Blick starr auf mich gerichtet. Gutes Mädchen.

Ich kann es nicht lassen und streiche sanft über ihre Rundungen, umschließe ihre Brüste und liebkose ihre Knospen. Ich beuge mich zu ihr herunter und küsse sie auf den Mund. Zuerst zögert sie, doch dann gibt sie sich mir hin. Ich verbanne jeden Gedanken aus meinem Kopf und genieße in vollen Zügen. In diesem Moment gehört sie noch mir, mir alleine, und das sollte ich ein letztes Mal ausnutzen. Unter meinen Berührungen schmilzt sie dahin, wird weich und willig. So war es schon immer. Ihr Körper reagierte auf meinen wie umgekehrt. Ich brauche sie nur anzusehen oder an sie zu denken und bekomme eine schmerzhafte Härte, die nach Erlösung schreit. Der Geruch ihrer und meiner Lust vernebelt meine Sinne und ich stehe kurz davor, mein Vorhaben abzublasen. Aber das kann ich nicht, darf ich nicht. Noch einmal widme ich mich ihrem Mund, schiebe meine Zunge zwischen ihre Lippen und schmecke sie ausgiebig. Lieber wäre mir der Geschmack ihrer Pussy. Als ich mich von ihr löse, blicke ich in ihre lustverhangenen Augen, die von innen zu leuchten scheinen.

*Oh Pearl, wenn du wüsstest ...*

»Ace!« In dem Moment, als ich ihn hereinbitte, kann ich die Enttäuschung und den Orkan in ihren Augen sehen. Erschrocken blinzelt sie mich an.

Ich will ihre Tränen nicht sehen, genauso wenig wie ihre niedergeschlagenen, gebrochenen Augen, weil sie mich an meinen eigenen Schmerz erinnern. Ich will mich in ihr vergraben, sie ficken und zusehen, wie Ace sie hart nimmt. Sie soll dabei bestenfalls eine gesichtslose Puppe sein, die mir nichts bedeutet. Nicht Pearl.

»Dreh dich um, zeig Ace, was früher einmal meins war«, weise ich sie an.

Ihr ganzer Körper ist angespannt. Ihre beschleunigte Atmung verrät mir alles über ihren emotionalen Zustand. Sie steht kurz davor, die Haltung zu verlieren, aber sie bleibt stark – beziehungsweise versucht, stark zu bleiben. Ich weiß, dass Ace die meisten Frauen mit seinem Äußeren um den Finger wickeln kann und er eine gewisse Anziehungskraft hat, gegen die auch Pearl nicht immun ist.

»Du wirst lernen, uns beiden zu Diensten zu sein.«

Ein Keuchen entweicht ihr und sie macht einen Satz von mir weg. Ich habe damit gerechnet und greife nach ihrem Oberarm, ziehe sie zu mir zurück und drücke meine Härte an ihre Rückseite.

»Wieso?« Ihre Stimme ist nur noch ein Flüstern.

»Weil wir beide lernen müssen, den anderen loszulassen.«

»Und wenn ich das nicht will?«

»Du wirst es mögen. Es ist das Beste für uns beide, glaub mir.«

Ich bräuchte ihr gar nichts zu erklären. Dennoch tue ich es, weil ich nicht möchte, dass sie ... ja, was möchte ich eigentlich damit bezwecken? Dass sie mich nicht hasst und verabscheut, obwohl ich versuche, genau das bei ihr zu fühlen?

Ace gesellt sich zu uns. In den Händen hält er zwei Seidenfesseln. Mit der einen verbindet er ihr die Augen und mit der anderen fesseln wir ihr die Handgelenke.

»Ace, bitte, lass es nicht zu«, sagt sie mit zittriger Stimme.

Wahrscheinlich hofft sie, dass er dem Ganzen Einhalt gebieten wird. Sein Schweigen ist Antwort genug für sie und sie wendet sich an mich. Ihr Kopf ruckt zu mir. »Cole, bitte! Tu das nicht.«

»Du musst mich vergessen und ich dich. Wir müssen beide lernen, dass wir kein Exklusivrecht mehr auf den anderen haben. Sei froh, dass es Ace ist und nicht einer der anderen Männer.«

Nur das Beben ihres Körpers zeigt mir, dass sie mit der Situation ein wenig überfordert ist. Ich kann es ihr nicht verübeln. Ich bin mir sicher, würde sie jetzt weiter betteln und heulen, dann würde ich die Sache abbrechen. Aber Pearl erstaunt mich. Dennoch versetzt mir ihre stolze, fast schon trotzige Haltung einen Stich in die Brust.

»Wenn es dich glücklich macht ...«, sagt sie bissig.

Mit dieser Reaktion habe ich irgendwie nicht gerechnet. Damit ich keinen Rückzieher mache, ziehe ich mein Taschenmesser aus der Hosentasche und schneide ihr den Slip vom Körper. Ein tiefes Knurren dringt aus meiner Kehle, als ich bemerke, wie Ace sie mustert. Seine Augen sind auf ihren Körper gerichtet. Er betrachtet ihre Rundungen, die festen kleinen Brüste und den knackigen Arsch. Als er meine Anspannung bemerkt und das aufgeklappte Messer in meiner Hand betrachtet, blickt er schnell zur Seite. Aber das ist nicht Sinn dieser Übung. Ich muss lernen, dass Pearl mir nicht mehr gehört und sie mir nichts mehr zu bedeuten hat, egal ist. Dennoch kann ich nicht verhindern, dass meine Besitzgier überhandnimmt. Ich will sie nicht teilen. Keiner außer mir sollte sie so nackt, so verletzlich sehen. Ich lasse das Messer zuklappen und packe es zurück in meine Hose. Ace und ich tauschen einen Blick und er versteht.

Pearl schluckt sichtlich, aber sonst kommt kein Ton von ihr. Ace stellt sich vor sie hin, ergreift ihre gefesselten Hände und hält sie in einer demütigenden Position, während ich mich hinter sie stelle. Meine Hand gleitet über ihren Rücken, zu ihren Brüsten. Ich knete sie, spiele mit ihren Knospen, bis sie unter meiner unnachgiebigen Malträtierung hart und empfindlich werden.

Ich kenne die Reaktion ihres Körpers in- und auswendig, weiß, wie ich sie zu nehmen habe. Obwohl sie versucht, sich gegen die aufkeimende Lust und ihre Empfindungen zu wehren und nicht ahnen kann, welche Hände sie gerade anfassen, ist ihr Körper empfänglich dafür. Die Nässe an ihrer Pussy beweist es mir.

Ich nicke Ace zu und wir wechseln die Positionen. Nun halte ich ihre Hände und seine gehen auf Wanderschaft, erkunden ihren Körper. Es kostet mich alles, seine Finger nicht von ihr zu reißen. Die Luft knistert vor Anspannung. In Aces Gesicht steht das Unbehagen. Er ist sich nicht sicher, ob ich nicht doch ausraste, weil ich es nicht ertragen kann. Und er hat recht. Ich kann es nicht ertragen. Allein dass er sie berührt, ist zu viel für mich. Aber ich darf es nicht stoppen, denn das würde heißen, dass sie mir noch etwas bedeutet und das darf nicht sein. Immer wieder wechseln wir die Positionen, sodass Pearl den Überblick verliert. Kein Wort fällt. Ihr Körper hört nicht auf zu beben und die Luft ist erfüllt von sexueller Anspannung. Ich löse meinen Gürtel und hole meinen mittlerweile steinharten Schwanz heraus. Ich versenke mich mit einem einzigen harten Stoß in ihre enge Hitze. Immer wieder knallt meine Leiste gegen ihren Arsch, bis sich meine Erlösung ankündigt und ich mich in ihr entlade. Ihr Keuchen vermischt sich mit meinem Aufschrei.

Ich will mich noch nicht von ihr lösen. Meine Finger spielen mit ihrer Perle, reizen sie so lange, bis das Zucken ihres Körpers den heranrollenden Orgasmus ankündigt. Meine Finger krallen sich in ihre Taille und hinterlassen Male, die morgen zu sehen sein werden. *Meine* Male. Keuchend löse ich mich von ihr.

Ace lässt Pearl auf das Bett sinken, dreht sie auf den Rücken und vergewissert sich, dass die Augenbinde noch fest an ihrem Platz sitzt. Ich gebe mit meinen Fingern ein klares Zeichen, das ihm zu verstehen gibt, dass er sie berühren darf, mehr nicht.

Ich habe versagt.

Mit jedem Stoß war mir klarer geworden, dass ich keinem – weder ihm noch jemand anderem – erlaube, seinen Schwanz in sie zu stecken. Egal, was das zu bedeuten hat.

Ohne mich aus den Augen zu lassen, immer auf der Hut, nur so weit zu gehen, wie ich es ertragen kann, fängt er an, ihre angeschwollene Perle zu liebkosen. Ich beuge mich über sie und knabbere an ihren Brustwarzen, beiße mal sanft, mal fester zu, bis sie kurz davor steht, erneut zu explodieren – was wir aber dieses Mal nicht geschehen lassen.

Mit ständigen Positionswechseln verwirren wir sie. In dieser Nacht vergrabe ich mich mehr wie einmal in ihr, markiere sie mit meinem Samen und meinen blauen Flecken auf ihrer Haut. Am Ende gestehen wir ihr doch noch einen weiteren Orgasmus zu, der sie überrollt und erschöpft in die Laken sinken lässt.

Ace ist bei dieser ganzen Aktion nicht einmal zum Zuge gekommen. Ich stehe in seiner Schuld. Er spielt unser grausames Spielchen mit und treibt es am Ende noch auf die Spitze.

»Gott, ihre Muschi fühlt sich wie der Himmel an. Jetzt kann ich deine Vernarrtheit verstehen. Schade nur, dass es ein Ablaufdatum hat.«

»Aber bis dahin schreit es nach Wiederholung«, pflichte ich ihm bei.

Der Morgen kündigt sich bereits an, als wir ihre Fesseln lösen und sie von der Augenbinde befreien.

Pearl sagt kein Wort und sieht uns nicht an. Das ist gut so, denn sonst hätte sie eventuell in meinem Gesicht die Enttäuschung über mich selbst lesen können.

Ich habe es nicht geschafft. Ich konnte sie nicht teilen, nicht auf die Art und Weise, wie ich es mir vorgestellt hatte. Diesen Kampf habe ich verloren. Auch wenn ich mir gewiss sein kann, dass sie mich heute mehr als einmal für mein Tun verurteilt und innerlich erwürgt hat, hat sie Haltung bewahrt und uns damit den Mittelfinger gezeigt. Ich weiß nicht, was ich schlimmer finde: den Gedanken, dass sie es nur über sich hat ergehen lassen oder dass sie es sogar genossen haben könnte. Meine Wut auf mich will ich postwendend an sie weitergeben.

»Geh duschen und schlafen. Wer weiß, wen ich morgen mitbringe.«

Mit diesen Worten wende ich mich ab und wir verlassen ihr Zimmer.

# Kapitel 27

# Pearl

*Seattle, Februar 2024*

Kaum dass die Tür ins Schloss fällt, rolle ich mich zu einem Ball zusammen und lasse meinen unterdrückten Tränen freien Lauf. Ich habe versucht, mir nichts anmerken zu lassen, aber Cole hat mir soeben das Herz aus der Brust gerissen und zersplittern lassen.

*Wer weiß, wen ich morgen mitbringe.*

Seine Worte hallen in meinem Kopf nach und die Emotionen, die sie auslösen, erdrücken mich, lassen mich nach Luft schnappen.

Cole hat mich mit Ace geteilt und damit eine Grenze überschritten. Ich kann nicht sagen, wer wann in mir war. Ich kann nicht sagen, wer mich wann angefasst hat.

Der Gedanke, dass nicht nur Cole, sondern auch Ace mich benutzt hat, ist unvorstellbar. Alles fühlt sich falsch an und dennoch kann ich die Lust, die durch meinen Körper gerast ist, nicht verleugnen.

Natürlich ist mir zu Beginn dieses Abends klar geworden, dass Cole ein Exempel statuieren wollte und ich muss zugeben, er hat es geschafft. Ich verstehe. Das hier war der letzte Akt einer Reihe von Demütigungen. Der letzte Nagel in meinem Sarg. Das unmissverständliche Zeichen, dass er keine Gefühle mehr für mich hat, auf jeden Fall keine positiven. Die Liebe zu mir ist erloschen, zurück bleibt nichts, für das es sich lohnt zu kämpfen. Ich bin am Ende meiner Kräfte. Es gibt kein Entrinnen. Nicht vor ihm. Nicht vor seiner Wut. Er will mir nicht verzeihen, mir keinen Hauch einer Chance geben. Nicht heute, nicht morgen, nie. Cole wird das so lange treiben, bis er erreicht, was er will: mich innerlich zerstören, zu einer seelenlosen Hülle machen.

Er raubte mir die Stimme, ließ mich verstummen und vergangene Nacht kam noch ein Maulkorb hinzu. Die Drohung, mich seinen Männern zu überlassen, steht offen im Raum und ich bin mir sicher, er wird sie umsetzen. Bis gestern war ich unschlüssig, hoffte, seine Erinnerungen an unsere guten Zeiten würden ihn aufhalten, aber das hat er mit dieser Aktion ad acta gelegt. Er wird meiner überdrüssig und wird mich an die anderen weitergeben. An einen nach dem anderen, so wie er es angekündigt hat.

Mein Herz bricht noch ein bisschen mehr. Mein Brustkorb wird von einer unsichtbaren Macht zusammengepresst und lässt nicht zu, dass ich atmen kann. Mein stiller Schrei hallt in meinen Ohren wider. Ich bin erschöpft, ausgelaugt und mit meinem Latein am Ende. Cole hat mich endgültig gebrochen.

Liebe und Hass sind nur einen Schritt voneinander entfernt und ich habe gerade die Seiten gewechselt. Cole hat mich dazu gebracht. Er hat die Flamme der Hoffnung und der Liebe, die mich die letzten Jahre, und allen voran die letzten Wochen in seiner Gefangenschaft, am Leben gehalten hat, zum Erlöschen gebracht. Und mit ihr auch gleich den Glauben und Sinn meines Lebens.

Sein Handeln zeigt mir, wie skrupellos er sein kann – auch mir gegenüber. Ich habe Sorge, dass er andere Geschütze auffahren wird, wenn es ihm nicht gelingt, Genugtuung aus meiner endgültigen Vernichtung zu ziehen. Er wird ein weiteres neues Schlachtfeld eröffnen. Eine böse Vorahnung entsteht in meinem Kopf. Eine tiefsitzende Angst erobert meine Gedanken: Ryan!

Diese Erkenntnis reißt mir das letzte bisschen Boden unter den Füßen weg. Es nimmt mir den Strohhalm an Hoffnung, an den ich mich verzweifelt klammere. Die Wahrheit ist niederschmetternd. Sein Unmut wird nicht abflauen. Er verhält sich wie Ebbe und Flut. Wenn die Ebbe mich nicht gerade zurück in die Dunkelheit zieht, dann lassen mich seine Wellen des Zorns an den Klippen der Zuversicht zerschellen. Ich kann nicht darauf setzen und auf eine günstige Gelegenheit warten, wenn die Gefahr droht, dass Ryan erneut in den Fokus dieses Krieges gezogen wird. Mit einem Paukenschlag erkenne ich die Sinnlosigkeit meines verzweifelten Kampfes.

Ich ertrage. Ich atme. Ich leide. Ich hoffe. Aber für was? Dafür, dass am Ende des Weges eine Kugel auf mich wartet? Oder schlimmer? Dass kurz vor der Endstation noch ein letzter Spieler aufs Feld gezogen wird? Einer, der mit meinen Entscheidungen nichts zu tun und dennoch darunter gelitten hat? Das darf ich nicht zulassen und das bedeutet: Ich muss meinen letzten

Zug machen, bevor Cole es tut, indem er die letzte Spielfigur aufs Spielfeld setzt.

Ich fühle mich körperlich und emotional erschlagen. Alles tut mir weh. Es gibt keinen Muskel, der nicht verspannt ist oder schmerzt. Ich rapple mich hoch und schleiche ins Bad, stelle mich unter den heißen Strahl, um all die Spuren der letzten Begegnung von mir zu waschen. Coles und die von Ace.

Gefühlte Stunden lasse ich das warme Wasser über meinen Körper fließen und beobachte, wie es im Strudel gen Abfluss verschwindet. Leider spült es die Scham nicht gleich mit weg.

Als ich mit einem Handtuch um meinen ausgezehrten, energielosen Körper zurück in mein Gefängnis komme, steht ein Tablett auf dem Nachttisch. Jemand hat es wohl gerade erst dort abgestellt und dieser jemand muss neu sein, Coles Anweisungen nicht kennend … oder ignorierend? Darauf stehen ein Glas Orangensaft, eine Schale Joghurt mit Obstsalat und ein Rührei mit Baguettescheiben.

Bevor einer den Fehler bemerken und mir diese Art von Köstlichkeiten wegnehmen kann, greife ich nach dem Glas und trinke es gierig aus. Merkwürdig, dass man sich in einem solchen Moment nicht zurückhalten und genießen kann, sondern einfach nur in sich hineinstopft. Vielleicht ist es auch die Angst, etwas vor Augen zu haben und wieder zu verlieren. Ich nehme die Gabel und fülle meinen Magen mit dem warmen Rührei und dem französischen Brot. Es schmeckt köstlich und dennoch kann ich keine Freude darüber empfinden. Selbst das hat er geschafft. Angst überschattet Begeisterung. Hass überschattet Liebe.

Mein Blick fällt auf den Teller und plötzlich wird mir klar, welches Geschenk der oder die Unwissende mir hiermit gemacht hat.

Die Freiheit.

Meine persönlich gewählte Freiheit. Meine Zukunft. Oder anders ausgedrückt, mein gewählter letzter Spielzug. Schachmatt. Game Over.

Zitternd ergreife ich den leeren Teller und lasse ihn auf den Steinboden fallen. Er zersplittert und mit ihm die Reste meines Herzens. Ich suche das schärfste Bruchstück heraus und fälle meine Entscheidung. Ich habe mich immer gefragt, wie verzweifelt Menschen sein müssen, um sich selbst Schmerzen zufügen zu können. Jetzt weiß ich es. Der Schmerz, der einen von innen auffrisst, ist tausendmal schlimmer als der körperliche.

Ich setze die Spitze an meinem linken Handgelenk an, drücke so fest in das Fleisch, bis die ersten Tropfen Blut hervorquellen und ziehe es entlang der Pulsader nach oben. Außer meinem pochenden Herzen und dem rasenden Puls spüre ich nichts. Keinen Schmerz. Keine Empfindungen. Keinerlei Zögern. Nur pure Entschlossenheit.

Auf dem kalten Steinboden kauernd, beobachte ich mit einer morbiden Faszination, wie mein roter Lebenssaft gemächlich über mein Handgelenk auf den Boden rinnt. Ich lehne meinen Kopf auf das Bett und betrachte den größer werdenden Fleck und eine innere Ruhe überkommt mich. Da sind keine Gedanken, die mich quälen. Da ist einfach nur Stille im Kopf.

# Kapitel 28

# Cole



***Seattle, Februar 2024***

»Cole!«

Jemand brüllt meinen Namen und reißt mich aus meiner Arbeit. Seit Stunden versuche ich mich zu konzentrieren, was mir mehr schlecht als recht gelingt. Alles scheint falsch zu sein. Es fühlt sich auf jeden Fall so an.

In meiner Brust hat sich ein dumpfer Schmerz festgesetzt, dessen Ursprung ich mir nicht erklären kann und der von Minute zu Minute schlimmer wird. Der Schrei holt mich weg vom Bildschirm und der Prüfung endlos langer Reihen von Zahlen. Irritiert blicke ich auf. Kurz überlege ich, ob ich mir das Geräusch nur eingebildet habe, aber dann platzt Jim in mein Büro.

»Cole!«, ruft er atemlos. Sein Gesicht ist aschfahl und seine Mimik wechselt von ernst zu panisch.

Nicht die Tatsache, dass er ohne anzuklopfen meine Ruhe stört, sondern sein Gesichtsausdruck jagt mir Angst ein. Er wagt sich nicht weiter ins Zimmer hinein, bleibt in der Tür stehen und sieht mich nur mit diesen emotionsgeladenen Augen an.

»Du musst sofort mitkommen«, sagt er atemlos und wendet sich bereits wieder zum Gehen.

Ich springe von meinem Stuhl hoch. Was zum Teufel ist hier los? Etwas muss ihn in Panik versetzt haben. Aber was? Ohne lange zu überlegen, laufe ich zur Tür und folge ihm.

Seine Schritte sind hastig, schnell und gleichen einem Rennen. Die Richtung, die er einschlägt, gefällt mir ganz und gar nicht.

Pearls Zimmer.

Eine eisige Hand legt sich um meinen Hals und drückt zu – langsam, kontinuierlich, bedrohlich. Der Schmerz in meiner Brust wird zu einem hässlichen Inferno.

Eine Handvoll meiner Männer hat sich vor der Tür versammelt. Als sie mich sehen, machen sie Platz und schauen beschämt zur Seite. Mit jedem Atemzug vertieft sich das ungute Gefühl, das sich in meinen Eingeweiden festgesetzt hat. Ein Blick in den Raum genügt, um mir das Blut in den Adern gefrieren zu lassen.

Ich stürze zu Ace, der neben Pearl kniet. Sie sitzt, ans Bett gelehnt, in einer Blutlache. Ihr Kopf ruht auf dem Bett, als würde sie schlafen – nur dass Schlafende nicht so bleich und blass aussehen wie sie.

»Scheiße. Was ist passiert?« Ich lasse mich neben der zierlichen Frauengestalt nieder. Es stört mich nicht, dass meine Hose sich mit ihrem Blut vollsaugt – warm, klebrig und so tödlich.

Aces Augen folgen mir. In ihnen stehen so viele Fragen. Er drückt auf einen Schnitt an ihrem Handgelenk.

Blut sickert zwischen seinen Fingern hervor. Ich brauche nicht zu fragen, was passiert ist. Die Blutlache, die Scherben und die Tatsache, dass Ace wortwörtlich ihr Leben in den Händen hält, ist Antwort genug.

Vorsichtig lege ich meine Finger an ihren Hals und fühle nach ihrem Puls. Sie darf nicht sterben. Verdammt, so etwas sollte nicht passieren. Wie konnte sie nur? Während das Geschwür des unguten Gefühls in meinem Magen aufplatzt und mich innerlich vergiftet, verankert sich eine Frage in meinem Kopf: Was hast du getan, Cole?

Anstelle eines kräftigen Pulses fühle ich nur ein leichtes Flattern unter meinem Finger, kaum wahrnehmbar, aber vorhanden. Sie lebt. Gott sei Dank! Kurz durchströmt mich Erleichterung, die aber geradewegs durch Sorge ersetzt wird.

Jim reicht mir ein T-Shirt und scheucht die Männer vom Eingang fort, bis nur noch er, Ace, Pearl und ich übrig sind. Die Wände scheinen sich zu bewegen, drücken auf mich, auf meine Stimmung und erschweren mir das Atmen.

Aces Stimme ist leise und zittert. Trotzdem hält er meinen Blick gefangen. »Hast du immer noch vor, sie zu töten? Dann sage es jetzt und ich nehme meine Finger von der Wunde ... wir lassen sie einfach in Frieden gehen.«

Gehen? Er meint tatsächlich sterben lassen? Verdammte Scheiße. Nein! Kurz bin ich sprachlos und mein Sichtfeld verengt sich bedrohlich.

Natürlich würde Ace meine Anweisung befolgen. Wenn ich jetzt Ja sage, dann würde er es tun. Er würde seine Finger von ihrem Handgelenk nehmen – egal, ob es das wäre, was er will oder nicht. Er ist mir bis zum Tod loyal und führt jeden meiner Befehle aus, ohne zu hinterfragen.

Heiße Wut kocht in meinen Adern und rast durch mich hindurch. Die Frage ist nicht unbegründet und hat seine Berechtigung, dennoch kann ich in seinen Augen lesen, dass ihn das Bild vor uns nicht kalt lässt. Früher war Pearl für ihn wie seine kleine Schwester, sie hat sich einen Platz in seinem Herzen gesichert. Früher, in einem anderen Leben, vor ihrem Vertrauensbruch.

Aces Augen ruhen auf mir. Voller unausgesprochener Gefühle. Der Blickwechsel zwischen uns bestätigt mir, dass er sie genauso wenig aufgeben will wie ich. Vehement schüttele ich den Kopf.

Er nickt.

Damit ist ihr Schicksal besiegelt. Ich kann sie heute nicht sterben lassen und in Zukunft auch nicht. Diese Tatsache ist Ace genauso bewusst wie mir. Wobei ich das schon wusste, seit sie wieder in mein Blickfeld gerückt ist, eigentlich seit ich sie das erste Mal nach so langer Zeit gesehen habe. Ich kann sie nie gehen lassen, sie ist mit mir und mit meinem Herzen verwoben.

Ich reiße das T-Shirt in Streifen und wickle es so fest wie möglich um Pearls Handgelenk. Wir müssen Druck auf den Schnitt ausüben, damit wir die Blutung zum Stoppen bringen.

»Pearl, Kleines, mach die Augen auf«, befehle ich mit sanfter, bebender Stimme.

Ace erkennt das Beben, erkennt die Wahrheit dahinter und die damit verbundene Not. Ich liebe sie immer noch. Egal was ich mir vorgenommen habe. In dieser Sekunde, in der wir um ihr Leben kämpfen, wird mir eines klar: Ich will und kann sie nicht verlieren. Sie ist zwar eine Verräterin, aber sie ist meine Verräterin. Sie ist mein. Das war sie immer und das wird sie immer bleiben.

»Der Wagen steht bereit«, sagt Jim und reicht mir eine Decke. Dankbar sehe ich zu ihm hoch. Auch er scheint zu verstehen und nickt mir zum Zeichen der Einigkeit zu.

Vorsichtig hülle ich Pearl darin ein, bevor ich sie in meine Arme nehme und aufstehe. Ihr Kopf ruht jetzt auf meiner Brust. Ihr Körper fühlt sich leicht an – viel zu leicht.

Keiner sagt ein Wort, als ich sie aus dem Zimmer trage. Es herrscht eine gespenstische Stille. Ich weiß nicht, woher ich die Kraft nehme, nach außen so ruhig zu wirken, während in mir ein Tornado der Gefühle tobt.

Wir überschreiten so ziemlich jede Geschwindigkeitsbegrenzung, die es auf dem Weg ins Krankenhaus gibt. Ich kann nur hoffen, dass uns keine Polizeistreife anhält. Sorgenvoll blicke ich auf Pearl, die in meinen Armen liegt. Ich will sie nicht loslassen – kann sie nicht loslassen. Keiner spricht ein Wort.

Mit Entsetzen stelle ich fest, dass ihre Atmung immer stockender und schwächer wird. Ihren Puls kann ich kaum noch spüren. Endlich taucht vor uns das Krankenhaus auf. Ace fährt den Wagen direkt vor den Eingang. Kaum kommt er zum Stehen, stürme ich bereits hinaus in Richtung Noteingang.

»Schnell ... einen Arzt!«, brülle ich in den Raum.

Jemand rollt eine Trage heran und befiehlt mir, Pearl darauf zu legen. Vor lauter Angst, ihren warmen Körper nie wieder spüren zu dürfen, will ich sie nicht aus meinen Armen geben. Der Pfleger deutet erneut auf die Trage und schließlich lege ich sie vorsichtig darauf.

»Was ist passiert?«, fragt eine robuste Krankenschwester, die plötzlich neben mir steht.

»Sie hat … sie hat versucht, sich die …«

»… Pulsader aufzuschneiden«, vervollständigt die Schwester meinen Satz mit Blick auf den provisorischen Druckverband.

Ein Arzt kommt herbeigeeilt und prüft ihre Vitalwerte. Befehle werden ausgetauscht und dann wird meine Kleine weggebracht.

Die nächsten Stunden verbringen wir vor dem Schockraum und warten auf Neuigkeiten.

»Wer hat sie gefunden?«, frage ich in die Stille hinein.

»Ich«, antwortet Ace.

»Du? Warum warst du bei ihr?« Fragend sehe ich ihn an.

»Ich habe ihr etwas zum Frühstück gebracht und wollte das Gedeck wieder in die Küche bringen«, sagt er mit zusammengebissenen Zähnen.

»Zum Frühstück?«

»Gestern Nacht ist mir aufgefallen, wie mager sie geworden ist. Wir haben ihr ja nur noch Dinge vorgesetzt, die sie verabscheute. Ich wollte ihr … keine Ahnung … ich wollte ihr nach gestern einfach etwas Gutes tun. Ihr eine Mahlzeit bringen, die sie mag.« Er zuckt entschuldigend mit den Schultern.

»Rührei mit frischem Brot und Joghurt mit Obstsalat«, erwidere ich automatisch.

Ich kenne all ihre Vorlieben und auch ihre Abneigungen. Der Riss in meinem Herzen fängt an zu bluten. Henkersmahlzeit. Vielleicht empfand sie das als solche.

Wenn sie … nein … daran darf ich nicht denken.

»Sie schafft das«, spricht Ace aus, was ich hoffe. »Sie war und ist immer eine Kämpferin gewesen. Aber du musst für dich entscheiden: Lässt du sie gehen oder nicht? Was willst du tun?«

Die Zeit zurückdrehen? Ich schulde Ace eine Antwort und ich bin froh über die Unterbrechung des Arztes, der durch den Schockraum auf uns zukommt.

»Wir konnten die Blutung stoppen. Aber sie hat viel Blut verloren und ist noch nicht bei Bewusstsein. Die nächsten Stunden entscheiden, ob sie es schafft … dennoch bin ich zuversichtlich.«

Die Steinlawine, die gerade von meinem Herzen fällt, kann nicht beschreiben, was ich fühle: Erleichterung. Ein Blick zu Ace genügt, um bei ihm das Gleiche zu erkennen.

»Wann können wir zu ihr?«, fragt Ace den Arzt.

Am liebsten sofort.

»Sie braucht jetzt vor allem eines: viel Ruhe. Wir können nur abwarten und ihr Zeit zum Heilen lassen. Sie ist jung und ihr Körper ansonsten gesund.«

Entmutigt streiche ich mir durch die Haare. Mich plagen Furcht, Nervosität und Schuldgefühle.

# Kapitel 29

# Pearl



***Seattle, Februar 2024***

Das stetige Piepen in meinem Ohr befördert meine Kopfschmerzen auf den nächsthöheren Level. Entweder bin ich in der Hölle gelandet oder Cole hat eine neue Methode gefunden, mich zu piesacken. Der Geruch von Desinfektionsmittel, gepaart mit Reinigungsmitteln steigt mir unangenehm in die Nase. Unwillig öffne ich meine Augen und blinzle gegen das grelle Licht der Deckenleuchte. Ein vorsichtiger Blick genügt, um zu wissen, dass ich in einem sterilen Krankenhausbett liege. Noch immer sind meine Lider bleischwer, trotzdem zwinge ich mich, sie offen zu halten. Mein ganzer Körper schmerzt, als wäre ich von einem LKW geküsst worden und mein Hals kratzt.

Mein linkes Handgelenk ist dick verbunden und auf eine Art Ablage gebettet. In der anderen Armbeuge steckt eine Infusionsnadel und eine durchsichtige Flüssigkeit läuft tröpfchenweise in meine Vene.

Panik und Erleichterung ergreifen mich gleichzeitig.

*Oh Gott, was hab ich getan? Was habe ich mir nur dabei gedacht? Zum Glück lebe ich noch.*

Ja, verdammt, ich hänge an meinem Leben und bin froh, es noch zu haben. Der nächste Gedanke, der mir in den Kopf schießt, ist: Was passiert nun und wer soll das alles bezahlen? Krankenhäuser sind teuer.

Es klopft an der Tür und unmittelbar danach wird sie geöffnet. Eine zierliche Krankenschwester mit einem Tablett in den Händen kommt herein. Ihre blonden Haare hat sie zu einem hohen Zopf gebunden und lächelt mich freundlich an.

»Wie fühlen Sie sich, Ms. Martin?«

»Schlapp«, krächze ich und erschrecke selbst über meine Stimme.

»Sie haben viel Blut verloren und wurden gerade noch rechtzeitig eingeliefert.« Ich höre den Tadel heraus, auch wenn sie mich weiterhin anlächelt.

Ich kann sie verstehen. Unter normalen Umständen hätte ich genauso unverständlich den Kopf geschüttelt. Beschämt wende ich den Blick ab und schaue zum Fenster.

Inzwischen ist es dunkel geworden und ich frage mich, wie spät es wohl sein mag. Die nächste Panik erfasst mich. Wird Cole kommen? Ich will ihn nicht sehen. Weder ihn noch Ace noch sonst jemanden aus seiner *Familie*.

»Hier, Sie müssen jetzt ausreichend trinken und brauchen viel Ruhe.«

Sie hilft mir, mich aufzusetzen, reicht mir ein Glas Wasser und hält es, während ich ein paar Schlucke trinke. Das kühle Nass rinnt mir die Kehle herunter und lindert das kratzige Gefühl in meinem ausgetrockneten Hals. Als sie sich sicher ist, dass ich das Glas selbst halten kann, dreht sie sich zum Infusionssystem und fummelte an der Rollenklemme herum. Erneut nehme ich einen Schluck und hadere mit mir, der Schwester eine mir auf dem Herzen liegende Frage zu stellen. Als sie mir hilft, mich zurückzulegen und mein Bett aufschüttelt, nehme ich all meinen Mut zusammen.

»War jemand hier?«, frage ich zaghaft.

Sie sieht zu mir herunter. Auf ihrer Stirn bilden sich Falten. »Ja, zwei Männer. Sie haben Sie hierhergebracht und gewartet, bis Sie außer Lebensgefahr waren. Aber mehr weiß ich auch nicht.«

Ich streiche mit einem Finger über meine Wange und zeige ihr damit Coles Erkennungszeichen – seine hässliche Narbe. Sie nickt.

Cole. Der zweite Mann muss Ace gewesen sein. Mein Herz fängt an zu rasen.

»Wissen Sie, ob sie heute noch einmal kommen?«

»Nein, tut mir leid. Aber die Besuchszeiten sind vorbei, ich denke nicht, dass heute noch jemand kommt.«

Die Erleichterung muss mir ins Gesicht geschrieben stehen, denn sie verharrt in ihrer Bewegung und sieht mich neugierig an. Ihr Blick wandert zu meinem bandagierten Handgelenk. Es bedarf keiner Erklärung, woher meine Verletzung stammt. Für ihr Schweigen bin ich ihr dankbar. Es braucht keine Krankenschwester oder jemand anderen, der ausspricht, wie bescheuert meine Aktion war. Das tue ich bereits selbst. Sie läuft zur Tür, dimmt das Licht und dreht sich dann noch einmal zu mir um.

»Schlafen Sie jetzt. Morgen sieht die Welt schon wieder anders aus.«

Ich nicke und weiß es doch besser. Ob heute oder morgen, meine Welt wird die Gleiche bleiben. Mein Schicksal auch.

Nur wenige Augenblicke später wirken die Erschöpfung und wahrscheinlich auch das Mittel im Tropf. Meine Lider senken sich automatisch und versetzen mich in einen unruhigen Schlaf.


Ein Geräusch weckt mich. Als ich die Augen aufreiße, sehe ich, wie ein bekanntes Gesicht in das Zimmer tritt. Bradley, Coles Cousin.

Er kommt mit den Händen in den Hosentaschen auf mich zugeschlendert. Verdattert blicke ich ihn an. *Warum kommt Bradley zu mir? Hat ihn Cole geschickt, weil er selber nicht kommen will? Aber das wäre unlogisch.*

Unwillkürlich rappele ich mich ein wenig hoch, was mir schwerfällt, weil meine Muskeln meinem Willen immer noch nicht ganz folgen wollen.

Bradley mustert mich. Ein Schatten huscht über sein Gesicht, als er zum Verband an meinem Handgelenk schaut. Ich bin mir nicht sicher, ob er mir gilt, weil ich es gewagt habe, mir solch einen Schaden zuzufügen oder Cole, weil er mich zu einem emotionalen und einem körperlichen Wrack gemacht hat. Ich schweige. Was soll ich darauf auch erwidern? Dass er sich zum Teufel scheren soll, mitsamt seiner Sippschaft?

Schließlich zuckt sein Mundwinkel nach oben und er schenkt mir ein aufmunterndes, ehrliches Lächeln, was mein Unbehagen nicht schmälert.

Im Aussehen gleicht Bradley ein wenig Cole. Das muss an den Genen in der Familie liegen. Er hat sich in den letzten Jahren kaum verändert. Er ist ein Jahr älter als Cole, aber genauso groß, muskulös und nicht weniger attraktiv. Die dunklen längeren Haare verleihen ihm einen verruchten Ausdruck, der bestimmt so manches Frauenherz höherschlagen lässt. Meines bleibt in einem langweiligen, normalen Takt. Eine andere Wirkung löst nur Cole in mir aus.

»So trifft man sich wieder, Pearl«, sagt er mit dunkler Stimme, in der noch etwas anderes, Undefinierbares mitschwingt. Ich kenne die Stimmungsschwankungen von Cole. Bradleys sind ganz ähnlich gepolt. Sein Blick aktiviert mein inneres Alarmsystem.

»Bradley«, flüstere ich, weil meine Stimme nicht mehr hergibt.

An meinem Bett angekommen, sieht er mich streng an. »Du hättest besser auf dich achtgeben sollen.«

Mehr als ein schiefes Grinsen bekomme ich nicht über meine Lippen. Ist das sein beschissener Ernst? *Arschloch.*

»Wirklich, Pearl«, sagt er sanft. »Und jetzt noch diese unsinnige Aktion.«

Sanft, fast schon liebevoll, legt er seine Hand auf meine Wange. Warm, beruhigend. Er beugt sich zu mir herunter und drückt mir einen Kuss auf den Scheitel.

Verwirrt starre ich ihn an. Ein Gefühlschaos breitet sich in mir aus. Was soll das? Was will Bradley von mir?

Als er den Kopf anhebt, steigt mir der Duft seines Aftershaves oder seines Parfüms in die Nase. Erinnerungsfetzen dringen an die Oberfläche. Undeutlich und vage.

»Ich hatte mir unser Wiedersehen ein wenig anders vorgestellt.« Sein Blick huscht zur Tür, als wolle er sich vergewissern, dass wir alleine sind. Mit einem Seufzer setzt er sich auf die Bettkante.

»Soll das ein Freundschaftsbesuch sein oder schickt Cole dich?«

Fragend sieht er mich an, bevor er in schallendes Gelächter ausbricht.

»Nein, süße Pearl, Cole schickt mich nicht.«

Wieder atme ich seinen Duft ein und erneut flashen mich Erinnerungsfetzen: Ich bin in der Bibliothek, hinter mir ist dieser Mann, der mich an die Wand drückt ... Was passiert hier gerade?

»Was willst du?«, frage ich atemlos, weil ich das Erlebte nicht mit Bradley in Zusammenhang bringen kann oder will. Wieso triggert mich sein Geruch? Kann es sein, dass er das damals war oder trägt er nur zufälligerweise den gleichen Duft?

Ich starre ihm ins Gesicht. Versuche, einen Anhaltspunkt zu finden, welcher meine Mutmaßung bewahrheitet. Zwischen Cole und Bradley bestand immer schon eine toxische Beziehung. Ein Konkurrenzkampf, der seinesgleichen suchte. Zwar gehören sie einer Familie an, aber das hielt sie nicht davon ab, sich wie Feinde zu verhalten. Kann es also sein, dass Bradley der Auslöser für diesen ganzen Mist war, weil er Cole schaden oder mehr Geschäfte sein Eigen nennen wollte? Hat er mich gezwungen, den Menschen zu hintergehen, der mir so viel bedeutete? Hat er meinen Bruder in einer solchen barbarischen Art und Weise verletzt, dass dieser keinen Kontakt mehr zu mir will?

Irgendetwas läuft hier extrem schief. Ich habe das ungute Gefühl, erneut zwischen die Fronten geraten zu sein. Mein Gesicht muss meine Gedanken widerspiegeln, denn plötzlich gefrieren Bradley die Gesichtszüge und er sieht mich bedrohlich an.

»Du hast endlich eins und eins zusammengezählt.«

»Du warst das!«, keuche ich entsetzt auf. »Du hast das alles in die Wege geleitet ... du elendiger Bastard!« Meine Stimme nimmt einen schrillen Ton an und ich kann das Beben, das meinen Körper befällt, nicht steuern. Zorn und Mordgelüste verdunkeln meinen Verstand.

Er schnalzt tadelnd mit der Zunge.

Gerade will ich ansetzen und nach Hilfe schreien, da legt sich seine Hand über meinen Mund.

»Mach jetzt keinen Blödsinn. Draußen stehen meine Männer und du willst doch niemand Unschuldigen in die Sache mit hineinziehen. Coles Mann kann dir auch nicht helfen. Also bleib schön ruhig, dann muss ich dir meine andere Seite nicht zeigen.«

Sein Blick ist finster. Dieser Mann hat definitiv zwei Seiten, von der ich bisher nur die nette, freundliche kennengelernt hatte. Ryan hatte weniger Glück. Er lernte die dunkle Seite kennen.

»Wirst du ruhig bleiben und tun, was ich dir sage? Niemand, schon gar nicht du, muss zu Schaden kommen.«

Mir wird schlagartig klar, dass ich zu schwach bin, um mich gegen ihn zu wehren. Ich würde es nicht einmal bis zur Tür schaffen, weswegen ich nur nicke.

»Gut.« Er nimmt die Hand von meinem Mund, hält sie aber so, dass er mich jederzeit erneut zum Schweigen bringen kann.

»Ich werde dich mit zu mir nehmen«, erklärt er mir ohne Umschweife. Ein Lächeln umspielt seine Mundwinkel, das seine grauen Augen nicht erreicht. »Ich brauche dich als Druckmittel gegen Cole. Aber ich werde mich besser um dich kümmern, als er es getan hat.«

Druckmittel? Ich lache bitter auf.

»Ich bin ihm egal«, sage ich mit piepsiger Stimme, die mich ärgert, weil ich es nicht schaffe, mehr Stärke und Nachdruck hineinlegen zu können. »Dann beende einfach das, was er begonnen hat.«

Fragend sieht er mich an.

Als ob ich für Cole ein Druckmittel sein könnte. Wo ist er gerade? Jedenfalls nicht hier im Krankenhaus. Es scheint ihm am Arsch vorbeizugehen, was mit mir passiert. Ja, er hat mich gestern eingeliefert, aber wahrscheinlich nur, damit er später nicht erklären muss, warum eine Leiche in seinem Haus liegt. Wenn ich ihm etwas bedeuten würde, wäre er dann nicht hier? Hier im Krankenhaus, an meinem Bett, abwartend, ob ich aufwache und ob es mir gut ginge?

Abermals lache ich bitter auf.

Cole wird sich nicht erpressen lassen. Ausgerechnet mit mir? Wieso sollte er?

Die letzten Wochen oder Monate waren eine Tortur. Er hat es mir deutlich gezeigt. Ich bin ihm egal, diene nur noch dazu, seine Rachegelüste zu befriedigen. Er hat mir Heather vor die Nase gesetzt. Hat mich mit Ace geteilt. Ja, ich habe unsere Beziehung durch meinen

Verrat zerbrochen, aber er hat mit seiner Ignoranz, mir zuhören zu wollen, den Rest erledigt.

Wenn es nicht so traurig wäre, würde ich fast lachen. Es war sein Cousin, der sich mit den Wanzen in seinem Büro Informationen beschaffen konnte. Seine eigene Familie hat ihn hintergangen! Durch das Abhören bekam er den entscheidenden Tipp, was Cole als nächste Aktion geplant hatte, und konnte damit der Polizei – natürlich anonym – einen Hinweis zuspielen und sie auf ihn hetzen. Der Rest war ein Kinderspiel.

Von mir aus soll Bradley beenden, was Cole angefangen hat. Ich brauche mir nichts vorzumachen. Damals entführte er meinen Bruder, quälte ihn, um ihn gegen mich zu verwenden. Jetzt bin ich bei seinem grausamen Spiel an der Reihe. Nur vergaß er bei seiner Planung leider, seinen unliebsamen Gegenspieler Cole miteinzukalkulieren. Er wird nicht einknicken, nicht so wie ich. Mein Bruder liegt mir am Herzen. Ich Cole dagegen nicht.

Zum ersten Mal bin ich froh, dass Ryan den Kontakt zu mir abgebrochen und sich aus der Schusslinie befördert hat. Er ist in Sicherheit. Er ist in Deutschland, hat sich dort hoffentlich ein tolles neues Leben aufgebaut. Alles andere ist zweitrangig.

Was mit mir passiert, ist vorhersehbar. Gleiches Spiel. Unterschiedliche Ausgangssituationen, neue Spieler. Das Ende kann ich mir ausmalen. Resigniert schließe ich die Augen.

Erneut öffnet sich die Tür. Ich bemühe mich, hinzusehen, weil ein kleiner Funken Hoffnung, jemand käme, um mich zu retten, in mir aufglüht. Leider wird er sofort im Keim erstickt, als ein mir unbekannter bulliger

Mann erscheint und nicht die Krankenschwester oder Cole.

Mit schnellen Schritten durchschreitet er den kleinen Raum und zieht etwas aus seiner hinteren Hosentasche hervor, das wie eine Spritze aussieht. Eine Gänsehaut überzieht meine Haut und ich sehe ihn entsetzt an.

Ich will um Hilfe schreien, aber Bradleys Hand schnellt hervor, legt sich über meinen Mund und erstickt jeden Laut. Seine andere Hand drückt mich mit Nachdruck in die Kissen.

»Psst, wir wollen doch keine Aufmerksamkeit erregen«, tadelt er mich. »Bleib ruhig. Ich will und werde dir nicht unnötig wehtun, Pearl. Versprochen.«

Er nickt dem Mann zu, der die Nadel in den Infusionsschlauch, direkt über den Zugang zu meiner Vene, stößt und die Flüssigkeit hineindrückt.

»Er hat dich nicht verdient«, sind die letzten Worte, die ich vernehme, bevor mich die Dunkelheit umhüllt und hinabzieht.

# Kapitel 30

# Cole

***Seattle, Februar 2024***

Ich bin gerade auf dem Weg von einem wichtigen Kundentermin zurück ins Krankenhaus, als mich der Anruf meines Vaters erreicht. Eigentlich wollte ich schon früher bei Pearl sein. Wollte bei ihr sein, wenn sie erwacht, aber eine dringende Angelegenheit konnte nicht warten. Die Krankenschwester versicherte mir, mich zu informieren, sollte sie aufwachen oder sich etwas an ihrem Zustand ändern.

»Was gibt es?«, frage ich schroffer als beabsichtigt.

»Bradley hat versucht, dich zu erreichen. Aber du scheinst nicht ans Telefon zu gehen.«

Ich habe die fünf Anrufe von meinem Cousin auf meinem Handy gesehen, aber ignoriert. Bradley und ich haben uns noch nie nahegestanden. Er mag mich nicht und ich ihn genauso wenig.

»Ich bin nicht rangegangen, weil ich keine Zeit habe«, erkläre ich mürrisch.

Mir schwirrt der Kopf, weil ich eigentlich an drei Stellen gleichzeitig sein sollte und dann kam noch diese Sache mit Pearl hinzu. Ich muss ins Krankenhaus fahren und nach ihr sehen.

»Es scheint wichtig zu sein, also tu mir den Gefallen und ruf ihn an.«

Ich knurre unwillig. Normalerweise mischt sich mein Vater nicht in unsere Angelegenheiten ein.

»Und Cole … komm uns bald wieder besuchen. Deine Mutter vermisst dich.«

Seit meiner Rückkehr aus dem Gefängnis bin ich kaum bei ihnen gewesen. Mir fehlt einfach die Zeit und die wenige, die ich zur Verfügung habe, verbringe ich derzeit lieber in meinem Haus.

*Du wolltest sagen, bei Pearl.*

Ich verspreche, sowohl Bradley anzurufen als auch baldmöglichst zu Besuch zu kommen.

Widerwillig wähle ich die Nummer meines Cousins.

»Endlich«, begrüßt er mich unfreundlich.

»Was gibt es so Wichtiges?«, frage ich genauso unwirsch zurück.

»Nicht am Telefon. Komm zu mir in die Firma.«

»Ich hoffe für dich, dass es tatsächlich dringend ist.«

Ohne auf seine Erwiderung zu warten, lege ich auf und rufe Ace an. Meine erste Frage bezieht sich auf Pearl und ob er Neuigkeiten aus dem Krankenhaus hat.

Er verneint.

Dann teile ich ihm mit, dass ich ihn gleich abholen werde.

Eine Stunde später sitze ich in Bradleys Büro und frage mich, welchen Grund mein Cousin hat, mich hierher zu beordern. Ich kann mir beim besten Willen keinen vorstellen. Was kann so wichtig sein? Eine innere Stimme mahnt mich zur Vorsicht. Sicherlich steckt kein freundschaftlicher Anlass hinter der Einladung.

Seit meiner Entlassung aus dem Gefängnis ist mir Bradley ständig in die Quere gekommen. Mehrmals hat er die Loyalität meiner Männer getestet, indem er versuchte, sie abzuwerben, allerdings jedes Mal erfolglos. Dass er nach mehr Macht giert, ist kein Geheimnis. Dass er sich durch meinen ungewollten Aufenthalt hinter schwedischen Gardinen einen Sprung nach oben erhoffte ebenso nicht. Sein Machtbereich ist durch mein Fehlen gewachsen, jedoch werde ich mir meinen verlorenen Anteil Stück für Stück zurückholen.

»Was verschafft mir die Ehre?«, frage ich und nehme einen Schluck des mir gereichten Whiskeys.

»Pearl.«

Allein die Nennung ihres Namens lässt meinen Puls ansteigen und ich spüre das heftige Pulsieren meiner Ader am Hals. Was hat er mit Pearl zu schaffen?

»Vermisst du sie?«

Wachsam beobachtet er mich. Versucht, in mir zu lesen. Bradley ist ein Fuchs und mit allen Wassern gewaschen, was seine Frage zweideutig erscheinen lässt und in mir Alarm auslöst und alle Sirenen zum Schrillen bringt – allen voran die in meinem kaputten Herzen.

»Bradley«, mahne ich ihn, »du bewegst dich auf dünnem Eis, das solltest du wissen. Pearl ist kein Gesprächsthema.«

»Nicht? Ich finde schon.« Mit einem selbstgefälligen Grinsen im Gesicht schaut er mich gebannt an.

»Nein.«

»Nein was? Nein, du vermisst sie nicht oder nein, sie ist kein Gesprächsthema?«

»Beides. Weder ist sie ein Gesprächsthema noch vermisse ich sie.«

»Oh, das ist schade, denn deine Wache im Krankenhaus hat schlampig gearbeitet. Du solltest deine Männer besser im Griff haben. Na ja, vielleicht war das ja auch deine Absicht.«

Ich blinzele ihn ungläubig an. Niemand kritisiert meine Männer ohne Grund. Eigentlich dürfte keiner außerhalb meiner Reihen davon Kenntnis haben, dass Pearl im Krankenhaus liegt – schon gar nicht Bradley. Wie konnte er also davon Wind bekommen? Einer musste geredet haben. Verdammt. Aber wer?

»Sie ist dort gut untergebracht«, grolle ich und bewahre mein Pokerface. Es zu leugnen wäre kindisch und unter meiner Würde.

»Ist sie das?«

»Was willst du andeuten, Bradley? Sag, was du sagen willst, und eiere nicht um den heißen Brei herum. Ich hab für solche Spielchen keine Zeit.«

»Dass deine kleine Perle nicht mehr dort ist, wo du sie vermutest, sondern unter meinen Fittichen.«

Ein eisiger Schauer läuft mir den Rücken herunter.

»Willst du mich verarschen? Was willst du von ihr?«

Hiermit ist mein Geduldsfaden endgültig gerissen. Ich erhebe mich und starre ihn wütend an.

Eine Stimme im Ohr schreit mich an, ins Krankenhaus zu fahren, um mich davon zu überzeugen, dass

Pearl immer noch in diesem sterilen Bett, in diesem trostlosen Zimmer liegt und sich keinen Millimeter wegbewegt hat. Eine andere Stimme befiehlt mir, diesem irren Gespräch ein Ende zu bereiten.

»Ich habe sie zu mir geholt, weil ich glaube, dass sie mir nützlich sein kann.«

»Inwiefern sollte sie dir nützlich sein? Außer dass sie dich um den kleinen Finger wickelt und dann das Messer zückt, um es dir in den Rücken, direkt ins Herz zu rammen. Glaub mir, ich spreche aus Erfahrung.«

»Bevor du sie zu einem Wrack gemacht hast, hättest du sie vielleicht fragen sollen, weswegen.« In seinen Augen blitzen Freude und Spott auf.

Das Bild, wie sie in ihrem eigenen Blut auf dem Boden liegt, schleicht sich in meine Gedanken. Es hat sich in mein Gedächtnis gebrannt und versetzt mir einen schmerzhaften Stich.

*Du hättest sie fragen sollen.*

Sein Kommentar füttert mein Unbehagen, als ob ich einen wichtigen Teil übersehen habe und er mich gerade mit der Nase drauf stößt, ohne dass ich es erkenne. Was ist mir entgangen?

»Weswegen?«, frage ich irritiert.

»Weswegen sie das damals getan hat.«

Ihr Verrat hinterließ eine faulige, eiternde Wunde. Ihr Vertrauensbruch und die damit eingehende Gewissheit, dass sie mich nie geliebt haben könnte, schüttete noch mehr Bakterien hinein. Die Tatsache, dass sie mich bei der erstbesten Gelegenheit für viel Geld verkauft hat, war Gift in meinen Adern. Ich brauchte ihre Gründe nicht aus ihrem Munde zu hören und schon gar nicht ihre lahmen Erklärungen. Ich kenne sie bereits. Geldgier.

»Deine Bezahlung war hoch genug«, knurre ich ihn wütend an. Dass er etwas mit der Sache zu tun haben könnte, ahnte ich schon länger, nur fehlten mir die Beweise. Jetzt werfe ich ihm einen Köder hin und warte, ob er anbeißt.

»Von Bezahlung kann man dabei vermutlich nicht reden«, sinniert er und bestätigt mir, dass er an der Sache beteiligt gewesen ist.

Ich muss an mich halten, ihn nicht über den Tisch zu ziehen und sein Gesicht mit meiner Faust Bekanntschaft machen zu lassen.

Arrogant schwenkt er sein Glas in der Hand. »Ich muss ehrlich zugeben, Cole, es hat mich überrascht, sie in diesem Zustand vorzufinden. Zwar wurde mir berichtet, was du mit ihr vorhast, aber vorstellen konnte ich es mir nicht, wo ihr doch als das Paar des Jahres durchgegangen seid. Aber jetzt ergibt das, was sie zu mir gesagt hat, einen Sinn ...«

Er scheint auf meine Neugierde zu warten. Aber ich schweige, sehe ihn nur an und kämpfe mit dem Wunsch, sein Gesicht zu Brei zu schlagen.

»Okay, ich werde es dir sagen. Sie meinte, dass sie dir egal ist und dass ich nur das vollenden soll, was du angefangen hast.«

Die brodelnde Wut in mir fängt an zu kochen und überzuschäumen. Er besitzt die Frechheit, sich etwas unter den Nagel zu reißen, was mir gehört.

»Bradley, treib es nicht auf die Spitze. Nur weil du mein Cousin bist, heißt das nicht, dass ich nicht Hand an dich legen werde.«

»So wie du Hand an sie gelegt hast?«

Es geht ihn verdammt noch mal nichts an, was ich mit Pearl mache. Unter keinen Umständen wird er mir in die Quere kommen und sich zwischen die letzten Züge meiner Rache stellen. Nur ich alleine entscheide über Pearls Leben oder Ableben. Es gibt nur noch eine Frage zu klären: Was will er? Ohne Grund hat er sie nicht zu sich geholt – falls das stimmen sollte.

»Was willst du?«, presse ich zwischen zusammengebissenen Zähnen hervor. »Wenn du den nächsten Tag noch erleben willst, dann gib sie raus.«

»Das wäre zu einfach. Vor allem, weil ich noch nicht erreicht habe, was ich wollte.«

»Komm auf den Punkt.« Ich hasse dieses Rumeiern. Meine Hand ballt sich automatisch zu einer Faust. Ich kann mich kaum noch beherrschen.

»Sie war ein harter Brocken, das solltest du wissen. Zuerst biss ich mir die Zähne an ihr aus. Meine Drohungen oder Einschüchterungen haben null Komma null funktioniert.«

Drohungen? Einschüchterungen? Mein Magen dreht sich um und es kostet mich enorm viel Kraft, mein Pokerface aufrechtzuerhalten. Was passiert hier gerade? Eine Erkenntnis formt sich in meinem Verstand, aber ich weigere mich, sie anzunehmen. Täte ich das, dann würde es mir den Boden unter den Füßen wegreißen – davon bin ich überzeugt.

»Komm auf den Punkt«, wiederhole ich zähneknirschend. Ich bin so kurz davor, meine Fassung zu verlieren und das darf nicht passieren.

»Sie hat dir auch davon nichts gesagt? Interessant.« Er beobachtet mich schmunzelnd. »Okay, dann werde ich es dir erklären. Ich habe zuerst jemanden geschickt, um sie mit viel Geld zu ködern, was nicht funktionierte. Dann bin ich selbst zu ihr gegangen und habe sie ein wenig ... sagen wir ... eingeschüchtert. Aber auch hier Fehlanzeige. Dann allerdings fiel mir ihre Schwachstelle ein. Nach einem aufschlussreichen Päckchen und einem noch aufschlussreicheren Bild knickte sie ein.«

Er greift unter seinen Tisch und holt eine dieser Schmuckschatullen hervor. Mit einem süffisanten Grinsen schiebt er sie über den Tisch zu mir.

»Ich werde das Spielchen heute wiederholen, allerdings nicht mit den Teilen ihres Bruders, sondern denen von Pearl. Mal sehen, wie lange du brauchst, um einzuknicken.«

»Was willst du von mir?«, frage ich ihn und ignoriere die Schatulle. Meine Stimme ist emotionslos und ruhig, ganz das Gegenteil von meinem Inneren – dort tobt gerade ein Orkan der Gefühle.

»Dass du das Hafengeschäft und alles, was damit zu tun hat, an mich abgibst.«

»In tausend Jahren nicht!« Ich lache auf.

Bradley muss verrückt geworden sein. So etwas wird niemals passieren. Durch meinen Gefängnisaufenthalt habe ich einen Großteil meiner Herrschaft dort verloren, aber nicht alles. Ein Drittel des Hafenviertels gehörte einmal mir. Und jetzt will mir Bradley in die Suppe spucken.

*Vergiss es.*

Nicht nur ist das Gebiet dort ein idealer Platz für meine nicht ganz astreinen Geschäfte, sondern dort finden auch die illegalen Boxkämpfe statt, die jeden Monat eine stattliche Summe abwerfen. Einiges habe ich mir schon wieder zurückgeholt, aber ein Teil fehlt noch. Viele der Männer, die mir gegenüber loyal waren, stehen auch jetzt wieder an meiner Seite und verhelfen mir dazu, die verlorene Herrschaft zurückzuerlangen – Schritt für Schritt, Geschäftszweig um Geschäftszweig. Am Ende werde ich mit mehr dastehen als zuvor.

»Öffne es«, befiehlt er und deutet auf die Schatulle.

Widerwillig öffne ich das Kästchen, denn letztendlich siegt die Neugier.

Als ich sehe, was darin liegt, explodiert etwas in mir, das ich nicht in Worte fassen kann. Wie eingefroren starre ich auf den kleinen Finger, der auf Samt gebettet ist. Nicht irgendein Finger, sondern Pearls. Ich erkenne ihn sofort an der gezackten Narbe über dem ersten Fingerglied. Die hatte sie schon, als wir uns kennengelernt haben. Ich springe auf und bin mit zwei Schritten bei Bradley, nagele ihn mit meiner Hand an seiner Kehle an der nächsten Wand fest.

»Wenn du mich tötest«, grunzt er, »hat Pearl schneller eine Kugel im Kopf, als du aus diesem Gebäude rennen kannst.«

Sein Blick wandert in die Ecke und ich sehe das grüne Blinken der kleinen Kamera, die dort angebracht ist. Dieser Raum ist videoüberwacht und wer weiß, welcher seiner Handlanger hinter dem Monitor sitzt ... unter Umständen mit einer Waffe an Pearls Kopf.

»Das ist nicht dein verfickter Ernst!«, brülle ich ihn an. »Was hast du mit ihr gemacht?«

Zorn lodert in mir auf und noch etwas anderes: Schuldgefühle. Die Erkenntnis rieselt tröpfchenweise in meinen Verstand, dass ich einen Fehler begangen habe ... einen beschissenen, riesigen Fehler.

»Du hättest deine geliebte Prinzessin fragen sollen, warum sie das getan hat. Eine kleine, unbedeutende Frage und wir stünden jetzt nicht hier.«

Mein Griff um seine Kehle wird enger, bedrohlicher. Es wäre so einfach, ihm hier und jetzt für immer das Licht auszulöschen. Ich beäuge ihn blutrünstig. Nur die Kamera und der Drang, Antworten auf die einprasselnden Fragen zu bekommen, hindern mich daran, fester zuzudrücken.

Sein Gesicht färbt sich mittlerweile rot und seine Augen nehmen einen trüben Glanz an. Wenn er stirbt, dann stirbt eventuell auch Pearl. Ich lockere meinen Griff ein wenig, sodass er Luft holen kann. Zäh, mühsam, aber ausreichend.

»Sprich!«

»Ich will, dass du offiziell deine Macht an mich abtrittst«, schnauft er und holt immer wieder ruckartig Luft, als hätte er Angst, es könne der letzte Atemzug sein. »Das da ist nur der Anfang. Ein Finger. Das nächste wird ein Stück von ihrem Ohr sein. Stück für Stück bekommst du sie wieder. Dazwischen ein Bild, wie mein Messer ihr schönes Gesicht in dein Abbild verwandelt.«

Nun waren die Tröpfchen der Erkenntnis zu einem reißenden Fluss angeschwollen. Bradley hatte ihren Bruder in seine Gewalt bekommen und ihr dann einen Finger – was auch immer – geschickt. Wie lange hatte sie sich ihm widersetzt? Was musste Ryan erdulden, damit Pearl getan hat, was Bradley von ihr verlangte? Und wieso war ich dermaßen ahnungslos gewesen? Verdammt! Und ich habe gedacht, sie hätte mich aus

Geldgier ans Messer geliefert. Plötzlich wird mir bewusst, was ich getan habe. Was ich ihr angetan habe.

Welcher Verrat wog jetzt schwerer? Der von ihr unter Druck oder meiner unter falschem Vorwand?

»Du fragst dich gerade, wie weit ich gehen musste«, sprach er meinen Gedanken aus. »So lange, bis sie endlich zustimmte. Bis ihr Bruder bereits so gelitten hatte, dass er von Hass ihr gegenüber überschäumte. Hast du dich nie gefragt, wieso er in Deutschland ist und sich nicht ein einziges Mal bei ihr gemeldet hat?«

Das war mir entgangen, weil ich mich von meinen Gefühlen habe fehlleiten lassen. Man hatte ihren Bruder gefoltert und ich habe ihr Verhalten nicht einmal hinterfragt. Ich bin davon ausgegangen, dass sie es für Geld getan hat. Aber die Frage, warum sie dann nicht in Geld schwamm, habe ich mir nie gestellt. Ich wollte blind sein. Ein fataler Fehler.

»Nach einem Finger und dem Bild mit einem hübschen Schnitt in seinem jugendlichen Gesicht war sie soweit. Ich ließ ihr die Wahl zwischen dem Leben ihres Bruders oder dem Verrat an dir und ich denke, wir wissen beide, dass jeder unter diesem Druck eingeknickt wäre. Mal sehen, wie lange du brauchst.«

Ich stoße ihn von mir und streiche mir die Haare aus dem Gesicht. Bradley fasst sich an die Kehle, auf der mein Handabdruck zurückgeblieben ist.

Mordlust durchströmt meine Venen und ich muss an mich halten, ihm nicht doch mit bloßen Händen das Genick zu brechen. Die Narbe in meinem Gesicht pocht heftig, aber der Schmerz, der sich unmittelbar in meiner Brust festsetzt, übersteigt das Ganze um ein Vielfaches. Ich tat ihr das alles an, habe mich von meiner

Wut, meiner Enttäuschung leiten lassen, ohne ihr auch nur einmal die Möglichkeit zur Verteidigung zu geben. Schlimmer noch, ich fügte ihr bei dem Versuch, mit mir zu reden, noch mehr Schmerzen zu. War es da nicht nachvollziehbar, dass sie aufgehört hatte zu kämpfen? Dass sie sich meiner Wut ergeben hat? Man hatte sie zu diesem bösen Spiel, zu diesem feigen Spielzug, gezwungen und dabei hat sie nicht nur mich, sondern auch ihren Bruder verloren.

»Ich sehe, dass dir endlich ein paar Dinge klar geworden sind. Ich gebe dir bis Ende der Woche Zeit, dann will ich eine Entscheidung. Wenn nicht, dann freue dich auf das nächste Paket«, krächzt er.

Ohne ein Wort zu sagen, greife ich nach der Schatulle und drehe mich um. Gerade als ich meine Hand auf den Türgriff legen will, sagt er etwas, dessen Wahrheit ich nicht anzweifeln kann. Nicht mehr.

»Du hast sie nicht verdient.«

Nein, ich habe ich nicht. Wenn das alles wahr ist, dann sollte da mein Finger liegen, nicht ihrer.

»Vielleicht behalte ich diese *kleine Perle* ja. Bei mir wird sie es besser haben.«

# Kapitel 31

# Cole

*Seattle, Februar 2024*

Um mich herum ist alles in Rot getaucht. Ich stürme aus dem Zimmer, an Ace vorbei, hinaus ins Freie. Mein bester Freund folgt mir, ohne ein Wort zu sagen. Mein Zorn ist raumeinnehmend und nicht zu übersehen, da ist es besser, stumm abzuwarten, bis sich die ersten Wogen geglättet haben.

Ich taumele ans Auto und unterdrücke den Drang, mich zu übergeben. Wütend über mich und die Situation reiße ich die Autotür auf und lasse mich auf den Beifahrersitz fallen. Ace setzt sich neben mich und sieht einen Augenblick zu mir herüber, bevor er den Motor startet und das Auto von Bradleys Firmengelände lenkt.

»Soll ich fragen, was passiert ist?« Er versucht, gelassen zu wirken.

Ich schüttele den Kopf und umklammere die Schatulle.

Mein Handy vibriert und kündigt eine eingehende Nachricht an. Ich öffne den Bildschirm mit meinem

Fingerprint und scrolle durch meine Benachrichtigungen.

Sie sei entkommen, schrieb mir vor Stunden einer der Männer, die ich ins Krankenhaus beordert hatte. Ich muss seine Nachricht überlesen haben. Bei ihrem Zustand gestern war ich mir sicher, dass sie nicht versuchen würde zu fliehen. Auf den Gedanken, dass sie jemand entführen könnte, bin ich gar nicht gekommen.

»Scheiße!«, brülle ich in die Stille und prügele mit geballter Faust auf das Armaturenbrett ein. »Scheiße, scheiße, scheiße ...«

Sie ist nicht *entkommen*, sondern gekidnappt worden. Um mich herum bricht eine Welt zusammen. Ich brachte meinen leuchtenden Stern zum Erlöschen. Ich trieb meine Pearl an den Rand eines Selbstmordversuchs. Und weswegen?

»Trommel die besten und loyalsten Männer zusammen«, befehle ich mit gebrochener Stimme.

Ace nickt. Seine Augen wandern zu der schwarzen Schatulle, die ich so fest mit meinen Fingern umschlossen halte, dass das Weiß meiner Fingerknöchel hervorsticht.

»Was ist passiert?«, will Ace wissen und fährt mit überhöhter Geschwindigkeit zurück zu unserem Haus. »Was ist in dem Kästchen?«

»Pearls Finger«, stoße ich zwischen zusammengebissenen Zähnen hervor.

»Was?« Ace verreißt fast das Lenkrad und der Wagen kommt für einen Bruchteil einer Sekunde ins Schlingern.

»Bradley hat Pearl. Er hat sie direkt vor unserer Nase aus dem Krankenhaus entführt.«

»Was will er damit bezwecken? Dir einen Teil der Arbeit abnehmen?«

»Er will beenden, was er damals begonnen hat, nur dieses Mal will er *mich* vor die Wahl stellen.« Stockend erzähle ich ihm, was Bradley mir gerade offenbart hat.

»Mist.«

»Genau. Mist«, pflichte ich ihm bei.

Ich weiß, dass ihr angeblicher Verrat ihn genauso schwer getroffen hat wie mich. Wenn ich ihm die Erlaubnis gegeben hätte, sie abzuknallen, dann wäre sie jetzt unter der Erde. Schon während meiner Haft hatte er mir diese Möglichkeit vorgeschlagen. Wahrscheinlich weil er wusste, dass ich es nicht übers Herz bringen würde. Alleine meinem inneren Bastard, der zögerte, ist es zu verdanken, dass sie noch am Leben ist und jetzt kommt heraus, dass das alles ein abgekartetes Spiel meines Cousins war. Er hat die Bombe platzen lassen und mir dadurch den Boden unter den Füßen weggerissen.

Wie im Zeitraffer laufen die letzten Monate an mir vorbei. Vor meinem geistigen Auge sehe ich die Aktionen, mit denen ich Pearl gedemütigt und verletzt habe, egal ob mental oder körperlich. Allein die Erinnerungen daran fühlen sich an wie tausend Nadelstiche, die sich in mein Herz piksen. Die Gewissheit, ihr Unrecht getan zu haben, reißt alte Wunden auf. Wunden, die ich versucht habe zu schließen. Wahrscheinlich war mein Herz unter der Oberfläche des Hasses von ihrer Unschuld überzeugt gewesen und nur mein Verstand hatte sich darüber hinweggesetzt und mir ein falsches Bild vorgegaukelt.

Wenn ich es nicht schon wüsste, dann ist es mir bei Bradley bewusst geworden: Ich liebe Pearl und werde sie immer lieben. Sie ist stets ein Teil von mir gewesen, beherrschte meine Gedanken – in guten wie in schlechten Zeiten. Das Wissen, dass ich sie mit meinem Handeln für immer verloren haben könnte, überrollt mich geradezu. Mit einem lauten Jammerlaut schreie ich meine Verzweiflung, meine Wut hinaus. Ich muss diesen Druck loswerden, der mich innerlich zerquetscht.

»Ich habe sie verloren. Zum zweiten Mal ...«, brülle ich und gestehe mir meine Niederlage ein.

»Wir werden Pearl finden und sie zurückholen«, sagt Ace zerknirscht, fast schon trotzig.

»Und dann?«, frage ich verzweifelt. »Setzen wir uns an einen Tisch und reden?« Gedankenverloren streiche ich über meine Narbe. Es ist hirnrissig, zu glauben, dass Pearl mir je verzeihen wird.

»Warum nicht?«

»Weil sie ... verdammte Scheiße ... sie wird mir nicht zuhören. Ich habe sie so weit getrieben, dass sie sogar versucht hat ...« Ich mache vor Ace keinen Hehl aus meinem Schmerz. »Sie wird mich noch nicht einmal mehr ansehen wollen.«

»Sie wird«, sagt er bestimmt. »Und wenn ich sie an den Stuhl kette.«

Ich lache bitter auf und kneife mir müde an die Nasenwurzel.

»Wir biegen das wieder hin.« Ace schaut mich an und ich kann die Entschlossenheit in seiner Miene erkennen. Auch für ihn muss diese Neuigkeit ein Schlag in die Magengrube sein.

»Und wenn nicht?« Die pure Hoffnungslosigkeit packt mich.

Ich kann nicht nachgeben und Bradley meine Macht überlassen. Ich kann aber auch Pearl nicht aufgeben. Er wird nicht so dumm sein und sie bei sich unterbringen, sondern in einem gut gewählten Versteck. Eines, von dem weder ich noch ein anderer in meinem Umfeld ahnt, dass es existiert. Bradley ist gut vernetzt und könnte jemanden um Hilfe gebeten haben, der überhaupt nicht auf unserem Radar auftaucht. Schon die Tatsache, dass er den Raum videoüberwachte, zeugt von seiner Raffinesse. Es wird uns viel abverlangt werden und viele Gefallen kosten, Pearl zu finden.

Die nächsten Stunden delegiere ich meine Arbeit und schaffe mir Freiraum, um nach Pearl suchen zu können. Ace hängt am Telefon und klappert alle Kontakte ab, die uns in irgendeiner Form weiterhelfen könnten.

Am Abend haben wir unsere erste mickrige Spur. Mittlerweile hat es in unserem Haus die Runde gemacht, warum Pearl damals das Unbegreifliche getan hat. Diejenigen, die sie kennen- und lieben gelernt hatten, zogen genauso die Köpfe ein wie Ace und ich. Wir müssen uns alle an die Nase fassen und die Schuld auf uns nehmen, ihr etwas angedichtet zu haben, was so nicht den Tatsachen entsprach. Wir haben uns in die Irre führen lassen. Jeder, der Pearl kennt – richtig kennt – hätte es besser wissen müssen. Sie ist keine Frau, die sich von Geld oder Macht blenden lässt. Sie folgt ihrem Herzen – und wir brachen es ihr.

Wir sind eine Familie und gerade heute spüre ich es in einer überwältigenden Form. Jeder packt an, versucht, mir den Rücken von den Alltagsdingen freizuhalten und beteiligt sich an der Suche.

Pearl dachte, sie hätte keine Familie mehr, aber das ist falsch. Wir sind ihre Familie und wir werden wieder eine für sie sein.

# Kapitel 32

# Pearl



**_Geheimer Ort, Februar 2024_**

Ich erwache in einem weichen Bett. Meine Kehle ist wie ausgedörrt und ich fühle mich noch müder und ausgelaugter als im Krankenhaus. Das heftige, schmerzhafte Pochen in meiner Hand bemerke ich sofort.

Ich ziehe sie unter der seidenen Bettdecke hervor und erschrecke. Mein Puls schnellt nach oben. Ich blicke verwirrt auf den Verband, der nicht nur mein Handgelenk, sondern die ganze Hand umwickelt. Besonders fällt mir die Lücke auf, an der eigentlich mein kleiner Finger sein sollte. Das Hämmern und die Schmerzen rühren genau von dieser Stelle. Mein Verstand arbeitet auf Hochtouren, versucht zu verstehen, was das zu bedeuten hat.

Jemand hat mir den kleinen Finger entfernt. Es benötigt nicht viel Vorstellungskraft, wer das gewesen sein könnte. Ich tippe auf Bradley. Tränen der Hilflosigkeit und Empörung sammeln sich in meinen Augen.

Er hat es tatsächlich geschafft, mich aus dem Krankenhaus zu entführen und hierher, in dieses Zimmer,

in dieses Haus zu bringen. Und er hat ... ein Schrei formt
sich in meiner Kehle. Abermals blicke ich auf den dicken Verband. Das Einzige, was ich gerade denken
kann, ist, dass ich froh sein kann, dass man mich be-
täubt hat, bevor man das Messer am Finger ansetzte.

Ryan war das seinerzeit nicht vergönnt gewesen. Er
hatte das bei vollem Bewusstsein miterlebt. Die
Schmerzen, der Schock, die Gewissheit, gleich etwas
Wichtiges zu verlieren und nichts dagegen tun zu können – all das war auf ihn eingeprasselt wie ein Hagel-
sturm, der ihn zerstört hat. Tränen rollen ungehindert
über meine Wange. Wann wird das hier endlich enden?
Genug ist genug. Die Zündschnur ist gelegt. Nur ein
kleiner Funke fehlt und die Emotionen in mir werden
explodieren.

Das Schloss klickt und die Tür schwingt auf. Bradley
kommt mit einem Grinsen im Gesicht und einem Tablett in den Händen ins Zimmer. Er nickt mir zu, als er
sieht, dass ich wach bin.

»Du solltest etwas essen und trinken«, sagt er nüchtern und stellt das Tablett auf dem Nachttisch ab. Der
Geruch von Hühnersuppe erfüllt den Raum und lässt
meinen Magen knurren. Ich sehe ihn verächtlich an.
Dann entlädt sich all meine Wut. Ich schreie ich ihn
an – schrill, kratzig, ungehalten.

»Du verdammter Hurensohn! Du Arsch! Was soll
das?« Dabei hebe ich meine verletzte Hand – auch wenn
es mich alle Kraft kostet – und halte sie ihm hin.

»Wäre es dir ohne Narkose lieber gewesen?« Unbeeindruckt von meinem Ausbruch zuckt Bradley nur mit
den Achseln und deutet auf das Essen. »Iss jetzt!«

»Du kannst dir dein Essen sonst wohin schieben!«, fauche ich ihn an. »Was ist dein verdammtes Problem?«

»Süße Pearl. Du solltest mal in den Spiegel schauen. An dir ist außer Haut und Knochen nichts mehr dran. Also mach mich nicht sauer und iss einfach, sonst ...«

»Sonst was?«, gifte ich ihn an. »Sonst schneidest du mir einen Finger nach dem anderen ab? Bingo, dann kann ich definitiv keinen Löffel mehr halten.«

»... lass ich dich zwangsernähren, wollte ich sagen. Der andere Finger kommt in der nächsten Runde dran. Wenn du lieb bist, frag ich dich eventuell vorher, auf welchen du verzichten möchtest.« Er schenkt mir ein zynisches Lächeln.

Haben sie jetzt alle den Verstand verloren? Ich schließe meine Augen, in der Hoffnung, aus diesem Albtraum erwacht zu sein, wenn ich sie wieder öffne. Leider funktioniert es nicht und ich muss erneut in die kalten Augen von Bradley blicken. Wenn es mein körperlicher Zustand zulassen würde, würde ich mich jetzt auf ihn stürzen und ihm das Lächeln aus dem Gesicht kratzen, egal welche Konsequenzen es mit sich brächte.

»Soll ich dir helfen oder schaffst du es allein?« Sein Blick durchbohrt mich.

Er ist emotionslos und genauso kaltschnäuzig wie der Rest der Familie. Ich bin so kurz davor, den Verstand zu verlieren und erneut auszurasten, aber ich brauche meine Energie. Frustriert schüttele ich den Kopf, weil ich ahne, dass es keine leeren Worte sind, die er gerade ausgesprochen hat. Mühsam rapple ich mich auf und lehne mich an das Kopfende vom Bett. Mit einem anerkennenden Nicken befördert er das Tablett auf meinen Schoß und lehnt sich mit verschränkten Armen gegen die Wand. Mit Adleraugen beobachtet er jede meiner Bewegungen. Erst als die Suppenschale leer ist, brummt er zufrieden. Dann reicht er mir eine Schmerztablette und das Wasserglas.

»Wo bin ich hier?«

»Im Haus eines Freundes. Keine Sorge, Cole wird dich hier nicht finden.«

Macht mir das Sorgen oder eher Hoffnung?

»Der Arzt meint, du brauchst frische Luft, Ruhe und nahrhaftes Essen. Ich mache dir einen Vorschlag: Ich nehme dich mit nach unten in den Garten, damit du in der Sonne zu liegen und ein wenig frische Luft schnappen kannst. Danach suchst du dir ein Buch aus der Bibliothek aus und versuchst, wieder zu Kräften zu kommen. Einverstanden?«

Seine Fürsorge und seine freundliche Art stehen im krassen Widerspruch zu dem, was er mir angetan hat. Fassungslos sehe ich ihn an. »Warum tust du das alles?«

»Das habe ich dir im Krankenhaus schon gesagt, Pearl«, entgegnet er fast schon sanft. »Aber ich versuche, dir so wenig Schmerzen und Unannehmlichkeiten wie möglich zu bereiten.«

Erschöpft sacke ich zurück. Schmerzen und Unannehmlichkeiten. Was noch?

Er greift nach einer meiner dunklen Locken und lässt sie durch seine Finger gleiten. »Ich verbinde deine Hand neu, dann ziehen wir dir etwas anderes an und gehen nach unten.«

Ohne auf meine Proteste einzugehen, trägt er das Tablett aus dem Zimmer und kommt kurze Zeit später mit einem neuen voller Verbandsmaterialien zurück. Bradley lässt sich auf der Bettkante nieder und greift bestimmend nach meiner Hand. Vorsichtig und mit geübten Griffen schneidet er mir den Verband auf. Mit jeder abgelegten Schicht legt er die Wunden frei. Eine hässliche, rötliche und geschwollene Naht zieht sich vom Handballen entlang des Handgelenks. Und dann ist da noch die Stelle, an der eigentlich mein kleiner Finger hätte sein sollen. Jetzt ist dort ein frisch genähter Stumpf. Der Anblick treibt mir erneut die Tränen in die Augen und ich wende meinen Blick ab.

Bradley ist davon unbeeindruckt und meint salopp: »Du wirst dich daran gewöhnen. Jetzt ist alles noch wund und schmerzhaft, aber in ein paar Monaten wirst du das vergessen haben.«

Vielleicht sollte ich ihm ebenfalls den Finger abschneiden und das Gleiche behaupten. Oder etwas anderes, eine Region tiefer?

»Mehr macht mir diese Naht Sorgen.« Er streicht die langgezogene Wunde entlang, ohne sie wirklich zu berühren. »Was hast du dir dabei gedacht?«

Sein Vorwurf trifft mich unvorbereitet. Ich will ihm keine Genugtuung geben und beiße mir anstelle eines Kommentars auf die Unterlippe. Eine Flut von Tränen rinnt über meine Wange, während mich Bradley eingehend betrachtet.

»Lass mich einfach gehen!«, bitte ich flüsternd – zu mehr bin ich nicht imstande.

»Das geht nicht und du weißt wieso. Außerdem musst du erst wieder zu Kräften kommen. Diese Aktion von dir war dumm und leichtsinnig.«

Seine ruhige, dominante Art erinnert mich an Cole. Er ist genauso. Die beiden Cousins ähneln sich in vielerlei Dingen, würden es aber nie und nimmer zugeben. Ich bin zu erschöpft, um mit ihm zu diskutieren, und bejahe nur stumm.

Als er den neuen Verband angelegt hat, bringt er mir frische Kleidung.

»Ich stehe vor der Tür. Falls du Hilfe brauchst, ruf einfach.«

Ich entledige mich dem Krankenhauskittel und ziehe mir umständlich frische Unterwäsche, Jogginghose und den dicken weichen Pullover an. Jede Bewegung erschöpft mich und die linke Hand pocht und schmerzt. Ein Kraftakt. Immer wieder muss ich pausieren und Luft holen.

»Okay. Fertig.« Erschöpft lasse ich mich in die Kissen fallen.

Bradley drückt die halb geschlossene Tür auf und kommt zu mir. Er legt eine Hand unter meine Knie und hebt mich aus dem Bett, als wöge ich nichts.

Ich will protestieren und auf eigenen Beinen laufen, muss mir aber leider eingestehen, dass ich es nicht schaffe. Zähneknirschend lege ich meine unverletzte Hand um seinen Hals und lasse ich mich von ihm den Gang entlang, die Treppe hinunter durch ein Wohnzimmer in ein Esszimmer tragen. Dort führt eine große offene Glastür auf eine Terrasse. Der bullige Typ aus dem Krankenhaus sitzt am Esstisch und trinkt einen Kaffee. Überrascht blickt er zwischen Bradley und mir hin und her. Ohne etwas zu sagen, stellt Bradley mich auf meine wackligen Füße und begleitet mich hinaus auf die Terrasse. Er zeigt auf eine der Liegen, die dort stehen. Etwas unbeholfen lasse ich mich darauf nieder.

Ein kalter Wind bläst mir ins Gesicht und ich fröstle. Es riecht nach Regen und nasser Erde. Ich reibe mir die

Arme und genieße dennoch die wenigen Sonnenstrahlen, die durch die Wolkendecke dringen. Bradley reicht mir sofort eine kuschelige Decke, in die ich mich dankbar einwickele.

Die Situation ist absurd. Ich habe einen Albtraum gegen einen anderen eingetauscht. Wieso trifft es ständig mich? Würde hier die alte Pearl sitzen, dann würde Bradley sein blaues Wunder erleben. Aber ich bin nicht mehr die alte. Ich bin mutlos, frustriert, energielos und müde – so müde.

Bradley nimmt auf der Liege neben mir Platz. »Wir müssen uns unterhalten.«

Seinem ernsten Tonfall nach zu urteilen, wird mir nicht gefallen, was er zu sagen hat.

»Ich habe heute mit Cole gesprochen. Er wird dich nicht retten, Pearl«, fängt er an und seine grauen kalten Augen sehen mich eindringlich an. »Ihm ist seine Rache wichtiger als du. Ihm ist seine Macht wichtiger als du. Warte nicht darauf, dass er dich rettet. Er wird nicht kommen.«

Seine Worte treffen mich im Herzen, obwohl ich es bereits wusste. Cole hätte mir Gehör schenken müssen, wenigstens einmal. Aber das hat er nicht getan.

»Was forderst du von ihm?«

»Ich will das Hafengeschäft und alles, was damit zusammenhängt. Es ist ein Geschäft, mit dem ich meinen Bereich vorantreiben und ausbauen könnte. Er hat Zeit bis zum Ende der Woche, um alles an mich abzutreten.«

Ich schlucke. Niemals wird Cole dem zustimmen.

»Und wenn er es nicht tut?« Eigentlich will ich keine Antwort – ich kenne sie. Ich habe sie in den Verletzungen meines Bruders, in seinem Leiden gesehen.

»Darüber will ich mit dir sprechen.« Bradleys Stimme nimmt einen wärmeren Tonfall an, dennoch treiben mir seine nächsten Worte die Eiseskälte durch den Körper. »Ich will dir nicht wehtun – glaub mir, aber es muss sein. Ich werde ihm noch eine Motivation schicken müssen.«

»Eine Motivation in Form von was?!«, frage ich bissig.

»Deinem Ringfinger.«

Geschockt drücke ich meine Hände an die Brust und schüttele ungläubig und verängstigt den Kopf.

»Niemals!«

»Ich glaube nicht, dass du in der Position bist, es abzulehnen.« Er deutet auf den Verband. »Ich werde aber die bereits demolierte Hand nehmen, damit es nicht zu schwer für dich wird.«

Ein Wimmern geht über meine Lippen. »Nein, das kannst du nicht machen …«

Selbst in meinen Ohren höre ich mich erbärmlich an. Aber wer bliebe in dieser Situation cool? Nicht bei dem, was man mir gerade androht.

»Ich verspreche dir, dass ich dir meinen Ehering auch an den anderen Finger stecken werde.«

»Willst du mich verarschen?« Er kann das nicht ernst meinen. Er will mir den Ringfinger nehmen und stellt mir gleichzeitig in Aussicht, mich … keine Ahnung, was er mit seiner Bemerkung andeuten will.

»Nein, ich meine es todernst.« Seine Miene verrät, dass er nicht mit mir spielt.

»Seid ihr jetzt alle verrückt geworden?«

Bradley gesteht mir gerade ein, dass er Gefühle für mich hat? Er kennt mich doch gar nicht. Oder ich bin in einen beschissenen Wettkampf zwischen zwei Alphatiere geraten? Er kann doch nicht ernsthaft glauben, dass er jemanden den Finger abschneidet und derjenige später für ihn Zuneigung empfindet. Ich will Bradley nicht, nicht jetzt und nicht später. In meinem Herzen gibt es nur Platz für einen Mann. Cole, sonst niemanden. Meine innere Stimme lacht hämisch auf. Du denkst ernsthaft darüber nach, einem Mann zu verzeihen, der dich monatelang psychisch folterte, um seine Rache zu bekommen?

»Cole hat dich nicht verdient und ich mache keinen Hehl daraus, dass ich dich will. Ich meine es ernst mit dem Ring.«

»Du hast mich auch nicht verdient«, stelle ich klar und hebe meine verletzte Hand. »Wer mir oder meinem Bruder das antut, verdient mich genauso wenig. Selbst wenn du Cole meine Hand, meinen Fuß oder meine Augen schickst. Er wird dir nicht geben, was du verlangst. Was bezweckst du damit, wenn uns beiden schon heute klar ist, dass ich ihm das nicht wert bin?«

»Das mag in deinen Ohren zynisch klingen. Aber dann bin ich mir zu hundert Prozent sicher, dass er dich nicht will und du kannst bei mir bleiben.«

»Du willst mich zwingen, bei dir zu bleiben?«

»Ich hoffe nicht, dass es so weit kommt, sondern dass du freiwillig bleibst. Aber wenn es sein muss, ja, ich würde dich auch – zu deinem Wohle – zwingen.«

»Zu meinem Wohl?« Ich lache bitter auf. »Nie und nimmer.«

»Wenn du bleibst, dann wird das die letzte Verletzung sein. Danach werde ich dich hüten und umsorgen wie meinen Augapfel. Das verspreche ich dir. Dir soll es an nichts fehlen und mit der Zeit wirst du mich akzeptieren und vielleicht sogar lieben lernen.«

»Du willst jemanden an deiner Seite, der dich nicht will? Der dich hasst, weil du seinen Bruder gefoltert und ihm die Finger abgeschnitten hast?«

»Ich will dich an meiner Seite, Pearl. Niemand anderen. Und vorerst reicht es mir, wenn du hier bist.«

»Ich bin keine Trophäe in eurem miesen Machtkampf!« Ich schnaufe wütend.

Er sieht mich nur mit einem schrägen Lächeln an, als müsse er einem kleinen Kind gerade mitteilen, dass es völlig falsch liegt.

Ich bin von einem Gefängnis in das andere gekommen. Vom Regen in die Traufe. Habe nur das eine Monster gegen das andere getauscht. Was wird als nächstes passieren?

# Kapitel 33

# Pearl



***Geheimer Ort, Februar 2024***

Mit jedem Tag, den ich länger in Bradleys Gesellschaft verbringe, verwirrt mich dieser Mann mehr. Wenn mich die täglichen Verbandswechsel nicht an seine abscheuliche Aktion erinnern würden, so würde ich nicht glauben, dass er zu solch einer Barbarei fähig ist.

Es ist wie ein Ritual, das wir jeden Morgen abhalten. Er weckt mich mit einem Kuss auf die Stirn, setzt sich an mein Bett und verlangt nach meiner verletzten Hand. Bradley hat verstanden, dass ich um diese Uhrzeit noch nicht mit ihm reden will und so schweigen wir uns an. Ich lege meine Hand in seine und schließe die Augen für einen kurzen letzten Augenblick des Erwachens.

Bradley schneidet den nächtlichen Verband mit einer solchen Sanftheit auf, dass ich es kaum spüre, schmiert eine vom Arzt verschriebene Salbe auf den Schnitt und fährt mit seinem Daumen sanfte Kreise über die Haut, bis die Salbe eingezogen ist.

»In ein paar Tagen können wir den Verband weglassen, damit Luft an die Wunde kommt.«

Ich schweige weiter und starre auf den Fingerling aus Mullbinde, der mir den Anblick des Stumpfes erspart. Trotz der Schmerzmittel fühle ich ein ständiges unterschwelliges Pochen. Beißender jedoch ist die Erkenntnis des Verlustes.

Mit einem Seufzer erhebt Bradley sich und packt die Verbandssachen zusammen.

»Schaffst du es alleine?«

Seine Frage ist berechtigt. Bis gestern war ich nicht imstande, die Treppen ins Untergeschoss selbstständig zu bewältigen. Mir fehlten Kraft und Energie.

»Ich probiere es«, gebe ich zerknirscht zurück.

Ich will seine Hilfe nicht. Weder beim Ankleiden noch beim Treppensteigen noch bei irgendetwas anderem. Tatsächlich will ich seine Visage überhaupt nicht mehr sehen. Nie wieder.

Mühsam quäle ich mich hoch und tausche das T-Shirt gegen eine bequeme Jogginghose und einen Hoodie. Kurz überlege ich zu duschen, aber das letzte Mal hat mich mein Kreislauf im Stich gelassen und Bradley musste mich aus der Dusche ziehen – halbnackt, weil ich wohlweislich meine Unterwäsche anbehielt. Diese Erfahrung will ich eigentlich nicht wiederholen. Vielleicht probiere ich es nach dem Frühstück noch einmal.

Die Treppe stellt sich abermals als Herausforderung dar. Ich umklammere mit der gesunden Hand das Geländer und zwinge mich, einen Schritt nach dem anderen zu machen. Mein Kopf schwirrt und ich fühle mich wackelig.

In der Küche angekommen, setze ich mich an den Esstisch und greife nach dem dampfenden Kaffee, den Bradley mir in einem großen Becher bereits hingestellt hat. Mittlerweile weiß er, wie ich ihn gerne trinke: mit aufgeschäumter Milch und zwei Löffeln Zucker. Der Duft von gemahlenen Kaffeebohnen und gebratenem Speck mit Eiern hängt in der Luft.

Es ist Samstag. Ich bin seit vier Nächten hier und das Ende der Woche naht. Meine Gnadenfrist endet damit auch.

Ich schiebe den Teller mit dem Rührei und den frischen Baguettescheiben von mir. Bradley nimmt mir gegenüber Platz und sieht mich mit hochgezogener Augenbraue an. Wieder nippe ich an meinem Kaffee, doch das Essen rühre ich nicht an. Mir ist der Appetit vergangen.

»Keinen Hunger?«

Ich zucke mit den Achseln.

Vico, der bullige Mann, der mich zusammen mit Bradley aus dem Krankenhaus geholt hat, erscheint und lässt sich einen doppelten Espresso aus dem Vollautomaten ein. Er redet nicht viel, scheint aber ein loyaler und wichtiger Mann für Bradley zu sein. Als er sich zu uns an den Tisch stellt, linst er auf mein unangetastetes Essen. Ich schiebe es ihm hin.

»Bevor es verkommt«, sagt er grinsend und murmelt ein Danke.

»Wie soll es jetzt weitergehen?«, frage ich Bradley direkt und mit aggressivem Unterton.

Die letzten beiden Tage habe ich damit verbracht, mir zu überlegen, wie ich ihn von seiner dämlichen Aktion abhalten kann. Ich will weder seine Spielfigur sein noch bei ihm bleiben. Ich will meine Freiheit zurück.

Ich will zu Stacy nach Providence fahren, mir dort einen netten, einigermaßen gut bezahlten Job suchen und einen Neuanfang wagen – weit weg von den Burtons – weit weg von dieser ganzen verquirlten Scheiße.

»So, wie ich es dir bereits mitgeteilt habe.«

»Das kann nicht dein verfickter Ernst sein«, stoße ich aus und funkele ihn wütend an. »Du machst hier auf Gentleman und willst mich dann doch foltern?«

»Foltern?«, höhnt er. »Ich glaube, du hast keine Ahnung, was richtige Folter ist.«

»Ich werde mir nicht noch einen Finger von dir abschneiden lassen – egal ob mit oder ohne Narkose.«

Meine Nerven flattern. Ein Blick auf das Messer vor mir und die Mordlust kämpft sich erneut an die Oberfläche.

»Solltest du es wagen, mir wehzutun, dann rate ich dir, mich anschließend weit wegzubringen, sonst ...«

Ich umklammere meine Tasse mit beiden Händen, darauf bedacht, keinen Druck auf den kleinen Finger auszuüben, beziehungsweise auf das, was von ihm übrig ist.

Ein spöttisches Grinsen erscheint auf Bradleys Gesicht. Da ist er ja wieder, der teuflische Teil von ihm.

»Sonst was? Was willst du dagegen tun?«

»Oh, das kann ich dir sagen«, gebe ich boshaft zurück. »Dann, wenn du gar nicht damit rechnest, werde ich mich rächen. Vielleicht nicht in der nächsten Zeit, aber in ein paar Monaten – egal wann. Du wirst es nicht kommen sehen. Du wirst nicht damit rechnen. Du wirst denken, jetzt ist alles gut. Genau dann werde ich zuschlagen. Und glaub mir, es wird mit Sicherheit nicht einer deiner Finger sein, der meiner Rache zum Opfer fällt.«

Vico lacht auf und verschluckt sich. Sein Husten zieht unsere beiden Blicke an.

»Was?«, fahre ich ihn an und warte, bis sein Hustenanfall vorüber ist.

»Sie hat recht. Die Rache einer Frau sollte man nicht unterschätzen.«

»Ich werde es mir merken, jetzt, wo ich von ihrem Plan weiß«, erwidert Bradley hochmütig.

Ich lache verächtlich.

»Nun, Chef, ich hätte eine Idee, wie wir dem Dilemma entgegenwirken könnten.«

»Sprich«, fordert Bradley seinen Mann auf.

Etwas blitzt in dessen Augen auf. Ich bin neugierig, was für eine aberwitzige Idee das sein soll.

»Ein Freund von mir arbeitet im städtischen Leichenschauhaus. Vielleicht hat er was Passendes da«, mutmaßt er.

»Vico, du machst dich gerade ein wenig beliebter bei mir.« Die Vorstellung, Cole den Finger einer Leiche unterzujubeln, gefällt Bradley offenbar besser, als seinen hergeben zu müssen. Er reibt sich das Kinn. »Das könnte sogar funktionieren.« Er schaut zu mir.

Ich mag den selbstgefälligen Ausdruck in seinen Augen nicht.


Als die ersten Sonnenstrahlen hervorblitzen, setze ich mich draußen auf eine der Liegen – dick eingemummelt in eine Decke. Durch den Blutverlust ist mir ständig kalt, aber das Kitzeln der Strahlen auf meinem Gesicht ist einfach zu verlockend. Ich greife nach dem Buch, das ich mir in diesem Arbeitszimmer mit einer riesigen Bücherwand voller Schmöker ausgesucht habe. Es ist keine typische Bibliothek mit alten Büchern, denn neben Klassikern hat der Hausherr eine breite Auswahl an Krimis, Thrillern und historischen Romanen. Ich begnüge mich mit einem humorvollen Krimi – etwas, das meine düsteren und morbiden Gedanken aufheitern kann.

# Kapitel 34

# Cole



***Seattle, Februar 2024***

Seit Tagen gleicht das Haus einer Kommandozentrale. Meine Männer sind eifrig damit beschäftigt, eine Lösung für das Problem *Bradley* zu finden.

»Ich melde mich, sobald ich Neuigkeiten habe«, verspreche ich meinem Vater und lege auf. Gerade habe ich ihm und meiner Mutter den Sachverhalt erklärt und sie auf den neuesten Stand gebracht. Die Reaktion meiner Mutter lässt mein Herz immer noch höherschlagen. Sie weinte, als ich ihr von Pearls Grund für den Vertrauensbruch erzählte.

»Ich habe nie verstanden, warum sie das hätte tun sollen. Geld hat sie nie interessiert«, war ihre schlichte Bemerkung dazu gewesen und als ich ihr von den Verletzungen erzählte, die Ryan vermutlich erleiden musste, brach sie in Tränen aus. In dem Moment war ich zu feige, ihr zu erzählen, dass Bradley auch Pearl einen Finger abgeschnitten und mir überreicht hat. Diesen Teil erzählte ich nur meinem Vater, der betroffen schwieg.

Jetzt habe ich grünes Licht und den Rückhalt meiner Familie, Bradley einen Denkzettel zu verpassen. Sollte er Pearl noch ein Haar krümmen, dann gnade ihm Gott. Ich lasse ihn sein Grab selber schaufeln, bevor ich ihm die Kugel in die Stirn jage. Ich kann nur hoffen, dass Pearl nicht zu sehr leidet und dass sie mir verzeiht.

»Ich hab was gefunden!« Dillon kommt atemlos ins Wohnzimmer gestürmt. Alle Blicke sind auf ihn gerichtet.

»Was?«, frage ich ungeduldig und streiche mir zum hundertsten Mal durch meine Haare. Bisher führten alle Spuren ins Nichts. Sollte das hier anders sein?

»Ich habe von dem Freund eines Freundes, der wiederum einen Freund hat ... und so weiter ... ihr wisst, was ich meine ... also ich habe eine Adresse.«

»Rück raus«, sage ich schroffer als beabsichtigt. Aber meine Nerven liegen blank und meine Männer wissen das.

»Gib her«, sagt Ace und hält die Hand auf. »Wayne Acosta«, liest er den Namen auf dem Zettel laut vor.

Ich schüttele den Kopf und zucke ratlos mit den Schultern. »Mir sagt der Name nichts, aber einen Versuch ist es wert.«

»Wayne ist der Freund von Larissa McDonald und die ist Bradleys ehemalige Schulkameradin aus der Elementary School«, erklärt uns Dillon. Er macht eine ausladende Handbewegung.

»Immerhin ist es ein Anfang. Bisher haben wir nur im Dunkeln getappt. Eine Spur ist eine Spur, egal wie klein«, befindet Ace.

Ich muss ihm zustimmen. Auch an ihm sind die letzten Tage nicht spurlos vorübergegangen. Das Ganze hat ihn schwer getroffen, noch mehr allerdings der Abend, an dem wir ... ich darf gar nicht darüber nachdenken. Wir sind zu weit gegangen und jetzt wird uns die Rechnung präsentiert.

»Elementary School ... lange her. Das hat er geschickt eingefädelt. Er zieht in ein Haus, das so gar keine Verbindungen zu ihm hat.«

»Nicht geschickt genug.« Ace grinst und reicht mir den Zettel.

Ich werfe einen kurzen Blick darauf. »Allerdings sollten wir das erst genau unter die Lupe nehmen, bevor wir schwere Geschütze auffahren.«

Plötzlich taucht Jim mit einem grimmigen Gesichtsausdruck auf. Er hält ein kleines Paket in den Händen. Meine Augen heften sich darauf und mein Puls schnellt nach oben.

»Ein Bote war gerade am Tor und hat das abgegeben.«
»Welcher Bote?«

»Ein Junge, keine Ahnung, vielleicht sechzehn. Er meinte, ein Mann hat ihm Geld gegeben, um das hier abzugeben.«

Bei mir fangen alle Alarmglocken an zu schrillen. Die Woche ist noch nicht rum. Bradley wird doch nicht ...?

Mit einem unheilvollen Gefühl nehme ich das Paket entgegen. Ich will es nicht aufmachen. Ace, Dillon und Jim folgen mir in die Küche. Ich krame in den Schubladen herum und hole ein Messer hervor. Weitere Männer gesellen sich zu uns und es herrscht eine gedrückte, düstere Stille.

Es gibt keinen Absender, aber den brauche ich auch nicht. Vorsichtig öffne ich die Packung. Darin eine Schatulle, ganz ähnlich der, die ich bereits von meinem

Cousin überreicht bekommen habe. Ich drücke auf den Knopf und als sie aufspringt, halte ich den Atem an und starre auf das Teil in der Schatulle. Ich kann nicht denken, nicht atmen und nicht reagieren. Dann überrollt es mich mit der Kraft einer Dampfwalze. Feurige Lava der Wut, der Entrüstung und des Schmerzes wüten in meinen Adern, breiten sich in Windeseile aus – tödlich, unaufhaltsam. Ich lasse das Kästchen mit dem Ohr auf die Küchenarbeitsplatte fallen.

Ich koche wie ein Teekessel und muss Dampf ablassen, bevor ich explodiere. Mit einem Brüller stürme ich aus dem Zimmer, aus dem Haus in den Garten. Frustration nährt meine Raserei und breitet sich in mir aus. Ich will etwas zerschlagen, auf etwas eindreschen, vorzugsweise auf meinen Cousin, um diesen Druck in mir loszuwerden. Ein Schalter legt sich in mir um und plötzlich sind um mich herum nur noch rote Wolken des Zorns.

Als ich wieder zu mir komme, stehen Ace und Jim in gebührendem Abstand von mir entfernt und blicken mit ernster Miene auf das Desaster. Stühle, der Tisch, die Liegen und die Auflagen liegen in einem Durcheinander verteilt im Garten, als wäre der Wirbelsturm durchgefegt. Ich schaue auf meine blutigen Handknochen und fühle dennoch keinen Schmerz, außer den tief in mir.

Pearl. Ich kann nur an sie denken. An den Schmerz, den sie erleiden muss. An die Verzweiflung und die Hilflosigkeit.

Er hat ihr tatsächlich ein Ohr abgeschnitten. Ein Ohr – wie barbarisch ist das denn?

»Wenn ich ihn in die Finger bekomme, dann wird er dafür büßen!«, brülle ich atemlos. »Ich werde ihm zuerst die Fingernägel ziehen, dann jeden Finger einzeln brechen, bevor ich sie absäge und dann mache ich mit seinen Zehen, Ohren und zum Schluss seiner Nase weiter. Er wird den Tag verfluchen, an dem er Pearl auch nur angefasst hat.«

»Cole«, dringt Aces Stimme zu mir. »Wir werden sie finden und ihn auch. Versprochen.«

Ich greife in meine Hosentasche und hole mein Handy hervor. Erneut wähle ich die Nummer meiner Eltern. Nach dem zweiten Klingeln geht mein Vater ran.

»Cole ...«

»Ich werde ihn umbringen, langsam und schmerzhaft ...«, unterbreche ich meinen Vater schroff. »Es ist mir egal, wer er ist und ob das gleiche Blut durch seine Adern fließt. Er hat gerade sein Todesurteil unterzeichnet.«

Jemand nimmt mir das Handy aus der Hand.

Außer Pearl hat nur Ace so viel Mumm, mir jetzt so nahe zu kommen. Er dreht sich von mir weg und redet auf meinen Vater ein, scheint ihm die neue Lage zu erklären. Ich balle die Fäuste und atme tief ein. Die erste Zorneswelle ist vorüber, aber der Schmerz ist geblieben.

»Stellt eine Gruppe von vier Mann zusammen und checkt die Adresse«, befehle ich.

Jim eilt davon. Ich bin mir sicher, bald haben wir mehr Informationen, mit denen wir arbeiten können.

Keine zwei Stunden später haben wir ein vorläufiges Ergebnis: Bradley ist tatsächlich dort. Jedoch fehlt von

Pearl jede Spur. Wir sind uns einig, dass wir das Risiko eingehen müssen, weil im Grunde nur Bradley uns die Frage nach ihrem Verbleib beantworten kann. Er wird ihr nichts Ernsthaftes antun. Nicht solange er in der Hoffnung schwelgt, mich durch sie erpressbar machen zu können.

# Kapitel 35

# Pearl

***Geheimer Ort, März 2024***

Heute ist Sonntag. Im Haus herrscht eine trügerische Ruhe. Unter dem Deckmantel der Normalität fühle ich eine unterschwellige Anspannung, als würde etwas in der Luft liegen.

Bradley hat mich vorhin geweckt, den Verband entfernt und nur den Fingerling wieder erneuert. Die Wunde am Handgelenk sieht immer noch dick, wulstig und alles andere als schön aus. Aber für diese Narbe kann ich nur mir die Schuld geben. Der Weg in die Küche ging heute auch schon besser und langsam merke ich, wie meine Kraft zurückkehrt. Was Schonung und ein paar gesunde Mahlzeiten so alles bewirken können.

Ich schlendere in die Küche und bin erstaunt und erleichtert zugleich, alleine zu sein. Es scheinen alle ausgeflogen zu sein. Ich hole mir einen Becher aus dem Oberschrank, stelle ihn unter die Kaffeemaschine und drücke auf *Latte macchiato*. Das Geräusch des Mahlwerks und der Duft von frischem Kaffee erfüllen den Raum. Ich liebe diesen Geruch von Röstaromen. Mit beiden Händen umgreife ich den Becher und stelle mich an die geschlossene Terrassentür. Draußen scheint sich etwas zusammenzubrauen. Dunkle Wolken kündigen Regen an. Bei dem Anblick fröstle ich. Das Wetter passt zum Märzanfang und der merkwürdigen Stimmung im Haus. Bradleys Wachen patrouillieren im Garten.

Ich trinke gerade meinen zweiten Becher Kaffee, als plötzlich Unruhe aufkommt. Ein Mann eilt in die Küche und schaut sich suchend um, dann stürmt er wieder fort. Wahrscheinlich dachte er, Bradley würde mir Gesellschaft leisten.

Kurze Zeit später kommt der herein, gefolgt von Vico. Sie wirken nervös und gereizt.

»Morgen«, presst Vico hervor und holt sich ebenfalls einen Becher, den er unter die Maschine stellt. Bradley tigert unruhig hin und her.

»Morgen«, antworte ich und starre ihn an.

Aus heiterem Himmel schrillt ein Alarm los. Bradley und Vico tauschen schnelle Blicke. Bradleys Gesichtsausdruck wechselt von finster zu panisch.

»Bring sie in den Keller«, befiehlt er Vico und nickt in meine Richtung.

Ich kann gar nicht schnell genug reagieren, da umfasst Vico bereits meinen Oberarm und drängt mich aus der Küche. Er zieht mich einen Gang entlang zu einem Arbeitszimmer. Vor dem Wandschrank voller Bücher bleiben wir stehen. Verwirrt schaue ich auf das Bücherregal und eine eisige Kälte fährt mir den Rücken hoch. Ohne mich loszulassen, betätigt Vico einen geheimen Knopf und ein Klicken ertönt. Plötzlich kommt wieder Leben in mich und ich stemme mich mit aller

Gewalt gegen ihn. Ich will nicht in den Keller, schon gar nicht in einen geheimen.

*Keiner wird dich dort finden*, schießt es durch meinen Kopf. *Keiner, auch Cole nicht.*

Vico hat mich fest im Griff. Ich habe keine Chance gegen ihn. Kaum ist die Tür aufgeschwungen, stolpern wir in die Finsternis. Er schiebt mich vor sich her eine Treppe hinunter. Es riecht muffig und nach abgestandener Luft. Nur das Licht seines Handys vertreibt ein wenig die Dunkelheit und wirft gruselige Schatten an die Wand. Je tiefer wir gehen, desto kälter und feuchter scheint es zu werden. Ich erkenne nicht viel, kann nicht sagen, ob der Keller groß oder eher klein ist. Die Schwärze umhüllt mich wie ein Grab – mein Grab.

Vico zerrt mich zu einer Wand. Es klirrt und ehe ich mich versehen kann, hat sich eine eisige Schelle um mein Handgelenk gelegt. Ich keuche auf, als das kalte Eisen meine frische Narbe berührt, aber Vico ignoriert mich.

»Du bleibst hier, bis das da oben geklärt ist.«

»Das tut mir weh«, beschwere ich mich.

»Dann beweg dich nicht, setz dich hin und warte.« Er entfernt sich von mir und nimmt das Licht mit sich. Ich keuche entsetzt auf.

»Bitte«, flehe ich und höre mich wie ein weinerliches Kind an.

»Hier.« Eine Wolldecke landet auf mir. Ich greife danach wie nach einem rettenden Strohhalm.

»Bitte, Vico, lass mich nicht allein.«

»Es wird nicht lange dauern«, sagt er und ist schon weg. Mit ihm das letzte Flackern des Lichtes.

Ich höre seine Schritte noch auf der Treppe, ein Klicken und dann nichts mehr.

Eisige Stille. Verfluchte Grabesstille. Und diese undurchdringbare Schwärze, die meinen Körper und meinen Geist zu vergiften scheint. Ich hasse die Dunkelheit, die Finsternis. Mein Herz pocht so laut, dass es die Stille zu durchschneiden droht. Ich kann nicht atmen, nicht denken. Ich fühle und sehe nur eine große pechschwarze Leere. Sekunden werden zu Minuten. Minuten zu Stunden. Bis ich jegliches Zeitgefühl verliere.

Meine Stimme ist seit einer gefühlten Ewigkeit weg. Jetzt kommt nur noch ein Krächzen hervor und trotz meiner verzweifelten Schreie ist keiner gekommen. Ich bin hier allein, allein mit meiner Angst, meinen Gedanken, die sich nur noch darum drehen, was wohl sein wird, wenn niemand mehr kommt.

Kälte und Feuchtigkeit haben sich in meinen Knochen festgesetzt und lassen mich unkontrolliert zittern. Ich fühle mich wie ein emotionales Wrack, das auf sein Ende wartet. Müde schließe ich die Augen. Es ist einfacher, die Dunkelheit auszusperren, als von ihr ausgesperrt zu werden.

# Kapitel 36

# Cole



*Newcastle (Washington), März 2024*

Als der grobe Schlachtplan steht, fahren wir mit vier SUVs zu der Adresse in Newcastle. Es ist ein unscheinbares Anwesen hinter einer eingezäunten Steinmauer, das letzte Haus in der Straße. Dahinter erstreckt sich der Wald des Nationalparks. Ich habe kaum einen Blick für die idyllische Gegend übrig. Das Einzige, für das ich mich interessiere, sind die Fluchtwege, die Bradley in dieser Lage in die Karten spielen.

Wir müssen schnell vorgehen und zügig ins Haus kommen, bevor sie abhauen können. Den Fluchtweg mit dem Auto haben wir abgeschnitten, ihnen bleiben nur der Wald oder die benachbarten Grundstücke.

Wir teilen uns auf. Jeder weiß, was er zu tun hat. Während sechs meiner Männer die Wachen im Hof und im Garten ausschalten, werden Ace, Jim, Dillon und ich ins Haus stürmen. Bradley ist zwar schlau, aber auch arrogant. Er wird sich zu sicher fühlen. Er denkt, dass wir die Verbindung zu ihm und dem Besitzer des Hauses nicht so schnell finden.

Als wir den Garten betreten, schrillt ein Alarm los. Ace und ich schauen uns perplex an und hetzen dann ins Haus. Kaum dass ich die Terrasse betreten habe, trifft mich ein Schlag von hinten und ich gehe zu Boden. Im Augenwinkel sehe ich Ace und Bradley, dann schickt mich ein zweiter Schlag ins Dunkle.

Ich erwache mit Kopfschmerzen und einer fetten Beule am Hinterkopf. Ace reicht mir einen Eisbeutel aus dem Tiefkühlfach. Der Esstisch ist noch gedeckt, doch der Kaffee in den Tassen ist längst erkaltet. Wir haben sie um Sekunden verpasst. Ace hatte die offene Hintertür entdeckt, aus der Bradley mit Pearl verschwunden sein muss. Ich fluche vor mich hin, sollte aber besser einen kühlen Kopf bewahren. Es bringt nichts, erneut die Nerven zu verlieren. Wir werden sie finden.

Mittlerweile haben wir das Haus und das Grundstück abgesucht, jeden Millimeter davon – keine Spur von Pearl.

Ich stehe im oberen Gästezimmer und kann noch ihren Duft wahrnehmen, der wie eine zarte Note im Zimmer verweilt. Auf dem Bett liegt ein T-Shirt. Als ich es an meine Nase halte, fluten Erinnerungen meinen Geist und die Gewissheit, dass sie hier war. Hier in diesem Zimmer.

»Wir haben das im Müll gefunden«, sagt Ace und hält den Krankenhauskittel in der einen und blutigen Mull in der anderen Hand.

»Pearl war hier«, presse ich zwischen meinen Zähnen hervor.

»Wir haben alle Räume, alle Ecken und den komplet-
ten Garten abgesucht. Nada.«

»Dann hat er sie mitgenommen?«

»Vermutlich.«

»Jemand da, der noch reden kann?« Wir wissen beide,
was ich damit meine.

»Zwei Wachen sind abgehauen, einen hat es übel er-
wischt und der Vierte wird gerade von Dillon und
Thom in die Zange genommen. Bisher ohne Ergebnis.
Er hat keine Ahnung, wo sie ist.«

Ohne auf Ace zu warten, stürme ich die Treppe hinunter. Im Wohnzimmer kniet einer von Bradleys Männern auf dem Boden. Dillon thront über ihm und
wischt sich gerade die Hand an seiner Hose ab. Aus der
Nase von Bradleys Mann läuft Blut und sein rechtes
Auge schwillt gerade zu.

»Wo ist Pearl?«, brülle ich den Mann an. »Wenn du
nicht willst, dass ich dir jeden Knochen einzeln und mit
größtmöglichen Schmerzen breche, dann fang an zu
reden.«

»Ich weiß nicht, wo sie ist«, näselt der Mann vor mir.

»Aber sie war hier.«

»Ja.«

Ich greife nach seiner Hand und fange an, seinen Zei-
gefinger nach hinten zu verdrehen. Langsam, genüsslich, schmerzhaft. Er verzieht das Gesicht. Ich kann
spüren, wie gleich der Knochen unter meiner Kraft
nachgeben wird. Wir starren uns an. Ein kleiner Ruck
und es würde knacken. In seinem Blick flackert es auf
und sein Mund verzieht sich zu einem Schmerzens-
schrei.

»Verdammt, ich weiß nicht, wo sie ist!«, schreit er.

Ich verringere den Druck auf den Finger, damit der Pisser reden kann. »Sie war mit Bradley und Vico in der Küche, danach war ich ein wenig beschäftigt.«

»Und ...?«

»Ich hab sie aus den Augen verloren. Vico habe ich später noch einmal kurz im hinteren Garten gesehen. Danach ... keine Ahnung.«

»Hat er sie mitgenommen?«

»Weiß ich nicht.«

»Streng dich mehr an, oder ...« Wieder drücke ich den Finger in eine unnatürliche Stellung.

»Ehrlich, ich hab sie nicht mehr gesehen. Ehrenwort«, presst er zwischen den Zähnen hervor.

Dieser Mann weiß nichts. Er ist nur ein Handlanger und ich lasse von ihm ab.

»Wir durchsuchen noch einmal die Gegend. Weit können sie mit Pearl nicht kommen. Sie ist zu schwach, um schnell weite Entfernungen zu laufen.«

Ich will nicht daran denken, dass Bradley einen Fluchtwagen auf einer der Anwohnerstraßen geparkt hat und damit entkommen ist. Ich klammere mich an die Hoffnung, dass Pearl für ihn ein Klotz am Bein ist und er nicht weit kommt.


Die nächsten Stunden durchkämmen wir den Wald, die angrenzenden Straßen und kehren bei Dunkelheit zurück in das Haus von Acosta. Wir haben keinen wirklichen Anhaltspunkt, aber etwas zieht mich zurück zu der Villa.

Unruhig laufe ich die Räume ab, schaue noch einmal in jeden Schrank, unter die Betten und in die Koffer-

räume der parkenden Autos. Nichts. Ich kann ihre Anwesenheit spüren, sie aber nicht finden. Wütend
schlage ich gegen die Wand im Arbeitszimmer.

Ich brauche einen Moment für mich, um mir die
nächsten Schritte zu überlegen. Müde lasse ich mich in
den Ledersessel fallen. Mit den Ellbogen auf dem Tisch
vergrabe ich den Kopf in meine Hände und schließe die
Augen. Am liebsten würde ich mich jetzt an der Bar bedienen und mir einen Whiskey gönnen.

Kurz umgibt mich die Stille, da höre ich plötzlich etwas. Ein leises Rufen, ein Wimmern. Ich horche, bin
mir aber nicht sicher, ob ich mir das nur eingebildet
habe. Wieder vernehme ich ein Rufen – zu laut, um nur
in meinem Kopf zu existieren und zu leise, um es im
Hier und Jetzt lokalisieren zu können.

»Hallo«, rufe ich in die Leere des Büros.

Ace erscheint in der Tür und sieht mich fragend an.
Ich lege den Finger auf meine Lippen und signalisiere
ihm leise zu sein. Mit der anderen Hand zeige ich auf
mein Ohr.

Wieder ist ein Geräusch zu hören, leise und gedämpft.
Ein Scharren, ein Wimmern, etwas, was meine volle
Aufmerksamkeit auf sich zieht.

Aces werden groß und größer.

»Du hast es auch gehört«, vergewissere ich mich.

»Ja, aber woher kommt es?«

Ich zucke hilflos mit den Schultern. Jeden Zentimeter
des Raumes nehmen wir unter die Lupe. An dem großen Bücherregal bleibe ich stehen. Von hier aus ist das
Geräusch stärker zu hören.

»Es muss dahinter sein«, mutmaßte ich.

»Ein versteckter Raum?«

Wir ziehen wahllos die Bücher aus dem Regal und klopfen das Holz dahinter ab. An einer Stelle hört es sich hohl und hell an, nicht so wie an den anderen.

»Bring mir den Besitzer des Hauses ans Telefon!«

»Klar.« Ace rennt raus.

»Pearl!«, rufe ich gegen die Wand. »Pearl, bist du das?«

Ich höre nichts mehr. Immer wieder rufe ich ihren Namen, aber es herrscht Totenstille. Angst kriecht meinen Nacken empor. Was ist, wenn ihr die Luft ausgeht, wenn sie jämmerlich in einer Geheimkammer erstickt?

»Dillon!«, schreie ich nach meinem Mann. »Bring mir eine Axt.«

Dillon erscheint in der Tür, gleich dahinter Ace. »Ich habe Wayne Acosta am Apparat.«

Ich reiße ihm das Telefon aus der Hand und brülle los. Für Nettigkeiten ist gerade keine Zeit.

»Hör zu Mann, wenn du nicht willst, dass ich das Arbeitszimmer zu Kleinholz schlage, dann sag mir, wie ich den geheimen Zugang öffnen kann. Ich vermute meine Frau dahinter.«

»Ganz ruhig, Mann«, erwidert Wayne und hört sich ziemlich verschnupft an – was zu der Uhrzeit auch kein Wunder ist. Wir müssen mittlerweile vier oder fünf Uhr morgens haben. Außerdem ist er nicht begeistert, dass Fremde sich in seinem Haus breitmachen. Aber da muss er jetzt durch. Wer sich mit Bradley zusammentut, muss damit rechnen.

Er erklärt mir anhand von den Buchtiteln, wo die Stelle ist, an der sich der Drücker befindet.

Mit einem Klicken öffnet sich ein Teil des Regals. Dahinter verbirgt sich eine Treppe. Finsternis und feuchtkalte Luft strömen mir entgegen. Ich würge das Gespräch ab und schalte die Taschenlampe ein.

»Warte, Cole«, hält mich Ace zurück. »Das könnte eine Falle sein.«

»Dillon bleibt oben. Wir gehen runter«, ordne ich an.

Mittlerweile ist es mir egal, ob da unten noch mehr als eine Person auf mich wartet. Wichtig ist nur, ob Pearl da unten ist. Ich ziehe meine Waffe und steige eine Stufe nach der anderen hinunter. Ace tut es mir gleich.

Mit jedem Schritt wächst das unwohle Gefühl in meinem Magen. Muffiger Geruch liegt in der Luft. Kein Geräusch ist mehr zu hören. Es herrscht absolute Totenstille.

Der Lichtkegel meiner Taschenlampe tanzt über die Wand und landet schließlich auf einer Gestalt, die am Boden kauert. Sie liegt merkwürdig verrenkt da und eine Decke umhüllt ihren Körper. Auch wenn ich nicht viel erkennen kann, reicht mir ein Blick, um zu wissen, dass es Pearl ist. Ich stürme zu ihr und knie mich auf den feuchten Betonboden. Eine Eisenschelle ist um ihr Handgelenk gelegt worden und hält sie an Ort und Stelle. Sie hätte alleine nie den Hauch einer Chance gehabt, aus diesem Keller zu entkommen. Zorn frisst sich durch meine Eingeweide. Dieser Scheißkerl von Bradley hat sie hier zum Sterben zurückgelassen.

Ich streiche ihr die feuchten, klammen Locken aus dem Gesicht. Mein Magen krampft sich zusammen, aber ich muss es wissen. Ich hebe leicht ihren Kopf und kann nichts erkennen. Nichts. Erkenntnis und Erleichterung dringen gleichzeitig an die Oberfläche. Pearl hat keine Verletzung am Kopf. Alles ist so, wie es sein sollte. Keine Ahnung, wessen Ohr man mir geschickt hat, aber es ist nicht ihres.

Es ist kalt hier unten – kalt und feucht. Wie lange liegt sie schon hier?

»Pearl, Liebes, ich bin es.«

Pearl reißt die Augen auf und blinzelt sofort, weil der Lichtstrahl sie blendet. Ich lege mein Handy zur Seite und überlasse es Ace, uns Licht zu spenden.

»Cole?« Ihre Stimme ist nur noch ein Flüstern.

»Ja, Ace und ich sind hier. Wir holen dich jetzt hier raus.«

»Wozu?«, fragt sie schwach. Dennoch kann ich den sarkastischen Unterton in ihrer Stimme heraushören. »Ist das nicht der Ort, an dem du mich am liebsten sehen willst?«

Ace räuspert sich. »Ich hol dann mal das Werkzeug.«

Ihre Aussage schockiert mich, jedoch kann ich es ihr nicht verübeln. Bis jetzt war ich ihr Gefängniswärter und meine letzten Aktionen waren nicht gerade nett.

»Der einzige Platz für dich ist an meiner Seite.«

»Seit wann?«

»Seit ich weiß, was Bradley gemacht hat.«

Ein trockenes Lachen kommt über ihre Lippen, was schnell in ein Husten übergeht.

»Na dann hat sich ja das wenigstens gelohnt.« Sie wackelt mit dem Finger, dessen Stumpf durch einen dreckigen Fingerling verhüllt ist. Die Kette rasselt, als sie ihre Hand zu sich ziehen will.

Ich schließe meine Finger vorsichtig um ihren Unterarm, um ihr nicht wehzutun und halte ihn fest. Auch durch den geringen Lichtstrahl kann ich erkennen, dass die Schelle die Wunde an ihrem Handgelenk zum Bluten gebracht hat.

»Lass ihn einfach ruhig liegen. Ace kommt und wir befreien dich von diesem Ding.«

Ich getraue mich nicht, sie zu bewegen. Genauso wenig wage ich sie zu fragen, ob Bradley ihr noch mehr angetan hat.

Schritte und Stimmen sind zu hören, dann stürmen Ace und Dillon zu uns. Innerhalb kürzester Zeit haben wir Pearl befreit und ich trage sie die Treppe hoch. Sie hat kein Wort mehr gesprochen. Ihren Kopf hat sie an meine Schulter gelegt und als wir ins Arbeitszimmer treten, sehe ich, dass sie ihre Augen geschlossen hält. Wahrscheinlich tut ihr nach der langen Zeit in der Finsternis jedes Licht weh.

»Ich bringe dich jetzt nach Hause.«

»Nach Hause?«, nuschelt sie schwach. Sie zittert und wirkt so verletzlich.

»Hol mir eine frische Decke.« Ich nicke Dillon zu, der sich sofort auf die Suche macht. Am Ausgang holt er uns wieder ein – in den Händen eine kuschelige Wolldecke.

Ace hilft mir, Pearl darin einzuwickeln und ich drücke sie noch näher an meine Brust, nicht gewillt, sie loszulassen.

*Wenn es nach mir geht, werde ich dich nie wieder loslassen.*

Mit diesem Gedanken trete ich hinaus in die Morgendämmerung.

# Kapitel 37

# Cole



**Seattle, März 2024**

*Wenn du jemanden liebst, dann lass ihn los und lass ihn gehen. Wenn ihr füreinander bestimmt seid, wird er zu dir zurückkommen.*

Gerade ist der Arzt, der ihre Wunden versorgt hat, gegangen. Ich setze mich aufs Bett und ziehe sie in meine Arme. Sie sträubt sich nicht und ich werte das als ein gutes Zeichen. Ihr Körper, so zart und zerbrechlich, wiegt kaum etwas und ihr Kopf liegt schwer in meiner Armbeuge. Sie hält die Augen geschlossen, aber ich weiß, dass sie wach ist. Zärtlich küsse ich ihren Scheitel und genieße für den Augenblick ihren warmen Körper an meinem.

Ich bin so froh, dass Bradley sich einen Scherz erlaubt hat, einen dummen, abartigen Scherz. Er hätte sich auch an Pearl austoben können, aber anscheinend hat seine rechte Hand Vico eine bessere Idee gehabt und mir das Ohr einer bereits Toten anstelle ihres zukommen lassen. Dennoch habe ich noch eine Rechnung mit

ihm offen. Pearl hat genug durchgemacht, das reicht
für ein komplettes Leben. Mit schwerem Herzen ziehe
ich ihren Duft ein. Ich werde alles in meiner Macht Stehende tun, um ihrer wieder würdig zu werden. Werde
mir ihr Vertrauen, ihre Treue und ihre Liebe zurückerkämpfen. Diese Frau ist meine Welt, mein Untergang.
Bereits in der Vergangenheit war sie mein gewesen und
wird es heute und in Zukunft auch wieder sein. Egal
wie oft ich es mir in den letzten Jahren versucht habe
einzureden, sie nicht zu lieben. Aber tief in meinem Inneren habe ich nie damit aufgehört.

*Und trotzdem hast du sie durch die Hölle gehen lassen.*

Ich schaudere bei dem Gedanken und drücke sie noch
ein bisschen fester an meine Brust. Ihr Duft weckt Erinnerungen an früher. An die guten Zeiten. An unsere
erste Begegnung, als mir klar geworden war, dass ich
sie wollte und sie sich gesträubt hatte. Mich zappeln
ließ. Dennoch hatte ich gewonnen und sie an meine
Seite geholt, dort, wo sie hingehört. Sie ist mein passendes Gegenstück. Mein Leuchtturm, wenn ich mich wieder einmal in der Dunkelheit verirre.

Obwohl sie beide Seiten von mir kennt, die düstere
und die sanfte, ist sie nie vor mir zurückgeschreckt.
Vielleicht am Anfang, aber das konnte man ihr nicht
verübeln. Mein Erscheinungsbild hat nun einmal diese
Wirkung auf die Menschen um mich herum. Bedrohlich, finster, machtvoll. Manche Frauen werden davon
angezogen. Das Spiel mit der Gefahr gibt ihnen den besonderen Kick. Aber Pearl ist anders. Sie hat schon immer tief in meine Seele blicken können. Tut es immer
noch.

Seufzend küsse ich ihre Stirn. Was ich einmal geschafft habe, schaffe ich auch ein zweites Mal. Ich werde ihr jeden Wunsch von den Augen ablesen und erfüllen – sofern es in meiner Macht steht. Es wird ihr nie an etwas mangeln, das schwöre ich mir.

»Was ist dein größter Wunsch, Pearl?«

»Was?«, fragt sie erschöpft.

»Was wünschst du dir am meisten?«, wiederhole ich meine Frage. »Wenn ich es dir erfüllen kann, dann tue ich es. Soll ich deinen Bruder hierherbringen?«

Sie öffnet ihre Augen und sieht mich mit einem Blick an, den ich nicht deuten kann.

»Ich werde ihn an den Haaren herbeiziehen, wenn es das ist, was du willst.«

»Jeden?«

»Jeden was?«

»Jeden Wunsch?« Ihre Stimme klingt immer noch müde und schwach.

Ich notiere mir im Kopf, mir in der nächsten Zeit bei der Arbeit mehr Luft zu verschaffen, um mich um sie zu kümmern. Vielleicht sollte ich noch jemanden einstellen, eine Frau, die ihr helfend zur Hand geht und sie umsorgt, wenn ich nicht anwesend bin. In einem Haus voller Männer ist das sicher eine gute Idee.

»Cole? Jeden Wunsch?«, fragt sie erneut, weil ich kurz abgelenkt bin und nicht antworte.

Im ersten Moment irritiert mich ihre Frage. Wieso zweifelt sie an meiner Aufrichtigkeit?

»Wenn ich könnte, Süße, würde ich dir die Sterne vom Himmel holen ...«

Ihr Blick sucht nach etwas in meinem und mich beschleicht ein ungutes Gefühl. Was geht gerade in ihrem hübschen Kopf vor? Was will sie mir wirklich sagen?

»Von mir aus auch eine Fußballmannschaft Welpen, wenn es das ist, was du willst. Egal was. Ehrenwort«, schiebe ich noch voller Inbrunst hinterher.

»Netter Versuch«, murmelt sie und verzieht belustigt die Mundwinkel. »Versprochen? Eine ganze Fußballmannschaft kleiner wuseliger, niedlicher Welpen?«

»Pearl, ich ... es tut mir leid ... Wir werden das wieder hinkriegen. Ich werde das hinbekommen. Also sag mir einfach, was ich für dich tun kann.«

Kaum habe ich diese Worte über die Lippen gebracht, ereilt mich eine Vorahnung, die mir die Kehle zuschnürt. Ich halte den Atem an.

Als sie ihren Wunsch ausspricht, zieht es mir den Boden unter den Füßen weg. Mir wird schlecht und schwindelig zugleich. Nein, nicht das. Ich Dummkopf. Ich verblödeter Dummkopf! Ich hätte argwöhnischer sein müssen.

»Lass mich gehen, Cole«, spricht Pearl das aus, vor dem ich am meisten Angst habe. Das, von dem ich gehofft habe, dass sie es nie verlangen würde.

Natürlich, ihr sehnlichster Wunsch ist es, von hier fortzukommen. Ich habe ihr übel mitgespielt. Ihr Vertrauen in mich ist genauso erschüttert wie meines in sie nach der Verurteilung.

Sie spürt meine Verkrampfung und versucht sich aus meinem Arm zu lösen. Aber ich lasse sie nicht los.

Ich habe ihr soeben den Freifahrschein serviert, ohne damit zu rechnen, dass sie ihn einlösen wird. Kenne ich Pearl tatsächlich so schlecht? Jede andere Frau würde mir Geld aus der Tasche ziehen, sich eine Weltreise, teuren Schmuck oder einen Sportwagen wünschen. Vielleicht auch ein Haus oder einen Stall voller Bälger. Und Pearl? Sie tut das Unausweichliche. Sie fordert etwas, das ich ihr geben und wiederum nicht geben kann. Die Sterne vom Himmel zu holen wäre einfacher, als sie gehen zu lassen.

»Pearl, nein …«, keuche ich.

»Du hast es versprochen. Lass mich gehen. Gib uns beiden die Chance, neu anzufangen.«

»Das kann ich nicht«, knurre ich und das Monster in mir erwacht.

»Du hast es versprochen. Du hast mir dein Ehrenwort gegeben«, flüstert sie matt.

»Ich habe gesagt, etwas, was ich dir erfüllen kann. Das kann ich dir nicht erfüllen.«

»Bitte, Cole. Steh zu deinem Wort.«

Ich lege sie vorsichtig aufs Bett und vermeide es, in ihre Augen zu blicken, um nicht den Schmerz und die Enttäuschung darin sehen zu müssen. Ohne auf ihre Bitte zu antworten, balle ich die Hände zu Fäusten und verlasse den Raum.

Hass kann man über die Zeit hinweg verarbeiten und vergessen, vor allem, wenn der erste Groll erst einmal abgeklungen ist. Liebe dagegen ist in einem verankert – wie eine Quelle, mal sprudelt sie weniger und dann, nach einem Regenguss, sprudelt sie über. Diese Liebe kann man nicht abtöten, nicht zum Erliegen bringen. Nicht mit Hass, nicht mit Wut und auch nicht mit Zeit. Sie bleibt für immer. Das Vertrauen, das diese Liebe nährt, muss hingegen neu aufgebaut werden. Aber das werden wir. Wir werden einander wieder vertrauen.

Ich muss mich abreagieren. Ich muss ihr Zeit geben, ihren Wunsch zu überdenken. Vielleicht ändert sie ihre Meinung.

*Du Narr, was hast du geglaubt? Du hast ihr übel mitgespielt, ihr keine Möglichkeit der Verteidigung gegeben und erwartest, dass sie sich freudestrahlend ein Ehegelöbnis wünscht?*

Pearl wäre nicht Pearl, würde sie nicht um ihre Freiheit kämpfen. Und ich bin Cole, der Mann, der zu seinem Wort steht. Normalerweise.

Ich muss eine Lösung finden, in der ich ihrem Wunsch nachkomme und wiederum auch nicht – ohne dass ich mein Gesicht verliere. Sie muss in meiner Nähe bleiben. Ich kann sie nicht gehen lassen. Das, was wir jetzt brauchen, ist Zeit und Vertrauen, denn unsere Liebe war nie fort.

Ace tritt aus seinem Zimmer und stößt fast mit mir zusammen.

»Pass auf und geh mir aus dem Weg!«, brülle ich ihn wütend an.

»Hey, was ist dir über die Leber gelaufen?«, fragt er angepisst und weicht mir aus.

»Die Wunschfee!«

Ace sieht mich mit geneigtem Kopf fragend an. »Aha, die Wunschfee.«

»Pearl«, erkläre ich genauer. »Ich Depp habe ihr gesagt, sie könne sich etwas wünschen, egal was.«

»Und?«

»Sie wünscht sich, dass ich sie gehen lasse«, sage ich zerknirscht.

Schweigen.

Ich wende mich von ihm ab. Ich brauche ihm nicht ins Gesicht zu sehen, um seine Empfindungen zu erkennen – sie wabern schwer zu mir herüber und drücken nur noch mehr auf meine Stimmung.

»Ich wollte dir eigentlich gerade eine gute Nachricht bringen, aber in Betracht dessen, was du gerade gesagt hast, ist das wohl zweitrangig.«

»Was?«, frage ich genervt.

»Wir haben Bradley. Kaum dass wir das Haus verlassen haben, ist er zurückgekommen, um sie zu holen.«

»Also hat er doch noch Eier in der Hose.«

Die Nachricht ist zwar positiv, weil sie zeigt, dass ihm Pearl nicht egal ist, aber auch negativ, weil ich ihm dann nicht die volle Härte meiner Wut entgegenschleudern kann.

»In gewisser Weise. Wir haben ihn zu deinem Vater gebracht.«

»Wieso?«

»Weil du gerade nicht klar denken kannst und er sich angeboten hat. Dort hat er erst einmal Hausarrest.«

»Hausarrest? Bei meiner Mutter?«

Normalerweise würde ich darüber wütend sein, aber in Anbetracht dessen, dass sie mittlerweile weiß, was er Pearl und Ryan angetan hat, wird sie ihn das spüren lassen. Vielleicht ist das auch eine gewisse Art von Strafe. Ich muss bei dem Gedanken schmunzeln. Mütter können in ihrer Bestrafung härter und perfider sein.

# Kapitel 38

# Pearl



***Seattle / Providence, März 2024***

Ich hätte es besser wissen müssen. Hätte damit rechnen müssen, dass Cole immer einen Weg findet, seinen Willen durchzudrücken. Zwar ist er meinem Wunsch nachgekommen und hat mich gehen lassen, aber wie weit? Genau bis zu seinem nächsten Hotel. *Seinem* Hotel wohlgemerkt.

Jetzt bewohne ich die kleinste Suite, weil ich mich geweigert habe, die Größere zu nehmen. Was soll ich auch mit 150 m² Wohnraum – für mich alleine. Da wird man ja depressiv, mit so viel leerem Raum um einen herum. Vielleicht sollte ich doch noch auf die Fußballmannschaft Hundewelpen zurückgreifen.

Regelmäßig kommt der Arzt und sieht sich meine Hand an, wechselt die Verbände und ist von Tag zu Tag zufriedener, wenn er geht. Ich habe ein wenig an Gewicht zugenommen, was dem ausgewogenen, kalorienhaltigen Speiseplan und den vielen Leckereien, die mir Cole und Ace zukommen lassen, geschuldet ist. Es zeigt, wie schwer ihr Gewissen an ihnen nagt.

Mein Schnitt, der durch den unfreiwilligen Aufenthalt im Keller erneut aufgegangen ist, und der Stumpf verheilen gut. Von meinen seelischen Verletzungen kann man das leider nicht behaupten. Nachts kommen die Albträume und mit jedem verstehe ich Ryan besser.

Ja, Cole hat sein Wort gehalten – auf seine Art und Weise. Der verletzte und schmerzvolle Ausdruck in seinem Gesicht, den er mir zugeworfen hat, als er mich hier abgesetzt hat und gegangen ist, geht mir nicht aus dem Kopf.

»Bis wir eine adäquate Lösung gefunden haben, wirst du hierbleiben. Mehr kann ich dir nicht geben, Liebes. Das ist mein Zugeständnis.« Das waren seine Worte.

*Adäquate Lösung* heißt in seinen Augen, bis ich zur Vernunft komme und zu ihm zurückgehe. Oder dem Appartement zustimme, das natürlich auch von ihm bezahlt wird. Beides wird nicht passieren.

Es ist zu viel geschehen. Das blinde Vertrauen, welches einst zwischen uns herrschte, ist weg. Zerstört durch meinen Verrat und seine Rache. Ich liebe ihn immer noch und ich zweifle nicht an seinem aufrichtigen Bekenntnis, dass er mich ebenso liebt. Aber wie soll das mit uns weitergehen? Kann eine Beziehung, die auf Scherben aufgebaut ist, stabil sein? Ich bin mir nicht sicher.

Im Augenblick sehe ich eher schwarz als rosig und in diesem Fall muss ich mein Herz schützen. Das kann ich nur, wenn ich viele Kilometer und Zeit zwischen uns bringe. Wer weiß, vielleicht kann dann etwas Neues entstehen, etwas Stabiles.

Ich werfe einen Blick aus dem Türspion und beobachte den Mann auf der gegenüberliegenden Seite.

Seit ich hier bin, verharren er oder seine Ablösung dort. Es ist einer von Coles Sicherheitsbeauftragten aus dem Hotel. In seinem Privathaus habe ich ihn noch nie gesehen. Aber auch das ist typisch für Cole. Verdrängung nennt man das. Nachdem er mich gefunden hatte, fuhr er mich zum Stadthaus seiner Eltern, das seit Jahren leersteht. Er wird alles auslöschen, was mich an meine Gefangenschaft bei ihm erinnert. Er wird mich nicht noch einmal in das Haus mitnehmen – es sei denn, ich bestehe darauf – eher wird er es abreißen und neu aufbauen lassen oder eben gleich ein neues kaufen. Cole hat die Möglichkeiten. Auch dieses verdammte Hotel gehört ihm. Er überwacht jeden meiner Schritte. Ich darf alles tun, gehen, wohin ich will, aber immer mit dem Wachhund an meiner Seite. Das versteht er unter *Lass mich gehen* und begründen tut er es mit *Es ist zu deinem Schutz.* Blödsinn. Irgendwie tut mir der Angestellte leid. Was für eine lächerliche und langweilige Aufgabe, aber der Mann und seine Vertretung erledigen sie gewissenhaft.

Kaum ist der Arzt verschwunden, zerre ich die kleine Tasche, die Cole mir gekauft hat, aus dem Schrank. Nachdem ich Bradley entkommen bin und Cole mich zu sich genommen hat, machte er sich die Mühe und kaufte mir ein paar neue Kleidungsstücke – bequeme Sachen, von denen er weiß, dass ich sie bevorzugt trage. Von den tristen Klamotten meines Gefängnisses hat es keines in diese Tasche geschafft. Sobald es mir besserginge, wollte Cole mich zu einer Shoppingtour mitnehmen. Aber das werden wir wohl nicht realisieren können.

Mit gemischten Gefühlen nehme ich meinen Beobachtungsposten hinter dem Spion ein. Irgendwann wird er doch mal pinkeln gehen müssen oder … keine Ahnung, sich was zum Trinken holen. Und das wäre meine Chance. Ich muss nur geduldig sein.

Ich lehne mich an die Tür und blicke immer wieder hinaus. Nach gefühlten Stunden regt sich endlich etwas. Ein älterer Herr diskutiert mit ihm, fuchtelt wild in der Gegend herum und scheint ziemlich aufgebracht zu sein. Durch die dicke Tür kann ich nicht verstehen, was er ihm sagen will. Der Sicherheitsbeamte schüttelt den Kopf, deutet auf meine Tür, aber der ältere Herr ist hartnäckig. Gespannt beobachte ich die Szene. Wie bei einem Stummfilm versuche ich mir einen Reim aus dem zu machen, was ich durch dieses runde, kleine Loch vor mir sehe. Endlich scheint der Angestellte einzuknicken und mit einem letzten Blick auf meine Tür verschwindet er, gemeinsam mit dem älteren Herrn, aus meinem Sichtfenster. Erleichtert und mit klopfendem Herzen stoße ich Luft aus und merke erst jetzt, dass ich sie vor lauter Anspannung angehalten habe.

Ich zähle bis zehn und packe sicherheitshalber noch fünf obendrauf. Dann öffne ich langsam die Tür und spähe in die Richtung, in die die beiden Männer verschwunden sind. Ein paar Räume weiter steht eine Tür offen und Gesprächsfetzen dringen zu mir herüber, deren Sinn mir nicht gleich einleuchtet. Ich glaube, jemandem geht es schlecht und dieser braucht ärztliche Hilfe.

Kurz zögere ich.

*Verdammt, das ist deine Chance!* Ich greife nach der Tasche und öffne die Tür noch einen Spalt weiter.

Wachsam drücke ich mich hindurch, ziehe sie leise hinter mir zu und eile in die entgegengesetzte Richtung den Gang entlang. Bei der nächsten Biegung stütze ich mich kurz an der Wand ab und versuche mein rasendes Herz unter Kontrolle zu bekommen.

So schnell ich kann, renne ich dann vor dem Mann weg, den ich liebe.

Das Hotel ist so aufgebaut, dass die Gänge wie ein U verlaufen. Es besitzt mehrere Aufzüge und Treppenhäuser. Ich schultere meine Tasche mit der gesunden Hand und betrete das Treppenhaus auf der östlichen Seite. Immer wieder muss ich eine Verschnaufpause einlegen, um die vierzehn Stockwerke nach unten zu meistern. Meine körperliche Verfassung ist derzeit, gelinde ausgedrückt, miserabel. Da die Zimmerkarte nur den Zugang zu den Suiten erlaubt, bleibt mir nichts anderes als die Treppe. Jeder Versuch in den Etagen macht dies deutlich. Nirgendwo habe ich Zugang, um an die Aufzüge zu kommen. Fluchend kämpfe ich mich eine Etage nach der anderen nach unten, immer begleitet von der Gewissheit, dass der komplizierte Teil noch kommt, nämlich der, dass ich durch das Foyer laufen muss. Es gibt ohne passenden Schlüssel keinen anderen Weg nach draußen. Atemlos komme ich im Erdgeschoss an. Ich hole tief Luft und stoße die Tür zum Foyer auf. Und voilà:

Heute scheint mein Glückstag zu sein. Ich muss grinsen, als ich die asiatische Reisegruppe sehe, die gerade angekommen ist und die Rezeption sowie den Bereich davor belagert. Merkwürdig, dass immer alle behaupten, die Asiaten seien disziplinierter als der Rest der Welt. Das Bild, das sich mir offenbart, sieht anders aus.

Vor mir ist ein Gewusel aus älteren Menschen. Lautes Geschnatter in einer fremden Sprache erfüllt die Halle und beruhigt auf merkwürdige Weise meine flatternden Nerven. Geschickt mische ich mich unter die Gruppe und stehle mich Richtung Drehtür. Mit einem mulmigen Gefühl lasse ich das Rondell hinter mir und trete hinaus auf die verregnete Straße, atme die feuchte Luft ein. Nur noch wenige Schritte muss ich mich beherrschen, darf nicht losrennen, um keine Aufmerksamkeit auf mich zu ziehen. Wer weiß, wo Cole noch überall seine Männer postiert hat. Ich ziehe die Kapuze weit ins Gesicht und tauche in den Strom der vorbeieilenden Menschen ein. Die einzige Chance, die ich habe, ist mit der Masse zu laufen, mit ihr zu verschmelzen und meine Spuren zu verwischen.

Cole wird fluchen und toben. Hass in Verbindung mit Rache ist ein guter Motor, die Jagd nach jemandem aufrechtzuerhalten. Aber was ist mit Schuldgefühlen?

Ich hoffe, dass Cole momentan genug Stress und Arbeit am Hals hat, um sein Königreich wieder herzustellen. Vielleicht wird er keine Zeit haben, nach mir zu suchen. Womöglich ist er auch froh, die Last meiner Person genommen bekommen zu haben. Vielleicht. Wer weiß das schon?

Der kleine Teufel auf meiner Schulter lacht sich gerade schlapp und nennt mich Armleuchter. Jemand anderes kann sich von seinen Zielen ablenken lassen. Cole gehört nicht zu dieser Sorte Mensch. Er ist hartnäckig, zielgerichtet und wie ein Raubtier, das geduldig wartet, bis seine Beute den Bau verlässt, um dann blitzschnell zuzupacken. Ich verscheuche den Teufel und gebe mich der Illusion hin, es schaffen zu können. Mein derzeitiger Zustand lässt nichts anderes zu, als mich an diesen letzten Strohhalm der Zuversicht zu klammern und einen Schritt nach dem anderen zu machen.

Gegebenenfalls kann ich für ein Ticket nach Deutschland sparen und den Kontakt zu Ryan suchen. Ryan. Ein Schmerz wühlt sich durch meine Brust. Mein Bruder, der keine Ahnung hat, was in den letzten drei Jahren passiert ist, beziehungsweise der kein Interesse daran hat, es zu erfahren. Hat er auf meine letzte Nachricht geantwortet? Wahrscheinlich nicht. Cole hat mein Handy und nichts darüber geäußert. Entweder weil es nichts gibt, was Cole mir hätte sagen können oder weil er mir nichts darüber sagen will.

Es gibt nur eine Person, die ich kontaktieren kann und möchte, in der Hoffnung, Hilfe zu erhalten. Stacy.

Wir kannten uns nicht lange, bevor Ace im Diner aufgetaucht ist und mich geholt hat. Aber sie kommt einer Freundin wohl am nächsten. Jemand anderen gibt es in meinem Umfeld nicht oder besser nicht mehr. Nachdem ich Cole kennengelernt hatte, veränderte sich automatisch auch mein Freundeskreis. Seine Familie wurde zu meiner. Seine Freunde zu unseren. Ich war in einem Alter, wo viele Freunde oder Bekannte sich ihr Leben neu aufbauten, Familien gründeten oder in eine andere Stadt zogen. Wege führten zusammen, andere gingen auseinander. Umbruchstimmung. Und Cole war damals mein sicherer Hafen. Mein Ankerpunkt, um den sich mein komplettes Leben drehte.

Ich steuere die nächste U-Bahn-Station an. An der Tafel suche ich die Bahnverbindung heraus, die zur Central Station führt. Mit meinen zweihundert Dollar im

Geldbeutel kann ich keine großen Sprünge erwarten, aber einen Fahrschein hinaus aus der Stadt, weg von ihm, dafür reicht es.

Nach mehrmaligem Umsteigen und einer halben Nacht in einer Busstation auf einer unbequemen Wartebank komme ich endlich in Providence an. Stacy ist nicht zu Hause. Es ist mitten in der Woche und ich gehe davon aus, dass sie heute im Diner arbeitet. Kurz überlege ich, zu ihr zu gehen, aber weil das es am anderen Ende der Stadt liegt und ich zu ermattet bin, um dorthin zu laufen, lasse ich mich auf einer der Parkbänke entlang des Providence Rivers nieder.

Mittlerweile kann man den Frühling sehen und riechen. Die Bäume treiben aus und die Frühjahrsblumen durchbrechen mit ihren Farbtupfern das satte Grün der Wiesen. Alles erwacht zu neuem Leben.

Ich beobachte das Treiben der Gondelfahrer, wie sie verliebte Pärchen und ältere Herrschaften in ihren Booten durch den Wasserlauf steuern. Was würde ich darum geben, mit ihnen zu tauschen. Einfach ein ganz normales Leben führen zu dürfen – ohne belastende Vergangenheit, ohne schmerzhafte Gegenwart und beängstigende Zukunft. Müdigkeit überkommt mich, jedoch nicht die Art von Erschöpfung, die man nach einer durchzechten Nacht verspürt, sondern die des Lebens. Wann in meinem Leben habe ich die falsche Biegung genommen? Wann bin ich in diesen ganzen Schlamassel gezogen worden und noch wichtiger, warum?

Ich schließe für eine Weile die Augen. Nur die Geräusche der Vögel, das Gemurmel der anderen Passanten und das Rauschen des Windes lasse ich an mich herankommen. Alles andere blende ich aus und drifte für einen kurzen Moment in die Belanglosigkeit ab. Einmal durchatmen. Einmal innehalten. An nichts denken und sich um nichts Sorgen machen.

Die Sonne kitzelt mein Gesicht und ich genieße die Wärme auf meiner Haut, sauge sie in mich auf, in der Hoffnung, sie wird meine innere Kälte vertreiben. Vielleicht sollte ich froh sein, dass in mir eine solche ist und nicht nur dieses Vakuum an Gefühlen. Verstohlen streiche ich über den Verband um mein Handgelenk und über die Stelle, an der eigentlich mein kleiner Finger sein müsste und jetzt diese gähnende Leere ist. Zum Glück hat dieser Wichser sich den linken und nicht den rechten ausgesucht. Man glaubt gar nicht, wie oft man diesen Finger benutzt – natürlich unbewusst.

Der Tag vergeht und mit dem Abend kommen Kälte und Dunkelheit. Es wird Zeit, zu Stacy zu gehen. Ich überquere die Brücke über den River und schlendere die Straße entlang, bis ich schließlich in dem Wohngebiet ankomme, in dem sie zuletzt gewohnt hat. Merkwürdigerweise fühle ich mich trotz der Dunkelheit frei. Das erste Mal seit Monaten habe ich nicht das Gefühl, hinter meine Schulter sehen zu müssen. Auch wenn Cole mich suchen sollte, es fühlt sich anders an als meine vorausgegangene Flucht.

Es ist stockdunkel, als ich endlich die Klingel neben ihrem Namen drücke und ihre Stimme durch die Gegensprechanlage höre. Sie zu hören, löst bei mir eine Flut von Tränen aus. Erleichterung macht sich in mir breit.

»Ja?«

»Stacy, ich bin es, Pearl.« Ich wische mir die Tränen von der Wange.

Es entsteht eine kurze Stille.

»Pearl?«

Dann summt der Türöffner. Ich drücke dagegen und laufe die Treppe hoch. Kaum erreiche ich ihr Stockwerk, da reißt Stacy bereits die Tür auf und nimmt mich in ihre Arme.

»Oh Gott, Pearl, ich hab mir solche Sorgen um dich gemacht. Du warst wie vom Erdboden verschluckt und nicht mehr zu erreichen. Ich dachte schon ... verdammt, ich wollte schon die Polizei rufen.«

Stacy redet ohne Punkt und Komma. Es tut einfach nur gut ... so gut.

»Wo warst du, Pearl? Was ist passiert?«

Sie zieht mich in die Wohnung und gibt der Haustür einen Kick mit ihrem Fuß, damit sie ins Schloss fällt. Sie schaut auf meine verbundene Hand und eine fette Falte erscheint auf ihrer Stirn.

»Lange Geschichte«, entgegne ich verbittert und zucke mit den Schultern.

»Na dann bin ich froh, dass ich morgen nicht arbeiten muss und wir genügend Zeit zum Quatschen haben. Aber zuerst sollten wir den Verband wechseln.« Sie zeigt auf den mittlerweile völlig verdreckten Verband und nickt zur Couch.

Wortlos setze ich mich hin und beobachte Stacy, wie sie ins Bad geht und mit dem Verbandszeug zurückkommt. Das ist mir schon früher aufgefallen: Wie strukturiert sie in manchen Situationen agiert. Wo andere erst einmal unruhig und hektisch werden, wird sie ruhig und handelt einfach. Vorsichtig wickelt sie die alte Mullbinde ab und besieht sich meine fast verheilten Narben.

»Ist es das, wonach es aussieht?« In ihrer Stimme schwingt ein tadelnder Unterton mit.

Mit voller Wucht trifft mich das schlechte Gewissen. Ich hänge am Leben. Das habe ich immer getan. Nur in diesem einen Moment der Schwäche bin ich nicht mehr fähig gewesen zu kämpfen, weiterzuleben. Die Angst, noch mehr Personen – allen voran meinen Bruder – in den Abgrund zu ziehen, war so erdrückend gewesen, so übermächtig und niederschmetternd. Das Licht am Ende des Tunnels war erloschen und nur noch Dunkelheit hatte mich umgeben, sodass Aufgeben der letzte Ausweg war, der mir in den Sinn gekommen war. Jetzt, wo sich die Wogen geglättet haben, erscheint mir allein der Gedanke an diese Option lächerlich und unreal. Wie habe ich je darüber nachdenken können? Wie habe ich mir das freiwillig antun können? Mir etwas nehmen wollen, etwas so Wertvolles, eigentlich das Wertvollste, was mir geschenkt worden ist. Aber wenn man selber nie in die Lage dieser Hoffnungslosigkeit war, versteht man das nicht. Ich tue es jetzt.

»Ja ... ich«, stottere ich und fange an zu erzählen. Erst langsam und behutsam, aber als Stacy nur zuhört, nicht urteilt, lösen sich meine Bedenken auf und ich vertraue ihr die Geschichte zwischen Cole und mir an.

Die ungeschönte, schonungslose Geschichte von Liebe, Hass, Rache und Vergebung.

Das Einzige, was ich auslasse, ist die Nacht, in der mich Cole mit Ace geteilt hat. Die Scham darüber ist zu groß.

# Kapitel 39

# Cole



*Seattle, April 2024*

»Unser Verdacht hat sich bestätigt«, sagt Ace und kommt mit einem fetten Grinsen im Gesicht in mein Büro. »Wir haben sie gefunden. Pearl ist genau da, wo wir sie vermutet haben.«

Ich blicke zu ihm hoch. Mein Herz macht einen Sprung. Endlich! Wochen sind vergangen und ich brauche dringend Gewissheit, dass es ihr gutgeht.

»Und wie geht es ihr?«

»Unser Kontaktmann hat mir Bilder geschickt.« Ace reicht mir sein Handy.

Ich scrolle durch die Aufnahmen, die unser Mann vor Ort von Pearl gemacht hat. Bilder, wie sie das Haus verlässt, im Park spazieren geht und mit ihrer Freundin zusammen Enten füttert.

Fotos, die eine Normalität zeigen, die so nicht existiert – nicht in meinen Augen.

Würde ich mein Mädchen nicht kennen, könnte mich der Schein des Alltags täuschen. Aber ich kenne sie. Ein Blick genügt, um zu wissen, dass es ihr nicht gutgeht, dass sie müde aussieht. Ausgepowert, kraftlos. Nicht wie meine quirlige, lebenslustige Pearl ... von früher.

»Hatte sie echt geglaubt, dass wir sie dort nicht finden?«, wundere ich mich.

Stacy war die letzte Arbeitskollegin von Pearl gewesen. Sie haben einige Monate zusammen in *Joes Diner* gearbeitet, bis Ace sie dort *abgeholt* hat. Warum sie ausgerechnet zu ihr gegangen ist, ist mir ein Rätsel. *Aber vielleicht hatte sie keine anderen Alternativen,* schießt es mir durch den Kopf.

»Ich glaube nicht, dass Pearl nicht damit rechnet, dass du sie findest. Ich denke eher, dass Stacy die einzige Person ist, die sie kennt, der sie vertraut und die nichts mit uns zu tun hat«, mutmaßt Ace und trifft dabei voll ins Schwarze.

In den Jahren, in denen Pearl an meiner Seite war, waren wir ihre Familie, Freunde und einzigen Bekannten. Danach irrte sie durch das Land, niemals lange genug an einem Ort, um tiefere Freundschaften zu schließen. Stacy ist da eine Ausnahme. Ich ging davon aus, dass Pearl des Nomadenlebens einfach überdrüssig geworden war. Vielleicht fing sie auch an, sich zu sicher zu fühlen, glaubte, dass ich nicht mehr nach ihr suchen würde. Sie lag falsch. Ich suchte und fand sie. Damals wie heute. Allerdings ist die Ausgangssituation heute eine andere. Ich habe ihr die Zusage gegeben, sie gehen zu lassen. Pearl kennt mich und vertraut darauf, dass ein Versprechen von mir auch ein solches ist. Normalerweise halte ich mein Wort. Nur in diesem Fall – in ihrem Fall – irrt sie sich. Ich kann nicht ohne sie leben. Ich will das auch nicht und strebe nicht an, es so weit kommen zu lassen. Auch will ich sie nicht an einen anderen verlieren, denn Interessenten gibt es sicherlich genug. All diese Punkte geben mir – in meinen Augen – das Recht, mein Wort zu brechen.

»Sie glaubt, dass ich mein Wort halte«, gebe ich Ace zu verstehen.

»Und? Wirst du es tun?«, fragt er. In seinem Gesichtsausdruck kann ich die Zweifel lesen. Er weiß über meine Gefühle für Pearl Bescheid.

»Nein, werde ich nicht.«

»Wann wirst du sie holen?«

Das mag ich so sehr an ihm. Er urteilt nicht, er hinterfragt nicht, sondern akzeptiert meine Entscheidungen ohne Wenn und Aber.

»Geben wir ihr ein bisschen Zeit, zur Ruhe zu kommen, dann hole ich sie zu uns zurück«, antworte ich.

Die Zeit wird für mich spielen, denn ich bin mir sicher, Pearl leidet ohne mich genauso wie ich ohne sie – auch wenn sich das ein wenig arrogant anhören mag.

Unsere Aufgabe besteht nun darin, sie im Auge zu behalten, sie zu beschützen und dafür zu sorgen, dass ihr nichts zustößt. Weiter müssen wir sicherstellen, dass sich ihr keine unliebsamen Personen in Form von Bradley oder seiner rechten Hand Vico nähern. Es ist gut, jemanden vor Ort zu haben, der mit einem Anruf eingreifen kann. Ich werde mich im Hintergrund halten. Zwar ist meine Geduld nicht die beste, aber ich werde auf den richtigen Moment warten und wenn er kommt, schlage ich zu.

»Was wirst du jetzt wegen Bradley unternehmen?«

Es wurmt mich immer noch, dass er sich bei seinem Vater oder einem anderen nahen Verwandten verkriecht. Nachdem er einige Tage in der Obhut meiner Eltern war, hatte er sich entschieden, dass es ihm dort nicht *so gut* gefällt und hat das Weite gesucht. Bastard!

»Suchen, finden und bestrafen. Keiner reißt sich etwas unter den Nagel, was mir gehört.«

»Das wird deine Familie, deinen Vater gegen dich aufbringen. Er will, dass endlich Ruhe einkehrt.«

»Das habe nicht ich zu verantworten, sondern Bradley. Meine Mutter liebt Pearl und wenn es nach ihr ginge, dann hätten die Hochzeitsglocken schon vor drei Jahren gebimmelt. Er kann froh sein, dass er nicht schon ein toter Mann ist – vor allem jetzt, wo sie die ganze Geschichte kennt.«

Meine Mutter kann keiner Fliege etwas zuleide tun, aber reizt man sie, dann wird sie zur Killerbiene.

»Wahrscheinlich wollte sie ihm die Leviten lesen«, kläre ich Ace auf, »aber mein Vater hat das geschickt unterbunden. Mittlerweile weiß ich, dass er sie sogar für ein paar Tage nach Hawaii geschickt hat – nur damit sie Bradley nicht den Kopf abreißt.«

Ace muss lachen und auch ich kann mir ein schiefes Grinsen nicht verkneifen. Eigentlich hatte ich gehofft, dass er die volle Breitseite meiner knallharten Mutter abbekommt, aber man kriegt nicht immer, was man will.

»Bradley wird Pearl nie wieder zu nahekommen«, knurre ich verstimmt. »Und wenn er sie noch einmal anfasst, dann hacke ich ihm persönlich den Arm ab.«

»Gut, dann werde ich mal diese Stacy durchleuchten und mir vor Ort selbst ein Bild machen.« Ace nickt mir

zu und verlässt mein Büro mit einer gewissen Vorfreude, die ich nicht ganz zuordnen kann. Wenn ich es
nicht anders wüsste, dann könnte ich fast vermuten,
dass ihm diese Aufgabe einen Heidenspaß machen
wird.

# Kapitel 40

# Pearl



***Providence, Juli 2024***

Ich steige gerade aus der Dusche und greife nach dem Handtuch, als es an der Tür klingelt.

»Das wird unsere Pizza sein«, ruft Stacy.

Ich höre, wie sie die Tür öffnet und dann einen empörten, spitzen Schrei loslässt.

»Hey, was soll das?«, gellt ihre Stimme durch die Tür zu mir. Stacy ist normalerweise die Ruhe in Person, weswegen ihre Worte alle Alarmglocken in meinem Kopf schrillen lassen.

»Du kannst nicht einfach hier hereinspazieren, wie es dir beliebt!« Ihrer Stimme ist pure Entrüstung zu entnehmen.

»Lass uns einfach rein«, grollte eine mir nur zu bekannte Stimme durch das Appartement. Ace.

Hastig ziehe ich mir Jeans und T-Shirt an und greife nach der Badezimmertür. Für einen Moment zögere ich. Keine Ahnung warum, aber mein Körper will die Befehle einfach nicht umsetzen. Er weigert sich, als wüsste er, was hinter der Tür auf mich lauert. Vielleicht sollte ich einfach im Bad bleiben, mich verstecken und hoffen, dass der Orkan an mir vorbeigeht. Aber sofort nagt das schlechte Gewissen an mir, denn ich will auch Stacy mit meiner Feigheit nicht in eine unmögliche Lage manövrieren. Endlich löse ich mich aus der Starre und reiße die Tür auf.

Erschrocken drehe ich mich zu dem Tumult um, der sich mittlerweile aus dem Gang ins Wohnzimmer verlagert hat. Ace steht dort und sieht drohend auf Stacy nieder, die sich wie ein Berserker vor ihm positioniert hat. Was mich zu Tode erschreckt ist jedoch das, was Stacy in den Händen hält. Verdammt, wo hat sie denn die her?

»Wenn du eine Waffe auf einen Mann richtest, dann drück ab«, knurrt Ace und reißt ihr mit einem geübten, schnellen Griff die Pistole aus der Hand.

Selten habe ich ihn so wütend erlebt. Mein Herz fängt an zu rasen. Schockiert sehe ich von Ace zu Stacy und zurück. Ich habe gar nicht gewusst, dass sie eine Waffe besitzt. Im nächsten Moment hat Ace sie bereits an die nächste Wand getackert. Seine Hand ruht auf ihrer Kehle und sein Gesicht ist nur Millimeter von ihrem entfernt.

»Fuchtel noch einmal mit so einem Spielzeug vor meiner Nase rum und du lernst mich kennen ... und zwar nicht von der netten Seite«, droht er mit samtiger Stimme.

Für einen kurzen Moment scheint Stacy festgefroren zu sein, doch dann stiehlt sich ein kleines diebisches Grinsen auf ihre Lippen. Im nächsten Moment krümmt Ace sich stöhnend. Seine Hand gleitet von ihr, während er flucht und schnauft wie ein wildgewordener Stier.

Oh Gott, sie hat ihm gerade ihr Knie in die Weichteile gerammt! Ich kann es nicht fassen. Sie ahnt nicht, wen sie vor sich hat. Welchen Bären sie gerade aus dem Tiefschlaf geweckt hat.

»Stacy!«, keuche ich entsetzt und will zu ihr springen. Ich muss sie vor Aces Rückschlag schützen, der mit hundertprozentiger Sicherheit kommen wird.

Doch eine feste Hand greift nach mir und zieht mich an eine stahlharte Brust. Ich weiß, dass es Cole ist. Sein Duft hüllt mich sofort ein, lässt meine Nerven flattern. Und leider nicht nur die. Er presst seinen Arm um meinen Oberkörper, drückt mich fest an sich und gibt mir nicht die geringste Bewegungsfreiheit.

»Lass die zwei das unter sich ausmachen.« In seiner Stimme liegt ein amüsierter Unterton. »Du steckst in viel größeren Schwierigkeiten«, fügt er dann noch dunkler hinzu und küsst meinen Hals.

Ein wohliger Schauer läuft mir über den Rücken. Mit dem Fuß gibt er der Haustür einen Stoß, die daraufhin donnernd ins Schloss fällt. Wir sind gefangen. Stacy und ich sind eingesperrt mit zwei muskelbepackten, Testosteron gesteuerten Männern. Zwei Raubtiere auf der Jagd und wir sind die verdammte Beute.

»Du kleines …« Blitzschnell ist Ace wieder auf den Beinen. Er drängt Stacy gegen die Wand.

Als sie mit dem Rücken dagegen trifft, reißt sie eines der Bilder vom Haken, auf dem wir gerade am Pier ein großes Eis essen. Das Bild ist von vorletzter Woche und erst diese Woche habe ich es rahmen lassen. Das Glas zersplittert auf dem Boden und als Ace darüber geht, knirschen die Scherben unter seinem Schuh. Fast schon gemächlich stemmt er seine Hände neben Stacys

Kopf an die Wand. Das siegessichere Grinsen in ihrem Gesicht weicht einem leicht verängstigten Ausdruck. Trotzig reckt sie ihr Kinn und liefert sich ein Blickduell mit ihm.

»Weißt du, was wir mit Wildkatzen machen?«, fragt er dunkel. »Wir stutzen ihnen die Krallen, bis sie nur noch kleine schnurrende Miezekatzen sind.«

»Pass nur auf, dass du nicht den Panther in mir weckst. Ich habe euch nicht eingeladen, also verschwindet aus meiner Wohnung«, erwidert Stacy mutig.

»Wir brauchen keine Einladung, wenn Coles Kleine hier ist.«

»Pah.« Stacy schlüpft unter seinem Arm hindurch und versucht genug Abstand zwischen sich und Ace zu bekommen. »Sie will nichts mehr mit ihm zu tun haben.«

»Ist das so?«

»Sonst wäre sie doch zu ihm zurückgegangen«, faucht sie ihn an.

Es ist merkwürdig, mitanzusehen, wie meine Freundin für mich einsteht, obwohl ich mich nur ein paar Meter neben ihr befinde. Sie stellt sich gegen den vermeintlichen Feind. Kämpft für meine Freiheit und ich stehe nur da wie versteinert und kann das wohlige Gefühl, das mir Coles Anwesenheit beschert, nicht verleugnen oder ansatzweise unterdrücken. Seine Lippen hinterlassen eine feurige Spur des Verlangens auf meiner Haut. Plötzlich kommt mir wieder in den Sinn, was er gerade gesagt hat. Schwierigkeiten?

»Was für Schwierigkeiten?«, stottere ich und versuche mich aus Coles Armen zu winden – erfolglos. Will ich wirklich eine Antwort auf meine Frage? Bin ich dafür schon bereit?

»Die Schwierigkeit zum Beispiel, dass du aus dem Hotelzimmer abgehauen bist und dich seither hier bei dieser Wildkatze versteckst.« In seinem Tonfall schwingt ein Schmunzeln mit. »Ich denke, du hattest genug Zeit und ich bin nicht mehr gewillt, dir mehr davon zu geben. Ich will nicht länger warten. Ich will dich bei mir, an meiner Seite, in meinem Bett, in meinem Haus haben.«

»Das geht nicht so einfach«, flüstere ich und bin mir seiner Nähe, seiner Wärme so bewusst.

»Was oder wer sollte mich daran hindern?«

»Ich«, versuche ich mich zu erklären.

Bevor er darauf antworten kann, werden wir von einem Schrei unterbrochen.

»Lass mich los, du Arschloch!«, kreischt Stacy und lenkt meine Aufmerksamkeit auf sich.

Ace hat sie erneut eingefangen. Seine Hände umklammern ihre Handgelenke wie Eisenringe und sein Körper bildet eine unüberwindbare Barriere.

»Wie hast du mich gerade genannt?«, knurrt er.

»Arschloch!«, faucht sie ihn an.

Mir bleibt kurz das Herz stehen. Stacy ist ihm hilflos ausgeliefert. Wenn ich nicht wüsste, dass Ace und Cole nur furchteinflößend wirken, niemals aber einer wehrlosen, unschuldigen – die Betonung auf unschuldigen – Frau wehtun würden, würde ich ihr zu Hilfe eilen. Sofern ich mich von meinem eigenen persönlichen Monster befreien könnte.

»Das war ein großer Fehler«, sagt Ace finster und zerrt Stacy zur Couch.

»Lass mich sofort los!«, schreit sie ihn an.

»Ace«, flehe ich ihn an. »Lass Stacy in Ruhe, sonst …«

»Sonst was?«, haucht mir Cole ins Ohr.

Mir fällt nicht so schnell eine passende Antwort ein.

»… sonst wirst du es bereuen, jemals einen Fuß in diese Wohnung gesetzt zu haben«, beendet Stacy meinen Satz.

Ace lacht plötzlich laut auf und sein Ärger scheint von einem Augenblick zum nächsten wie weggeblasen zu sein.

Stacy starrt ihn mit offenem Mund an. Das Bild, wie dieser Riese von einem Mann sich vor Lachen krümmt, sollte jemand für die Ewigkeit festhalten.

»Das ist nicht lustig«, presst sie zwischen den Zähnen hervor. »Ganz und gar nicht lustig.«

»Du hättest gerade dein Gesicht sehen sollen«, lacht Ace immer noch. »Aber keine Angst, wir haben bisher jede Wildkatze gezähmt bekommen. Dich zu knacken wird mir Freude bereiten.«

»Ich glaube nicht, dass du dazu kommen wirst.«

»Nicht?«

»Nein.«

»Also ich denke, wenn du Pearl nicht alleine mit diesem Ungetüm hinter ihr lassen willst, dann werden wir noch häufiger miteinander zu tun haben.« Er grinst sie an. »Und darauf, Wildkatze, freue ich mich schon.«

»Ich werde nicht mit dir mitgehen«, probiere ich noch einmal, mir Gehör bei Cole zu verschaffen.

»Ich denke, wir wissen beide, dass du das tun wirst. Du wirst zu mir ziehen und du wirst dein Studium beenden. Ich will, dass du an deine Zukunft denkst und deinen Traum, Anwältin zu werden, realisierst.«

»Du willst, dass ich wieder studiere?«

»Ja, genau.«

Mir wird es warm ums Herz. Die letzten Jahre habe ich nicht darüber nachgedacht, nicht zu hoffen gewagt, mein Studium wieder aufzunehmen.

»Komm zu mir zurück, Pearl.«

»Das geht nicht.« Tränen schimmern in meinen Augen, die ich wegblinzle.

»Warum nicht?«, will er wissen. »Und sei bitte ehrlich.«

»Ich kann nicht wieder in dieses Haus zurückkehren.«

»Das musst du auch nicht. Wir können vorerst in das Stadthaus meiner Eltern ziehen. Dann schauen wir uns in Ruhe nach einem neuen Zuhause um. Dort können wir von vorne anfangen ... ohne Altlasten.« Sein Blick ist auf mich gerichtet und ich sehe den Schmerz und die Hoffnung darin. Ein Grund mehr, das zu sagen, was ich jetzt sagen muss.

»Nicht einmal Ace kann mir in die Augen sehen. Deine Männer sicherlich auch nicht. Sie werden in mir immer die Verräterin sehen ... auch wenn sie es nicht wollen oder es versuchen zu vermeiden. Ich kann nicht wieder zurück in eine Familie, die nicht mehr meine ist – das wäre zu schmerzhaft.«

»Wir lieben uns. Wir schaffen das.«

»Unsere Liebe war so intensiv, dass auch das, was danach kam, so gewaltig und zerstörerisch war. Der Hass, die Verachtung, der Schmerz ... du kannst das nicht wegwischen. Es wird immer da sein, immer Teil unserer Geschichte sein.«

Cole will mir widersprechen, aber ich drücke meinen Finger auf seine Lippen und hindere ihn daran. »Egal wie sehr wir uns bemühen, ein Blick auf die Narben und die Erinnerungen werden uns einholen. Sie werden uns für den Rest unseres Lebens begleiten.«

»Zusammen können wir das überwinden.«

Traurig neige ich den Kopf. So wie es einmal war, wird es nie wieder werden. Diese ultimative, einmalige Liebe, die wir füreinander empfunden haben, ist befleckt und wir können sie nicht mehr reinwaschen. Alles, was jetzt käme, wäre nur eine billige Kopie, ein Abklatsch dessen, was gewesen war. Ich weiß, dass ihm das lieber wäre als gar nichts ... nur ich, ich kann das nicht. Ich muss lernen, auf eigenen Füßen zu stehen, mein Leben in den Griff zu bekommen und zu lernen, mit meiner Schuld umzugehen.

»Du hast schon Ryan verloren. Ich bin alles, was du an Familie noch hast. Meine Männer, meine Eltern sind auch Teil deiner Familie. Lass uns an deiner Seite bleiben und das zusammen durchstehen.«

»Es ist deine Familie, Cole. *Deine.* Als ich Ryan verloren und deinem Cousin nachgegeben habe ... in dem Moment, wo ich diese Wanzen in deinem Büro versteckt habe, habe ich dich, deine Familie verraten und aufgegeben. Ich habe eine Entscheidung treffen müssen und jetzt muss ich lernen, damit zu leben.«

»Genau, du hast sie treffen *müssen*. Bradley hat dir keine Wahl, keine Alternative gegeben. Du warst gezwungen, es zu tun. Das verstehen mittlerweile nicht nur ich, sondern auch die anderen. Keiner wird dich deswegen mehr verurteilen. Wir sind und bleiben eine

Familie. Außerdem vermisst meine Mutter dich, mein Vater im übrigen auch.«

Der Kloß in meinem Hals wächst und wächst und macht mir das Sprechen nicht leicht. »Ich kann nicht. Ich kann nicht immer vor Augen haben, was hätte sein können und was nicht mehr ist.« Jetzt laufen mir die Tränen ungehindert über das Gesicht.

»Es kann wieder so werden.«

Cole greift nach meinen Händen und sein Daumen streicht über die langgezogene Narbe an meinem Handgelenk. Ihm ist das nicht einmal bewusst, weil seine Augen meine immer noch festhalten.

Alles in mir verzieht und verkrampft sich. Die Stelle ist sensibel und jede Berührung führt zu einem Kribbeln, manchmal sogar zu einem unterschwelligen Schmerz. Nicht einmal der fehlende Finger weckt diese Emotionen in mir wie diese schmale und doch so aussagekräftige Narbe. Sie erinnert mich jeden verdammten Tag daran, dass ich mein Leben freiwillig hatte wegwerfen wollen. Dass der Schmerz des Verlustes unserer Liebe mich fast umgebracht hätte. Sie zeigt deutlich, dass Hass und Liebe nur einen Wimpernschlag voneinander entfernt ist.

»Wir sollten es wenigstens versuchen«, wiederholt er sich. »Das sind wir uns schuldig.«

# Kapitel 41

# Cole



*Providence, Juli 2024*

Während wir durch den Roger Williams Park laufen, sagt keiner von uns ein Wort. Es herrscht eisiges Schweigen, eigentlich schon seit wir Stacys Wohnung verlassen haben. Noch bedrückender finde ich jedoch, dass Pearl mich nicht ein einziges Mal richtig angesehen hat – das zerreißt mich innerlich.

Sie wird es mir nicht leicht machen. Aber etwas anderes erwarte ich auch nicht. Was ich erwarte, ist der Hauch einer zweiten Chance. Wir haben beide Fehler gemacht.

Früher hat mir die Stille zwischen uns nichts ausgemacht. Heute ist sie schlimmer als Folter. Wenn sie mich anschreien, heulen oder toben würde, wäre das einfacher zu handhaben als das hier.

»Weißt du, was das Schlimmste war?«, fragt sie mich unvermittelt mit leiser Stimme.

Dabei bleibt sie stehen, dreht sich zu mir um und sieht mich an. Ich sehe den Schmerz in ihren Augen, den sie nicht verbergen kann. Kurz verliere ich mich in diesen braunen Tiefen. Unfähig zu sprechen, schüttle ich den Kopf.

»Nicht dein Hass, nicht Heather, nicht die Isolation, nicht deine Strafaktionen. Noch nicht einmal die abfälligen Bemerkungen und Blicke der anderen. Nein, das Schlimmste war die Nacht, als du und Ace ...« Sie kann nicht weiterreden und schluckt. Tränen schimmern in ihren Augen. Tränen der Qual. Tränen der Resignation.

»Ich habe es nicht geschafft.« Ich blicke zu dem hölzernen Steg, der über den hübschen Teich führt. Noch immer kann ich den Dorn der Eifersucht spüren, der mich getroffen hat, als Ace ihre Haut berührte, als seine Finger über Pearls Körper strichen. Die Erinnerung daran ist gnadenlos, lässt mich meine Idee abermals büßen. »Ich konnte es nicht.«

Ich kann ihre Reaktion nicht sehen, höre nur das kurze Aufschluchzen.

Ich würde sie jetzt gerne in meine Arme ziehen, sie küssen und ihr zeigen, dass sie mir gehört – nur mir. Aber die eisige Wand, die sie zwischen uns aufgebaut hat, hält mich zurück.

»Ich konnte dich nicht mit Ace teilen.«

»Hast du aber.« Wut lässt ihre Stimme beben. »Du hast zugelassen, dass er mich anfasst, dass er mich fickt.«

Erschrocken über ihren Ausbruch und die harten Worte schaue ich zu ihr. »Nein.«

»Nein?« Pearl neigt provokant ihren Kopf und starrt mich an. »Nein? Seine Hände waren nicht auf mir?«

»Doch ... nein«, stammle ich. »Ja, er hat dich angefasst, aber mehr nicht.«

»Mehr nicht?« Ihre Wut ist jetzt greifbar, liegt in der Luft und entzieht ihr jegliche Energie. Urplötzlich ballt sie ihre Hände zu Fäusten und boxt auf meine Brust ein. Tränen laufen ihr über das Gesicht und mit jedem Schlag fühle ich mich schlechter und schlechter.

»Hörst du dir eigentlich selber zu? Du hast mich deinem besten Freund wie eine Sexpuppe angeboten. Du hast mich zu einem Objekt gemacht. Entmenschlicht.«

Ich lasse ihren Wutausbruch über mich ergehen. Sie hat recht. Ich habe mich wie ein roher Zuhälter verhalten.

»Du hast mir den letzten Rest an Würde genommen. Wie soll ich in Ace je wieder einen Freund sehen? Oder Familie? Wie soll ich je wieder einen Fuß in dieses Haus setzen und deinen Männern unter die Augen treten? Wie soll ich mich dir je wieder anvertrauen? Wie?«

Jede Frage schleudert sie mir mit Wucht entgegen. Und ihre Worte reißen in mir Wunden auf – tiefe Wunden.

»Ich konnte dich nicht mit ihm teilen«, wiederhole ich mich. »Es hat mich innerlich fast zerstört, als er seine Hände auf dir hatte. Ich musste an mich halten, ihn nicht aus dem Raum zu prügeln.«

»Soll ich Mitleid mit dir haben?«, fragt sie kalt und herablassend.

*Autsch.* Ich habe das verdient und ich werde es aushalten.

»Nein. Ich will mein Verhalten nicht entschuldigen. Ich will es nicht kleinreden, aber ich will dir sagen, dass ich genauso gelitten habe.«

Sie macht zwei Schritte rückwärts und zieht sich von mir zurück. Mir war es lieber, als ihre Fäuste meinen

Körper malträtierten, als diese Distanz zwischen uns zu haben.

»Dann sind wir ja schon zu zweit.«

Normalerweise bin ich derjenige, der schwierige Situationen im Griff hat, aber diese hier entgleitet mir vollständig. Unser Gespräch ist in eine Richtung abgedriftet, die nichts Gutes verspricht. Wenn ich jetzt nicht anfange, die Barriere zwischen uns zu zerbröckeln, dann werde ich Pearl verlieren. Angriff nach vorne ist die einzige Möglichkeit, die ich sehe.

»Ich liebe dich«, spreche ich aus, was ich denke. »Vom ersten Augenblick an war da diese einzigartige Anziehungskraft zwischen uns. Du kannst das nicht leugnen. Auch du hast sie gefühlt.«

Ich überbrücke den Raum zwischen uns. Stehe nun direkt vor ihr und kann ihren Duft wahrnehmen. Der Wind zerzaust ihr Haar und sie lässt es zu, dass ich die Strähnen aus ihrem Gesicht streiche. Sie bleibt stehen und schaut mich nur an.

»Bei keiner anderen Frau habe ich je solche Gefühle gehabt wie bei dir. Ich kann mit Gewissheit sagen, dass du die einzige bist, die ich je geliebt habe und je lieben werde.«

Meine Hände umfassen ihr Gesicht. Sie schließt die Augen. Kurz habe ich das Gefühl, sie drückt ihre Wange dagegen und ich quittiere das mit einem Schmunzeln. *Ja Pearl, du warst noch nie gut darin, deine Gefühle zu verbergen.*

»Mach die Augen auf, Süße, und sag mir, dass du nicht das Gleiche fühlst wie ich.«

Ich starre auf ihr Antlitz und die Haut unter meinen Handflächen fängt an zu glühen. Dann öffnet sie die

Augen und sieht mich an. Ich lasse es zu, dass sie in mich hineinsieht – direkt in mein Innerstes. Die Erkenntnis, dass sie das nicht leugnet, lässt mein Herz um drei Takte schneller schlagen.

*Sie liebt mich immer noch.*

Sie öffnet ihren Mund, um etwas zu erwidern, schließt ihn aber wieder. Das Kampftier in mir beschließt zu jubeln. Ich habe gewonnen. Ich habe den Durchbruch durch die Mauer gefunden. Ich drücke meine Lippen auf ihre, sanft und dennoch fordernd. Sie soll nicht glauben, dass ich sie abermals entwischen lasse. Sie schmiegt ihre Wange in meine Handfläche, übergibt mir die Kontrolle dieses Kusses und ich nehme sie gerne an.

Ich greife nach ihrem Nacken und in ihren Rücken, drücke diesen zerbrechlichen Körper an meinen und verschlinge sie. Unser Kuss wird tiefer, verlangender und atemloser.

Als sich unsere Lippen voneinander lösen, drücke ich sie noch enger an mich. Schluchzend vergräbt sie ihren Kopf an meiner Schulter. Ich gebe ihrem bebenden Körper Halt, beschütze sie und zeige ihr, dass ich wieder der Fels in ihrem Leben sein will.

»Ich liebe dich«, wiederhole ich meine Worte von vorhin. »Ich habe dich so vermisst und es hat mich innerlich zerfressen, aber jetzt wird alles wieder gut. Jetzt fangen wir von vorne an und keiner kann uns je wieder entzweien. Versprochen.«

# Kapitel 42

# Pearl

*Providence, Juli 2024*

*Manchmal finden sich zwei gebrochene Herzen, die in den Scherben der Vergangenheit denselben Rhythmus suchen und hoffen, in der Melodie der Heilung erneut zueinanderzufinden.*

*Ich liebe dich.*

Diese Worte hallen in mir nach und setzen mein zersplittertes Herz zusammen. Die Frage, ob wir in Zukunft wirklich noch einmal eine Chance haben, uns so zu lieben, wie wir es in der Vergangenheit getan haben, bleibt unbeantwortet. Aber in einem Punkt muss ich ihm recht geben: Es nicht zu probieren, wäre genauso falsch.

»Wie stellst du dir das vor?«, will ich wissen.

Seine Arme umschlingen mich immer noch und drücken mich an seine Brust. Ich kann sein Herz hören. Es pocht im gleichen Rhythmus wie meins.

»Das habe ich dir schon gesagt«, antwortet er.

Als ich zu ihm hochblicke, kann ich das Schmunzeln auf seinen Lippen sehen. »Wenn du nicht in die Villa ziehen willst, dann werden wir einen Weg finden. Wir ziehen in ein Appartement, du nimmst dein Studium wieder auf und bringst es zu Ende. Der Rest wird sich finden. Lass es uns langsam angehen.«

»Das ist dein Plan von *langsam angehen lassen*?«

Er zuckt mit den Schultern und bringt mich damit zum Lächeln.

»Stacy ...«, murmle ich vor mich hin.

»Was ist mir ihr?« Seine Augen verengen sich.

Stacy ist für mich wie eine Freundin geworden. Nein, nicht wie, sondern sie ist mein Mittelpunkt hier in Providence.

»Sie ist meine Freundin und mir sehr wichtig. Stacy hat mir viel geholfen.«

»Dann soll sie uns begleiten. Den Job, den sie hier macht, kann sie überall machen. Notfalls suchen und finden wir etwas Passenderes.«

Ich weiß, dass sie sich hier nicht wirklich heimisch fühlt. Dem Job wird sie nicht hinterherweinen.

»Du würdest mich mit Stacy zusammen wohnen lassen?«

Er knurrt und verdreht die Augen. »Nein, das habe ich nicht gesagt, Pearl. Ich will dich bei mir haben. In meinem Haus, in meinem Bett ... wie auch immer. Aber wenn es die einzige Möglichkeit ist, dich aus dieser Stadt in meine Nähe zu locken, dann beiße ich in den sauren Apfel und akzeptiere auch diese bescheuerte Idee.«

»Bescheuerte Idee?«, tadle ich ihn.

»Ja, eine bescheuerte, bekloppte, blöde ... was auch immer Idee.« Erneut beugt er sich zu mir herunter und nimmt meine Lippen in Beschlag, dann umklammert er meine Hand und zieht mich durch den Park zurück zu Stacys Appartement.

Als wir dort ankommen, ist es auffällig ruhig. Neben der Eingangstür liegt im Flur meine gepackte Tasche. Ich beäuge sie kopfschüttelnd. Mir hätte klar sein müssen, dass Cole seine Entscheidung bereits getroffen hatte, als er hier auftauchte. Jetzt hat er Nägel mit Köpfen gemacht und mich vor vollendete Tatsachen gestellt.

Was hätte er getan, wenn ich ihm im Park gesagt hätte, dass ich keine Gefühle mehr für ihn hege? Die Option hat er gar nicht in Betracht gezogen, denn er weiß, dass es auch für mich immer nur einen Mann gab, gibt und geben wird. Ihn.

Eine Tasche – mit mehr bin ich auch nicht hier angekommen und zum Shoppen fehlten mir die Energie und die Lust.

Im Wohnzimmer sitzen sich Stacy und Ace gegenüber und starren sich schweigend an. Die Stimmung ist aufgeheizt und voller Spannung.

»Ich habe ihre Sachen schon gepackt«, sagt Ace und sieht zu uns.

»Er hat sich nicht davon abbringen lassen«, beschwert sich Stacy empört. »Konnte ihn gerade noch davon abhalten, auch meine Sachen zu packen.«

»Könnt ihr uns mal kurz alleine lassen?«, frage ich Cole und Ace und nicke zur Tür.

Cole drückt mir einen Kuss auf den Scheitel und bedeutet Ace, ihm zu folgen.

»Wir warten draußen«, brummt er beim Rausgehen.

Der Platz von Ace ist noch warm, als ich mich dort niederlasse. Ich greife nach Stacys Händen und atme tief ein. Wie überredet man eine Freundin, ihr derzeitiges Leben hinter sich zu lassen, um in eine ungewisse Zukunft zu stolpern?

»Du wirst mit ihm mitgehen«, spekuliert sie. Ihre Stimme zittert und ich kann das Glitzern in ihren Augen sehen. »Bist du dir sicher?«

»Nein, aber was habe ich zu verlieren?«

»Ich werde dich vermissen. Es war schön, dich hier zu haben.« Die erste Träne bleibt an ihren Wimpern hängen. Sie will nicht, dass ich es sehe, senkt ihren Blick und starrt auf unsere ineinander verschlungenen Finger.

»Du musst mich nicht vermissen.«

»Werde ich aber.«

»Du könntest mit mir mitkommen«, erkläre ich ihr zögerlich.

»Was?« Sie reißt ihren Kopf hoch.

»Cole hat angeboten, dass du mit mir mitkommen kannst«, konkretisiere ich meine Aussage. »Das wäre eine Chance – auch für dich. Ein Neuanfang für uns beide.«

»Ein Neuanfang in der gleichen Stadt wie dieser Höhlenmensch?«

»Höhlenmensch?«

»Ace.« Sie verzieht ihr Gesicht und das lässt mich kichern.

»Ja, sie sind ein wenig speziell. Aber Ace kann ganz nett sein, wenn man ihn erst einmal richtig kennenlernt.«

Stacy lacht bitter auf. »Was du nicht sagst. Ich kenne diesen Schlag von Männern und ich habe mir vor Jahren geschworen, nie wieder in ihre Nähe zu kommen.«

»Das hast du mir nie erzählt.«

»Ich wollte dich nicht auch noch mit meinem Kram belasten. Etwas, das hinter mir liegt, vergangen ist.«

»Ich könnte dich in Seattle gut als Unterstützung gegen einen ganzen Clan Höhlenmenschen gebrauchen«, grinse ich sie an.

Es würde sich gut anfühlen, jemanden in der Nähe zu wissen, der in der gleichen Liga spielt wie ich und mich allein durch seine Anwesenheit unterstützt, der mich sozusagen erdet. Ich weiß nicht, ob ich schon genug eigene Stärke habe, mich der Zukunft mit Cole zu stellen. Ich hatte noch nie viele Freunde oder Freundinnen – wenn man mal von der Highschool absieht. Stacy ist mir ans Herz gewachsen.

»Was soll ich denn dort?«, fragt sie leise. Normalerweise wirkt sie nicht so verloren wie jetzt. »Ich ...« Sie beendet den Satz nicht und blinzelt die Tränen weg.

»Wir werden uns Zeit lassen, etwas finden und dann entscheiden. Cole hat den Wunsch geäußert, dass ich jetzt mit ihm mitgehe und ich habe zugestimmt. Ich finde ein hübsches Appartement für uns und du kommst nach.« Ich drücke ihre Hände und suche den Augenkontakt. »Glaub mir, ich habe auch Angst. Aber eben auch Hoffnung. Ich will mein Studium beenden und eine anständige und gut bezahlte Anstellung in einer Kanzlei bekommen. Aber am meisten möchte ich wieder bei dem Mann sein, den ich nie aus meinem Herzen bekommen konnte. Dich in der Nähe zu wissen, wäre schön.«

»Gut, aber nur, wenn du diesen heißen, ungebändigten Gladiator von mir fernhältst.«

»Das kann ich dir nicht versprechen, so wie er dich angesehen hat.«

Stacy verdreht die Augen und fängt ebenfalls an zu kichern.

»Okay. Vielleicht hast du recht und mit dir als Freundin würde ich sogar einen Start in einer neuen Stadt wagen. Ich werde aber hier erst ein paar Dinge klären müssen.«

Ich klatsche in die Hände und strahle Stacy an. »Natürlich, lass dir Zeit und ich suche uns eine schöne Bleibe.«

»Ohne Gladiatoren!«

»Für den Anfang.« Wieder kichern wir und als ich dieses Mal in Stacys Augen sehe, erkenne ich Hoffnung und Sehnsucht.

# Kapitel 43

# Pearl



Heute ist der Tag, an dem Stacy zu mir nach Seattle zieht. Nervös schaue ich mich in der kleinen, gemütlichen Drei-Zimmer-Wohnung um und bin mit mir zufrieden. Alles ist so, wie ich es mir vorgestellt habe und sicher auch nach dem Geschmack meiner neuen, alten Mitbewohnerin.

Cole hat zähneknirschend und mit hundert Auflagen zugestimmt. Unter der Woche soll ich mindestens eine Nacht bei ihm verbringen und von Freitag bis Sonntag ebenso – das war nicht diskutabel. Jetzt lehnt er mit vor der Brust verschränkten Armen an der Küchenzeile und beobachtet mich gefühlt seit einer Stunde, wie ich nervös durch die Räume husche.

Der Umzugswagen mit den Sachen kam vor zwei Tagen an. Seither bin ich damit beschäftigt, den Männern zu sagen, wo sie was hinstellen sollen, Umzugskartons auszuräumen und die Schränke zu befüllen. Mit jedem neuen Dekoteil entsteht aus den bisher nüchternen Räumen ein Zuhause.

Mittlerweile hat Cole mir schon zweimal zugeknurrt, dass ich mich nicht zu häuslich einrichten soll, weil das nicht mein Zuhause sei. Aber es fühlt sich einfach zu gut an. Nach fast zweieinhalb Jahren der Flucht und Rastlosigkeit, der düsteren Zeit bei Cole und zuletzt der Erfahrung mit Bradley baue ich wirklich ein Nest Und wenn nicht für mich, dann wenigstens für Stacy.

Der Wohnkomplex liegt in einer guten, sicheren Umgebung und die Uni kann ich zu Fuß in zwanzig Minuten erreichen. Ich habe mit der Univerwaltung vereinbart, dass ich dieses Semester ein paar Kurse wiederhole und mir die bereits bestandenen Prüfungen anerkannt werden.

Stacy wird in einer Privatschule eine Ausbildung machen. Cole, nein eigentlich war es Ace, hat angeboten, die Ausbildung zu bezahlen. Da ich wusste, dass Stacy unter diesen Umständen ablehnen würde, haben wir Cole vorgeschoben und ihr glaubhaft versichert, dass sie alles später zurückzahlen kann – ohne teure Kreditkosten einer Bank.

Die letzten drei Wochen haben Cole und ich uns wieder zaghaft angenähert. Wir haben viel geredet, waren bei seinen Eltern zu Besuch und haben wegen der Wohnungssituation gestritten beziehungsweise heiß diskutiert. Auf mehreren Ebenen.

»Komm her, Kleines«, sagt er mit dunkler, lustverhangener Stimme.

Ich gehe zu ihm. Kaum bin ich in seiner Reichweite, packt er mich und zieht mich an sich. Schmunzelnd denke ich an die gestrige Nacht. Die Anziehungskraft, die von Anfang an zwischen und geherrscht hat, ist eher stärker als schwächer geworden. Unsere Körper sind füreinander geschaffen – daran konnte auch die Zeit unseres Irrweges nichts ändern. Ich schüttele den Kopf über den Begriff, den ich für unsere düsterste Zeit benutze. *Irrweg.* Natürlich möchte ich die Zeit nicht schönreden, aber vergessen auch nicht. Damit die Erinnerung daran nicht sofort mit einer so negativen Aura behaftet ist, habe ich mich für dieses Wort entschieden. Wir hätten es so viel einfacher haben können. Wir hätten miteinander reden, Dinge ansprechen und aus der Welt schaffen müssen, bevor sie zu einem unüberwindbaren Berg hätten anwachsen können.

»An was denkst du gerade?«, will er wissen und streicht mir die Strähnen aus dem Gesicht.

»An letzte Nacht. An uns. An unseren Irrweg.«

»Irrweg?«, wiederholt er. Mit seinen Fingern geht er auf Wanderschaft, fährt über meine Wangen hinunter zu meinem Hals. Ich mag diese dominante Art an ihm.

Ich verdränge die Gedanken in meinem Kopf, will die Situation nicht mit Gerede über diese Zeit trüben.

»Verstehe«, deutet er meine Worte richtig. Er beugt sich zu mir herunter und berührt mit den Lippen sanft meine. Sein Kuss ist zärtlich. Spielerisch knabbert er an meiner Unterlippe. Ich kenne ihn, kenne seine Art zu küssen. Aus diesem harmlosen Kuss wird schnell zügelloses Verlangen. Er vereinnahmt mich, raubt mir die Sinne und lässt mich atemlos in seine Arme sinken. Dieser Mann ist immer wieder eine Naturgewalt.

»Jede verdammte Nacht, in der du hier schläfst, werde ich dich vermissen«, sagt er brummend.

Abermals küsst er mich und das Ziehen in meinem Unterleib verstärkt sich. Tausend kleine Falter scheinen sich gerade dazu entschlossen zu haben, Loopings zu fliegen.

Neben mir auf dem Tresen liegt mein Handy und gibt ein Summen von sich. Noch in seinen Armen greife ich danach und drücke auf die Taste. Stacy hat mir eine Nachricht geschickt.

*Wir sind gleich da. Rette mich vor diesem Mann.*

Dahinter ein fettes schnaufendes Emoji. Ich muss lachen.

Eine halbe Stunde später meldet sich der Concierge, dass Stacy und Ace angekommen sind. Ich stürme auf den Gang und warte, bis der Aufzug sich mit einem *Ping* ankündigt. Stacy erscheint und strahlt mich an.

»Endlich!«, begrüßt sie mich und nimmt mich fest in die Arme.

Es tut gut, sie hier zu haben.

»Ich dachte schon, die Reise endet nie. Tolles Haus«, flötet sie fröhlich daher.

Mein Blick fällt auf Ace, der mit einem schiefen Grinsen hinter uns erscheint.

Cole muss allen Männern ins Gewissen geredet haben, denn keiner von ihnen hat mich, seit ich wieder hier bin, schief angesehen. Auch Ace hat sich gefangen. Zwar ist das lockere Verhältnis, das früher zwischen uns bestand, noch lange nicht wiederhergestellt, aber wir arbeiten daran. Die erste Zeit meiner Ankunft habe ich in der Suite im Hotel verbracht. Natürlich hatte mich Cole keine Sekunde aus den Augen gelassen. Allerdings hatte er probiert, es so dezent wie möglich zu gestalten. Er wollte mir in keiner Weise das Gefühl geben, wieder seine Gefangene zu sein, mich aber auch nicht alleine lassen. Das war für ihn sicherlich ein Drahtseilakt. Seit die Wohnung eingerichtet ist, habe ich auch hier die eine oder andere Nacht geschlafen – nie allein. Vielleicht ist da bei ihm auch noch die unterschwellige Angst, dass Bradley noch einmal auf der Bildfläche oder an meiner Tür auftauchen könnte. Mein Blick fällt auf den fehlenden Finger, den Beweis, dass man ihn nicht unterschätzen sollte – egal, wie viele Sicherheitsvorkehrungen Cole getroffen hat.

»Dann kommt rein«, begrüßt Cole die beiden.

Stacy quietscht vergnügt auf, als sie die Einrichtung sieht und die beiden Zimmer – jeder von uns hat seinen eigenen Rückzugsort. Aber das Herz der Wohnung ist und bleibt die große, offene Küche mit dem gemütlichen Wohnbereich.

»Wow, das ist toll.«

»Oder? Ich dachte mir, dass es dir gefällt«, sage ich und stoße mit ihr an. Unsere Sektgläser klirren, als sie sich treffen und wir uns zufrieden umblicken.

Cole und Ace hängen am Tresen und scheinen auf irgendetwas zu warten.

»Was ist mit euch?«, frage ich.

»Wir warten auf das Essen«, meldet sich Ace.

»Essen?«, greift Stacy das Gesagte auf und ich kann das Knurren ihres Magens hören. »Super, weil ich gleich vor Hunger sterbe.«

»Das wäre eine Schande«, brummt Ace und verkneift sich ein Grinsen.

»Du kannst mal schön ruhig sein, du hast auf der Fahrt den ganzen Proviant weggeputzt.«

»Hab ich das?«, tut er unschuldig.

»Ja!«

Wieder meldet sich der Pförtner und kündigt den Lieferdienst von Coles Lieblingsitaliener an. Während er das Essen persönlich am Eingang abholt, decken wir anderen den Tisch. Schon bald erfüllt der Duft von Gewürzen, Nudel- und Fleischgerichten die Luft. Wir essen, lachen und erzählen uns, was in der letzten Zeit so alles passiert ist und was wir uns in den nächsten Tagen vornehmen. Stacy war noch nie in Seattle und ich will ihr die schönste Seite zeigen. Sie soll sich von Anfang an wohlfühlen.

Der Abend verläuft ruhig und fröhlich. Wir schauen uns zusammen einen Film auf Netflix an und während sich die beiden Männer über das Geschäft unterhalten, kichern wir über Belanglosigkeiten.

Erneut klingelt das Haustelefon.

»Sag mal«, meckere ich, »das ist ja wie in einem Bienenschlag hier.«

»Das ist der Nachtisch«, kündigt Cole an. In seiner Stimme schwingt etwas mit, was ich nicht so ganz deuten kann, aber es beschert mir eine Gänsehaut.

»Nachtisch? Um diese Uhrzeit?« Mein Handy zeigt 23 Uhr abends an.

»Warte es einfach ab.« Er geht zur Tür, spricht leise ins Telefon und öffnet die Tür. Stacy und ich bleiben gemütlich auf dem Sofa sitzen.

Ein Schauer läuft mir über den Rücken, als Cole den Blick auf zwei eintretende Gäste freigibt. Ich kann es nicht glauben und sehe fassungslos zwischen ihnen hin und her. Tränen sammeln sich in meinen Augen und ich schlucke sie herunter. Neben Cole treten mein Bruder und eine junge, hübsche Frau in den Raum. Mit zitternden Knien stehe ich auf und laufe zu ihnen.

»Ryan?«, hauche ich.

Mein Herz klopft mir bis zum Hals. Seine Gesichtszüge sind etwas härter geworden, aber seine strubbeligen Locken verleihen ihm immer noch einen spitzbübischen Ausdruck. Vor mir steht kein Junge mehr, sondern ein Mann, groß und muskulös. Die zierliche Blondine schenkt mir ein aufrichtiges Lächeln und schiebt ihre Finger in seine Hand.

»Hallo, Pearl«, sagt Ryan und kommt einen Schritt auf mich zu.

Im ersten Moment weiß ich nicht, was ich tun soll. Erinnerungen von damals fluten meinen Geist, halten mich zurück, einfach zu ihm zu rennen und ihn zu umarmen. Will er das überhaupt? Will er meine Nähe? Verträgt er sie? Fragen trommeln auf mich ein und ich kann mich nicht rühren. Ich stehe da wie eine Salzsäule und starre die beiden an.

»Willst du deinen Bruder nicht angemessen begrüßen?«, durchbricht plötzlich Cole die Stille.

Er holt mich aus der Starre. Seine Worte setzen meine Glieder in Bewegung und plötzlich hält mich nichts mehr. Ich überbrücke die Distanz zwischen uns und schlinge meine Arme um ihn. Tränen der Freude laufen mir über das Gesicht.

»Na, große Schwester?« Selbst seine Stimme ist erwachsen geworden. »Ich dachte mir, ich sollte mich entschuldigen und wollte das nicht am Telefon tun.«

»Dachtest du?«, murmle ich an seine Schulter. Er riecht noch immer nach meinem Bruder. Oh Gott, habe ich ihn vermisst!

»Es tut mir leid, dass ich mich nicht gemeldet habe.«

»Schon gut …«, will ich ihn unterbrechen.

»Nein, das liegt mir schon länger auf dem Herzen und es ist mir wichtig, das zuerst zu sagen.« Er drückt mich ein wenig von sich weg und seine braunen Augen sehen mich reumütig an. »Du hast mir gefehlt.«

»Und du hast mir gefehlt«, schniefe ich. Meine Augen wandern zu seiner Begleitung.

Sie hält mir ihre Hand hin und sagt mit deutschem Akzent: »Ich bin Anne, schön, dich endlich kennenzulernen. Ryan hat viel von dir gesprochen.«

Ich drücke ihre Hand und erwidere die Begrüßung.

»Super, dann können wir ja jetzt den Nachtisch essen«, witzelt Ace. Er nimmt Cole die Tüte ab, die er in den Händen hält und die mir gar nicht aufgefallen ist.

Beim Genuss eines hervorragenden Tiramisus und Panna Cotta erzählt Ryan von Deutschland, von Anne und dass sie für einen Monat in die Staaten gekommen sind. Sie bleiben für eine Woche in Seattle, danach wollen sie eine kleine Rundreise machen. Bevor sie zurück nach Deutschland fliegen, wollen sie uns noch einmal besuchen kommen.

Als ich nach dem Zucker für meinen Kaffee greife, bemerke ich den dunklen Blick von Ryan. Er hat meine linke Hand im Visier und sieht die Narben. Vielleicht sind sie ihm schon vorher aufgefallen, aber jetzt sieht er mich fragend an. Ich halte die Hand hoch, wackele mit dem Stumpf und zucke mit den Schultern.

»Tja, jetzt haben wir noch eine Gemeinsamkeit.«

Ryan sieht von seiner Hand zu meiner und der finstere Blick löst sich. Wir verstehen uns auch ohne Worte.

Cole sitzt neben mir und seine Hand in meinem Rücken gibt mir Halt.

Wir reden bis tief in die Nacht. Müdigkeit lässt meine Augen zufallen und ich kämpfe dagegen an.

»Ich denke, wir machen für heute Schluss, bevor Pearl noch einschläft«, sagt Cole plötzlich neben mir. Er küsst mich auf die Stirn und nickt den anderen zu. »Es war eine anstrengende Woche und ihr habt ja noch ein paar Tage. Ich bringe euch zurück ins Hotel und morgen früh treffen wir uns zum Mittagessen in der Villa.«

An der Tür drücke ich Anne und meinen Bruder, bevor ich Cole einen Kuss auf die Wange hauche.

»Ist mir die Überraschung gelungen?«, fragt er leise.

»Ja. Danke. Du ahnst nicht, wie viel mir das bedeutet.«

»Doch, ich glaube schon. Ich möchte, dass du glücklich bist, Pearl. Das hier ist erst der Anfang. Ich werde alles in meiner Macht Stehende tun, damit es dir gutgeht.«

»Es geht mir gut. Du hast es wirklich geschafft, dass er hierherkommt?«

»Na ja, ich hatte ein wenig Hilfe«, schmunzelt er. »Anne war auf meiner Seite und hat ihren Teil dazu beigetragen.«

»Sie ist nett und passt perfekt zu ihm.«

»Ja, ich denke, sie ergänzen sich gut.«

»Ich liebe dich«, flüstere ich ihm ins Ohr.

»Ich liebe dich auch«, antwortet Cole.

Die Zeit kann Wunden heilen, auch wenn sie manchmal Narben hinterlassen ... auf unserer Haut und auf unserer Seele. Aber es liegt an uns, sie entsprechend zu deuten.

Meine Narben sind Zeitzeugen eines Kampfes um die Liebe und in diesem Zuge sind sie die Trophäen eines Sieges der wahren Gefühle für einen Menschen gegen Ungerechtigkeit und Hass geworden. Tagtäglich erinnern sie mich an etwas Bedeutungsvolles: an mein Leben und meine große Liebe, die hoffentlich ein Leben lang anhält, sowie an die Hoffnung in unsere Zukunft.

# Epilog

# Cole

**Seattle, Oktober 2024**

Breitbeinig stehe ich vor meinem Cousin und nur die mahnende Hand auf meiner Schulter hält mich davon ab, das zu tun, was ich aus tiefstem Herzen jetzt gerade möchte. Meine Hände sind zu Fäusten geballt und es kostet mich meine ganze Beherrschung, nicht in einen Blutrausch zu verfallen.

Wir haben Bradley vor einer Woche ausfindig gemacht und auf eine passende Gelegenheit gewartet, ihm den Genickstoß zu verpassen. Außerdem haben wir die undichte Stelle in unseren Reihen gefunden: Rick. Er hat Bradley mit Informationen versorgt, während Pearl in unserem Haus gefangen war. Er hat ihm gesteckt, dass sie im Krankenhaus war und wer weiß was sonst noch. Bradley hat ihn gut bezahlt. Leider wird Rick nicht mehr dazu kommen, das Geld auszugeben. Mit Genugtuung denke ich daran, wie er seine letzten mickrigen Stunden seines Lebens verbracht hat. Keiner hintergeht mich ungestraft.

»Lass gut sein, Junge«, sagt mein Vater mit emotionsgeladener Stimme.

Für ihn muss es doppelt schwer sein. Auf der einen Seite sein Neffen und auf der anderen sein Sohn. Es war seine Idee, Ryans Bestrafung so ausfallen zu lassen. Er steht auf meiner Seite, das weiß ich, und er behält den kühleren Kopf.

Bradley liegt auf dem Boden und wischt sich das Blut aus dem Mundwinkel. Sein Blick ist auf meinen Vater gerichtet - mich sieht er nicht an.

»Das könnt ihr nicht tun«, jammert er und es ist mir eine Genugtuung. Soeben haben wir ihm eröffnet, was in den nächsten Stunden passieren wird. Es hat ihm nicht gefallen. Pech. Wer sich mit mir anlegt, muss mit den Konsequenzen rechnen.

»Können wir und werden wir. In exakt zwanzig Minuten wird ein Mittelsmann hier auftauchen, dich abholen und der SPD übergeben. Der Staatsanwalt hat die Anklagepunkte bereits geprüft und wartet schon darauf, den Haftbefehl gegen dich zu vollstrecken.«

»Wie?«, krächzt er.

Er hat es immer noch nicht begriffen. Vielleicht war die Tracht Prügel, die ich ihm gerade verpasst habe, doch zu heftig gewesen und sein Kopf hat zu viel abbekommen. Ich schmunzele. Für das, was er Ryan und Pearl angetan hat, ist das hier eigentlich zu wenig. Wenn es nach mir gegangen wäre, dann hätte ich ihm lieber eine Kugel in den Kopf gejagt.

»Blöderweise ist einer deiner illegalen Diamantengeschäfte aufgeflogen. Irgendein dubioser Anrufer hat denen doch glattweg einen anonymen Tipp gegeben ...«

»Du!«, spuckt er mir entgegen und sieht mich an.

»Was du nicht sagst.«

»Wir könnten ...«, beginnt er.

Mit einer ungeduldigen Handbewegung unterbreche ich ihn brüsk. Ich weiß, was er sagen will. Er will verhandeln. Mir einen Deal anbieten, der ihn vor dem Gefängnis bewahrt - nur leider hab ich darauf keine Lust. Soll er doch dort verrotten. Strafe muss sein - auch wenn ich mir eine andere für ihn ausgewählt hätte, aber es ist eine angemessene Alternative. Auge um Auge, Zahn um Zahn.

»Illegales Diamantengeschäft und dann auch noch mit Blutdiamanten aus Sierra Leone.« Ich schnalze mit der Zunge. Das Geräusch hallt von den Wänden wider. »Das gibt eine saftige Gefängnisstrafe. Du wirst genug Zeit haben, darüber nachzudenken, ob man jemandem aus der Familie ans Bein pinkelt.«

»Weston, bitte«, fleht er nun meinen Vater an.

»Das hast du selbst zu verantworten«, sagt dieser mit harter Stimme.

Geschlagen lässt Bradley seinen Kopf sinken.

Ich nicke meinem Vater zu und überlasse ihm den Rest. Auf mich wartet ein Candle-Light-Dinner mit einer rassigen Latina-Schönheit und ich will keine Minute zu spät kommen.

# Danke

Ein großer Dank geht an meine Familie und meine beste Freundin Silke, die mich unermüdlich motivieren und unterstützen. Ein weiterer geht an meine Testleserin Sandra, die mich in dem gesamten Projekt begleitet hat. Ohne sie wäre diese Geschichte wohl nie ganz fertig geworden. Ferner danke ich meinem Verlag, der mir erneut eine Veröffentlichung ermöglicht und zuletzt ein dickes Dankeschön an meine Lektorin Astrid, die dem Ganzen mit viel Feingefühl wieder den letzten Schliff verpasst hat.

Tja, und was wäre ein Buch ohne diejenigen, die es lesen? Danke an all die fleißigen Bücherwürmer. Ich hoffe, ihr hattet beim Lesen genauso viel Spaß wie ich beim Schreiben.